KB159511

# 지빠귀
# 둥지 속의
# 뻐꾸기

# 지빠귀 둥지 속의 뻐꾸기

전상국

중단편소설전집 7

걷

# 차례

# 지빠귀
# 둥지 속의
# 뻐꾸기

서울에서 아침 아홉시에 떠나 춘천 북남면 귀양리 중간말까지 오는 데 무려 다섯 시간이 넘게 걸렸다. 물론 도중에 귀양리를 거쳐 가는, 하루 두 번뿐인 오항리행 완행버스로 바꿔 타기까지 기다린 시간을 뺀다 하더라도 너무 많이 걸린 시간이다. 벌써 폐차장에 들어갔어야 할 고물딱지라는 걸 확인이라도 시키듯 그 완행버스가 도중에 두 번씩이나 고장을 일으킨 것이다.

호기심 못지않게 짐짐한 구석이 더 많은 여행이라 그런가 한여름 완행버스 속은 꽤나 고역스러웠다. 땀이 온몸을 적셔내려 버스 좌석의 비닐 바닥에 흥건히 배어날 정도로 푹푹 찌는 날씨였다. 다행히 나는 후덥지근한 무더위의 그 짜증나는 긴 시간을 그런대로 즐길 수 있는 방법을 찾아냈다. 그것은 이 여름 여행을 나서게 한 수지 어머니의 목소리를 듣는 일이었다. 배후령 동북쪽 깊은 계곡이 아찔하니 내려다보이는 비탈길에 버스가 멈춰 섰을 때 귀에 리시버를 꽂고 소형 카세트의 재생 버튼을 눌렀다. 흑인 혼혈아 한수지가 미국에서 보내온 열 개의 녹음테이프 중 하나였다.

—수지야. 오늘은 엄마가 여기 귀양리 고약골 골짜기의 여름 소리를 너한테 들려주고 싶어 네가 귀국했을 때 두고 간 이 녹음기를 너럭바위까지 들고 나왔단다. 엄마가 밭에서 일을 할 때면 너는 늘 이 너럭바위에 혼자 남아 나뭇잎을 따서 소꿉을 놀았지. 엄마는 가끔 가슴이 철렁 내려앉곤 했다. 우리 수지가 칡덩굴에 가려서 얼른 눈에 띄지 않았을 때였지. 엄마는 또 밭에서 김을 매다 말고 골짜기의 갖가지 새소리에 취해 호미질까지 잊고 멍청히 앉아 있는 때가 많았는데 그러다가 소스라치게 놀라곤 했단다. 수지가 새가 되어 어디론가 훌훌 날아간 것만 같았기 때문이다. 그럴 때 너는 너럭바위 아래 개울물에서 머리를 감고 있었지. 수지야, 지금도 여기 고약골 골짜기의 여름 소리는 네가 여기 살 때나 다름없이 대단하구나. 매미는 인가를 낀 야산이나 들이 아니면 새가 무서워 이렇게 깊은 데까지 찾아들지 않는 법인데 오늘은 웬일인지 여기까지 와서 우는구나. 수지야, 잘 들어보려무나. 네가 어릴 때 너럭바위에 혼자 앉아 듣던 그 소리가 어떤 것들이었는지……

조금 쉰 듯 가라앉은 그 여자의 목소리는 육십 분용 그 테이프의 한쪽에서 더 이상 나오지 않았다. 녹음 버튼을 눌러놓은 채 밭에 올라가 있었거나 아니면 물에 발을 담그고 앉아 막막히 막아선 산을 쳐다보며 하염없이 울고 있었는지도 모른다. 어떻든 그 테이프는 온통 인적 없는 산골짜기의 적요로 숨을 죽이고 있었다. 소리의 한결같은 배경음은 골짜기 바위틈을 빠져 흐르는 옹골찬 물소리였다. 찌르르 찌르르 힘차게 울어대는 말매미 소리도 들렸다. 간간이 때까치나 숲새, 솔새, 지빠귀 등이 지저귀는 소리가 껴들었다. 새소리 중에서 가장 구슬픈 음조를 띤 것은 뻐꾸기 소리다. 아주 먼 데서 우는 듯싶은 그 뻐꾸기 소리는 그 테이프의 모든 소리를 비감스럽게 하는 그런 호소력을 띠고 있었다. 강대규 선생은 새들의 우짖음은 슬퍼서 내는 울음소리도 기뻐서 내는 그런 노래 소리도 아닌, 새들 나름의 언어라고 했다. 그렇다면 지금 이 테이프 속 뻐꾸기는 뭔가 애절한 사연을 말하고 있음이 분명했다. 간헐적으로 섞여드는 뻐꾸기 소리는 그렇게 절실한 음조를 띠고 있었던 것이다.

귀양리 중간말 입구에 멈춰 선 완행버스에서 내리자 잔뜩 흐린 날씨에도 비포장도로의 지열이 후끈 끼쳐들었다. 차 먼지를 뒤집어쓰며 길바닥에 남겨진 사람은 나까지 모두 다섯이었다.

"형씨, 다람쥐섬으로 가려면 이리 내려가는 게 맞지요?"

세 사람의 중년 낚시꾼 중 땅딸막한 몸집의 남자가 전형적인 서울 말씨로 이 길이 초행이 아니란 걸 강조라도 하듯 물어왔다. 역시 그들은 내 대답 같은 건 아랑곳없이 중간말에서 한참 내려다보이는 강어귀로 뻗은 샛길로 우줄우줄 내려가고 있었다.

"아이구, 내가 잘못 내렸나베! 이봐유, 저 양반들 약수터 가는 거 아녜유?"

멀미가 많이 나는지 버스에서 내리면서 곧장 길바닥에 주저앉았던 노파가 뿌르르 일어나 버스가 사라진 쪽으로 몇 걸음 달려가다가 낙담한 얼굴로 돌아섰다.

"할머니, 잘못 내리셨네요. 지금 그 버스가 약수골까지 들어 갔다가 나오는데."

"아이구, 이 일을 우째? 난 저 양반들이 차에서 약숫물 얘길 하길래 여기가 거긴지 알구 따라 내렸지 뭐여."

"할머니, 좀 많이 걸으셔야 되겠는데요. 이 길을 따라 한 두어 마장 올라가시다 보면 다리 하나가 있고 그 다릴 건너면 왼쪽으로 뚫린 신작로가 있는데……"

그 신작로를 따라 올라가다 보면 다시 두 갈래 길이 나오는데 그 왼쪽이 먹골로 올라가는 길이고 바른쪽 골짜기가 바로 약수골인 것이다. 떠난 지 팔 년 동안 단 한 번도 발길을 하지 않았지만 이곳 지리만은 눈에 훤했다.

나는 느닷없이 막막궁산에 혼자 내던져진 그 노파에게 약수골까지 가는 길을 자세히 일러준 뒤 중간말로 내려가는 길로 들어섰다. 약수골까지 가는 표를 끊었지만 처음부터 약수골이나 먹골로 찾아들어갈 생각은 없었다. 더구나 오늘 당장 이 여행의 목적지인, 수지 어머니가 사는 고약골까지 들어갈 생각은 아예 하지도 않았다.

중간말 와우산 자락에 있는 귀양국민학교부터 찾아갈 생각이었다. 내친걸음, 마음에 짐짐한 것부터 냅다 부딪쳐 털어버리자는 속셈이었다. 귀양국민학교는 강대규 선생과 내가 이 년 동안 함께 근무한 곳이다. 먹골분교에서 함께 지낸 그 이 년 반까지 합하면 강 선생과는 무려 사 년을 동고동락한 셈이다.

강대규 선생이 죽었다는 소식을 들은 것은 내가 서울 미성국민학교로 옮겨간 지 서너 달 뒤였다. 도교위 관리과에 있는, 아내의 먼 친척 되는 사람이 내가 부탁한 경력증명서를 떼어 보내는 봉투 속에 강대규 선생이 쪽배를 타고 나가 석유를 뒤집어쓰고 불타 죽었다는 얘길 간략하게 적어 넣었던 것이다. 물론 강 선생의 죽음이 그곳에서 큰 화제가 되기도 했겠지만 도교위의 그 사람은 내가 강대규를 정식 교사로 만드는 일로 여러 번 귀찮은 부탁을 했기 때문에 그 죽음을 유심히 기억했던 모양이다. 나는 강 선생이 그렇게 죽었다는 소식에 어느 정도 충격은 받았지만 그 일을 오래 기억하지는 않았다. 귀양국민학교에서 누구 한 사람 강 선생의 죽음을 내게 알려오지 않았다는 게 마음에 좀 꺼림하긴 했어도 나는 모든 걸 지나간 일로 지워버렸던 것이다. 누가 강 선생의 죽음에 대해 물어왔다면 나는 능히 그렇게 죽을 수 있는 사람이라고 아무렇지도 않게 말해줬을 것이다. 그 사람 어딘가 좀 이상한 구석이 있었어. 그렇게 덧붙였을는지도 모른다. 물론 내가 강 선생의 그런 죽음을 쉽게 잊을 수 있었던 것은 바뀐 서울 생활에 적응하기 위해 정신이 없는데다 끝까지 서울을 지키고 앉았던 아내가 자신의 미술학원을 강남으로 옮기는 등 꽤 번거로운 일을 벌였을 때다.

그러나 수지가 미국에서 보내온 그 녹음테이프로 해서 나는 팔 년 저쪽의 강대규 선생한테 묶이기 시작했다. 그 테이프를 받은 뒤부터 꿈자리마저 좋지 않았다. 강 선생이 받았어야 할 그 테이프가 우연찮게 나한테 전해진 것이 문제였다. 어쩌면 강 선생은 팔 년 전에 죽지 않고 귀양리에 그대로 살아 있을는지 모른다는 생각이 든 것도 그 테이프를 받고부터였다.

한수지는 그 녹음테이프를 나한테 보낸 경위를 비교적 자세하고 솔직하게 썼다. 수지는 자신을 뻐꾸기 새끼에 비유했다. 비록 흰배지빠귀 둥지에서 태어났지만 뻐꾸기는 뻐꾸기일 뿐이라는 말로 자신은 이제 완전한 미국 시민이 돼 있음을 강조하고 있었던 것이다. 대충 헤아려보니 수지는 스무 살 정도의 처녀로 성장해 있었다. 성년이 된 수지는 자기를 낳아 길러준 어머니를 의식적으로 '코리안' 혹은 '한국의'란 관형어를 얹어 불렀다. 어디 그뿐인가. 자기 어머니를 '그 여자'라고도 불렀다. 수지는 그렇게 '그 여자'가 집요하게 지키고 있는 귀양리의 그 둥지를 눈곱만큼의 미련도 없이 거부하고 있었던 것이다.

귀양리는 팔 년 전이나 달라진 게 하나도 없는 것 같았다. 와우산 기슭 밤나무 숲에서 물씬 풍기는, 마치 송장 썩는 것 같은 밤꽃 냄새며 길가에 지천으로 핀 개망초나 달맞이꽃이 그대로였다. 강을 코밑에 둔 마을이면서도 가뭄은 어쩔 수 없는 모양이어서 마을 텃밭들이 먼지를 뽀얗게 뒤집어쓴 채 후줄근히 생기를 잃고 있었다. 귀양리에서 가장 큰 마을인 중간말은 와우산 자락의 귀양국민학교를 쳐다보는 위치에 새마을회관을 가운데 하고 여기저기 이십여 가구가 흩어져 있었다. 본디 귀양리는 댐이 생기면서 완전히 수몰된 마을인데 고향 잃기 싫은 사람들이 불과 두어 집밖에 없던 중간말과 약수골, 먹골로 올라가 터 잡아 살면서 그 세 마을을 합쳐 다시 그 이름을 되찾은 것이다. 중간말, 약수골, 먹골 등 세 마을은 모두 칠십여 가구로서 수몰지구 마을로는 제법 큰 마을이었다. 수지 어머니가 혼자 살고 있는 고약골도 행정구역상으로 귀양리에 속했다.

단층이지만 와우산을 등에 지고 제법 높은 자리에 앉은 귀양 국민학교는 흰 수성페인트 칠을 한 지가 얼마 되지 않은 듯 우중충 흐려드는 하늘 아래서도 단연 돋보였다. 학교 정문 쪽으로 가기 위해서는 38교란 작은 시멘트 다리를 건넌 뒤 큰길가 왕할머니네 집 앞을 지나야 했다. 먼 데서 찾아드는 낚시꾼들이나 학교 선생들한테 밥을 해 파는 왕할머니네 집은 슬레이트 지붕이 헐렁하게 얹힌 옛날 그 꼴로 쪽마루 달린 구멍가게를 학교 정문 쪽 큰길로 둘러댄 채 문을 한 짝만 빠끔히 열어놓고 있었다.

방학에 들어간 지 십여 일밖에 지나지 않았을 학교가 마치 여러 해 비워둔 건물처럼 썰렁하게 느껴졌다. 운동장 변두리로 제멋대로 자란 잡초 때문인지도 몰랐다. 그런 썰렁한 느낌 말고도 나는 학교 정문을 들어서면서부터 뭔가 옛날과 크게 달라졌다는 생각을 했다. 학교 운동장 동쪽 끝에 솟아 있던 나지막한 동산이 보이지 않았다. 강대규 선생이 만든 그 통일동산이 없어졌던 것이다. 이상하게 운동장이 넓다 싶었던 것은 그 동산이 있던 자리가 정구장으로 바뀌었기 때문이었다. 동산을 밀어내고 만든 그 정구장은 제법 정리도 잘되어 있는데다 사방에 기둥을 세워 망까지 둘러친 것이 어느 큰 관청 뒷마당의 그것 못지않게 제격이었다. 강 선생이 그렇게 힘들게 구해다가 심었던 통일동산의 그 희귀목들은 모두 어디로 옮겨 심었단 말인가. 문득 낯익은 층층나무 하나가 정구장 쪽으로 가지를 층층이 뻗고 서 있는 게 보였다. 중앙 계단 위쪽, 학교의 현관 좌우로 나란히 서 있는 산목련 두 그루도 통일동산에 있던 것을 옮겨 심어 그렇게 크게 자란 것 같았다.

바로 그 산목련 나무 가운데쯤 의자를 내다놓고 걸터앉았던 안경잡이가 운동장에 들어선 낯선 방문객을 발견하곤 몸을 일으켰다. 책까지 들고 있는 걸로 보아 일직 선생이 분명해 보였다. 누가 보든 그게 무슨 상관인가. 나는 그저 고향에 돌아온 기분이었다. 겨우 두 살 때 부모 품에 안겨 월남한 뒤 죽 서울에서 성장해 서울 토박이 행세하며 산 내게는 복개되기 훨씬 전의 청계천이 고향으로 기억될 뿐 종로 5가 난시장에서 장사를 하다 마흔 안쪽의 나이로 돌아가신 아버지가 입에 달고 살던 북쪽의 그 고향 같은 건 관심도 없었다. 그러나 삼류 대학을 겨우 졸업하고 군대 생활까지 마친 뒤 그런 주제에 좀 넘친다 싶은 아내까지 얻고도 강원도 벽촌의 국민학교 선생으로 출발하면서부터 나는 강원도의 산천을 고스란히 내 고향으로 받아들였던 것이다. 특히 먹골분교의 이 년 반과 귀양국민학교에서의 이 년은 아버지의 북쪽 고향까지를 포함한 고향 인식의 중요한 시간이었다.

"어디서 오셨습니까?"

운동장 끝 담 안쪽 여기저기 심어져 있는 나무들이 혹시 팔 년 전 통일동산에 있던 것들이 아닌가 두리번거리고 있는데 현관 앞에 있던 안경잡이가 어느새 뒤에 서 있었다.

"일직 선생님이시군요?"

"그런데요."

"팔 년 전 이 학교에 근무한 적이 있습니다."

"그럼 춘천사범 나오셨나요?"

교육대학 출신이 분명해 뵈는 그 젊은 선생은 내 나이를 꽤 많이 올려 본 모양이었다.

"아닙니다. 비사계지요."

비사계에다 타도 출신이기 때문에 미운 오리 새끼처럼 따돌림 받는 처지에서 먹골분교의 고용원 강대규 씨를 교사 보조교원으로 끌어들인 뒤 나중에는 임시교육양성소의 강습까지 받게 해 정식 교사로 발령받는 일을 돕는 일은 남들이 생각하기보다 훨씬 어려웠다. 이런 식으로 공치사나 할 수 있는 나는 그래도 괜찮은 편이었다. 분교의 임시 고용원에서 교사 보조교원인 임시강사로, 다시 교원양성소를 단기로 마치는 운까지 따라 본교의 정식 선생이 된 강대규 선생에 대해 다른 선생들이 갖는 적대감은 대단한 것이었다. 강 선생이 다른 선생들한테 별로 환영을 못 받는 것은 그런 입지전적 경력 때문이 아니라 별것 아닌 학력답지 않게 매사 아는 게 많은데다 자신이 옳다고 믿으면 단 한 걸음도 물러설 줄 모르는 그 깐깐한 성깔이 동료들에겐 몹시 껄끄러웠던 것이다.

"그전에 여기 있던 선생님들은 지금 하나도 없는데, 무슨 일로 여길……?"

그렇게 생각하고 들어서인가, 일직 선생의 말투가 조금은 귀에 거슬렸다. 나는 짐짓 시치미를 뗐다.

"강대규 선생님을 만나러 왔지요."

"강대규라구요? ……그런 선생님은 우리 학교에 없는데요."

"정말 강대규 선생님을 모르십니까?"

"첨 듣는 이름인데요. 참, 염기준 선생님이 그전에 여기 계셨다던데 그분 아세요?"

염기준 선생이라면 강 선생과 동갑내기로 두 사람이 비교적 말이 통했던 사이다.

"염기준 선생님이 아직 여기에 계십니까?"

"아니에요. 그전에 여기 계셨다고 하데요. 지금은 요 너머 후곡학교에 계신데 오늘 아침나절 학교에 들르셨데요. 이 지역 선생님들 몇 사람이 무슨 조사를 한다면서 학교 배로 대동리 건너가셨어요. 저녁에 약수골 올라가 주무신다고 하던데요."

염기준 선생은 각종 곤충의 생태에 대해 관심이 많았다. 관심 정도가 아니라 벌레를 잡아다 들여다보는 일에 거의 미쳐 있었다. 명주잠자리의 유충인 개미귀신의 생태며 무성 및 유성생식을 하며 재생력과 기아 · 내구력이 강한 플라나리아의 번식에 대해서 또는 갯버들에 서식하는 거품벌레의 생태 등을 연구해서 과학전람회에 서너 차례 입상까지 한, 그 방면에 대해서는 많이 알려진 사람이었다. 그가 강대규 선생과 친했던 것도 두 사람의 취미가 비슷했기 때문일 것이다. 강대규 씨를 학교 선생으로 만드는 일에 적극적으로 협조한 사람도 염 선생이었다. 그러나 그는 강 선생과는 달리 자기 일에만 몰두할 뿐 어떤 상황에 대해선 대체로 자기 의견을 잘 드러내지 않는 편이었다. 통일동산 문제로 강 선생이 곤경에 처했을 때도 비교적 초연한 입장을 취했다.

"이 정구장은 언제 만들었습니까?"

"글쎄요, 내가 여기 오기 전에 만들었다니까 꽤 오래됐을 거예요."

"이 정구장이 생기기 전엔 여기 통일동산이라고 있었는데 그 얘기 못 들으셨습니까?"

"못 들었는데요. 이 정구장은 다른 학교 선생들이 굉장히 부러워해요. 이런 정구장을 시골 학교에다 만든다는 게 어디 쉬운 일이에요. 잘 만든 거지요 뭐. 우리 학교 여덟 명 선생님들 중 정구 못 치는 사람이 없다구요. 오후에 매일 시합을 하거든요. 이런 시골구석에서 그런 재미라두 없음 어떻게 살아요."

"통일동산이 여기 있을 땐 학술적 가치가 높은 이 지방의 희귀목이 모두 심어져 있었지요. 그런 희귀목 보호두 하는 한편 아이들한테 교육적 가치도 많았지요."

"이 정구장 만들 때 수도실도 새로 지었다는데 샤워 시설까지 잘돼 있다구요. 저기 와우산 골짜기에서 끌어오는 간이수도를 쓰는데 이 여름에두 헉헉 느끼게 차다구요."

"여기 있던 통일동산을 강대규 선생님이 만들었지요."

"아까 찾으시던 그 선생님이……"

"그래요. 사실은 강 선생님이 팔 년 전에 돌아가셨지요. 다람쥐섬 근처 물 위에서 불타 죽었다는 사람 얘기 못 들었습니까?"

"아아, 난 또 누구 얘길 하신다고! 그 얘긴 들었어요. 그 사람 불순분자였다면서요? 정체가 탄로 나게 되니까 그렇게 죽었다구들 그러데요. 정신이 좀 이상했다구두 하구……"

통일동산이 흔적도 없다는 게 이해가 됐다. 물론 학교 어느 구석에 그를 기리는 돌덩이 같은 게 세워졌으리라곤 아예 기대도 안 한 거지만 그의 죽음이 이 지경으로 전해지리라곤 전혀 상상도 하지 못했던 일이다. 강 선생과 함께 지낸 몇 년 동안 항상 음각이 깊은 그의 삶의 궤적에 압도당했던 나로서는 귀양리 방문을 생각하면서부터 그의 죽음에 대해 다소는 신비주의적 해석을 내리고 있었던 것은 사실이다. 내가 아는 한 강대규 선생은 옳고 큰 것을 위해 부나비처럼 자신의 몸을 불태웠을 것이다. 그는 결코 정신이상자가 아닐뿐더러 더구나 자신의 어떤 치부를 감추기 위해 그렇게 쉽게 목숨을 버릴 위인이 아니라는 확신이었다.

"그 사람하고 친하셨던 모양이지요?"

내 얼굴 표정이 꽤나 심란해 보였던 모양이다. 일직 선생은 호기심 이글거리는 눈으로 나를 뜯어보고 있었다.

친했다. 귀양국민학교 먹골분교장(場)의 분교장으로 부임하는 첫날부터 강대규 씨를 만났다. 그는 그때 먹골분교의 임시고용원으로 일하고 있었다. 부임할 때 나는 본교 교장한테서 임시고용원 강씨에 대해 들은 것이 있었다. 학교에서 정식으로 채용해 쓰던 고용원 이씨가 풍을 맞아 팔다리를 못 쓰게 되자 이씨 대신 학교 일을 맡아 해주면서 자신은 그 대가를 전혀 바라지 않는 사람이 강씨라는 얘기였다. 문제는 같은 마을 사람인 이씨의 딱한 사정을 자신이 도맡고 나선 강씨가 다른 고용원 채용을 방해하고 있다고 했다. 십 년 이상 학교 일만 해온 사람인데 일을 못한다고 해서 그렇게 쉽게 해고해서는 안 된다며 이씨가 사표를 쓰지 못하게 할 뿐만 아니라 인근 마을 사람 누구도 이씨 자리에 오는 것을 막고 있다는 애기였다.

그 강씨라는 사람을 쓰면 되잖습니까?

물론 그런 얘기도 비춰봤지요. 정 하겠다면 몇 달 쓰다가 적당한 트집을 잡아 해고시켜버리면 되니까. 헌데 본인이 싫다는 거요.

몇 달 쓰다가 해고를 시키다니요?

그 사람 보통 골칫덩어리가 아니오. 교육청에서도 다 알아요. 조 선생도 괜히 잘못하다간 큰코다칠 거니 조심해야 될 게야.

교장은 임시고용원 강대규 씨가 이 고장에 오래 산 사람임에는 틀림없지만 그 신분이 좀 불분명하고 하는 짓이 사사건건 수상쩍으니 정신 바싹 차리고 살펴보라는 당부를 했다. 그러나 뿔 서너 개 달린 괴물쯤 생각하고 만난 강씨는 그저 평범한 시골 사람이라는 첫인상대로 자기가 할 일만 알아서 묵묵히 해냈다. 그는 술만은 사양하지 않고 잘 받아 마시는 애주가였다. 그렇다고 술기운을 빌려 허튼소리를 아무렇게나 지껄여대는 그런 빈 구석이 전혀 없어 그와의 술자리는 부담스러울 정도였다. 그런 대로 두 사람이 늘 얼굴 마주 대하며 살다 보니 그가 어떤 사람이라는 게 대충은 알 수 있었다. 그가 고아로 자랐다는 것, 어려서부터 독학이긴 했지만 그런대로 대학을 다녔다는 것, 군대 생활을 양구 근처에서 하고 곧장 귀양리에 머물러 이곳 사람이 됐지만 마흔이 된 그때까지 독신이며 자기 앞으로 등기된 땅뙈기도 없고 그렇다고 어떤 일정한 일을 하지도 않는 그야말로 프리랜서였던 것이다. 그는 어느 누구에게도 속하지 않은 채 자기를 필요로 하는 곳이면 그 일이 무엇이든 뛰어들었다. 농번기에 이집 저집을 돌며 농사일을 돕는가 하면 집을 짓는 집에서 부르면 그 일에도 매우 열심히 매달렸다. 마을 어느 집에 소송이 나면 열 일 제쳐놓고 그 일을 맡아 해결해주곤 했다. 학교의 임시고용원으로 자청해 나선 것도 이씨네의 딱한 가정 형편을 잘 알기 때문에 그럴 수밖에 없다고 했다. 문제는 그가 원리원칙만 찾는 그 융통성 없는 고집에다 선생들의 자존심을 뭉청뭉청 뜯어 먹기에 딱 좋은 그의 박학이었다. 결코 많이 아는 체 뽐내는 것이 아닌데도 그와 몇 마디 나누다 보면 그가 이쪽보다 한결 다른 차원에 서 있다는 걸 깨닫게 되는 게 문제였다. 염기준 선생이 먹골분교에 자주 올라온 것도 강씨가 채집한 희귀곤충의 애벌레부터 우화하는 과정의 성충에 이르기까지 얻기 어려운 것들을 얻기 위해서였을 것이다. 그 방면의 전공 교수나 생물학과 학생들도 강씨를 많이 찾아왔다. 소문에 의하면 그가 채집했던 나방 중에서 몇 가지가 우리나라에서 처음 발견된 것으로 학계에 보고됐다는 것이다. 그는 할 일이 없을 때는 산속을 헤맨다고 했다. 그러나 곤충을 채집만 할 뿐 그 보관은 할 만한 데서 해야 한다는 생각으로 필요하다는 사람에게 모두 넘겨주곤 했다. 그렇다고 그 곤충이 돈으로 거래된 것은 없었다고 한다. 희귀종을 얻은 사람이 그 사례로 돈을 놓고 갈 경우 굳이 마다하진 않았지만 아무리 귀한 것을 그냥 집어가도 툴툴거리는 법이 없었던 것이다. 과학전람회에 출품할 작품을 만드는 초중고 교사들이 가끔 찾아와 어려운 일을 부탁해도 그는 그것이 꼭 자기 일인 것처럼 열심히 도움 주는 일을 했다.

강씨, 장수하늘소가 이 근방에 서식한다던데 잡아본 적 있소?

자기보다 열 살이나 적은 내가 부리는 사람답게 하대를 하는 투로 말을 해도 그는 얼굴에 언짢은 기색을 보이는 법이 없었다.

못 잡았습니다. 그러나 이 지방에 서식했던 것만은 틀림없지요. 일제시대 그걸 발견하고 그 기념으로 세운 비석이 추곡리에 있었는데 수몰되기 전에 제가 져다가 산속에 감춰뒀습니다.

그걸 왜 감춰둡니까?

그 곤충을 누가 발견하게 되면 그때 그 비석을 함께 공개하지요. 그러나 제가 판단하기엔 그 곤충이 다시 발견되긴 힘들 것 같습니다. 그게 서식하려면 적어도 제2차림 정도 되는 자생 서나무 숲이 있어야 하는데 이 근처 산에는 그런 고목이 전혀 없거든요.

강씨는 그것이 절망 상태이긴 하지만 만에 하나라도 그 곤충이 발견되는 날엔 일제시대 그 비석을 공개하는 동시에 장수하늘소가 아닌 '큰돌다래미'라고 그 명칭을 고쳐야 한다는 걸 주장하겠다는 얘기도 했다. 장수하늘소란 일본에서 쓰는 천우(天牛)를 직역한 것으로 그것이 어느 면으로 보나 장수하늘소일 수 없다는 걸 힘주어 말했던 것이다.

"학생들이 지금 모두 몇이나 됩니까?"

자신이 근무한 적이 있다는 학교 운동장에 서서 통일동산이 어쩌구 하며 죽은 사람을 찾고 있는 이 낯선 사람을 몹시 흥미로워하고 있는 일직 선생의 상상을 깨놓을 필요가 있다고 생각했던 것이다. 역시 그는 날아다니고 있었다.

"예? 몇 학급이냐구요?"

"전교생이 얼마나 됩니까?"

"예에. 모두 여든네 명이지요. 여기 계실 때는 애들이 꽤 더 많았겠지요?"

수몰이 된 뒤에 생긴 학교이긴 해도 물 건너 여러 골짜기 높은 곳에 사는 아이들 팔십여 명이 학교 장학선으로 통학을 할 수 있어 전교생이 무려 이백 명이 넘었다. 물론 70년대 중반 먹골분교가 폐쇄되어 그 아이들 열두 명까지 합친 숫자였지만 수몰지구에선 가장 규모가 큰 학교였다. 그때의 절반 이상으로 줄어든 지금의 학생 수는 무엇을 뜻하는가.

"농촌의 이농현상이 정말 심각하군요."

팔 년 전만 해도 매일 탄식처럼 하던 말을 정말 오래간만에 다시 입에 올려보았다.

"저학년으로 내려갈수록 애들 수가 적어요. 지금 1학년은 일곱 명으로 법정기준 학급 인원에도 못 미쳐 2학년과 합반을 한다니까요."

"요즘도 떠나는 집들이 많은가 봅니다."

"떠날 사람은 벌써 다 떠났어요. 문제는 농촌 사람들이 애를 못 낳는다 그겁니다."

"가족계획이 그렇게 철저하군요?"

"뭘 잘 모르시는군요. 지금 농촌엔 가족계획 같은 건 필요두 없다구요. 여자가 있어야 가족계획이구 나발이구 하지요. 여기 귀양리만 해두 서른 살이 넘은 총각이 꽤 많은데 도대체 장가갈 희망이 절벽철벽이라는 거예요. 이러다간 이제 시골 학교는 다 문 닫게 생겼다구요. 젊은 사람들이 장가들러 도시루 나가선 영영 돌아오지 않으니 늙은이들만 남아서 어떻게 농사를 짓습니까?"

"참, 먹골 사는 황재범이란 젊은 사람, 지금두 거기 그대루 살구 있나 모르겠네요?"

"황재범이라면…… 여기 이장이 황재범인데 그 사람 지금 서른두 훨씬 넘었을 텐데요."

“그 사람이 이장을 봅니까?”

“몇 년 됐대요. 그런데 민선 이장이라 문제가 좀 있다던데요.”

“민선 이장이란 또 뭡니까?”

“관에서 필요한 사람 지정해서 이장이 된 게 아니고 여기 마을 사람들이 뽑은 거니까 민선이지 뭡니까. 행정기관 사람들이 그러는데 여기 이장은 시키는 대로 고분고분 말을 잘 안 들어 아주 골칫덩어리래요.”

내가 먹골분교 발령을 받고 왔을 때 임시고용원 강씨가 바로 마을 사람들한테는 카리스마적인 존재였다. 그가 하는 말 한마디가 마을 사람들의 심리나 행동에 작용이 되어 나타나는 걸 여러 번 확인했다. 내가 혼자 맡아 가르치는 아이들도 강씨를 대하는 태도가 예사롭지 않았다. 아이들은 이상한 곤충 하나를 잡아도 모두 강씨한테로 달려갔다. 심지어는 시간 중에 내가 가르치는 내용에 대해서도 강 아저씨 어쩌구 하는 통에 정말 미치고 환장할 노릇이었다. 더구나 흑인 혼혈아 한수지가 교실에서 죽어라 입을 열지 않는다는 내 얘기를 듣고 강씨가 그 아이를 만나 무슨 얘긴가 몇 마디 나눈 뒤 그 문제가 쉽게 해결됐던 일 등은 내 자존심에 정말 큰 상처를 냈던 것이다. 내 전임 선생이 고용원 이씨를 대신해 학교에 나와 일하는 강씨와는 결코 함께 근무할 수 없다고 전출을 희망했다던 얘기가 새삼 이해가 됐다. 그러나 나는 전임 선생처럼 스스로 패배를 인정할 수가 없었다. 나는 사실 먹골에서 강씨와 만나는 일을 내심 야금야금 즐기고 있었던 것이다. 어쩌면 그것은 이런 벽촌 국민학교 선생 생활에서만 얻을 수 있는 자조(自助)의 그런 도전 같은 것이었는지도 모른다. 내가 생각해도 훌륭한 결단이었다. 그런 기회가 왔다. 약수골에 사는 두 아이가 먹골분교에 다니겠다고 해 전교생이 열두 명으로 늘어나면서 단급 학급에서 복식 학급으로 바뀌면서 교사 보조교원이 한 사람 필요하게 됐던 것이다. 지금 같으면 교육대학을 졸업을 하고도 발령을 못 받고 있는 사람이 그 자리의 임시강사로 내려오게 돼 있지만 그때는 교사 충원이 잘 안 되던 때라 현지에서 분교장의 추천으로 그런 사람을 쓸 수가 있었던 것이다.

삼손의 머리카락 자르기, 눈의 가시처럼 거북한 강씨의 존재를 먹골분교 보조교원, 곧 임시강사로 쓰기로 한 것이다. 물론 강씨는 쉽게 말려들지 않았다. 사실 그는 겸손했다. 그럴수록 나는 그의 힘이 필요하다고 느꼈다. 지방의 어느 대학에 다니다가 데모 주동 혐의로 학교를 그만두고 집에 와 놀고 있던 황재범의 도움을 많이 받았다. 강씨는 보조교원이 되는 것이 마을을 위한 일이란 황재범을 비롯한 마을 청년들의 간곡한 청을 물리치지 못했던 것이다. 그다음 단계의 진짜 싸움은 오히려 신바람이 났다. 막강한 내 벗들은 임시강사 강 선생이 분교가 폐쇄될 무렵 교원양성소 과정을 마치고 본교의 정식 교사가 되기까지 일사불란하게 뛰어주었다.

"……정말 농촌 실정을 잘 모르시는군요. 가난한 농촌에 시집와서 그 고생스러운 시집살이를 어떻게 하겠느냐구요?"

장호중이라고 자기 이름까지 밝혀 새삼스레 수인사까지 정식으로 나눈 그 일직 선생은 팔 년 동안 서울 생활만 하느라 농촌이 어떻게 변했는지 잘 알지 못하겠다는 내 말에 신바람이 나서 더욱 열심히 떠벌렸다.

"시집살이란 말은 이제 필요가 없게 됐다구요. 고부간의 갈등이니 뭐니 하는 것은 이제 옛날 얘기라구요. 요즘 농촌에 시집오는 여자는 자기네 밭이 어디 있는지도 모르고 산다고 하던데요. 자기 아들 살려준 게 고마워 며느리가 부엌에도 못 나오게 하는 집두 있대요. 그런데두 시골로 시집오는 여자가 없다니까요. 우리 반 애 삼촌은 서른다섯인데 일두 안 하구 매일 술만 먹구 운대요. 평생 소원이 장가가는 거라는데 어디 짝이 생겨야 말이지요."

강대규 선생도 그 나이까지 총각이었다. 교육청에 제출할 서류를 갖추는 과정에 다시 확인한 사실은 그의 호적과 주민등록에 올라있는 것은 오직 강대규 선생 하나뿐이라는 거였다. 그러나 그는 주민등록번호를 가진 대한민국 국적의, 군대도 제때에 때우고 예비군훈련까지 끝낸, 신원이 분명한 사람이었다. 신원조회에도 아무런 이상이 없는 걸로 나타났다.

"권진평 사장이 지금두 학교에 도움을 많이 주는 모양이지요?"

정구장 주변 두어 곳에 시멘트로 만들어놓은 벤치 한 모서리에 권진평 사장이 경영하는 회사의 어미 회사인 '북한강산업'이란 상표가 보였던 것이다.

"옛날에는 그 양반 도움이 컸다구들 하던데 지금은 별룬 거 같아요. 하긴 이 정구장도 그 양반이 돈 내서 만들었다구는 하데요."

역시 강대규 선생의 죽음과는 아랑곳없이 권진평 사장은 건재한 게 분명했다. 사실은 나야말로 권진평 사장의 도움을 톡톡히 제대로 받은 사람이다. 자신이 육성회장으로 있는 서울 미성 국민학교로 옮기는 게 어떠냔 제의를 해온 것도 권진평 사장이었다. 당시 이것저것 눈치를 봐야 할 처지라 선뜻 나서지 못하는 나를 적극적으로 끌어올린 사람도 바로 권진평 사장이었다. 아무튼 그는 난공불락인 강대규 선생 곁에서 나를 격리시키는 일에 성공했던 것이다. 나로서는 입이 열 개 있어도 할 말이 있을 수 없었다. 한마디로 내가 강대규 선생을 배신한 것이다. 내가 귀양리를 떠나는 날 강 선생이 내 손을 잡고 말했다

정말 잘 되신 겁니다. 벌써 올라갔어야 할 분이…… 서울 사모님이 얼마나 좋아하시겠습니까.

오후 네시. 마을은 텅 비어 있었다. 무덥긴 해도 해 쨍쨍한 날보다는 이렇게 흐린 날이 밭에서 일하기는 한결 좋을 것이다. 높은 고개를 넘느라 먹먹하게 막혔던 귀가 뚫리듯 쑤아아, 매미 소리가 꼭 소나기 쏟아지듯 기찼다. 유선방송 스피커 소리인가, 뽕짝조의 노랫소리가 매미 소리와 겨루듯 들려왔다. 왕할머니네 집에서 나는 라디오 소리였다.

학교 장학선 선장이 아직도 팔 년 전의 그 벙어리 김씨라는, 일직 선생의 말을 생각해내고 왕할머니네 집으로 들어섰다. 김씨는 왕할머니가 당신처럼 평생을 과부로 늙어가는 며느리한테 수양아들로 들인 사람이었다. 집도 없이 여기저기 떠도는 열서너 살짜리를 데려다가 짝까지 맞춰준 뒤 두 늙은 과부가 의지하고 사는 벙어리 김씨는 그런 불구자가 대부분 그렇듯 재주가 많았다. 특히 김씨는 전기 만지는 기술이 뛰어났다. 김씨의 입에

서 어버버 소리가 계속 나오면 전문 기술자도 손대기 어려운 기계가 고쳐지는 중이었다. 그가 교육청에서 발령내는 학교 소속 장학선 선장이 된 것도 그의 기계 만지는 손재주에다 비록 말은 못하지만 성한 사람 몇 배 빠른 그 눈치와 직심스러운 그 성품 때문일 것이다. 김씨의 짝이 돼 사는 여자도 헬렐레 반편이긴 하지만 김씨에겐 잘 어울리는 착한 사람이었다. 김씨 내외는 여든이 넘은 왕할머니의 마음에 쏙 들었다. 어느 친손자가 그렇게 잘하랴 싶게 손발이 되어 움직이는 김씨 내외한테 평생 밥장사해서 마련한 텃밭을 다 넘겨준 왕할머니였다. 왕할머니에겐 김씨가 당신의 영감이고 아들이며 손자였던 것이다. 왕할머니는 농사 틈틈이 뗏목 타던 영감님이 고약골 골짜기의 벌채목이 장마 물에 떠내려갈 때 함께 휩쓸려 내려간 뒤 돌아오지 않아 스물아홉 나이에 혼자 몸이 됐던 것이다. 서넛 있던 자식 중에서 돌림병으로 둘은 잃었지만 겨우 건진 아들도 해방되기 두 해 전에 징용 나간 뒤 영영 돌아오지 않았다. 그래도 그 아들이 남긴 자식이 하나 있어 며느리와 함께 서로 의지하며 귀양리 마을을 떠나지 않고 살았다. 그러나 열여덟 살 된 그 손자가 여름 난리 막바지에 인민군으로 자원해 나간 뒤 종무소식이자 며느리마저 집을 나갔던 것이다. 집을 나갔던 며느리가 다시 돌아온 것은 귀양리 마을이 물에 잠겨 중간말로 옮겨 앉은 그해였다. 그날부터 왕할머니와 그 며느리인 화천댁은 중간말을 떠나지 않고 함께 살았던 것이다.

화천댁 혼자 봉당에 앉아 강낭콩을 까고 있다가 팔 년 전의 식객을 얼른 알아봤다. 화천댁은 많이 늙어 보였다. 염색을 한

머리가 허옇게 자라 올라 그전보다 많이 추레해진 모습이었다.

"멫시나 됐나 볼려구 켜놨지유."

내가 왜 왕할머니가 집에 보이지 않느냐고 묻자 마루 위의 베개만 한 구형 라디오 소리를 죽여버린 그네는 왕할머니가 벌써 오래전에 돌아가셨다는 얘길 꺼냈다.

"참 이상두 하지유. 강 선상이 죽은 지 꼭 일 년 되는 날이었지유. 강 선상 제사를 지내줘야 한다면서 젯상까지 차리게 해 놓고 애비한테 절까지 시킨 양반이 글쎄 아침에 일어나 보니까 숨을 안 쉬데유."

역시 강대규 선생은 아직 귀양리 사람들 속에 살아 있었던 것이다. 내가 먼저 꺼낸 것도 아닌데 강 선생 얘기가 화천댁 입에서 나오고 있다는 게 정말 신기했다.

"강 선상이 불타 죽는 걸 우리 할머이두 봤거든유. 먹골에 별장 있는 서울 양반이 학교 선상님들허구 지서 양반들서껀 함께 잡아먹으라구 염소를 다섯 마리나 보내줘서 모두 다람쥐섬에 건너가 있었던 날이에유. 애비가 게까지 할머이를 모시구 갔지 뭐에유."

약수골로 곧바로 올라가지 않기를 정말 잘했다는 생각이었다. 강대규 선생은 죽었다. 그 사람이 죽은 이야기를 듣는 것을 부담스러워할 필요가 없었다. 나는 그때 여기 없었던 사람이 아닌가.

"강 선상이 그렇게 쪽배 위에서 휘발유 끼얹구 불타 죽는 걸 본 뒤루 우리 할머이가 이상해지셨다니까유. 옛날에 징용 나간 아들이 죽었다는 거예유. 또 어떤 땐 인민군 나간 손주가 죽었다구두 했어유. 증말 아들 잃구 손주 잃어버린 것처럼 몇 날 메칠을 울구불구 그렇게 정정하던 이가 그런 망령을 할 줄 누가 알었겠어유. 그러구 보면 우리 할머이는 아들허구 손주가 그때꺼정 안 죽었다구 믿구 있었던 게 틀림없에유. 동네 사람들은 죽은 강 선상 귀신이 붙어서 그런 거라구 하데유. 무당 데려다 굿판두 벌열지만 벨 효과가 읍데유 뭐. 글쎄 강 선상 죽은 날꺼정 기억하구 있다가 제사 지내주고 바루 그날루 돌아가신 일만 해두 증말 이상한 일이지유."

강 선생도 왕할머니네 식객이었다. 그가 왕할머니한테 잘 보인 게 있다면 노인네가 한 얘기를 또 하고 또 하는, 옛날 뗏목꾼들과 소금배 타고 온 장사꾼들 맞아 밥해 먹이던 일이며 6·25가 일어나 세상이 바뀔 때도 이쪽저쪽 사람 가리는 법 없이 밥 정성껏 해먹였다는, 그 풍파 심한 세상 오직 밥장수하며 직심스레 살아온 얘기를 열심히 들어주었다는 정도였다. 강 선생을 정말 좋아했던 사람은 벙어리 김씨였다. 강 선생이 통일동산을 만들 수 있었던 것도 다 망가져 못쓰게 된 이장네 경운기를 수리해 돌을 나르는 등 자기 일처럼 거든 김씨가 있었기 때문에 가능했을 것이다.

"아주머니, 강 선생님이 도대체 왜 그런 식으루 죽었답니까?"

단도직입으로 강 선생의 죽음에 접근해보았다. 죽은 사람 스스로가 남긴 그 궁금증은 살아 있는 사람의 권리였다.

"강 선상이 죽구 나니까 벨눔의 얘기가 다 떠돌데유. 몸에 못 고치는 병이 있어 그걸 비관해오다가 그렇게 죽었다는 사람두 있구, 또 어떤 사람은 강 선상이 원래 실성기가 있었다구두 하데유. 학교 선상님들 얘긴 강 선상이 사상이 좀 이상했데유. 같이 있다가 보니까 그런 머시기가 보였길래 하는 소리겠지유 뭐. 무궁화꽃이 나쁜 꽃이라구 막 뽑아버렸대문서유? 빨갱이가 아니구선 그렇게 독하게 죽을 수 읎다구들 그러던대유."

나는 온몸의 신경조직이 빳빳하게 옥죄어드는 걸 느낄 수 있었다. 강대규 선생은 죽어서도 아직 눈을 감지 않고 있었던 것이다. 그에게 불치의 병이 있었다는 얘기는 강 선생과 거의 오년 동안을 함께 지낸 나로서는 말도 안 되는 소리였다. 그런 병이 있는 사람이 어떻게 교육공무원에 임용될 수 있겠는가. 그가 사상이 불순했다는 얘기도 그렇다. 아무리 사소한 비리에도 그렇게 작은 것을 방치하는 것이 큰 죄를 방조하는 것보다 더 나쁜 결과를 가져온다며 끝까지 따지고 덤비는 그의 다소 결벽에 가까운 그 고집을 그런 식으로 매도해서는 안 될 것이다. 이 생각은 적어도 내가 귀양리를 떠나기 전까지 강 선생에 대해 가졌던 내 확신이었다.

만일 강 선생이 정말 정신병자가 되었던가 불치의 병에 걸렸다면 또는 막말로 빨갱이가 되었다고 해도 그것은 내가 귀양리를 떠난 그 몇 달 사이일 것이다. 물론 심상찮은 조짐이 없었던 것은 아니다. 통일동산 문제가 뜻밖의 방향으로 번져간 일이라든가 그 일이 있은 지 몇 달 뒤에 있었던 먹골 계곡의 열목어와 황쏘가리 사건으로 권진평 사장과 부딪치는 일부터가 심상찮았던 것이다. 사실 나는 강 선생 스스로가 벌여놓은 그 두 가지 일에 대해서만은 비교적 초연한 태도를 취했다. 그것이 단순히 서울로 옮겨 앉기 위한 약삭빠른 그런 속셈만은 아니었다.

나는 솔직히 그때 그 일에 강 선생 편을 들고 나설 만큼 강한 연대감 같은 걸 가지고 있지 못했던 것이다. 물론 나는 젊은 혈기로 많은 유혹을 느꼈다. 그러나 내가 택한 길은 그 현장에서 떠나는 일이었다.

"아주머니 생각은 어떠신데요? 강 선생님이 왜 그렇게 죽었다고 생각하십니까?"

"아이구, 난 몰러유. 강 선상 죽어 놀란 일만 해두 그런데 우리 할머니꺼정 그렇게 되는 틈에 그 일이라면 머리가 다 홰홰 돌아가는구먼서두……"

"그래두 아주머닌 그전에 강 선생님한테 남자가 뭐가 부실해서 장가두 못 가느냐구 그런 농담두 잘하셨잖아요."

"그랬지유. 그 허울에 뭐가 이상하지 않구서야…… 하긴 그 양반 죽구 나자 고약골서 핵교 다니던 깜둥이 여식애, 갸 어머이 생각두 나데유."

"그건 무슨 얘깁니까?"

"먹골 사람들 얘기룬 그 양반이 거기 분교 읎어진 뒤루두 고약골엘 뻔질나게 오르내렸다구 그러데유. 그 얘길 들어서 그런지 그 양반 죽구 나자 맘에 딱 하나 짚이는 게 있었지유."

"그게 뭡니까?"

"여느 땐 안 그러던 양반이 하두 별나게 화를 내서 지금두 눈에 선하네유. 저녁을 늦게 먹으러 왔기에 이런저런 얘길 하던 중에 고약골 깜둥이 갸 어머이하구 강 선상하구 어쩌구저쩌구 한다는 소문이 있는데 같이 살 꺼냐구 했더니 먹던 밥숟가락을 팽개치면서 뭔 소릴 그렇게 하느냐구 소릴 내지르구 나가선 메칠 동안 우리 집에 밥두 먹으러 오지 않더라구유. 어디 그뿐인 줄 알아유……"

"또 무슨 일이 있었습니까?"

"그때 조 선상님두 있었는가 모르겄네유. 선상님들 몇이 밥을 먹다가 교감선상인가 누가 고약골 깜둥이네가 거기 살기 때문에 귀양리가 이상한 동네루 알려졌다구 하면서 서울 권 사장한테 고약골 땅이 넘어가야 귀양리 사람들한테 좋다구, 그런 얘길 하는 중인데 강 선상이 밥 먹던 두리반을 둘러엎구 나갔다니까유."

수지가 미국에서 보내온 녹음테이프 열 개 속에도 강대규 선생 얘기가 몇 군데 들어 있었다. 수지 어머니는 고약골에 자기 이름으로 등기된 만오천 평의 밭을 사게 된 얘기에서부터 그것을 팔아버릴 뻔한 여러 번의 위기를 넘겼다는 얘기까지 자세히 말한 그 끝부분에도 강 선생 얘기를 하고 있었다.

—수지야, 엄마는 너를 등에 업고 다니면서 산 여기 고약골 골짜기의 우리 밭 만오천 평이 그렇게도 자랑스럽구나. 이 세상에서 수지와 엄마가 마지막 밟아보는 땅이 될 뻔한 이 골짜기의 이 밭을 사다니, 어디 그냥 사기만 했더냐. 엄마는 어린 수지와 함께 우리 밭에 씨를 뿌리고 김을 매고 여기서 얻는 곡식으로 양식을 삼아 살지 않았더냐. 그래, 엄마는 우리 수지와 함께 여기서 이렇게 살다 죽을 때도 우리 밭에 엎드려 죽기로 했었지. 영수 아버지가 그 혼혈아협회 사람들한테 연락만 하지 않았더라도 엄마는 수지를 이 골짜기에서 떠나보내지 않았을는지도 모

르겠구나. 네가 다 아는 것처럼 영수 아버지는 수지를 엄마한테서 떼어놓고 이 밭까지 빼앗는 것이 엄마를 괴롭힐 수 있는 가장 좋은 방법이라고 생각했던 거다. 수지가 아니었더라면 엄마는 영수 아버지를 죽이는 일쯤 쉽게 할 수도 있었을 게다. 엄마는 밭에서 일을 할 때도 늘 영수 아버지를 죽이고 싶다는 생각으로 손에 살기가 뻗치곤 했다. 하느님이 정말 있다면 영수 아버지는 하느님이 엄마를 시험하기 위해 내려보낸 악마라는 생각이 들었다. 그런 생각을 했기 때문에 우리 땅을 끝까지 지켜냈는지도 모르겠구나.

영수 아버지만큼 무서운 사람이 또 있다. 귀양리 좋다는 땅은 다 차지해버린 권 사장이란 사람인데 몇 년 전부터는 우리 고약골 땅까지 욕심을 내서 여러 사람을 올려보내 엄마를 괴롭히고 있구나. 엄마가 어떤 일이 있어도 우리 땅을 팔 수 없다고 했더니 나중에는 면사무소 사람까지 보내 독가를 소개시킬 예정이라든가 옛날 화전 정리 때 우리 밭이 경작지로 되지 않았다는 둥 이 밭을 살 때 다 확실히 알아본 걸 공연히 트집 잡은 일도 여러 번이었다. 수지야. 그런 일을 당할 때마다 엄마는 너무 억울하고 서럽고 나중에는 치가 벌벌 떨려 앞산을 향해 고함을 바락바락 내질렀단다. 어떤 때는 땅이고 뭐고 매사가 다 귀찮아져 모든 걸 마음대로 하라고 내던져버리고 싶기도 했지. 수지야, 정말 우연이겠지만 그렇게 엄마가 죽어버리고 싶을 때마다 강대규 아저씨가 고약골에 모습을 나타내시곤 했단다. 생각해보면 수지와 엄마가 이렇게 이 세상에 살아 있는 것도 다 그 아저씨 덕분이 아니겠느냐. 수지가 여기 있을 때나 서울에 있을 때도 그 아저씨는 엄마한테 인사말밖에 한 적이 없었는데, 어느 날은 고약골 우리 밭을 내놨다는 소문이 있는데 어떻게 된 일이냐며, 수지를 위해서 이 밭을 팔아서는 안 된다는 말씀을 해주시고 내려가신 일이 있었다. 그래, 엄마는 그 아저씨 말대로 수지를 위해서 이 밭을 팔지 않았다. 수지야, 엄마는 네가 지난번 귀국했을 때야 그 아저씨가 왜 그런 말을 했는지 비로소 알 수 있었단다. 수지가 우리 밭에 자란 옥수수를 손으로 만져보며 골짜기로 올라오는 걸 본 순간 엄마는 수지와 몇 년 떨어져 산 그 고통스러운 세월을 한꺼번에 다 잊을 수 있었던 거다.

"아주머니, 아무래도 선장이 집에 안 오구 그냥 대동리루 건너간 거 같은데요."

오후 다섯시쯤 김씨가 대동리에 들어가 있는 염기준 선생 일행을 데리러 장학선을 띄우기 전 집에 들렀다가 나간다고 한 그 시간이 지났던 것이다.

"인제 금방 올라올 거니까 걱정을 말아유. 날이 흐려서 그렇지 저녁 다섯시면 아직 대낮이에유."

팔 년 전의 식객한테 굳이 콩 넣고 찐 감자범벅을 대접하겠다는 화천댁이었다.

"요새 약수터에 사람 많겠지요?"

"말두 못해유. 거기까지 뻐쓰 길 뚫리구부터 대처 사람들이 많이 온대유. 그러구보니 조 선상님이 서울 사람 돼 가지구설랑 약숫물 잡수러 오셨구먼그래."

"사람들이 그렇게 많이 오면 거기 집두 많이 늘었겠네요?"

"집은 옛날 그대루에유. 그 골짜구니가 관광지라구 집을 못 짓게 한데유. 헐구 다시 짓는 것두 안 된다는데유 뭐. 거기 사람들은 그게 모두 서울 그 부자 양반이 농간을 부리는 거라구 그러데유."

"농간을 부리다니요?"

"약수골 들어가는 산비탈에다 크다란 집을 짓구 혼자 돈 벌려구 그런다데요."

"그럼 지금 그런 건물이 거기 섰습니까?"

"웬걸유. 산을 깎아내구 건물을 세우는 걸 동네 사람들이 못하게 막았대유."

"고약골에두 집이 더 생겼는가 모르겠네요."

나는 되도록 수지 어머니에 대해 듣고 싶었던 것이다.

"생기긴 뭐가 생겨유. 거기가 워디 사람 살 덴가유."

"그럼 거기 살던 깜둥이 어머니두 지금 다른 데루 갔나요?"

"고약골 귀신이 가긴 어데루 가유. 더구나 지 땅이 거기 있는데."

"정말 대단한 여자군요."

"한마디루 무선 예펀네지유 뭐."

"도대체 언제부터 거기서 사는 겁니까?"

"맴이 생기기두 전이니까 정말 옛날얘기네유. 웬 젊은 여자가 머리카랑이 꼽슬거리는 깜둥이 계집앨 등에 업구 저 아래 살던 귀양리 김재필일 찾아왔더라구유. 지금은 서울 가 살다 죽었다구 하더구먼서두. 그 김재필이가 고약골에 있던 숯막 하나를 다시 짓구 사람까지 사서 화전을 일궈 뭔 약초 재밴가 하다가 화전 정리할 때 지 땅으로 맨든 게 있는데 겨울 난리 때 게서 뙤놈 군대가 수천 명 불타 죽은 뒤루는 무섭다구 얼씬두 안 하구 그냥 묵밭으루 내버려뒀던 밭이 있었지유. 어느 땐가는 먹골 사람 하나가 그 묵밭에다 양귀비하고 대마초를 몇 대궁 몰래 심었다가 잡혀 들어가 몇 년 징역 산 일두 있었지유. 글쎄 그렇게 쥔두 무섭다구 안 찾아가는 그 깊은 데 묵밭을 그 젊은 여자가 사겠다고 찾아왔던 거지유. 그때만 해두 거저 줘두 싫다구 할 판인데 그걸 팔라니까 얼씨구나 하구 팔았지유. 팔면서두 설마 지 손으루 그걸 부쳐먹으랴 싶었겠지유 뭐."

"지금은 그 밭을 서루 사려구 야단이라면서요?"

"뭐가 그래유. 그 서울 부자 양반이 뭔 통속인지 그걸 꼭 사겠다구 사람을 여럿 자꾸 올려보내니까 그런 소문이 났지유 뭐. 조 선상님두 그 고악골 땅이 탐나는가베유? 서울 양반들은 차타구 가다가두 좋은 땅만 보면 사구 싶어 사죽을 뒤튼다구 그러던데유."

나는 화천댁의 그 우스갯소리에 필요 이상 크게 웃었다. 이름난 화가가 되는 일을 일찌감치 포기하고 아예 돈벌이로 나선, 실제로 이재에 밝은 아내와 함께 땅 놀이 몇 건을 해 재미를 보았던 것이다.

"아무튼 그런 데서 여자 혼자 산다는 게 참 용하네요."

"용한 건지 미친 건지, 몇 달 전 먹골에 산더덕 좀 사러 갔다가 그 예편넬 봤는데 깜둥이 걔 핵교 다닐 때 본 그 사람이 아니데유. 아무리 산속에 산다구 해두 사람이 그렇게꺼정 망가질 수 있는가 싶데유. 얼굴이 새까맣게 탄데다가 가뜩이나 작은 몸뚱이가 꼭 저릅대처럼 삐쩍 말라 불면 날아갈 것 같더라니까유. 들으니께, 제대루 먹지두 못하는데다 술을 그렇게 처먹는다니 여태 살어 있는 거만 해두 놀랍지유 뭐."

"술을 많이 먹는답니까?"

"지금두 남들 보는 데선 먹지 않는대유. 그렇지만 사나흘에 한 번씩 내려올 적마다 소줄 엄청나게 사 간다구 그러데유. 깜둥이 갸 미국 보내구 나서부터 그렇게 많이 먹는다던가, 또 어떤 사람들은 귀양 학교 강 선상이 죽은 뒤루부터 그렇다구두 하구……"

"혼자 산다는 게 어디 그렇게 쉽겠습니까."

"그렇게 외로운 거 알면서두 아들꺼정 있는 남잘 마다하구 도망쳐 와 사는 것두 참 이상하지유. 허긴 그 사내란 게 사람 탈만 썼지 즘승만두 못하니까……"

"그 김태식이가 지금두 찾아옵니까?"

"그 술주정뱅이가 김태식이유? 사람 같지두 않은 거…… 어서 들으니까, 풍 맞구 자빠져 똥오줌 받아낸다구 하데유, 죌 받아 그렇지. 본마누라 애 못 낳는 거 알구 아들꺼정 주구 나왔음 됐지 툭하면 나타나 그 잘난 땅돼기꺼정 뺏어가겠다구 지랄까는 눔이 그 죄 안 받구 으쩔 거예유."

내가 김태식이란 사람을 처음 만난 것은 먹골분교에 부임해 간 지 두어 달 지났을 때다. 약수골 입구 구멍가게서 누가 찾는다는 전갈을 받고 가보니 동네 사람 서넛과 함께 술판을 벌이고 있던 오종종한 얼굴의 사내가 벌써 꽤 취한 거동으로 맞았다.

나 김태식이여. 우선 이거부터 한잔 받어어. 학부형이 주는 술이니께 맘 푹 내려놓구 드셔어. 먼저 있던 윤 머시기 선생두 내가 사는 술 많이 먹었응께 안심혀어. 내가 바루 수지 애비 되는 사람이여. 여기 야가 그 튀기 기집아 동생이여.

어처구니없게도 그는 첫 대면에서 반말지거리로 막 나왔다. 네댓 살쯤 돼 보이는 사내아이가 평상 한구석에 엎드려 자고 있었다.

윤 머시기 선생이 이 김태식이한테 혼구멍 난 거 알고 있능겨? 그 망할 것들이 즈덜 맘대루 튀기 기집앨 즈 에미 성으루 고쳐놨드라 그거여. 흰둥이가 맨들었건 껌둥이놈이 맨들었건 그 에미가 내 계집이면 내 성씨를 따라야 원칙이 아닌가 그 얘기여. 그년이 이 애새끼까지 데리구 도망쳤더라면 이 애새끼두 한가 새끼가 됐을 거여. 이런 우라질 눔덜 같으니라구. 뭐여 도대처! 그년 밑구멍으루 싸질러 질질 흘려놓은 애새끼 찾아댕기며 전부 한가 맨들어줄 거여? 내가 그년 쫓아다니면서 애새끼 못 까지르게 애두 많이 썼지만서두 나 모르게 싸지른 게 부지기수일 거여. 어쩐 일로 여기선 아직 애새끼 못 싸질렀데. 밑구멍을 아예 땜질을 했당가? 그 구멍 때우려면 쐬떵이가 절구공이보다 커야 할 거여. 그년 몸뚱아린 작아두 그거 하난 크다 그거여. 당신들두 말이여, 물건 자신 없으면 아예 근접을 말어. 그년이 이 애새끼 내빼리구 돈 훔쳐 도망친 것두 다 내 물건이 시답잖아 그랬다는 걸 알아야 혀.

김태식은 계속 그런 식으로 혼자 떠벌렸다. 술이 취했다고는 하지만 막가는 인생이 다 그렇듯 사람 된 근본부터가 마비돼 있는 것 같았다.

그년 밑구멍 개시를 김태식이, 이 김 중사가 했다 그거여. 우라질, 그년 밑구멍 아니었으면 지금쯤 이 김태식이 어깨에 별이 뻔쩍뻔쩍했을 테지만 말이여. 그년이 그때 몇 살인지 알어? 열여섯이여. 그때부터 오늘 입때까지 내가 그년 그 밑구멍을 찾아 이십몇 년을 이렇게 헤맸다 그거여. 그 구멍 개실 했으니께 인제 내 손으루 눈 감겨주겠다는데 어떤 놈이 뭐랄 거여? 다시 말을 하자면 그년은 내 첫사랑이다 그거여. 이래봬두 이 몸이 순정은 있다 그거랑게. 여북하면 그년이 깜둥이 애새낄 안구 날 찾아와 같이 살겠다구 무릎을 꿇었겠느냐 그거여.

김태식은 두어 달에 한 번씩 그 어린 아들을 데리고 약수골 여인숙에 나타나 며칠씩 묵어간다고 했다. 그 아들을 인질로 삼아 고약골에 사람을 뻔질나게 올려보낸다는 것이다. 처음 한번은 고약골까지 올라갔던 모양이지만 그 밤으로 헐레벌떡 내려와 고개를 절레절레 흔든 뒤로는 아예 다시는 올라갈 생각을 않는다고 했다. 그렇다고 고약골서 수지 어머니가 내려온 적도 없었다고 한다. 그는 며칠 동안 술만 먹으며 수지 어머니에 대해 갖은 험담만 하다가 제풀에 지쳐 사라지곤 했다는 것이다. 그가 약수골에 와 있는 날은 수지가 학교에 나오지 않았다.

안하무인 떠벌리는 김태식일 땅바닥에 내던지고 구둣발로 짓밟아준 사람이 강대규 선생이었다. 먹골분교가 귀양국민학교로 흡수돼 중간말에 내려가 있을 때였다. 어디서 알았는지 수지의 성을 한씨로 독가창씨를 해준 것이 강대규 선생이란 걸 트집 잡아 시비를 걸어왔던 것이다.

이봐, 한마디루다 기분이 나쁘다 그거랑게. 당신이 날 쳐다보는 그 눈이 꼭 그년이 날 쳐다볼 때 그런 눈이라 그거여. 빨갱이년! 난 그년을 누구보다 잘 안다 그거여. 그년 애비가 빨갱이었다구 지넌 입으루다 그랬당게. 그러니까 그년이 그렇게 지독허다 그거여. 그년이 그래뵈두 대한민국 간호장교 출신이라 그거여. 고런 년이 왜 흰둥이 검둥이 붙어 처먹었는지 알아? 물론 그 양놈들 물건이 더 좋으니까 그랬겠지만 꼭 그것만은 아니라 그거여. 미군 부대 비밀을 캐내느라 그랬다, 실토를 했당게. 그년이 왜 흰둥이 새끼하구 국제결혼까지 하구두 검둥이놈하구 붙어 튀길 낳았는지 내가 말 안 해두 알 거여. 거기다가 이렇게 비무장지대 턱밑에 들어와 사는 그 이율 알아야 한다 그 말씀이여. 당신 국민학교 선생 신분에 그년 밑구멍에 한번 물렸다 하면……

바로 이 대목에서 강 선생이 김태식을 냅다 들어 올려 땅바닥에 내던졌던 것이다.

"어이구, 우리 애비 웃는 거 츰 보겠네유."

벙어리 김씨가 휘발유 통과 공구가 든 나무 상자를 들고 들어서다가 그 특유의 소리를 내지르며 나를 얼싸안을 듯이 반겼던 것이다. 김씨는 본디 좋고 나쁘고의 감정을 잘 드러내지 않았다. 게다가 벙어리 김씨는 강대규 선생을 좋아하는 것과는 달리 나에 대해서는 늘 뜨악한 얼굴을 보이던 사람이다.

"조 선상님이 서울 가실 때 주구 간 물건을 신주 모시듯 한다우."

객지 홀아비 생활을 하느라 장만했던 철제 캐비닛이며 흑백 TV, 아이스박스 등을 김씨에게 주고 갔던 것이다.

"쟈가 강 선상님이 배에서 불타 죽은 걸 혼자 손으로 거뒀지유. 그 일 치루구 나서 메칠 앓아 눕데유. 배에 쓰는 휘발윤가 뭔가 간수를 제대루 못했다구 혼두 많이 났지유. 우리 할머이서껀 강 선상님 귀신한테 잡혀 혼구녁이 났지유 뭐. 밥해준 죄밖에 읎구먼서두."

마을 농선과 두어 척의 낚싯배가 모두 만수 때의 강안에서 거의 반 마장 아래쪽으로 내려간 개펄에 매여 있었다. 장마에 대비해서 댐의 물을 그렇게 많이 뺀 때문일 것이다. 물이 찼던 산비탈이 황톳빛으로 수십 미터 드러나면서 물에 잠겨 죽은 나무들의 거무죽죽한 잔해들이 울창하게 살아 있는 나무들과 좋은 대조를 이뤘다. 그 황톳빛 강안은 물 닿았다 차츰차츰 빠져나간 자리가 마치 그랜드캐니언의 그림을 보는 것 같았다.

김씨가 갑자기 개펄 깊숙이 얹혀 있는 낚싯배 위로 뛰어올라가 덕판을 밟고 서서 두 팔을 벌려 만세 부르듯 흔들었다. 나는 그가 몸짓 손짓으로 해 보인 말의 뜻을 금방 알아냈다. 역시 김씨는 눈치가 빨랐다. 장학선이 염기준 선생 일행을 실어오기 위해 대동리로 간다기에 나도 함께 가자고 했을 뿐인데 김씨는 이미 내 마음속을 들여다보았던 것이다. 바로 자기가 올라탄 그런 낚싯배의 덕판 위에서 강대규 선생이 불타 죽었다는 걸 내가 묻기도 전에 알리고 있었던 것이다. 김씨는 그처럼 보통 사람 이상으로 눈치가 빠르고 또 자기가 하고 싶은 말을 몸짓 손짓에다 얼굴 표정까지 바꿔가며 정확히 전달할 줄 알았다.

김씨가 장학선 기관실에 들어가 발동을 걸었다. 수몰지구 골짜기에 십여 가구씩 남은 몇 개리 주민들의 자녀교육을 위해 교육청 예산으로 마련된 장학선에는 처음 칠십여 명의 아이들이 통학을 했다고 하지만 내가 귀양국민학교에 왔을 때는 불과 삼십여 명으로 줄어 있었다.

"김씨, 지금 이 배를 이용하는 애들이 몇이나 돼?"

듣지 못하는 김씨라 그가 내 입을 바라볼 수 있도록 기관실 창유리에 대고 물었다. 김씨가 고개를 홰홰 내저으며 손가락 여덟 개를 펴 보였다. 조금 전 학교 일직 선생한테 알아본 것이지만 통학생이 이렇게 형편없이 줄어들었으리라곤 생각도 못했던 일이다.

장학선은 물살을 가르며 빠르게 움직여 나갔다. 우중충 흐린 하늘 아래 후덥지근한 더위도 강바람 앞에서는 별것이 아니었다. 가슴이 탁 트였다. 왜 팔 년 동안 이 아름다운 산하를 외면해왔던가. 체질적으로 시골 생활이 싫다면서 남편이 직장 생활을 하는 곳엘 고작 두어 번 다녀갔을 뿐인 아내의 사슬이 너무 견고했던 탓일까. 대학에서 서양화를 배운 아내는 국민학교 선생으로 나선 남편을 우습게는 보지 않았지만 서울을 떠난 강원도 벽촌에서의 내 생활을 전혀 이해하지 못했다. 별거 생활을 끝내고 아내의 사슬 속으로 묶여들었을 때 나는 처음 얼마 동안은 서울 생활이 싫어 환장할 지경이었다. 꼭 정신을 어느 데다 빼놓고 온 사람 같아요. 서울 생활에 다시 길들여지기 전에 수없이 들어온 소리였다. 사실 나는 꽤 오랫동안 시골에 내려오지 않으면서도 항상 시골의 이런 풍치를 머릿속에서 지우지 않고 있었던 것이다.

호수변 산골짜기는 그대로 푸른 꽃이 뭉실뭉실 피어오르고 있었다. 산기슭에 방목하는 소 떼가 짙은 녹색과 좋은 대비를 이뤘다. 호수 한쪽을 불쑥 내질러 솟은 산언덕에 뱃길을 표시한 이정표가 생경한 느낌으로 서 있었다. 왼쪽으로 자잘한 보득솔과 떡갈나무가 혼림을 이룬 다람쥐섬이 모습을 드러냈다. 수몰이 되면서 생긴 섬인데 처음에는 다람쥐를 사육하다가 실패하고 흑염소를 방목하던 곳이다. 낚시 철에는 잉어가 많이 잡혀 낚시꾼들에게도 인기가 있었다. 겨울철에는 창자 속이 환하게 들여다보이는 빙어 떼가 뒤엉켜 떠올라 고깃배들이 심심찮게 모여들곤 했다. 섬 주위 바위에 울긋불긋한 차림의 낚시꾼 십여 명이 장학선이 내달리며 일으키는 거센 물 주름을 멀거니 바라보고 있었다. 김씨는 발동선이 낼 수 있는 최고 출력으로 배를 몰고 있는 것 같았다. 이렇게 심하게 배를 모는 김씨를 본 적이 없었다. 그는 일부러인 듯 나를 올려다보지도 않았다. 뭔가 몹시 못마땅한 일이 있을 때 흔히 보이던 그런 고집스런 옆얼굴을 보이고 있을 뿐이었다.

김씨가 거칠게 몰던 장학선 발동을 갑자기 죽인 것은 다람쥐섬이 꽤 멀리 바라보이는 지점의, 옛날 38선이 한 마을을 반으로 나눠 윗방은 북쪽, 아랫방은 남쪽으로 갈렸다던 귀양리 본마을쯤의 위치에서였다. 뱃길을 이용하는 관광객들에게 보여주려는 뜻에서 만들어 세운 38선 표지판이 마치 상품광고인 양 요란한 빛깔로 강 연안 언덕에 꽂혀 있었다.

배가 완전히 멈춰 선 뒤에도 김씨는 갑판 위로 올라오지 않았다. 나는 하릴없이 왕할머니네 집에서 사가지고 온 소주병을 딴 다음 물 위에 뿌리기 시작했다. 살아 있는 자의 공연한 감상이었다. 그러나 벙어리 김씨가 다람쥐섬이 바라다보이는 바로 이 지점에 배를 멈춰 세운 것도 함께 살아 있는 사람들만이 몰래 나눌 수 있는 그 막연한 죄의식의 편린 같은 것이었는지도 모른다.

강 선생과 마주 앉아 정말 많은 술을 마셨다. 특히 먹골분교에 함께 있을 때는 두 사람이 마신 소주병이 관사 뒤꼍에 높다랗게 쌓여 있어 장학 시찰 나온 교육청 장학사한테 심한 소리까지 들은 적이 있었다. 강 선생은 술 체질이었다. 침울하던 사람이 술만 먹으면 얼굴에 생기가 돌았다. 취기가 있는 한 그는 결코 잠자리에 들지 않았다. 사흘 동안 밤낮없이 술을 마시는 걸 보았는데 단 한순간도 자리에 눕지 않았다. 그는 술을 마실수록 입을 꽉 다물어 허튼소리를 하지 않았다. 대개의 경우 그는 술이 몹시 취했다고 생각하면 아무 말 없이 일어나 밖으로 나갔다. 어느 날 밤에는 고개 둘을 넘어야 하는 운수골까지 갔다가 새벽에 돌아온 적도 있었다. 수지가 사는 고약골에 올라가는 것도 대개 그렇게 술이 많이 취한 상태였을 것이다. 강 선생은 남들이 술에 취해 횡설수설 떠벌리는 그런 시간에 산속을 헤매거나 그렇지 않으면 노래를 불렀다. 어느 때 익힌 버릇인지 그는 노래를 부를 때면 그것이 가곡이고 유행가이고 가리지 않고 반드시 일어선 채 몸을 꼿꼿이 세워 두 손을 배 위에 얌전히 모아 쥐고 불렀다. 사십을 넘긴 그 나이에 그런 경건한 자세로 노래를 부르는 건 쳐다보기만 해도 웃음이 나왔다. 그는 기분만 내키면 스무 곡 정도까지 계속해 불렀다. 가끔 판소리도 불렀는데 그가 즐겨 부르는 것은 수중가 중, 어이 가리 너, 어이 가리 너…… 하고 메나리조로 뽑아내는 초동가였는데 성음이 그다지 뛰어나지는 않았지만 제법 잘 넘어가는 가락이었다.

고약골 수지 어머니도 노래 부르기를 좋아했던 모양이다. 내가 고약골에 올라갔던 어느 해 봄날도 그네는 콩밭에서 김매기를 하며 혼자 흥얼거리는 소리치곤 꽤 높은 목청으로 노래를 부르고 있었던 것이다…… 모춘삼월이 아니라며는 두견새는 왜 우나. 아리랑 아리랑 아라리요 아리랑 고개로 날 넘겨주우. 그네는 노래로 그 긴 시간을 죽이고 있었던 것이다. 수지한테 보낸 녹음테이프 중 한 개는 앞뒤가 온통 그네의 약간 쉰 듯 가라앉은 노랫소리로 채워져 있었다.

—수지야, 사흘이나 계속 비가 내리는구나. 남이에게 먹일 꼴을 베러 범바위 밑으로 내려가보니 개천물이 엄청 불었더구나. 가만히 들어봐라. 방에서도 개천으로 돌 굴러내리는 소리가 궁궁궁 들리는구나. 비가 내려 엄마는 사흘 동안 바깥일을 하지 못한 채 방 안에만 들어앉아 있단다. 토리도 봉당에 엎드려 한나절씩 잠을 자더니 지금에서야 엄마 눈치를 살피며 어슬렁어슬렁 뒤꼍으로 돌아가는구나. 수지와 엄마가 함께 만든 우리 우물가 샘은 벌창을 이뤄 산미나리밭을 흘러가면서 지난해 봄에 캐다 심은 산도라지가 반 넘게 떠내려갔지 뭐냐. 비가 내려 좋은 건 우리 오리뿐이다. 네가 여기 왔을 때 조막만 하던 것이 벌써 마흔 몇 개의 알을 낳은 늙은 오리가 돼 암수 한 쌍이 저렇게 좋다고 물속을 첨벙이고 있구나. 오리는 여기저기 사람 눈에 안 띄는 곳에 알을 낳기 때문에 찾아내기가 힘들어야. 언젠가는 집 뒤꼍 산딸기나무 밑에 세 개가 있어 주워다 삶았더니 그 속에

거의 부화가 될 정도의 새끼가 들어 있어 엄마가 며칠을 가슴이 아팠지 뭐냐. 엄마는 그날부터 오리 알은 일절 먹지 않기로 하고 모아놓기 시작했다. 비가 그치는 대로 미나리밭 옆에 둥지를 만들어 알을 품게 해볼 생각이다만 잘 될지 모르겠구나. 저놈들이 즈덜 얘기를 하고 있다는 걸 알았나 보지. 그래, 이 소리가 마당으로 뒤뚱뒤뚱 걸어오며 엄마한테 모이를 달라고 하는 오리 소리란다. 저런, 토리가 또 으르렁거리는구나. 토리는 오리와 사이가 늘 저렇게 나쁘구나. 우리 수지 하나만 빼놓고 식구가 다 모인 셈이다. 아니다. 수지 말고도 또 하나 여기 오지 못하는 게 있다. 엄마는 이 얘기를 하지 않고는 미칠 것만 같구나.

수지야, 지난번 네가 왔을 때 엄마한테 주고 간 돈으로 송아지 하나를 샀다. 남이도 저렇게 큰 소로 키웠는데 어떠랴 싶어 양구 우시장까지 가 사 온 송아지였단다. 수지야, 그런데 그 송아지가 며칠 전 범바위 근처 벼랑에서 굴러떨어져 죽었다. 남이를 이 고약골 골짜기에서 십 년 가까이 방목해도 아직 그런 일이 없었는데 비도 오지 않는 멀쩡한 날 그런 일이 생기다니 이게 웬 변괴란 말이냐. 송아지가 떨어져 죽은 걸 본 탓인지 남이는 그날 고삐까지 끊고 여기저기 날뛰느라 몸에 상처가 많이 났구나. 남이는 그때 놀랐는지 오늘까지도 겁을 먹고 저렇게 안절부절 못하는구나. 먹골 사람들이 죽은 송아지를 각을 쳐 지고 내려가 나눠 먹은 뒤 돈 얼마를 가져왔더라만 엄마는 그걸 받지 않았다. 수지가 놓고 간 그 돈은 돈이 아니었다. 엄마는 송아지가 죽고 나서 계속 술만 마시고 있구나. 스스로 비참하다는 생각을 안 갖기 위해 무슨 일이 있어도 하루에 두 끼는 더운밥을 해 먹는다는 결심이 무너진 지 오래됐다.

수지야, 엄마는 요즘 이렇게 무너져 내리고 있단다. 수지는 어릴 때 비가 내리거나 눈이 오는 날을 좋아했지. 비가 고약골 골짜기를 다 쓸어 내려갈 듯 무섭게 내리붓는 날이나 눈이 밤새도록 내려 무릎까지 빠지는 날이래야 엄마가 수지하고 집에 들어앉아 있으니까 그랬던 거지. 그런 날은 수지가 그처럼 무서워하던 영수 아버지가 약수골에서 칼을 빼들고 올라올 거라는 소식이 올라오지도 않고 폭포까지 놀러 왔던 사람들이 우정 우리 집까지 올라와 혼자 집을 지키고 있는 수지를 원숭이 구경하듯 바라보며 이런저런 얘길 물어대 결국 수지가 울음을 터뜨리는 그런 일도 없었으니까. 엄마도 수지와 함께 방 안에 앉아 수지가 연필에 침을 묻혀가며 공부를 하는 걸 내려다보고 있을 때가 좋았었지. 그러나 수지야. 엄마는 수지가 미국에 가버린 뒤 비 오고 눈 내리는 날이 그렇게 싫을 수가 없었다. 엄마는 밭에 일하러 나갈 수도 없고 깊은 산으로 나물 뜯으러 갈 수도 없는 이런 날 방 안에 우두커니 앉아 빗소리 바람 소리를 듣는 일이 정말 견딜 수가 없구나. 가슴이 답답하고 입에서 헉헉 뜨거운 게 쏟아져 나오는 것 같아 엄마는 아예 입을 아— 하고 벌리고 있단다. 수지야, 이럴 때 엄마는 엄마 입에서 무슨 소린가 마구 쏟아져 나와 내가 미치고 있는 게 아닌가 더럭 겁이 난단다. 내 목소리를 내가 듣는다는 게 얼마나 무서운 일인지 수지는 모를 거다. 이럴 때 엄마는 내가 미치지 않았다는 걸 확인하기 위해서 노래를 부른단다. 노래를 부르기 시작하면 그 듣기 싫은 빗소리 바람 소리도 들리지 않는구나. 그래, 수지가 여기 있을 때도 우리는 이렇게 비가 오는 날 몇 시간이고 함께 노래를 불렀지. 아버지는 나귀 타고 장에 가시고…… 무엇이 무엇이 똑같은가…… 엄마엄마 이리와 요것 보셔요…… 퐁당퐁당 돌을 던지자…… 펄펄 눈이 옵니다…… 둥글게둥글게 둥글게둥글게…… 아빠하고 나하고 만든 꽃밭에…… 나의 살던 고향은 꽃피는 동산…… 고향 땅이 여기서 얼마나 되나…… 푸른 하늘 은하수 하얀 쪽배에…… 어디 이것뿐이었더냐. 따오기, 과수원 길, 가을, 반달…… 오늘은 엄마가 혼자서 수지와 같이 부르던 노래를 모두 불러보고 싶구나. 테이프가 남으면 엄마가 좋아하는 우리나라 가곡을 모두 부를 거다. 수지는 알지. 엄마가 유행가도 잘 부른다는 걸. 비록 중간에 땡— 하고 떨어지긴 했어도 엄마는 간호장교가 되기 위해 마산서 교육을 받을 때 노래자랑 대회에도 나갔던 적이 있단다. 이번에는 누가 땡하고 종을 치지도 않을 거니까 엄마는 일어나서 이렇게 하나아 두울— 움직이면서 열심히 불러야지. 이 테이프가 다 돼도 엄마는 계속해서 노래를 부를 거다.

그 녹음테이프는 앞뒤가 모두 동요와 가곡으로 채워져 있었다. 동요도 듣기 좋았지만 그렇게 생각하고 들어서 그런지 그네가 부른 가곡은 가슴 깊은 데를 적셨다. 수지 어머니의 그 노래가 나를 서울에서 이곳까지 끌어내렸는지도 모른다. 비교적 감상막이 엷은 편이긴 하지만 나는 그네의 노래를 들으면서 많이 울었다. 우습게도 나는 그 노래를 들으면서 동대문시장에서 죽은 아버지를 생각했다. 아버지가 이따금 헛소리하듯 중얼거리던 아버지의 고향을 생각했던 것이다. 애상적인 유행가가 그 테이프 속에 담겨 있었더라면 나는 아예 흐느껴 울었을지도 모른다. 어떻든 나는 우리나라 가곡이 그렇게 사람 마음을 흔들어놓을 수 있다는 걸 새삼스레 알았다. 가고파 · 한송이 흰 백합화 · 선구자 · 비목 · 산유화 · 달밤 · 사우 · 바위고개 · 박재훈의 자장가 · 그집 앞 · 봄이 오면 · 내 마음 · 동심초 · 어머니의 마음 · 성불사의 밤 · 그네 · 이별의 노래 · 고향 그리워 · 애모 · 희망의 나라로……

장학선이 대동리 선착장에 닿았을 때는 염기준 선생 일행이 물가에 쳤던 텐트를 걷고 있는 중이었다. 댐이 생기기 전만 해도 백 가구가 넘게 살던 대동리 마을은 모두 물속에 들고 고작 여덟 가구가 골짜기 깊은 곳에 여기저기 흩어져 옛 마을의 흥망을 증언하고 있었다. 내가 귀양국민학교에 있을 때만 해도 열두 가구 여덟 명이던 학생들이 지금은 여덟 가구 세 명뿐이라고 했다.

"아니, 조신해 선생이 이거 웬일이야?"

염기준 선생은 꽤 멀리서도 나를 알아봤다. 같은 교육청 관내 선생들 중 과학에 취미가 있는 사람들이 공동으로 이 지방의 어류 및 그 생태를 조사하러 나왔다고 했다. 염 선생이 자기의 돈을 써가며 그런 모임을 만들었을 게 분명했다.

"전 지금쯤 염 선생님이 적어도 교감은 나가셨으리라고 생각했었죠."

"조 선생 실망시켜 미안하구먼."

염 선생은 사실 교감 승진에 대한 욕심이 별로 없는 사람이었다. 교과평가에서 경력이나 근평 그리고 가산점 중 벽지점수나 연구점수는 남아돌 만큼 높은데 주임점수나 연수점수가 전혀 없었던 것이다. 죽어라 주임 자리에 앉는 걸 거절하는가 하면 남들이 다 차출되기를 바라고 있는 자격연수나 일반연수 기회를 스스로 포기했다. 그런 연수를 받을 시간이 있으면 벌레 한 마리라도 더 잡겠다는 얘기였다. 만년 평교사로 정년퇴임하겠다는 생각을 가진 사람이라 높은 사람들에겐 좀 대하기 거북한 상대였을 것이다. 벌레 박사 염 선생은 뜻밖의 내 출현이 몹시 궁금한 듯했다.

"이 대동리에 뭔 일이 있어 온 거요?"

"아닙니다. 염 선생님이 여기 계신다고 해서 그냥 뵙고 싶어서요."

"고맙군. 허지만 날 만나러 예까지 우정 왔을 리는 만무하고…… 강대규 선생한테 소주 한잔 부어줬소?"

"예, 김씨가 거기다 배를 세워서……"

"이따 약수터에 가서 나하고도 한잔합시다. 젠장 이렇게 살았으니까 또 만날 수도 있는 걸……"

"강 선생님 돌아가신 건 좀 지나서 알긴 했습니다만 시간을 내기가 뭣해서……"

"시간이 있대두 뭣 하러 내려와. 연락을 할까 하다가 그만뒀지. 그게 뭔 좋은 소식이라구."

"연락을 주셨더라도 솔직히 내려올 염치도 없었습니다."

"조 선생 그때 서울 잘 올라갔어. 예서 괜히 객쩍은 홀애비 생활하며 고생해봤자 얻는 게 뭐 있어. 남들 보기두 뭣하구……"

염 선생은 내가 서울 사립국민학교로 옮아갈 무렵의 일들을 머릿속에 떠올리고 있음이 분명했다. 권진평 사장과 나 사이에 은밀히 추진되고 있는 서울 전출 문제를 가장 먼저 냄새 맡은 사람이 바로 염 선생이었던 것이다. 어느 날 염 선생이 나를 은밀하게 불러 서울 사람이 서울로 가는 거야 누가 뭐랄 사람이 없겠지만 문제는 때가 좋지 않으니 신중하게 생각하라는 충고를 했다. 나는 발끈했다. 이건 내 개인적인 일입니다. 이상한 눈으로 보는 사람한테 오히려 문제가 있는 겁니다. 그러잖아도 내심 찜찜한 판에 평소 매사에 초연한 자세를 취해오던 염 선생이 그런 충고를 하자 되레 역정이 났던 것이다. 물론 염 선생은 강대규 선생이 권진평 사장의 떳떳하지 못한 행위를 규탄하고 나선 마당에 그 권 사장과 손을 잡았다는 오해를 살 필요가 없지 않느냔 그런 뜻이었을 것이다. 그때 강대규 선생은 통일동산 문제로 교장선생과 매우 불편한 관계에 있는 등 그 후유증이 많은데도 아랑곳없이 권 사장과 강경하게 맞붙었던 것이다. 귀양리 주민들 중 젊은 사람들 몇이 강 선생과 의기투합했다고는 하지만 자유당 시절부터 그때까지 계속 집권당의 세력 중심부에 튼튼한 줄을 대놓고 있다는 걸 여러 면에서 과시해 보인 권 사장과 맞선다는 것은 달걀로 바위 치기였다. 그러나 달걀로 바위라도 쳐서 바위에 그 흔적이라도 남겨야 그냥 무심히 지나치던 사람들이 그 바위를 달리 쳐다볼 수 있지 않느냔 게 강 선생의 말이었다. 평소 과묵하고 매사를 무난하게 처리한다 싶던 사람이 일단 마음을 오지게 먹었다 싶으면 불에 달군 쇠였다. 특히 권진평 사장이 하는 일에 대해서는 한 푼의 양보도 없는 적대감으로 맞섰다. 먹골분교에 있을 때부터 그랬다. 나 역시 몹시 오만스레 거드럭거리는 권 사장이 생리적으로 싫었다. 그는 귀양리 등 지역 주민들에게 필요하다고 생각하면 돈을 마구 뿌렸다. 자신이 이 고장 출신이라는 걸 과시하기 위한 전략이었을 것이다. 그러나 사람들은 비록 수몰이 되어 없어진 마을이긴 하지만 그가 대곡리의 누구네 자식으로 태어나 언제까지 거기 살았다는 걸 아는 사람이 전혀 없었다. 그는 어느 날 돈 많은 서울 사람이 되어 전방에 가까운 작은 도시에 식품군납 공장을 차리는가 하면 정부에서 화전 정리 사업을 벌일 때 개간이라는 명목으로 임목이 울창한 산지를 헐값에 사서 개간 허가를 받는 즉시 엄청난 임목을 벌채해서 떼돈을 번 다음 다시 그 산지를 농지로 조성한 것처럼 꾸며 매입한 값의 수십 배로 되팔았다는 것이다. 하긴 그렇게 돈을 많이 버는 대가로 그는 지역사회를 위해서 길을 닦아준다든가 새마을회관을 지어주기도 하고 버스가 드나들기 힘든 오지 마을에 버스 노선을 끌어들이는 등 눈에 번쩍 띄는 일을 많이 한 것도 사실이었다. 그런 걸 예로 들며 내가 권 사장을 두둔하는 투의 말을 한 적이 있었다.

권 사장의 존재를 모두 부정적으로만 볼 수는 없을 것 같아요. 자기 깐엔 자기 태어난 고향을 위해 뭔가 베풀려고 하는 선의도 없지 않거든요. 우선 이 지역의 젊은 사람들이 그 사람 공장에 취직이 돼 나간 일만 해도 고마운 일이 아닙니까.

그러나 강대규 선생은 단호했다.

지역사회 발전 어쩌구 하면서 쿠린 냄새를 감추려고 하는 걸 미화할 필요가 없는 거요. 그게 다 사깁니다. 권력층의 비호를 받고 있다는 걸 공공연히 내세울 정도면 문제가 심각해요. 보라구요. 힘이 있다는 걸 과시하기 위해 여기 올 때마다 굵직한 기관장들을 불러 술판을 벌이는 게 다 그런 겁니다. 이 지역 전망이 괜찮은 땅이나 산은 거의 다 그 사람이 매입했다고, 마을 청년들이 그 증거까지 다 가지고 있는 걸 조 선생님두 아시잖아요. 더구나 지역 주민들한테 돈 뿌리고 빈둥거리고 노는 애들 자기 공장에 데리고 가는 게 지역 주민들한테 정말 잘하는 일일까요? 여기서 살아야 할 사람들을 그 잘나 빠진 취직 내세워 도시로 끌어내 오염시키는 게 뭐가 잘하는 일입니까. 이 지역 사람들은 그 작자가 멕여주는 사탕 단맛에 이가 다 썩고 당뇨가 쏟아져 나오기 시작하는 걸 아직 모르고 있을 뿐입니다.

강 선생님, 황재범이니 김운식이니 하는 청년들 말입니다. 그 사람들 학교 자주 찾아오는 거 안 좋은 거 같아요. 듣자니까 그 사람들 가톨릭농민횐가 뭔가 결성을 한다는 얘기가 있던데요. 며칠 전 학교 등사기 빌려주면서도 좀 께름하더라구요.

조 선생님, 그게 뭐가 나쁩니까. 그 사람들을 자꾸 이상한 눈으로 보고 무얼 못하게 막으려구 하기 때문에 문제가 생기는 겁니다. 농촌에야말로 그런 모임이 자꾸 생겨야 해요. 그래야 남들이 무지렁이라고 얕보지 못할 거 아닙니까. 자기 고장 자기가 지키면서 부당하게 당하지 않겠다는 걸 나쁘게 볼 필요가 있나요? 사실 따지고 보면 여기두 그 사람들 학교예요. 그 사람들이 여기 살고 있기 때문에 학교가 여기 있는 거 아닙니까. 우리가 그 사람들이 보지 못하는 것까지 봐서 알려줘야 한다고 봅니다. 그런데 입때까지 학교가 해온 일이 뭡니까. 대학생들이 농촌 돕겠다고 나와 낮에 일하고 밤에 저희들끼리 토론하고 노는 걸 무슨 적이 침투나 한 것처럼 그 동태를 살펴 여기저기 보고나 하고, 물론 그렇게 하라는 지시를 따랐을 뿐이지만 그게 학교가 할 일입니까.

내가 강대규 선생을 의식적으로 멀리하기 시작한 것은 분교가 문을 닫게 될 무렵이었다. 한낱 국민학교 선생인 나로서는 강 선생의 그 실천적 의지 앞에 다소 무력감 비슷한 걸 느끼면서 처음의 내 의도와는 달리 내가 그에게 질질 끌려가고 있다는 걸 생각하면서부터였다. 그는 이미 내 동지가 아니었다. 강 선생은 먹골분교가 문을 닫고 귀양국민학교에 흡수되게 된 것도 먹골 사람들을 도시로 끌어내는가 하면 약수골까지 시외버스가 들어가게 하는 등 권 사장의 어떤 꿍꿍이속이 작용했다고 믿고 있었다. 그는 권 사장이 눈엣가시 같은 존재인 자신을 이번 기회에 다른 곳으로 전출시켜버리려는 음모도 없지 않을 거라는 피해망상 같은 상태에서 타지역 전출의 경우 사표까지 내겠다는 결심을 하고 있었던 것이다.

강 선생이 권 사장과 직접 맞붙은 첫번째 일은 먹골분교가 문을 닫기 직전이었다. 먹골에서 가장 경관이 좋은 위치에 대지 칠백 평 건평 오십여 평의 별장을 짓던 해에 권 사장은 먹골 개천을 집 앞으로 끌어들여 소규모의 송어양식장까지 만들었던 것이다. 문제는 그 송어양식장 한구석에다 이 지방의 천연기념물로 지정돼 잡아먹는 걸 금하고 있는 냉수성 어류인 열목어와 황쏘가리를 서식지에서 구해다가 몰래 기르면서 서울로 유출해 가거나 별장에 오는 귀한 손님 접대를 하고 있다는 걸 마을 청년들이 학교에 알려왔던 것이다.

그 청년들은 먹골분교가 이 지방의 천연기념물이 훼손되는 걸 감독하는 보호 지정 학교라는 걸 알고 있었다. 강 선생과 나는 그 신고를 받는 즉시 양어장에 내려가 다른 사람들 눈에 전혀 띄지 않도록 은폐시켜놓은 열목어 다섯 마리와 황쏘가리 성어 여섯 마리를 확인했다.

허가를 내서 기르는 거요.

양어장 관리인은 우리를 몹시 못마땅한 얼굴로 맞았다. 희귀어류를 보호하고 번식시키기 위해서 출입이 어려운 민통선 북방 수입천에서 잡아다가 기른다는 얘기였다. 강 선생이 물었다.

이 고기들은 뭘 먹여 키웁니까?

사료를 먹이지 뭘 먹여요. 가끔 송어 새끼 죽은 것도 주긴 하지만.

그걸 잘 먹던가요?

이거 왜들 이래? 당신들이 뭔데?

당신이 거짓말을 하고 있어서 그러는 거요. 내가 알기엔 아직 이런 고길 양식하도록 허가를 내준 일이 없어요. 양식을 할 수도 없구요. 이 고기들은 노출을 싫어할뿐더러 육식성이기 때문에 움직이는 고기가 아니면 안 먹어요. 당신이 그 치어를 어디서 구해다 줍니까? 게다가 이 고기들이 성질이 얼마나 까다롭다고 이런 물에서 삽니까? 이거 모두 귀한 사람들 대접하기 위해 잠시 여기 가둬뒀다는 거 다 알구 있다 그겁니다.

그러나 강 선생과 나는 권 사장이 먹골에 내려와 사실을 해명할 때까지 문제를 삼지 말고 기다리자는 쪽으로 황재범 등 마을 청년들을 설득했을 정도로 신중을 기했다. 결정적인 실수는 권진평 사장이 저질렀다. 그날 새벽 한시쯤 먹골분교로 교환을 통한 시외전화가 걸려왔던 것이다.

건방진 놈의 새끼들, 국민학교 선생 주제에…… 순 빨갱이 같은 새끼들하구 부화뇌동해가지구설랑…… 네놈들 하나 잡아 넣으려구 맘만 먹으면……

내가 좀 더 기다려보자는 신중론을 다시 폈지만 강 선생은 막무가내였다. 그는 다음 날 아침 함부로 잡아먹을 수 없는 보호어류를 남획해 불법으로 유출하고 있는 현장을 알고 있다는 걸 직장과 이름을 밝혀 관계 기관에 정식으로 신고를 했던 것이다. 워낙 강경한 항의여서일까, 반응은 빨랐다. 관계 기관에서 사람이 득달같이 나와 조사를 하고 돌아간 지 삼 일 만에 먹골분교로 신고 건 처리에 대한 회신이 왔다. 업자가 멸종 위기에 있는 희귀어류를 번식시킬 목적으로 여러 서식처에서 채취해 양식하겠다는 인가 신청이 들어온 바는 있지만 아직 정식으로 허가된 것은 없기 때문에 불법 유출로 의법 조치하겠다는 내용이었다. 그러나 강 선생은 그것으로 만족하지 않았다. 그는 관계 기관까지 찾아가 권 사장 이름으로 그런 어류 양식을 허가해달라는 신청이 들어온 것이 없다는 사실과 그 고기의 불법 유출에 대해 어떤 조치가 취해지지도 않았다는 걸 확인했던 것이다. 강 선생과 나는 먹골분교의 본교인 귀양국민학교 교장으로부터 그런 신고를 할 때 본교에 알리지 않았다는 힐책을 받았다. 또한 학교의 상부 기관으로부터 지역사회 발전에 협조하라는 뜻의 다소 협박적인 전화를 여러 번 받았다.

"조 선생, 약수골에 막걸리 좋은 거 있는 집 내가 알고 있지. 오늘 밤, 한잔합시다."

염 선생 일행과 함께 장학선에 타고 귀양리로 돌아오면서 나는 염 선생의 입에서 강대규 선생 이야기가 쏟아져 나올 것을 기대했지만 그는 계속 저녁 술자리 약속만 다짐 둘 뿐이었다. 뭔가 나누고 싶은 이야기가 있다는 것이 암시되어 나 역시 다람쥐섬 근처를 다시 지날 때도 강 선생 이야기는 입 밖에 내지도 않았다. 벙어리 김씨 또한 내 심중을 헤아리고 있기나 한 듯 강 선생이 죽었다는 먼저의 그 위치를 훨씬 벗어난 물길로 배를 천천히 움직여 나갔다. 하늘만 찌푸리지 않았으면 꽤 그럴싸한 정취를 자아낼 낙조의 장관도 볼 수 있었을 그런 저녁이었다.

심한 가뭄과는 아랑곳없이 약수는 언제나처럼 넉넉하게 고여 있었다. 생각했던 것보다 사람들이 그리 많지는 않았지만 물을 받아 가기 위해 늘어놓은 물통이 스무 개도 넘었다. 수소이온 농도가 높고 유리 탄산철, 칼슘, 마그네슘 등이 많이 함유된 물이라 빈혈 · 위장병 및 각종 신경질환과 만성부인병에도 좋다는 물이다. 특히 무좀이 심한 사람이 사나흘만 발을 담가도 씻은 듯이 효험이 있다고 했다. 그러나 약수골은 팔 년 전과는 많이 달라져 있었다. 그 좁은 골짜기에 여인숙 간판만 붙은 집이 십여 개나 되었고 그렇지 않은 집에도 모두 민박을 한다는 간판이 걸려 있었다. 내가 좋은 약수터 근처의 학교에 있다니까 친구 하나가, 너 참 좋겠다, 약수를 매일 먹을 수도 있고…… 하길래 이렇게 대답해준 적이 있었다. 약수를 매일 먹어 좋다니, 그럼 약국의 약사는 더 좋겠네. 약을 매일 실컷 먹을 수 있으니까. 약수만 먹으면 무조건 몸에 좋다는 생각에서 건강한 사람이 며칠씩 그 무거운 물을 억지로 퍼마시는 경우가 많았다. 그러나 나는 약수터에 올라갈 때마다 늘 꺼림한 느낌을 떨쳐버릴 수가 없었다. 약수를 먹으러 오는 사람들이 대부분 환자들이었던 것이다. 얼굴이 반쪽이 된 위장병 환자가 바가지에 약숫물을 퍼 들고 끄윽끄윽 트림하는 소리며 숨 헐떡이는 심장병 환자, 피부병이 심한 사람이 웃통을 벗고 앉아 물을 끼얹는가 하면 암으로 오늘내일하는 사람이 기다시피 벌벌거리며 약수터를 올라가는 모습만 봐도 약수를 마실 생각이 싹 가시곤 했다.

—수지야, 오늘은 엄마가 참동백잎을 따다 달라는 춘천여인숙 할머니 부탁으로 약수터에 내려갔다가 수지를 업고 처음 약수골에 왔던 날 생각이 나서 오래간만에 약수 한 바가질 받아 들고 그때 생각을 했구나. 초여름이었지. 엄마는 수지를 업고 어디론가 영원히 떠나고 싶었던 거다. 영수 아버지의 손아귀에서 영원히 벗어나는 길은 죽음밖에 없다는 걸 오래전부터 생각해왔었다. 그렇지만 그런 결심을 하는 데는 여러 날이 걸렸다. 처음에는 엄마 뱃속으로 낳은 영수까지 찾아 우리 셋이 떠나야 한다는 생각으로 엄마 마음이 매우 괴로웠기 때문이다. 그러나 영수가 있다는 집을 찾을 수도 없었거니와 엄마는 영수한테 죄될 일이지만 그 애를 배면서부터 배 속에 악마 새끼를 넣고 있는 것처럼 몸서리가 쳐졌단다. 수지가 없었더라면 엄마는 새끼

를 몸속에 지닌 채 물속에 빠져 죽고 말았을 게다. 그 애를 떼버릴까 하는 생각도 여러 번 했지만 그 애를 낳으면 영수 아버지 손아귀에서 벗어날 수 있다는 한 가닥 희망으로 참아냈던 거다. 영수 아버지 그 사람이 나한테 그런 약속을 했기 때문이지. 내 배 속을 통해 자기 자식만 낳아준다면 다시는 따라다니지 않겠다고 자기 스스로 맹세를 했었다. 그 약속을 지키려는 듯 애기를 낳은 지 한 달 만에 그 애를 나한테서 빼앗아갔다. 그러나 그 사람은 애초부터 그런 약속을 지킬 위인이 아니었다. 그 사람은 영수가 자기 자식이 아니라고 생떼를 쓰며 또 달라붙었던 거다. 엄마는 더 이상 도망칠 기력도 없었다. 엄마가 그렇게 모든 것을 체념하기 시작한 것은 내 배 속으로 난 딸 수지의 얼굴이 하루가 다르게 검어지기 시작하면서였다.

그러나 수지야, 엄마가 다시 살아나기 시작한 것은 수지가 세 돌을 앞둔 어느 날이었다. 수지는 영수 아버지의 그 무자비한 발길질에 허리를 다쳐 누워 있던 엄마한테 와서 무슨 말인가 계속 종알거리기 시작했지. 밖에서 있던 이야기를 엄마한테 하는 모양인데 무슨 말인지 하나도 알아들을 수가 없었다. 그러나 엄마는 수지가 몹시 외로워하고 있다는 생각으로 가슴이 빠개지는 듯이 아팠다. 엄마도 수지한테 말을 하기 시작했지. 엄마가 말을 시작하니까 수지가 가만히 듣더구나. 엄마 생전에 그렇게 많은 말을 해보기는 첨이었다. 엄마는 아무 말이나 마구 떠들어댄 거야. 엄마가 어릴 때부터 그 나이가 되도록 하지 못하고 처박아뒀던 이야기들을 모두 쏟아놓았던 거지. 내가 그토록 미워했으면서도 항상 보고 싶어 했던 우리 어머니 얘기도 했을 게고 얼굴도 기억 못하는 우리 아버지 얘기도 했을 테지. 엄마 외할머니가 살고 계시던 문등리 고령골 얘기도 했을 게고 물론 엄마가 가장 행복했던 간호장교 시절 얘기도 빼놓지 않았을 게다. 엄마를 좋아한 이대석 소령 얘기도, 유근재 해군 중위 얘기도, 나중에는 쿠퍼와 만나게 된 얘기까지 빼놓지 않고 했을 게다. 그리고…… 엄마는 어느 순간 소스라치게 놀라 소리를 내질렀다. 엄마가 그 사람, 영수 아버지 이야기를 하는 중에 나도 모르게 이를 갈며 네 목을 조르고 있었던 거다.

다행히도 수지는 엄마 얘기를 들으면서 어느새 잠이 들어 있었다. 엄마는 잠든 수지를 으스러지게 껴안았지. 드디어 이 세상에서 엄마의 모든 것을 알아버린 사람이 수지였기 때문이다. 수지를 끌어안고 얼마나 울었는지 모른다. 그때 우리 수지를 데리고 어디론가 영원히 떠나고 싶다는 생각을 굳혔던 거다. 고향에 가 죽자는 생각이었다. 물론 엄마는 서울에서 태어났다고 한다. 그러나 철들기 시작할 무렵인 여섯 살 때부터 6·25가 일어난 그해 열한 살이 되기까지 오 년간 살던, 지금의 휴전선 비무장지대 한가운데 있는 문등리 마을 고령골이 엄마에겐 고향으로 생각되는 유일한 곳이었지. 엄마, 외할머니와 함께 살던 문등리 생활이 엄마에겐 그렇게 좋았기 때문일 게다. 거기 가서 죽자는 생각이었다. 너를 업고 무턱대고 떠나 양구에서도 최전방 마을인 비아리까지 갔던 것도 문등리에 가자는 생각이 그렇게 간절했기 때문이다. 그러나 그게 될 법이나 한 일이었어야지. 엄마는 하릴없이 너를 업은 채 이곳저곳 사람들 눈에 띄지 않는 곳을 찾아 헤맸지. 그렇게 산속을 헤매다 보면 문등리 마을 고령골에 닿을 수 있다는 생각이 들었던 거다. 죽기로 작정한 맘이라 그런 엉뚱한 생각이 믿음으로 생겼는지도 모르지. 무서운 것도 없었다. 물밖에 먹은 게 없는데도 몸에서 힘이 솟아나 하루에도 산을 몇 개나 넘었는지 모른다. 그때 수지에게 따 멕인 산딸기만 해도 몇 바가지나 될 게다. 그렇게 산속을 헤매는 중에 이곳 약수골에 이르렀던 거다. 그때는 자동차 길도 뚫리지 않았을 때라 약수골에는 집도 얼마 없었지. 이상하게 산길이 낯익다 싶어 더듬거리며 찾아든 곳이 바로 약수골이던 거다. 엄마는 수지를 바위 위에 내려놓기가 급하게 약숫물을 퍼마시기 시작했다. 죽을 자리를 찾아다니는 주제에 약숫물을 몇 바가지씩 퍼먹고 앉았다는 게 우스운 생각이 들어 정신을 차리고 주위를 살펴보니 아무래도 엄마가 살던 문등리의 어느 골짜기와 너무 닮아 있었던 거다. 약수를 뜨러 온 어느 아주머니한테 무심코 여기 혹시 폭포가 어디 없느냐고 물었다. 문등리 고령골 안쪽에 그리 높지 않은 벼랑에서 내리는 시렁폭포라는 게 있어 그 물소리를 귀에 배게 들었는데 문득 그 물 떨어져 내리는 소리를 들었던 거다. 그런데 물 뜨러 왔던 그 아주머니가 이렇게 말하질 않더냐. 요 너머 고약골이란 델 가면 폭포가 있긴 한데 요새같이 가물 때는 물이 읍써어. 그때 엄마가 얼마나 놀랐는지 알겠니. 고약골을 고령골로 들은데다 폭포가 있다는 말에 엄마는 제정신이 아니었지. 속이 비면 헛것이 보인다는 말 그대로 엄마는 수지를 들쳐 업은 채 문등리 고령골 마을로 뻗은 낯익은 산길을 달려가기 시작한 거다. 우리나라 어느 산 어느 물 어느 골짜기가 서로 닮지 않은 데가 어디 있겠느냐. 엄마는 그때 눈에 보이는 나무

하나 바위 하나가 모두 문등리 고령골 마을의 그것으로 보였던 거다. 너무 가물어 골짜기 물길이 드문드문 보이지 않았는데도 엄마는 여기 고약골 골짜기 막바지까지 올라오는 동안 계속 폭포수가 웅덩이에 떨어지는 그 세찬 물소리를 듣고 있었던 거야.

"조 선생, 술맛 어때?"

염 선생은 내가 잠자리를 정한 여인숙까지 찾아내 약수골 초입에 있는 구멍가게로 끌고 갔다. 그렇게 입에 쩍 달라붙는다고는 할 수 없어도 몰래 담근 막걸리임에는 틀림이 없는 것 같았다. 막걸리에 걸맞은 몇 가지 안주가 술맛을 돋웠다. 찹쌀풀을 발라 튀긴 참동백잎이며 산나물 안주가 간이 잘 맞아 젓가락이 자주 갔다. 적당히 삶아 무친 산나물은 입에서 그대로 녹았다. 그러나 밀주라고 지레 겁을 먹었기 때문인지 생각보다 취기는 쉽게 오르지 않았다.

"술은 강 선생이 맛있게 먹었지. 그 사람하고 술을 먹고 있으면 마치 주선이나 된 것처럼 기분부터 거나해졌지."

"강 선생님이 제가 서울로 올라간 거 몹시 서운해 했지요?"

"글쎄…… 워낙 그런 내색을 잘 안 하는 사람이라 놔서…… 어떻든 조 선생이 귀양국민학교와 자매결연인가 맺은 바로 그 학교로 갔다는 게 강 선생한텐 좀 충격이 컸겠지. 한쪽 팔이 떨어져 나간 것 같았겠지 뭐."

"할 말이 없습니다."

"조 선생 떠나고 나서 얼마 뒤 무슨 수사기관엔가 불려가 조사를 받았어. 말은 안 하지만 꽤 심한 고문을 받은 것 같더라니까. 그 뒤부터 강 선생이 이상하게 변하더라니까."

"통일동산 만든 일로도 수사기관에 불려갔었잖아요?"

"그때하군 사정이 또 달랐다구. 조 선생이 서울로 가기 바루 직전에 멧돼지 사건이 났잖아. 바루 그 직후에 불려 들어간 거야. 조 선생이 서울 올라간 뒤라구. 조살 받고 나오더니 전혀 안하던 술주정을 하는 거야. 닥치는 대로 부딪치는 거야. 고집이 세긴 해도 신중을 기할 땐 꽤 여유도 보이딘 사람인데 이건 선후 좌우 분별없이 마구잡이로 부딪쳤다니까. 강 선생이 돌았다는 소문이 파다하게 돌 정도였지. 그때부터 예감이 좀 이상하긴 했지만 설마 그렇게까지 될 줄이야 누가……"

염 선생과 나는 그해 봄과 겨울에 귀양국민학교에 있었던 두 가지 일을 함께 지켜본 사람이다, 강대규 선생은 먹골분교가 문을 닫으면서 나와 함께 본교인 귀양국민학교로 자리를 옮겼다. 먹골 말고도 다른 데 분교가 함께 문을 닫으면서 귀양국민학교에 두 학급이 더 생기게 됐던 것이다. 물론 도교육위원회에 있는 분이 뒤에서 손을 써준 것도 힘이 되긴 했지만 다른 데로 전출 발령이 날 경우 사표를 내겠다는 강 선생의 그 똥배짱에다 마을 사람들의 보이지 않는 압력이 교장 선생의 내신서 작성에 상당한 영향을 끼쳤을 것이 분명했다. 게다가 떨떠름한 대로 강 선생을 본교로 끌어들인 데는 학교가 과학연구 학교로 지정을 받았을 때라 염 선생이나 강 선생 같은 그 방면에 좀 미친 사람이 필요했던 것이다.

사실 강대규 선생은 학교가 필요한 일을 잘해냈다. 염 선생과 함께 교실 한 칸을 과학실로 꾸며 곤충표본 등 시골 학교로

서는 구비하기 어려운 자료들을 제법 본때 있게 진열해놓았던 것이다.

강 선생이 학교장의 결재까지 받아 시작한 일은 통일동산 만들기였다. 학교가 분단 비극의 상징인 삼팔선 그 선 위에 위치하고 있다는 사실만으로도 통일동산 꾸미기의 의의는 충분했던 것이다. 그는 자신이 직접 리어카를 끌면서 학교 운동장 한쪽 언덕을 '통일동산'이라고 이름 붙인 뒤 이 지방에 자생하는 희귀목들을 파다가 심기 시작했다. 자기 고장의 귀한 나무가 어떤 것인지 아이들에게 알려주자는 것이 그 첫째 의도요, 희귀목들을 보호하고 그것을 번식시켜야 한다는 것이 또 다른 취지였다. 전교 학생들이나 선생들까지 많은 관심을 갖는 가운데 그 일은 시작되었던 것이다. 강 선생이 그런 동산을 만들겠다고 발상을 한 것은 우리나라 특산 품종으로 평남 맹산과 함남 북청 말고는 강원도 양구의 한전리와 원강리 산에만 자생한다는 갈잎떨기나무인 개느삼이 고약골 막바지에 상당수 떼를 이뤄 자라고 있는 걸 발견했을 때부터였다. 지방대학 식물보호학과에서 나온 교수도 그 개느삼의 학술적 가치를 인정한 바 있었다.

강 선생은 방과 후 시간만 나면 산속을 헤매며 희귀목 어린 나무들을 파다가 심었다. 서울 등지의 임업시험장도 꽤 여러 차례 다녀왔다. 그는 그 나름의 안목으로 나무들의 종류를 분류해 심었다. 거의 일 년에 걸쳐 꾸며진 통일동산에는 개느삼 외에 소태나무과의 가죽나무며 땅두릅나무, 층층나무, 부게꽃나무, 쪽동백, 오갈피나무, 쥐똥나무, 너도밤나무, 호도나무, 북나무, 두충나무 등 서른 종이 넘는 나무를 골고루 갖춰 심은 뒤 각각 나무 이름을 적은 푯말을 해 꽂았다. 산에서 늘 보는 나무면서도 그것이 무슨 나무인지 몰랐다가 그 이름을 알고 났을 때는 그 나무가 달리 보일 정도로 신기했다. 아이들의 반응도 좋았다. 학교의 특색 교육으로 교육청에 보고가 돼 장학사까지 나와 보고 권장 사항으로 각 학교에 공문까지 나가 여러 학교에서 관심을 가지고 찾아오기도 했다.

문제는 봄이 돼 통일동산을 뒤덮은 철쭉과 진달래꽃이었다. 강 선생은 이식이 힘든 철쭉나무나 진달래나무를 제대로 캐오기 위해 그 전해 가을, 산에 올라가 삽으로 그것들의 뿌리를 빙 둘러 끊어놓은 다음 그 끊긴 자리에서 잔뿌리가 생기기를 기다려 다음 해 이른 봄에 떠다가 심는 방법을 썼던 것이다.

동기생들 중에서는 가장 먼저 교장이 됐다며 부임 첫날부터 씽씽 바람을 일으키던 교장은 강 선생이 만든 통일동산이 뜻밖의 좋은 반응을 일으키자 매일 그 동산 주변을 맴돌았다. 그러나 어느 날 그 교장의 얼굴빛이 변해 강 선생을 통일동산으로 불러냈다.

강 선생, 이게 통일동산이 맞지요?

그렇습니다.

통일동산이란 이름은 어떻게 해서 붙이게 된 거요?

제가 알기론 이쯤이 바로 삼팔선 선상이라 통일이란 말이 생각났던 겁니다. 그리고 여기 심은 나무들은 주로 이 지방의 희귀목일 뿐이 아니라 우리나라 어느 산에도 자생하는 것이기 때문에 우리 민족은 이 나무들처럼 귀하고 동시에 어느 곳에나 뿌리내려 살 수 있어야 한다는 생각을 했습니다. 먼저 계시던 교장선생님께서도 그렇게 생각하시고 저 돌에다 글을 써주신 겁니다.

강 선생, 그렇다면 이 동산에 문제가 있지 않소?

교장선생님, 뭐가 잘못됐습니까?

명색이 통일동산인데 무궁화나무가 없다는 게 이상하지 않소?

무궁화는 저기 화단에 많이 심어져 있지 않습니까?

내 얘긴, 이 통일동산에 무궁화가 덮여 있어야 한다는 거요.

교장선생님, 이건 비록 동산이라고 했지만 우리나라 산을 상징합니다.

그래, 우리나라 산에 무궁화를 심었다, 그게 왜 안 되는 거요?

무궁화는 일종의 원예식물입니다. 정원이나 들에 심고 보는 관상용이기 때문에 이 동산에는 어울리지 않습니다.

무궁화에 대해 알고 있는 게 고작 그것뿐이오?

무궁화는 추위에도 강하고 개화기도 길뿐더러 번식력이 좋아 옛 어른들이 나라꽃으로 정한 뜻을 충분히 알 만합니다. 그러나 남방계 식물이기 때문에 그 분포대가 넓지 못하고 병충해에 약하다는 단점도 없지 않습니다. 그래서 이번 식목일에는 보다 좋은 개량종 묘목을 얻어다 이 통일동산 주변에 심을 계획입니다.

그거 좋은 생각이오. 헌데 강 선생은 진달래꽃이 어떤 꽃인지 몰라서 저렇게 많이 심은 거요?

어떤 꽃이라니요. 진달래는 우리나라 산 어느 곳에도 피는 가장 한국적인 꽃입니다.

강 선생, 내 얘길 그렇게 못 알아듣겠어?

못 알아듣는 게 아니라 저는 단순하게 나무 얘기만 하고 있을 뿐인데 교장선생님께선 이 나무를 자꾸 현실 상황과 결부시켜 생각하시기 때문에 그렇습니다.

강 선생. 여긴 대한민국 최전방의 국민학교 교정이야.

압니다.

그렇다면 이 진달래를 아주 뽑아버리거나 아니면 반쯤 뽑고 무궁화를 심도록 합시다. 어느 학교선가 이런 게 큰 문제가 된 적이 있었기 때문에 하는 얘기요.

교장선생님, 해바라긴 소련 국화입니다. 그렇다면 우리 학교 밭에 특용 작물로 심는 해바라기도 문제가 있습니다. 하긴 해바라기란 제목의 영화가 상영 허가가 안 난 적도 있긴 합니다만, 교장선생님, 뭐는 어느 쪽 거다— 하는 고정관념에 묶이다 보면 소아병적 사고를 벗어나기 힘들다고 봅니다. 우리가 자꾸 그런 걸 끄집어내 의식하고 문제 삼는 데 문제가 있다고 봅니다.

강 선생, 현실은 현실이야. 트집 잡자고 하면 다 문제가 되는 거야.

그렇게 트집 잡는 일로 우리 스스로를 구속하는 건 좋지 않습니다. 결과적으로 그런 사고 행위는 이적 행위와 같은 것입니다.

강 선생, 그거 나보고 하는 소리야?

교장선생님, 저는 정말 순수한 뜻으로 만든 이 통일동산이 달리 해석되는 걸 원치 않습니다.

다시 말하지만 여긴 학교고 강 선생은 공직자요. 이건 강 선생을 위해 하는 내 제안인데, 통일동산이라고 쓴 저 돌을 치우든가 진달래를 뽑아버리든가 하시오.

그냥 이대로 두게 해주십시오.

고집부리지 말아.

그러나 강 선생은 교장이 시키는 대로 통일동산이라고 적힌 그 돌을 치우지도, 진달래를 뽑아버리지도 않았다. 교장도 그것을 더 문제 삼는 것이 안 좋다고 생각했는지 통일동산에 대해서는 더 이상 말하지 않았다.

그러나 소문은 무서웠다. 강 선생이 통일동산 문제로 교장과 다퉜다는 얘기가 그때 현장에 함께 있었던 선생들 입을 통해 전해지면서 선생들 사이에는 그 찬반론까지 곁들여 대단한 이야깃거리가 됐다.

선생님, 진달래꽃이 어느 나라 꽃이에유?

아이들이 눈을 반들거리며 통일동산으로 모여들기 시작했다. 선생들 중에서 누군가 이 기회에 이념교육을 제대로 해야 하겠다는 생각에서 진달래꽃과 무궁화꽃 얘기를 어설피 벌였던 모양이다. 분교에서 온 강 선생의 사상이 이상하다는 소문이 파다하게 떠돌았다. 학부형들도 심심찮게 통일동산을 기웃거렸다. 어느 날은 지서 순경이 사복 한 사람과 함께 통일동산을 둘러보고 돌아갔다. 당황한 것은 교장뿐이 아니었다. 선생들도 자기들이 무심히 흘린 말이 이렇게 이상한 방향으로 번져간다는 데 대해 놀라고 있었다. 긴급 직원회의가 열렸다. 그 직원회의에서 얻은 방책이란 강 선생이 통일동산 주변에 무궁화나무를 빙 둘러 심는다는 그 계획을 앞당겨야 한다는 것과 통일동산이란 글이 새겨진 돌을 당분간 땅에 묻어 보이지 않게 한다는 것이었다. 강 선생은 그 직원회의에서 입을 꽉 다문 채 어떤 말도 내놓지 않았다. 그러나 소문의 뿌리는 더욱 고약스럽게 뻗어나갔다. 상부 기관의 지시로 강 선생과 교장선생이 시말서를 제출하는 단계에 강 선생이 강력하게 반발하고 나섰는가 하면 이름도 알려지지 않은 이상한 신문사 기자가 두엇 학교에 며칠 동안 들락거렸다. 얼마 뒤 강 선생이 수사기관에 불려가 며칠간 조사를 받고 나왔다. 강 선생 얼굴이 그 어느 때보다 어두워 보이기 시작한 것도 그때부터라고 했다.

"선상님들, 이 산더덕 줌 잡숴보실래유."

귀양국민학교를 졸업한 아들딸이 모두 대처에 나가 자기 밥벌이는 하고 있다는 걸 자랑하던 구멍가게 주인이 날것으로 무친 산더덕 한 접시를 안채에서 들고 나왔다. 입에 넣어 씹기도 전에 산더덕 특유의 향이 훅 끼쳤다.

"아니, 귀식이 아부지, 아깐 더덕이 없다구 하더니 이건 웬 거요?"

"지금 막 샀어유."

"이거 정말 산더덕이오? 요샌 모두 밭에서 양식한 걸 사다가 산더덕이라구 판다면서요?"

"그런 거허군 맛이 이응 달라유. 깊은 산속에서 캔 건 뿌리에 묻은 흙부터가 틀린 걸유. 이건 고약골 깜둥이 어머이가 캐온 거니까 진짜 산더덕이 틀림읎지유 뭐."

염 선생은 나한테 술 사발을 건네다 말고 안채 쪽을 기웃이 들여다보았다.

"그 여자가 여길 내려왔어요?"

"가끔 이렇게 밤에만 내려오지유. 얼마 전까지만 해두 산나물하구 송이버섯을 따가지구 내려오더니만 요샌 싸리버섯하구 산더덕을 가지구 오데유. 지금 다 잡수신 이 접시에 있던 게 바루 곰취나물인데 이거 예서 네다섯 시간 들어가야 하는 깊은 산에만 있는 귀한 나물이지유. 그것두 깜둥이 어머이가 뜯어온 거예유."

"지금 저 안에 있어요?"

"내가 더덕 값을 줘야 올라가겠지유. 또 소주를 가지구 갈 거니까 내줄 돈두 벨루 읎겠지만서두……"

"하, 산더덕 캐다 팔아 술이라……"

"술을 많이 먹는가 보죠?"

"우리 집에서만 사가는 소주만 해도 엄청나니께유."

"여기루 잠깐 모실 수 없을까요?"

내 말에 주인 남자가 고개를 절레절레 내저었다.

"모르긴 해두 아마 잘 안 오려구 할 거예유. 남자들 이런 술자리에 껴든 걸 아직 못 봤으니께유."

"먹골 사람들이 밤에 술 먹으러 고약골까지 올라간다는 얘기가 있던데 뭘 그래요."

"맞어유. 싱거운 사람들이 작당을 해서 술 가지구 몇 번 올라갔다구 하데유. 문전박대야 할 수 읎었던지 샘가 버드나무 밑에 술자릴 펴주긴 하는데 술잔을 받기는커녕 아예 그 자리에 얼씬두 안 하더래유. 짓궂게 지근거려두 본 모양인데 눈에서 불이 팔팔 나더래유. 그 지경이니 뭔 술맛이 있겠어유."

"여럿이 간 게 잘못이지. 그런 덴 혼자 은근슬쩍 올라가야……"

"말두 말아유. 저기 보이는 저 개성여인숙에 와 묵던 남자가 하나 술김에 거기까지 찾아 올라갔다간 팔뚝을 칼루 찔린 채 겨우 살아 돌아와서는 말두 못하구 있다가 슬며시 사라졌다구유."

"동네에 내려와 술주정까지 무섭게 한다면서요?"

염 선생이 자꾸 퉁퉁 퉁겼다.

"몇 사람이 큰 망신했지유. 춘천여인숙 아주머이하구만 술을 마시는데 그 곁에 가서 자꾸 히야까시를 하니까 욕을 퍼대는데 증말 무섭데유. 미국 욕두 막 나오더라구유."

"규식이 아부지, 그 아주머니 이리 좀 나오라구 그러시우. 나두 귀양학교에 있었지만 여기 조 선생은 먹골분교에 있을 때 그 딸애를 직접 가르쳤다구요. 어서 이리 나오라구 그래요."

"얘기야 해보겠지만서두……"

—수지야, 올해두 우리 밭에는 찰옥수수와 자주감자가 싹을 틔우기 시작했다. 남들은 매상 옥수수를 심어 소득을 올려야 농사짓는 보람이 있지 않겠느냐구 하지만서두 엄마는 올해두 찰옥수수를 심었단다. 매년 수지와 엄마가 강냉이를 튀겨다 놓고 엿을 녹여 뭉쳐 먹던 생각이 나는구나. 늘 그랬지만 올해두 다람쥐한테 반농사는 바칠 셈 치고 들깨를 많이 심었다. 팥이며 강낭콩, 완두콩, 골고루 심었는데 작년처럼 심하게 가물지만 않으면 그럭저럭 우리 식구들이 일 년 먹을 양식은 되고도 남을 게다. 비록 산비탈 돌밭이긴 해도 고약골 만오천 평 우리 밭에 엄마 혼자 손으로 짓는 농사는 이게 고작이구나. 아랫동네 사람들은 반소출 반농사라구 농사를 제대루 못 짓는 엄마를 비웃고 있는 모양이지만 그 너른 밭을 단 한 고랑도 남기지 않고 모두

파종을 해 거둬들인다는 건 그리 쉽지 않은 일이란다. 비록 손이 달려 잘 가꾸지는 못할망정 밭 한 뙈기라도 묵밭을 만든다면 엄마가 차지하고 앉은 우리 땅에 대한 죄악이라는 생각 때문에 잠시라도 쉴 짬이 없단다. 그러나 밭에 풀이 돋아 김매기를 하기 전까지는 밭일을 잠시 쉬게 되는데 엄마는 이때가 가장 신나는 날이란다. 밭일이 없는 날이라야 고약골보다 몇 배나 더 험하고 높은 산을 타면서 나물을 뜯을 수 있기 때문이란다. 사실은 엄마의 나물 뜯기는 아주 이른 봄부터 시작된단다. 우선 보리밭 주변이나 개울가에서 달래 · 쑥 · 씀바귀 · 고들빼기 · 돌미나리를 뜯고 차차 산으로 들어가면서 두릅 · 꿩의종아리 · 모시대싹 · 잔대싹 · 원추리 · 삽추싹 · 참나물 같은 어린 싹나물에서부터 떡취 · 곰취 · 가얌취 등 갖가지 취나물과 양반나물이라구두 하는 깊은 산 응달진 데서 잘 만나면 한자리서 무더기루 한 자루나 꺾을 수 있는 고비도 꺾고 수지 네가 그처럼 징그럽다고 하던 고사리도 꺾기 시작한단다. 봄 지나 여름 장마철이면 느타리버섯 · 젖버섯 · 꾀꼬리버섯 · 갈버섯 · 싸리버섯 · 개암버섯 · 뽕나무버섯이 요기 불쑥 조기 불쑥 솟아나는데 색깔이 야하고 살이 물컹물컹 아무렇게나 찢어지는 건 먹지 못하는 독버섯이란다. 장마가 끝날 무렵이면 엄마는 새벽 네시쯤 전짓불과 갈퀴를 찾아 들고 큰 소나무가 많은 두 시간쯤 가야 하는 호랑이골 산으로 치뛴단다. 시집간 자기 딸한테도 송이밭을 가르쳐주지 않는다는 말이 있듯 버섯 중에서는 가장 귀한 송이버섯을 따러 가는 거란다. 그러나 솔가지를 볼록하게 들어 올리면서 돋아나는 그 탐스러운 송이밭이 쉽게 보이지 않는구나. 대부분 헛걸음인데 그렇게 빈손으로 돌아오느라면 부정 탄 여자한테는 송이 버섯이 눈에 띄지 않는다는 얘기가 생각나 엄마는 어깨에 힘이 쑤욱 빠진단다. 그렇지만 엄마는 산더덕과 도라지는 다른 사람들보다 더 많이 캔단다. 산을 헤매는 중에 향긋한 냄새가 코끝에 스쳐 발밑을 내려다보면 거기 영락없이 더덕 싹이 나와 있는 거야. 약수골 여인숙에서는 엄마가 캐가지고 내려가는 산더덕이 진짜라고 서로 뺏으려고 야단들이란다. 나중에 알아보면 엄마는 그 값을 다른 사람들의 반도 못 받은 게 보통이었단다. 수지야, 엄마는 어제 이 지방에서 가장 높은 산인 사명산 꼭대기 펀펀한 등성이에서 산나물 중에서 가장 귀한 곰취를 뜯어 왔단다. 올해 들어 처음 뜯어 온 연하디연한 이 곰취는 끓는 물에 삶아 적당히 볕에 말려 바람 잘 통하는 곳에 뒀다가 우리 집에 오는 귀한 손님에게 대접을 할 거란다. 우리 수지가 그 귀한 손님이 돼 올 수 없다는 걸 엄마는 알고 있다. 그렇지만 엄마는 수지가 어렸을 때 넓은 곰취 잎을 펴 쌈을 싸 먹던 생각을 하면서 들기름 넉넉히 넣고 갖은양념을 해 수지 입에 맞는 곰취 볶음을 하느라 꿈속이 늘 즐겁기만 하다. 이 지방에서 곰취가 나는 곳은 사명산밖에 없기 때들에 엄마는 어제 새벽 다섯시에 일어나 초여름이라 산을 타려면 온몸이 땀으로 목욕을 하는데도 긴 소매 달린 옷을 걸치고 나섰단다. 그렇게 긴 옷을 입지 않으면 나뭇가지에 긁혀 상처를 입거나 가래나뭇잎이나 갈잎에 붙어사는 갈충이한테 쏘여 고생을 하게 되기 때문이란다. 사명산 꼭대기 곰취가 있는 등성이까지 가려면 험한 산 여덟 개를 넘어야 하는데 한 번도 쉬지 않고 빠른 걸음을 해야 네 시간 반쯤 걸린단다.

나물을 뜯어 잔뜩 짊어지고 오후 세시쯤 떠나 집에 돌아오면 저녁 여덟시가 넘는데 그때쯤이면 너무 지쳐 저녁을 해 먹을 기력도 없어 그냥 쓰러져 자게 된단다. 수지야, 엄마가 이렇게 힘든 산나물 뜯는 일에 재미를 붙인 것은 엄마가 열한 살 때까지 문등리에 살던 시절 엄마 외할머니를 따라 산을 타기 시작할 때부터였다. 엄마 외할머니는 당신과 떨어져 사는 내가 다른 생각을 하지 못하도록 하기 위해서 그랬는지 날만 새면 산으로 데리고 다니며 나물도 뜯고 머루도 따고 가을이면 가래나무를 털기도 했단다. 엄마는 늘 문등리에서의 그 생활이 그리웠다. 군부대가 주둔해 있어 입산이 금지된 사명산까지 그렇게 기를 쓰고 나물을 뜯으러 올라가는 것도 그 산꼭대기만 올라가면 화천 · 양구가 한눈에 바라다 보이는가 하면 양구 간동면 문등리 쪽 산까지 볼 수 있기 때문이란다. 겨울 난리 때 이미 육순이셨던 엄마 외할머니가 지금도 거기 살아 계실 리도 없으련만 엄마는 문등리 고령골 생각만 해도 이렇게 가슴이 뛰는구나. 엄마는 그 겨울 피란 때 외삼촌 내외분을 따라 남쪽으로 내려왔던 거다. 엄마 외할머니와 함께 문등리에 남겠다고 떼를 썼지만 서울 사는 우리 엄마가 미군정 고문관 첩으로 산 일을 마을 사람들이 알고 있기 때문에 또 세상이 바뀌면 살려두지 않을 거라면서 데리고 내려왔던 거란다. 그러나 엄마 외할머니는 막무가내로 고향 떠나는 걸 마다하셨지. 어느 난리고 늙은이는 죽이지 않는다고, 갈보 딸년 뒀다고 그걸 죄 삼아 그 에미를 죽이는 세상이 어디 있겠느냐면서 거기 있는 땅뙈기 지키구 앉았을 거니 염려 말구 내려갔다 오라구 하시던 외할머니 모습이 이렇게 눈에 선하구나.

엄마 외할머니는 가끔 나한테 엄마 외할아버지가 일제 때 첩 얻어 만주로 떠나면서 송곳 모로 꽂을 만한 땅뙈기 한 자락 남기지 않고 싹싹 챙겨 떠났는데 지금 부치고 있는 고령골 논밭은 서울 사는 우리 어머니가 보내온 돈으로 장만했다는 말씀을 해주셨다. 따지구 보면 니 에미가 산 땅이니까 이게 모두 니 땅이여. 엄마 외할머니는 외삼촌 내외 듣는 데서는 늘 서울 사는 딸 욕을 하면서도 고령골 논밭에 나갈 때면 언제나 눈물을 질금거리셨단다. 엄마는 나를 이 세상에 낳아준 우리 어머니에 대해서 별로 아는 게 없었지만 그 어머니가 돈 보내와 장만했다는 그 논밭을 볼 때마다 엄마 외할머니처럼 괜히 눈물이 징 솟군 했었지. 엄마 외할머니 입을 통해서 지겹도록 들은, 어디 살아 있다는 소식 올까 봐 겁난다—는 그 몹쓸 것인 우리 어머니가 어떻게 그 논밭을 살 수 있었을까…… 나는 궁금하고 또 궁금했지만 엄마한테 아무도 그 얘기를 해주지 않았던 거다. 그러나 엄마는 문등리를 떠나 남쪽에 와 살면서도 문등리에 있는, 우리 어머니가 샀다는 그 논밭을 잊어본 적이 없구나.

"조 선생, 조는 거야 뭐야? 자, 잔 받으라구!"

쉽게 안 취한다고 조금 우습게 생각한 것이 잘못이었다. 밀주는 역시 밀주였다. 그닥 기분 나쁘지 않은 상태에서 모든 것이 비잉빙 돌기 시작했다. 구멍가게 평상에서 멀찍이 내다 건 전등불에 불나방 떼가 어지럽게 날고 있는 게 환시 현상처럼 현란했다. 불빛을 에워싸고 있는 여름밤의 그 어둠이 아득한 절망감을 불러일으켰다. 마치 죽음의 나락으로 떨어져 내려가는 마지막 순간이 바로 이런 것일까 싶게 사지가 무력해졌다. 몸을 아무리 제대로 가누려 해도 생각대로 잘되지 않았다. 입으로는 느닷없이 생각지도 않은 엉뚱한 말이 튀어 나가곤 했다. 그러나 염 선생은 분명히 나보다 더 많이 마셨는데도 전혀 취한 기색이 아니었다. 내가 더 이상 먹었다가는 정말 일 나겠다 싶어 술잔 받기를 사양해도 계속 막무가내로 안겨왔다.

"이봐, 조 선생, 서울 가더니 술 실력이 형편없어졌구먼. 뭐야, 깜둥이 엄마가 여기 얼굴두 안 내밀구 올라갔다구 그게 기분 나빠 그러는 거야?"

"아닙니다. 저두 그 여자가 여기 안 올 줄 알았다구요. 나두 그 여잘 좀 안다 그겁니다."

"안다구? 그러구 보니 옛날에 뭔 관계가 있었구먼그래, 아하하하, 이건 농담이구…… 참, 그전에 걔 깜둥이 가르칠 때 고약골 가봤겠구먼?"

"가봤지요. 그것두 세 번씩이나 올라가봤다 그겁니다요. 한 번은 그 여자가 없어 그냥 집 구경만 하구 내려왔구 두 번은 만나긴 했지만 형편없이 푸대접을 받았다 그 말씀입니다요."

"조 선생이 고약골에 세 번씩이나 올라갔었다는 건 금시초문이구먼. 죽은 강 선생하구 나야 원래 그 근처 산속을 많이 가다 보니 게두 여러 번 가봤지만서두 어디 다른 선생들이야 무섭다구 그 골짜길 얼씬이나 했어야지."

"염 선생님이 거기 가셨을 때두 그렇게 냉대를 하던가요?"

"으하하하, 조 선생이 꽤 서운했던가 보군.

"서운한 정도가 아니었다구요. 적어도 자기 자식을 가르치는 선생인데 밭고랑에서 나오지두 않구 내가 묻는 말에나 겨우 대답을 하더라구요."

"조 선생이 거길 세 번씩 올라갔다면 무슨 까닭이 있었을 텐데…… 물론 수진가 하는 걔 때문이긴 했겠지만……"

"솔직히 말해서 수지 일로 갔다고는 할 수 없지요. 물론 가정환경이 다른 애들과 다르니까 가정방문을 할 필요가 있긴 했지만 그것보다는……"

"그것보다는?"

"인간적인 관심이었지요. 그런 깊은 산속에 혼혈아를 데리고 들어와 사는 한 여자에 대한 호기심, 그런 거 있잖아요."

"있지, 그런 거 있다구. 하지만 냉대를 받을 만두 했구먼 뭐. 세상 사람들의 그런 관심이 싫어 숨어 사는 건데…… 신파극처럼 남한테 자기 인생을 펼쳐보일 거면 거기 들어가지두 않았을 거 아닌가."

나는 감상막이 엷긴 해도 신비주의자는 아니다. 그러나 먹골분교에 부임한 뒤 고약골 골짜기 쪽만 쳐다봐도 형언하기 어려운 어떤 신비감에 휩싸이곤 했다. 그것은 같은 시대를 함께 어울려 사는 이웃에 대한 그런 호기심이 아니라 전혀 다른 차원의 세계에 대한 경외심 같은 것이었다. 약수골에서 무위도식하다가 분교의 고용원 노릇을 대신해주고 있는 강대규 씨의 그 별난 인생에 대해 가졌던 호기심도 그런 유의 것이 아니었을까. 나는 내 주위의 그러한 신비감을 주는 존재로 해서 늘 초라하게 위축되곤 했다. 특히 내 주변에는 거대한 힘 앞에 기꺼이 두려움도 없이 몸을 던지는 불가사의한 힘을 가진 친구들이 많았다. 나는 항상 그 친구들이 표방하는 정의가 괴물 같게만 여겨졌다. 그 친구들을 바라보는 것조차 괴로웠다. 나는 마음속 깊이 그 친구들을 미워했다. 굳이 강원도의 벽지 학교를 고집했던 것도 그러한 세사의 번뇌로부터 도망치고 싶었기 때문이었는지도 모른다.

첫번째로 고약골을 방문했던 것은 먹골분교에 부임한 첫 학기 어느 봄날이었다. 학교 뒷산을 뒤덮은 진달래꽃이 나를 충동질했다. 고약골이라는 외진 산골짜기에 사는 그 여자를 만나고 싶은 충동이었다.

참 이상한 여자예요.

전임 선생이 수지 어머니에 대해 내게 남긴 그 말이 마법의 연기가 되어 며칠 동안 계속 나를 사로잡고 있었던 것이다.

아, 노린내. 교실에 처음 들어가던 날 그 아이와의 만남부터가 그랬다. 그 아이에 대해 전임 선생으로부터 들은 예비지식이 있던 나로서는 결정적인 실수였다. 교실에 들어가기 위해 문을 여는 순간 나는 그 노린내를 맡았던 것이다. 아이들과의 첫 만남을 자연스럽게 한다는 것이 고작 얼굴을 찡그리며 교실에서 웬 노린내가 나느냐고 코를 킁킁거렸던 것이다. 단급 학급으로 1학년부터 4학년까지 분교의 전교생 열 명 아이들이 어느 한쪽으로 고개를 돌렸다고 생각되는 순간 나는 다른 아이들과 한눈에 구별되는 수지의 그 흰자위 많은 눈과 부딪쳤던 것이다. 시간이 끝나고 교실 옆인 교무실로 수지를 데리고 간 것도 잘못이었다. 그때는 하교 시간이었고 내가 수지를 교실 옆방으로 데리고 들어서자 다른 아이들이 밖에서 창틀에 매달려 안을 들여다보고 있었던 것이다.

한수지, 너 집이 어디냐?

머리가 곱슬곱슬 엉겨 붙은 전형적인 혼혈아치곤 꽤 귀여운 얼굴이라는 교실에서의 느낌을 바로 눈앞에서 다시 확인했다.

집이 어디냐니까!

그때 나는 그 아이의 얼굴에서 흑인 병사의 험악한 얼굴과 그 아이 엄마의 얼굴을 겹치기로 찾아내고 있었다. 아이는 무슨 말에도 대답하지 않았다.

너 우리 말 못 알아듣는 거냐?

약이 바싹 올라 이번에는 고의적으로 그렇게 물었던 것이다. 그러나 그 아이는 고개를 푹 꺾은 채 대답하지 않았다. 나는 전임 선생이 상품으로 썼다던 노트 중에서 두 권을 집어 그 아이한테 내밀었다.

선생님이 주는 건 받는 거다.

내 말에 그 아이는 조금 망설이는 눈치더니 뒤로 감추고 있던 그 가뭇한 손을 내밀어 그 노트를 받아 들었다. 그 아이를 내보낸 뒤 밖을 내다보았다. 대여섯 명의 아이들이 한수지를 옹위하듯 에워싼 채 재잘거리며 운동장을 걸어 나가고 있었다. 교무실 밖 문 옆 벽에 노트 두 권이 얌전하게 세워져 있는 것을 발견한 것은 한참 뒤였다.

그 봄날 일요일의 고약골 방문은 다소 설레는 마음으로 시작됐다. 내 걸음으로 한 시간 걸린 수지네 집까지의 고약골 산길은 생각했던 것보다 훨씬 험했다. 길을 잘못 들어선 모양이라고 몇 번씩 오던 길을 돌아봤을 정도로 뚜렷하게 뚫려 있는 길이 없었다. 응달진 산비탈에는 잔설이 아직도 허옇게 붙어 있었다. 한

참을 허위허위 기어올라 개 짖는 소리가 들리는 지점에서 이제는 다 왔거니 싶었지만 거기서부터 수지네 집까지는 산비탈을 두 개쯤 더 돌아 올라야 했다. 골짜기 초입과는 달리 깊이 들어갈수록 골이 넓게 펼쳐지면서 벼랑을 낀 산비탈 돌밭이 보이기 시작했다. 이때까지 한 골로 뻗쳐오르던 골짜기가 둘로 나뉘는 그 갈림 지점에 한 번도 갈아 끼우지 않은 듯 다 썩어빠진 너와집 하나가 납작하게 엎드려 있었다. 굵은 소나무를 도끼로 쩍쩍 쪼개 얹은 그 너와 지붕에는 군데군데 루핑 쪼가리가 돌로 눌린 채 얹혀 있었다. 집은 방문이 둘인 걸로 미루어 윗방까지 갖춘 집이긴 했으나 토벽이 다 떨어져 내려 싸리와 잡목가지 외얽이가 그대로 앙상하게 드러날 정도로 낡아 있었다. 문짝도 없는 부엌에는 소여물 끓이는 가마솥이 하나 덩그렇게 걸려 있을 뿐 사람 사는 집에서 볼 수 있는 부엌의 집기가 하나도 보이지 않았다. 그러나 집 바로 옆으로 샘이 질척하게 흐르는 산버드나무 밑에 화덕이며 양은솥과 대여섯 개의 식기 등 취사도구가 가지런히 정리돼 있는 게 보였다. 이렇게 깊은 산속에 독가를 남겨 놓았다는 게 이해하기 어려웠다. 꽤 먼 데의 사람 기척에 그렇게도 암팡지게 짖어대던 개는 꼬리를 사타구니에 사려 넣은 채 아예 외양간에 숨어 나오질 않았다. 아직 파종이 되지 않은 밭에는 묵은 그루가 지저분하게 널려 있을 뿐 산비탈 여기저기 널려 있는 돌밭 어디에도 수지와 그 애 어머니 모습은 보이지 않았다. 마당가 산초나무에서 산버드나무까지 걸쳐 맨 빨랫줄에 몇 가지 옷이 보이지 않았더라도 사람이 살고 있다는 생각을 갖기가 어려웠다. 한 시간 남짓 그 집 주위를 돌아보면서 나는 산다는 일에 대해 깊은 회의에 빠지기까지 했다. 그 무상감을 도무지 주체하기 힘들었다. 무엇 때문에 사는가. 이렇게 열악한 환경 속에서도 사는 일에 어떤 가치를 부여할 수 있다는 말인가.

두번째의 방문은 처음보다 한결 가벼운 마음으로 할 수 있었다. 수지가 생각보다 명랑하고 붙임성이 있어 다루는 것이 어렵지 않았던 것이다. 수지 어머니는 감자밭에서 북을 주며 풀을 뽑고 있었다. 가끔 먹골이나 약수골에 내려오는 모양이었지만 그네를 보기는 그것이 처음이었다. 새마을 모자 같은 걸 쓰고 타월을 목에 두른 그네의 얼굴은 볕에 몹시 그을려 그것이 오히려 건강미로 보였다. 생각했던 것보다 그 키나 몸집이 작았다. 문득 저다지 자그마한 여자가 어떻게 덩치 큰 흑인과 어울렸을까 하는 불경스런 생각이 들었다.

"아저씨, 먹골 황재범이 여기 이장이라면서요?"

문득 강대규 선생을 우상처럼 따르던 귀양리 청년들 생각이 떠오른 것이다. 그들 중에서 대학물까지 먹었다는 본새를 내느라 꽤나 거오스럽던 황재범이 강 선생과 가장 친했던 편이다.

"이장한테 뭔 볼일이 있어유?"

"아닙니다. 그냥……"

"그 사람 많이 달라졌에유. 아, 그전에야 눈에 불량기가 뚝뚝 떨어졌잖아유. 아이구, 취하네유."

구멍가게 주인은 아예 우리 술자리에 끼여 내 앞으로 오는 술잔을 대신 받아 염 선생과 주거니 받거니 대작을 하고 있었다. 먹골 쪽 논에서 시끄럽게 들려오던 개구리 소리도 귀에 익어진 탓인가 음악처럼 감미로웠다.

"황재범 그 사람, 강 선생님이 다람쥐섬 앞에서 그렇게 될 때 여기 있었나요?"

취기로 가물거리는 의식을 가까스로 붙잡기 위해 강대규 선생 얘기를 꺼냈다. 염 선생이 껴들었다.

"그건 내가 잘 알지. 황재범, 그 눈꼬리 위루 쭉 찢어진 친구 그때 여기 없었어야. 강 선생이 죽기 얼마 전 나한테 그 사람 얘길 직접 하더라구. 그럴 사람으루 안 봤는데 이렇다 말 한마디 없이 어디룬가 사라졌다는 거지."

"그 일이야 내가 더 훤하지유. 맨날 권 사장 욕만 하구 댕기던 사람이 갑자기 서울 무슨 회사루 취직이 돼 나가데유, 무슨 주임인가 됐다면서……"

"그게 바루 권진평 사장 회사였겠지."

"그렇다니까유. 내에 우스워서……"

"강 선생이 바루 그 얘길 나한테 하고 싶었던 거겠지."

"그렇지만 황이장은 얼마 못 가 금방 돌아왔는걸유. 왜 그 좋은 취직자릴 버리구 왔느냐니까 도대체 말을 안 하데유."

"그 사람 아마 강 선생 죽고 나서 돌아왔을걸요?"

"그건 하두 오래전 일이라 잘 모르겠네유."

"요즘두 권 사장 여기 자주 옵니까?"

"요샌 통 못 보겠데유. 먹골학교 있던 자리에 기도원 짓구 나서 조 아래 산비탈을 밀어내구 무슨 모텔인가 뭔가 하는 걸 짓는다구 법석이더니 이장서껀 들구 일어나 진정서를 올리구 야단을 하니까 공살 하다가 그만둔 게 벌써 이태짼데, 그 양반두 이젠 벨 빼죽한 수가 읎는가 보데유."

"거, 정말 나쁜 사람이더군. 글쎄 국유지에다 허가두 안 내구 그런 걸 지으려구 덤볐다니 그게 될 법이나 한 애기야. 기도원이야 교회 장로라구 하니까 하나 지어서 교회에 바칠 수도 있겠지만서두……"

"웬걸유. 장로가 아니래유. 이장이 우정 서울 교회에 가서 확인해봤는데 집산가 뭔가 일 년에 한두 번쯤 얼굴 내미는 엉터리 교인이라데유. 먹골 기도원두 그 교회에서 돈 내구 빌려 쓰는 거라구 그러더래유."

"아무튼 그 사람두 돈 버는 것처럼 모든 게 잘 풀리지는 않는 모양이구먼."

"무슨……?"

"그 양반 지난번 그 사건만 안 터졌어두 지금쯤 금뱃지 달구 으시대구 다녔을 거구먼."

"그 사건이라니요?"

"조 선생, 이거 왜 이래? 정말 몰라서 묻는 거야?"

"강 선생님 죽은 거 말입니까요?"

"그것두 그렇지만 조 선생 서울 갈 무렵에 터진 일 말이야. 그놈의 멧돼지 한 마리가 금뱃질 삼켜버린 거라구."

그해 겨울은 유난히 눈이 많이 왔다. 인근 군 공병대가 아니었으면 도시로 통한 도로가 모두 봄까지 뚫리지 못할 정도의 큰 눈이었다. 귀양리 깊은 산골에 사는 사람들은 설피를 신고 눈 위를 걸어 다닌다고 했다. 권 사장이 서울에서 대여섯 명 사냥꾼들을 데리고 내려와 먹골 별장에 묵은 것도 그때였다. 그때만 해도 수렵이 엄하게 금지돼 있었기 때문에 웬만큼 깊은 산골이 아니면 밀렵은 엄두도 못 냈다. 그러나 권 사장은 매년 겨울 설악산에 들어가 곰을 잡는다고 떠벌리고 다녔다. 실제로 귀양리에서도 꿩 사냥은 더러 하는 모양이었지만 그런 일쯤 어느 곳에서나 있는 일이라 별로 신경을 쓰지 않았던 것이다. 그러나 내가 겨울방학 동안의 일숙직을 몰아서 한꺼번에 때우기 위해 서울에서 내려와 있을 때 그 일이 생겼다. 먹골 황재범이 귀양학교까지 헐레벌떡 달려왔다. 먹골분교에 있을 때는 학교를 자기 집처럼 오르내리던 사람이라 이번에도 학교 관사에 사는 강 선생한테 놀러 왔거니 싶었는데 그게 아니었다. 관사의 내 방 건너편 방을 쓰고 있는 강 선생이 황재범의 말을 듣고는 자못 심각한 얼굴을 했다. 권 사장이 먹골 별장에서 멧돼지를 잡아다가 지금 그 피를 받아 먹고 있는 중인데 검은 지프차까지 두 대 와 있는 걸로 미뤄 기관장들도 몇이 와 있는 게 분명하다는 황재범의 신고였던 것이다.

강 선생님, 이번 일은 제가 알아서 하겠습니다.

나는 강 선생의 눈에 번뜩이는 빛을 봤던 것이다. 통일동산 문제로 곤욕을 치르고 나온 뒤 그때까지 침울한 얼굴을 하고 지내던 강 선생이 이번 일에 또 나서서는 안 되겠다는 생각이었다. 그러나 강 선생은 내가 좀 더 신중을 기하자는 말은 들은 체도 않고 학교 사진기까지 찾아 들고 나섰다.

그러나 강 선생과 황재범이 그 별장까지 달려갔을 때는 이미 권 사장 패들은 사라진 뒤였다. 그렇다고 쉽게 물러설 강 선생이 아니었다. 그는 멧돼지를 밀렵한 고약골 막바지 현장까지 다녀온 뒤 학교에 돌아와 관내 경찰서에 전화를 걸어 수렵이 금지된 구역에서 멧돼지를 잡은 사람이 있다는 것과 그걸 처분하는 현장에 기관장 누구누구까지 있었다는 걸 신고했던 것이다. 먼저의 열목어와 황쏘가리 남획 신고 건이 흐지부지 끝난데다 관공서 기관장들까지 왔었다는 사실에 강 선생이 흥분한 것 같았다.

다음 날 아침 무려 십여 명의 형사들이 들이닥쳤다. 밀렵 진상을 조사하기 위해서 온 것은 분명하지만 그들이 마을 사람들을 만나는 과정에서 그 일을 확대시키지 않으려는 의도가 담긴 조치를 하고 다녔다는 인상을 준 것도 사실이었다. 권 사장네 별장에서 멧돼지를 잡는 현장에 있었던 마을 사람 하나는 그 사실을 부인하고 아예 읍으로 사라져버린 일도 생겼다. 별장 관리인도 기관장들이 별장에 온 일이 없었다며 학교까지 올라와 시비를 걸었다.

그러나 그날 저녁 권진평 사장이 양주 한 병을 들고 학교까지 찾아왔다.

제발 잘들 좀 봐주시어. 밀렵을 한 걸 부인하진 않겠소. 마땅히 벌을 받아야지. 허지만 나 때문에 공연히 여러 사람이 다치게 되면 내 입장이 어찌 되겠느냐 그 말씀이여.

그러나 강 선생은 단호했다.

우리가 뭘 봐드립니까. 우린 그냥 동네 사람들이 신고를 해달라고 해서 나섰을 뿐입니다.

여긴 내 고향이여. 내 나름으로는 이 고장을 위해 일하느라고 했어. 그러니 제발……

같이 계시던 분들이 잘 해결해드릴 텐데 왜 여기까지 와서 사정을 하십니까?

같이 있던 사람들이라니, 서울서 온 내 친구들 말이여?

사장님, 지금 잡아떼시는 겁니까?

강 선생, 우리 그 얘긴 그만둡시다. 내 다시 한번 사정하리다. 제발 좀 잘 봐주시어. 머리에 털 나구 이렇게 남한테 사정해보는 건 이게 정말 첨이구먼.

나는 강 선생을 슬쩍 쳐다봤다. 이 정도에서 적당히 끝내도 괜찮지 않겠느냔 생각이었다. 사실 트집 잡으려고 눈 크게 뜨고 찾았으니 그렇지 그냥 이런 일쯤 모른 척 눈감아버리면 그만일 수도 있었다. 그러나 강 선생은 더 이상 이야길 나누고 싶지 않다는 듯 자리에서 일어나 관사로 들어갔다.

조 선생, 문제가 이 이상 더 커지지 않도록 좀 도와주시어. 학교에 대해서는 나두 누구보담 관심이 많은 사람이요. 서울 명문학교 육성회장 자릴 벌써 삼 년짼가 하다보니…… 조 선생, 우리 서로 돕고 삽시다.

권 사장은 내 손을 꽉 잡아 쥐고 흔든 뒤 돌아갔다. 그것이 묵계였다.

그날 밤 열한시쯤 집에 나가 있던 교장선생이 학교로 긴급 시외전화를 걸어왔다. 그야말로 맑은 하늘에 벼락치기였다.

다음 날 오후 세시에 서울 소재 미성국민학교와 자매결연이 있으니 학생들을 비상소집하되 학부형들까지 동원하라는 일방적인 명령이었다. 신문사에서도 사진을 찍으러 올 것이니 학교 졸업식 할 때 쓰는 아치를 내다 세우고 거기 붙일 현수막을 밤에 써놔야 다음 날 행사에 지장이 없을 거라는 지시까지 내렸다. 장학사와 몇몇 교육기관에서도 높은 사람들이 참석할는지 모르니 마을 사람들을 동원해 운동장 제설 작업까지 하라는 것이었다. 학교 연중계획에 자매결연 행사가 들어 있지도 않았지만 이렇게 엄동설한 방학 중에 느닷없이 그런 행사를 한다는 게 정말 어이없는 일이었다. 그러나 다음 날 새벽에 교감선생과 함께 학교로 들어오겠다는 교장선생의 말소리가 하도 다급하고 절실하게 느껴져 나는 한마디 항변도 하지 못한 채 덩달아 허둥거렸다. 당직 일진이 되게 안 좋다고 혼자 투덜거렸을 뿐이다. 나는 강 선생이 이 어처구니없는 행사 지시에 어떻게 나올 것인가 몹시 염려되긴 했지만 교장과의 통화가 끝난 즉시 강 선생을 찾아들어가 협조를 구했다. 그러나 예상했던 것과는 달리 강 선생은 어이없다는 듯 웃기는 했지만 별 군소리 없이 옷을 주워 입고 나왔다. 마을에 사는 선생 하나를 불러올려 셋이서 그야말로 밤을 꼬박 새워 플래카드를 만들고 현수막을 쓰는 등 이것저것 준비를 하다 보니 나중에는 온몸이 얼어 손끝의 감각마저 마비된 것 같았다. 필체가 좋은 강 선생이 물감을 풀어 쓴 현수막이 서로 겹친 채 얼어붙어 그것을 난로에 녹여놓자 이번에는 글자가 알아볼 수 없을 정도로 망가져 새벽에 다시 써야만 했다.

서울 미성국민학교의 학교 버스가 눈길을 뚫고 학교 정문으로 들어선 것은 다음 날 오후 세시가 다 되어서였다. 비상연락망을 통해 소집된 아이들 삼십여 명이 줄을 서서 박수로 맞았다. 강습을 간 선생을 빼고는 선생들도 모두 나왔고 학부형 십여 명도 나와 있어 한겨울의 시골 학교 운동장은 그런대로 시글시글했다. 서울에서 내려온 미성국민학교 버스에서는 그 학교의 교장과 선생들이 다섯 사람, 그리고 각 반 대표라는 학생들이 스물두 명, 어머니회 학부모들이 다섯 명 등 모두 서른두 사람이 내렸다. 그들이 선물로 가져온 학용품이 세 상자였고, 몇 개의 야구 방망이와 글러브도 버스에서 내려졌다. 귀한 손님들을 위해서 동원된 학부형들이 왕할머니 집에서 장국밥을 준비했다가 대접했다. 그 버스가 오기 조금 전에 권 사장의 승용차와 교육청 장학사 등 귀빈 네댓 명이 학교에 와 있었다. 지방신문의 신문기자 한 사람도 권 사장 승용차로 함께 왔다.

한 시간 늦게 시작된 자매 결연식에서 미성국민학교 교장은 그 학교 육성회장인 권진평 사장이 아니었으면 오늘 이 뜻깊은 자매결연은 이루어지지 못했을 거라며, 처음부터 끝까지 권 사장의 애향심을 치사했다. 권 사장의 막내아들이 그 학교 6학년에 재학 중이라 삼 년째 육성회장직을 맡아 학교 발전을 위해 헌신하고 있다는 말도 빼놓지 않았다. 그날 그 자매결연식에서 권진평 사장은 귀양국민학교에 풍금 두 대를 그리고 귀양리에서 가장 외진 먹골에는 경운기 한 대를 기증하겠다는 약속을 했다. 나중에 사석에서 교장선생은 내 등을 두드리며 말했다. 조신해 선생, 이번 일에 정말 수고 많았다는 거 내가 다 알고 있어.

많이 마신 술인데도 새벽에 눈을 뜨자 머리가 개운했다. 그때까지도 밖에 비가 내리는 기색은 없었다. 그러나 잠결에 계속 빗소리를 들은 것은 약수골 골짜기를 가파르게 흘러내리는 물소리 때문이었을 것이다. 무섭게 범람하는 탁류에 휩쓸려 떠내려가며 살려달라고 아우성치는 꿈에 시달렸다. 물에 떠내려가며 허우적거리는 것이 내가 분명한데 바라보는 입장에서는 그것이 강대규 선생이었다. 정말 심한 가위눌림이었다. 꿈속에서도 누군가와 술을 먹고 있었는데 상대가 계속 내 입에 술을 퍼 넣었다. 고무호스가 입에 박혀 있었고 나는 창자 속까지 뚫고 들어오는 그 호스를 뱉어내느라고 온몸을 뒤틀며 괴로워하다가 잠을 깼다. 염 선생과 열두시 넘게까지 술을 마셨다는 생각이 났다. 그리고는…… 추태였다. 무슨 얘기 끝인가 내가 염 선생의 멱살을 움켜잡았다. 그렇게 많은 술을 마시면서도 단 한마디도 허튼소리를 하지 않는 염 선생이 싫었다. 염 선생을 향해 몹시 볼멘소릴 퍼붓던 기억이다. 뭘 듣고 싶어서 그러는 거요? 나한테 이렇게 술 처먹이는 이유가 뭐냐 그거요? 그래, 꿩의 병아리처럼 약아빠진 이 조신해가 강대규 선생 자살을 방조한 놈이다, 그걸 확인하고 싶은 거 맞아요? 그래요, 강 선생을 내가 죽였다니까…… 조 선생, 술 많이 약해졌구먼 하면서 염 선생이 나를 일으켜 세우던 생각도 났다. 그냥 두구 먼저 가 주무세유. 술 취한 양반은 옆에 사람이 있으면 더 주정을 하는 벱이지유. 구멍가게 주인이 불나방이 모여드는 전등불을 껐던 것도 생각난다. 그다음은…… 중간에 잠깐씩 연결이 안 되는 부분이 있었다. 그래, 손전등을 들고 있었다. 조 선생, 지금 이 시간에 어디를 간다구 이렇게 헤매구 있는 거야? 소나기 쏟아지듯 하는 개구리 소리와 함께 염 선생의 말소리가 기억된다. 조 선생이 어쩌나 보려구 내가 먼저 가는 척했지. 가게 주인이 데려다준다니까 조 선생은 갈 데가 있다구 하면서 혼자 비척비척 나서더니 몇 발짝 못 가 도로 돌아서선 손전등을 빌려달라구 하더군. 김씨가 손전등을 내다주니까 이번에는 초 다섯 자루, 소주 세 병을 싸 달랬어. 나중에는 조 선생이 직접 마루에 주저앉아 안주를 한다며 과자며 통조림이며 마구 주워들더니 만 원짜릴 내던지구 먹골 쪽으로 막 내닫는 거야. 그땐 전혀 취한 사람 같지 않더라니까. 먹골에서 내려오는 개울을 끼고 난 샛길로 접어들면서 그때부터 왔다 갔다, 그대루 뒀다간 정말 일 나겠더라구. 아마 옛날 강 선생하고 함께 근무하던 먹골학교 생각이 나서 술김에 그리로 가는 모양이었어. 그 걸음으로 혼자 먹골까지 가기두 어렵겠거니와 설사 거길 갔다 해두 거긴 밤새워 울며불며 기도하는 사람뿐인데 술 취한 사람이 들이닥치면 악마가 나타났다구 기겁들을 했을 걸. 그래서 내가 이렇게 붙잡아 온 거라구. 어때, 약수 한 바가지 마시니까 술이 깨지 않아?

만약 그 밤에 염 선생이 뒤따라와 잡지 않았으면 나는 지금쯤 고약골 벼랑에 거꾸로 떨어져 목이 부러져 죽었을는지도 모른다. 아무튼 그런 취한 꼴로 고약골에 올라가지 않은 것만은 잘한 일 같았다.

—수지야, 엄마는 지금 방에 촛불을 켜놓았다. 정말 오래간만에 불을 켠 거다. 네가 여기 있을 때도 그랬지만 엄마는 밤에 불을 켜놓는 게 싫었어. 우리 집에 불빛이 보이면 골짜기 사는 모든 귀신들이 우리 집으로 모여들 것처럼 무서웠던 거야. 그러나 엄마는 가끔 이 어둠이 천근만근 무겁게 느껴져 가슴이 터질 것 같은 때가 있다. 어느 날 밤에 견디다 못해 마당 한가운데 장작을 내다 화톳불을 피워놓고 밤을 새운 적도 있었다. 엄마는 오

늘도 문득 그런 충동에서 방 안에 촛불을 켜놓았는데 저렇게 자기 몸을 녹여 밝은 불빛을 내는 게 이처럼 아름답게 보이는 것도 처음이구나. 수지도 알겠지만 우리 집에 석유 등잔이나 남포등이 없는 건 엄마가 석유 냄새를 싫어하기 때문이다. 엄마가 어렸을 적 석유 냄새에 질린 적이 있어서 그럴 거다. 어떤 남자가 우리 어머니와 내가 살고 있는 방에 석유를 마구 뿌렸다. 그 남자는 석유를 우리 모녀한테도 마구 뿌렸지 뭐냐. 석유를 몸에 뒤집어쓴 채 울고 있는 나를 어머니가 머리채를 휘어잡아 그 남자 발밑에 내던진 뒤 달려들어 목을 조르던 일을 잊을 수가 없구나. 엄마가 정신이 들었을 땐 그 남자는 보이지 않고 우리 어머니가 멀쩡한 얼굴로 방 안의 석유를 닦아내고 있었단다.

그 남자는 우리 모녀가 방을 옮긴 곳에도 몇 번 찾아왔지만 그때는 우리 어머니가 그 사람이 석유를 뿌리기도 전에 어머니 쪽에서 먼저 석유를 뒤집어쓰고 성냥불을 켜 들던 생각이 나는구나. 우리 어머니는 해방이 되고 미군정이 시작됐을 때 코가 큰 외국 사람하고도 산 적이 있는데 그때도 한번 석유를 뒤집어써 그 외국 사람이 기겁을 해 절절매던 기억도 있다. 겨우 두어 번밖에 만날 수 없었지만 그 외국 사람은 우리 어머니와 살던 여러 남자 중에서 나를 가장 귀여워해줬다는 생각이다. 어쨌든 내 기억에는 우리 어머니가 우리 모녀 몸이나 방 안에서 석유 냄새를 빼기 위해 밤낮없이 촛불을 켜놓았던 게 잊히지 않는다. 내가 문둥리에 살 때도 엄마 외할머니는 삼촌이 피우는 담배 냄새를 없앨 때 켜놓는 그 밀초를 우리 어머니가 어쩌다 문둥리에 다녀간 뒤에도 며칠이고 켜놓곤 했었다. 그렇게 우리 어머니 냄새를 집 안에서 몰아내고 싶었던 거다.

육이오, 그 여름 난리가 나던 그해 봄 우리 모녀한테 석유를 끼얹던 그 남자가 문등리에 나타나 엄마 외할머니한테 뭔가 안 좋은 소릴 하고 간 적이 있다. 나는 그때서야 그 남자가 우리 아버지였다는 걸 알았다. 엄마 외할머니는 그 남자가 왔다 간 뒤 이를 갈았다. 저런 쥑일 놈, 누깔에 허깨비가 씌지 않구서야 사램이 저래 무례할 수가 있나. 지 계집 내돌려 실컷 이용해 처먹구 나서 이제 와선 반동이니 온동이니 저 지랄 까구…… 웬수 같은 년, 증말 쥑여야 할 건 핵교 공부 집어치구 사내놈 따라 내빼 그 꼴 된 니 에미년이여, 세를 빼물고 뒈질 년이 누깔이 썩었지 우쩔라구 글쎄 저런 놈을…… 엄마 외할머니의 그 욕설과 방에 켜놓은 촛불 때문인지 나는 우리 어머니를 그리워해본 적이 없다. 겨울 난리가 일어나 엄마 외삼촌을 따라 남쪽에 내려와 살 때 엄마 외삼촌이 우리 어머니가 여름 난리 때 서울에서 죽었다는 소식을 가져왔을 때도 슬프다는 느낌을 전혀 갖지 못했다. 엄마 외삼촌 내외분은 잔뜩 기대를 걸고 찾아온 남쪽의 우리 어머니가 죽었다는 걸 확인하고는 엄마 대하기를 뒤꿈치의 때만치도 안 여기더구나. 남의 집에 가 식모살이를 해두 그렇게 심한 학대는 당하지 않았을 거다. 특히 엄마 외삼촌댁은 우리 어머니 땜에 고향을 떠나 낯선 이남 땅에서 이 고생을 한다면서 그 분풀이를 나한테 했던 거지. 엄마가 지나가는 남자만 쳐다봐두 화냥년의 씨는 못 속인다며 머리채를 휘어잡곤 했다.

내가 외삼촌 집에서 쫓겨난 것은 중학교 삼학년을 겨우 마친 열여섯 살 되던 겨울이었다. 엄마가 그 나이에 애를 뱄기 때문이다. 엄마 외삼촌이 일 나가는 고물상에 김 중사란 군인이 군부대 물건을 몰래 훔쳐내다 파는 일로 자주 드나들었는데 그 작자가 어느 날 엄마 외삼촌한테 전할 물건을 나한테 넘겨주겠다면서 데리고 나가 그 지경이 됐던 거다. 애를 배고 들어앉아 외삼촌 내외분의 구박을 받던 일을 생각하면 지금도 소름이 끼친다. 어찌 된 일인지 김 중사는 그때부터 외삼촌네 집을 제집처럼 드나들며 내 서방 행세를 하더구나. 그래, 김 중사 그 작자가 바로 여기까지 찾아와 너를 발길질하던 그 영수 애비다. 그 사람은 내가 애를 배고 들어앉아 아무것도 먹지 못하고 배배 말라가는데도 엄마를 짐승처럼 못살게 굴었다. 엎친 데 덮친 격으로 엄마 외삼촌이 고물상에 모아들인 포탄을 분해하다가 그게 터져 돌아가신 것도 그 무렵이었다. 더 기가 막힌 일은 김 중사가 죽은 엄마 외삼촌 대신으로 안방 차지를 하면서 그 집에서 나를 내쫓았다는 거다. 수지야, 엄마가 의지할 데 없는 낯선 거리를 떠돌며 여덟 달 만에 애를 사산하고 심한 하혈을 해서 거의 다 죽어가던 그때의 그 끔찍한 일을 어찌 입으로 옮길 수 있겠느냐. 원주에서 춘천으로, 춘천에서 서울로 오르내리며 엄마는 이 세상을 포기하지 않기 위해 인간이 할 수 있는 일은 무엇이든 다 했다. 엄마가 마지막 희망을 걸고 택한 길은 간호장교가 되기 위해 4대 1의 높은 경쟁의 시험을 보기로 한 것이다. 다행히 그 시험에 합격해 교육을 받기 시작하면서부터 엄마는 처음으로 행복이란 걸 알았단다. 마산에서 교육을 받는 일도 그랬지만 교육을 마친 뒤 열아홉 살에 소위 계급장을 달구 백구병원에 배속되었을 때는 그야말로 세상이 온통 엄마를 위해 있는 것만 같았다. 많은 간호장교 중에서도 엄마는 가장 인기가 있었다. 수지야, 그때 엄마는 너무 행복해 아무것도 아닌 일에도 눈물을 줄줄 쏟았단다.

그러나 수지야, 엄마한텐 발목에 매인 풀어지지 않는 끈이 있어 더 이상 날아오를 수가 없었어. 김 중사 그 작자가 다시 엄마 앞에 나타난 거다. 그동안 불명예제대를 한 뒤 엄마 외삼촌댁과도 헤어져 나를 찾아 헤맸다는 거다. 그 무렵 엄마는 마산에서 만난 해군 중위와 백구병원에 근무하는 이대석 소령한테서 구혼 신청을 받고 있었는데 김 중사가 나타남으로 해서 모든 일이 엉망진창이 돼버렸다. 내가 김 중사를 만나주지 않자 해군 중위를 충동질해 이대석 소령을 총으로 쏴 죽인 일이 생긴 거다. 그 사건으로 해서 엄마는 5·16이 나던 해 가을 군복을 벗어야 했다. 앞길이 막막해진 나는 간호장교 시절 함께 지내 친했던 박경자 중위를 찾아갔다. 박 중위는 영어를 잘하고 춤도 잘 춰 외국 사람들과도 자주 어울리던 사람인데 나보다 먼저 군복을 벗고 인천의 어느 회사 의무실에서 일하고 있었던 거다. 가던 날이 장날이라고 박경자 중위는 자기가 일하는 자리를 나한테 넘겨주겠다고 했다. 자기는 서독으로 가기 위해 수속을 거의 다 끝냈다고 했다. 엄마는 그렇게 운 좋게 그 회사에 취직이 됐던 거다.

쿠퍼란 이름의 백인 미군을 알게 된 것도 그곳에서였다. 그 회사는 미군 부대에서 나오는 드럼통을 재생하는 공장으로 회사 관리를 미군 부대에서 하고 있어 미군들의 출입이 많았다. 엄마가 일하는 의무실 옆이 파견 나와 있는 미군들 사무실이라 자연히 그 사람들과 만나는 기회가 많아졌던 거지. 쿠퍼는 대학에 다니다 징집돼 나온 유에스 군번으로 다른 미군들보다 비교적 교양이 있어 보였다. 그 사람은 엄마가 일하는 의무실에 드나들면서 카드놀이도 하고 영어도 가르쳐주고 하는 동안 다알링이니 러브니 하는 말을 수없이 해대더니 어느 날 느닷없이 결혼하자고 하더라. 엄마는 그때까지 그 사람들을 결혼 상대라거나 그와 비슷한 관계로 어울릴 수 있다고는 생각해본 적이 없었기 때문에 많이 당황했다. 피부가 다르고 키가 나보다 사십 센티 이상이나 큰 그런 사람과 결혼을 하다니……

그때 기지촌 여자들이 회사로 쳐들어오는 그런 일만 없었더라면 엄마는 쿠퍼의 청혼 같은 건 쉽게 물리칠 수 있었을 게다. 그러나 실로 무서운 일이 벌어졌다. 이대석 소령이 죽은 일로 그 가족들을 만나야 했던 일이나 그 사건으로 총살형을 당한 해군 중위의 친구들이 찾아와 나한테 난동을 부린 그런 끔찍한 상황보다 더한 일을 그 기지촌 여자들한테 당했던 거다. 그 여자들은 다짜고짜 내 머리채를 휘감아 쥐고 공장을 한 바퀴 돈 다음 거의 오 리나 되는 기지촌까지 엄마를 질질 끌고 갔던 거다.

엄마가 그렇게 끌려 다니는데도 공장 사람들은 물론이고 지나다니는 사람 누구도 엄마를 구하기 위해 나서는 사람이 없었다. 심지어는 정복을 입은 순경들까지도 뒤에 서서 구경을 할 뿐 죄 없는 여자가 옷이 가리가리 찢기고 몰매를 맞는데도 말리려 들지 않았다. 그 여자들 얘기는 내가 기지촌 자기네 손님을 가로채 영업을 했다는 거였다. 뭐라고 변명할 길이 없었다. 엄마는 그때 난리 때 죽었다는 내 어머니 생각을 했다. 그렇게 몰매를 맞는 것이 내 어머니고 내가 그것을 내려다보고 있는 느낌이었다.

쿠퍼와 함께 살기로 결심을 한 것도 그때였다. 그 수모를 당한 기지촌 마을에 들어가 쿠퍼와 함께 당당하게 살자는 억하심정이었다. 엄마는 그때 그렇게 절통하게 서럽고 세상 사람 모두가 미웠던 거다. 엄마는 결심대로 쿠퍼와 함께 그 기지촌에 방을 얻어 동거를 하면서 그 여자들처럼 억센 욕지거리를 퍼대며 살기 시작했다. 그러는 사이 쿠퍼와도 정이 들었다. 쿠퍼는 사병이었지만 매달 주택비를 부대에서 타왔고 본국에서 가끔 부쳐오는 돈으로 우리는 그런대로 재미있게 살았다. 쿠퍼의 입에는 항상 아이 러브 유가 매달려 있었다. 쿠퍼는 자기가 귀국하기 전에 결혼 수속을 밟자며 본국에서 보내온 출생증명서 등의 서류를 갖춰 부대장의 결혼승낙서와 군인재정보증서도 갖춰 내놓았다. 기지촌 여자들은 엄마를 부러워했다. 엄마도 원주로 달려가 호적등본을 떼고 민간인 신원진술서도 만들었다.

그러나 수지야, 엄마 발목에는 아직도 그 질긴 줄이 감겨 있었지 뭐냐. 우라질, 김 중사 그놈이 또다시 엄마 앞에 나타난 거다. 그 사람은 엄마가 쿠퍼와 동거를 하면서 결혼 수속을 밟고 있다는 걸 알아내고는 쿠퍼가 보는 앞에서 칼을 빼들고 행패를 부렸다. 자기가 내 남편이라면서 결혼을 하려면 돈을 내놓으라고 생떼를 썼다. 그 악마 놈의 새끼, 그 불한당을 당할 재간이 없었다. 무엇보다 어린애처럼 순진한 쿠퍼에게 그 인간을 이해시킨다는 게 더 어려웠다. 그렇다고 우리한테 그놈이 원하는 그런 돈이 있을 턱도 없었다. 엄마는 궁여지책으로 놈이 원하는 대로 쿠퍼와 함께 미 대사관을 찾아가 영사 입회하에 합의된 결혼증명서를 그 사람에게 넘겨주고 출국하기 전까지 그 돈을 해 놓겠다는 각서를 썼다. 그놈의 돈, 내가 그 돈을 마련할 수 있는 길이란 단 한 가지뿐이었다. 먼저 있던 회사 의무실에서 기지촌 주변의 대마초 밀매 루트를 알고 있었던 거다. 그러나 그 사람들과 접촉하는 중에 잡혀 들어갔지 뭐냐. 다행히 미국 대사관에서 받은 결혼증명서가 있어 불구속으로 조사를 받았지만 마약법으로 재판을 받게 되면 몇 년 동안 비자를 받을 수 없기 때문에 미국 사람이 된다는 엄마의 꿈은 깨지고 말 게 분명했다. 쿠퍼도 CID에 불려가 조사를 받았지만 혐의가 없어 그대로 제대를 했고 귀국하는 즉시 초청장을 보내겠다는 말만 남겨놓고 미국으로 들어갔다.

수지야, 이제 네 출생 비밀을 이야기하마. 네가 어렸을 때 엄마가 미친 사람처럼 너한테 들려주었던 그 이야기다. 쿠퍼가 미국으로 떠난 지 사흘째 되던 밤, 그 끔찍한 밤 이야기다.

"우산 가지구 가셔유. 비가 금방 오겠는데유."

"우산 들구 다니다가 괜히 매 맞아 죽게요."

"그러게 말이야유. 증말 너무 가물었어유."

약수로 지어 꼭 팥밥처럼 파란 빛깔이 나는 밥을 두어 숟갈 떠먹고는 먹골에나 다녀오겠다며 일어서자 여인숙 아주머니가 비닐우산을 내놓았던 것이다. 필요하면 수지 어머니 앞에 꺼내놓을 생각으로 대여섯 개 넣고 온 녹음테이프를 아예 꺼내지도 않은 채 빈 몸으로 나섰다. 쳐들어가는 기분이었다. 물론 그네는 완강하게 몸을 사린 채 불청객을 맞을 것이다. 어쩌면 생각과는 달리 쉽게 입을 열어 강대규 선생의 죽음에 대해 무당이 신들린 소리로 호령하듯 뭔가 퍼부어댈는지도 모른다. 그 테이프에서도 그네는 강 선생의 죽음을 미리 알았다고 수지한테 말한 바 있지 않은가. 문득 그 여자야말로 이 시대의 샤먼이 아닐까 하는 생각이 들었다. 그네는 자신도 모르게 여러 귀신들의 몸주가 되어 신들린 상태로 그렇게 혼자 살고 있을는지도 몰랐다. 큰 짐승이 우는 소리를 자신의 몸속에서 나오는 태주 소리쯤으로 생각하고 있는 것부터가 그랬다. 어쩌면 고약골 골짜기에서 그렇게 혼자 사는 것은 거기서 불타 죽었다는 수천 명 중공군 귀신들과 교접을 하는 재미 때문일는지도 몰랐다. 어떻든 그네는 깊은 밤 건너편 산속에서 큰 짐승 우는 소리가 마치 자기 목구멍을 통해 나오는 것처럼 절실하게 들린 밤에는 꼭 아랫마을에 사람이 죽었다는 소식을 들었다고 했다. 강대규 선생이 죽은 그날 새벽에도 자기 입에서 큰 짐승 우는 소리에 놀라 잠을 깼다고 했다.

—수지야, 네가 서울에 올라가 협회 사람들을 통해 미국 갈 준비를 하고 있을 때 강 선생님이 돌아가셨다. 수지가 출국하기 전 마지막으로 귀양리에 내려왔을 때 엄마는 강 선생님이 돌아가셨다는 얘길 너한테 들려줬지. 그러나 너는 엄마와의 마지막 시간을 보낸 뒤 미지의 세계로 떠난다는 흥분 때문인지 강 선생님의 죽음에 대해 그냥 건성으로 그 선생님이 왜 죽었느냐고 물었을 뿐이다. 그러나 엄마는 강 선생님이 왜 죽었느냔 네 물음에 대해 대답하지 못했다. 강 선생님이 왜 그렇게 돌아가셨는지 엄마도 알지 못했기 때문이다. 다만 엄마는 아랫마을에 사람

이 죽은 일을 알아맞혀온 것처럼 그때도 강 선생님이 돌아가시는 걸 미리 예감하고 있었단다. 깊은 밤중 앞산에서 큰 짐승 우는 소리가 들린 그다음 날이면 어김없이 사람이 죽었다는 소식이 올라오곤 했는데 그러한 우연이 강 선생님의 경우에는 더욱 분명하게 나타났던 거다.

그날 새벽도 큰 짐승이 우는 소리에 놀라 잠을 깼다. 늘 그랬지만 이번에도 큰 짐승 우는 소리가 마치 내 입에서 터져 나오는 것 같았다. 그 소리는 마치 엄마 목구멍에서 올라와 입으로 쏟아져 나간 소리가 앞산에 부딪쳐 메아리로 돌아오는 것만 같았다. 그날 새벽은 유달리 짐승 우는 소리가 크게 들렸다. 엄마는 그때 문득 강 선생님을 머리에 떠올렸던 거야. 얼마 전 나물을 팔러 약수골에 내려갔다가 강 선생님이 무슨 일론가 경찰서에 들어가 조사를 받고 나왔다는 얘길 들었기 때문이었을 거다. 어떻든 엄마는 그날 밭에서 호미로 내 왼손 손가락을 두 번씩이나 찍었다. 수지야, 너를 미국에 보내되 아주 그쪽 사람으로 만들어버리기로 결심이 선 것도 강 선생님이 돌아가셨다는 얘기를 들은 뒤였단다. 엄마는 온몸의 힘이 모두 빠져나가는 허탈감 속에서 형언하기 어려운 분노를 느끼기 시작했던 거다. 꼭 꼬집어서 누구라고 할 수 없는 그런 대상에 대한 미운 감정이 치밀어 다리가 후들거릴 정도였다. 엄마를 붙잡고 울면서도 미국에 간다는 설렘으로 들떠 있는 네가 그렇게 미울 수가 없었다. 수지야, 차마 못할 말이지만 엄마는 그때 네 몸에서 나는 노린내 때문에 미칠 지경이었다. 네가 갈충이처럼 징그럽게 보였다. 사람이 죽으면 산 사람과 정을 끊기 위해 그렇게 무섭게 느껴지는 순간이 있다는 말처럼 엄마는 그때 네가 그렇게 싫었던 거다. 강 선생님이 죽으면서 수지와 나를 그렇게 갈라놓았던 거라고 나중에 생각했다. 그러고 보면 강 선생님은 수지와 엄마가 이 세상에 더 오래 살아남게 해주신 생명의 은인이면서 또 그렇게 모녀의 인륜을 모질게 끊어놓으신 분이라는 생각이 드는구나.

너를 등에 매달고 우리 모녀가 함께 죽을 고약골 막바지로 올라가다가 산길에서 문득 마주쳤던 분이 바로 강 선생님이었단다. 엄마가 찾고 있는 문등리 고령골 그 골짜기와 너무나 닮았다는 착각 속에서 휘휘 고약골 막바지를 둘러보며 이 세상에서의 마지막 자리를 찾아 앉아 눈이 퀭하니 탈진한 너를 내려다보며 하염없이 울고 있을 때 좀 전 산길에서 마주쳤던 그분이 인기척을 냈던 거다. 그분이 조금만 늦게 왔더라도 엄마는 수지 목을 조른 다음 내 입에도 약을 털어 부었을 거다.

잔뜩 찌푸려 금방이라도 비를 뿌릴 것 같은 하늘만 아니었더라도 산간의 가뭄은 더욱 실감 났을 것이다. 이제 겨우 이삭이 패기 시작할 무렵의 논바닥은 쩍쩍 금이 가도록 마르고 산비탈의 칡덩굴마저 휘주근히 늘어져 한창 윤기가 나야 할 초목들은 제빛이 아니었다. 그러나 약수골에서 먹골로 넘어가는 비탈길은 밤나무 · 오동나무 · 떡갈나무 등 활엽수가 뒤덮여 온갖 매미의 소리판이 벌어지고 있었다. 큰 몸집에 어울리게 찌르르르 힘차게 뽑아대는 말매미 소리, 마치 기름에 무엇을 지져대듯 치글치글 소리내는 기름매미, 쓸람 쓰을람 쓰르라미, 쌔을쌔을 쓰름매미, 씨잉씨잉 씽씽매미…… 소리가 곱고 감칠맛 나기는 역시 참매미 소리가 으뜸이다. 그러나 어느 소리라 가려낼 수 없이 한데 어우러져 쏟아내는 매미 소리는 산길을 걷는 이의 마음을 쇄락하게 적셔 내렸다. 비탈 하나를 굽이돌자 먹골 마을의 십여 채 가옥이 눈에 들어왔다. 먹골분교가 있던 자리에 세워진 기도원 건물의 그 빨간 지붕이 사방의 푸른빛을 거역하듯 유난히 붉게 보였다. 먹골 입구에 자리 잡은 권진평 사장의 별장도 팔 년 전과 다름없는 모습으로 개울을 끼고 띄엄띄엄 흩어져 있는 먹골 마을의 집들을 내려다보며 거오스럽게 서 있었다.

되도록 걸음을 빨리해 고약골 골짜기로 접어들었다. 고약골로 올라가는 내 모습을 먹골 마을 사람들한테 보이고 싶지 않았던 것이다. 먹골 분교에 있을 때도 그랬다. 고약골 수지네 집을 찾아갔던 그 세번째도 모두 학교 아이들이나 마을 사람들이 눈치 채지 않도록 몰래 다녀왔다. 중공군 수천 명이 죽어 밤이면 그 귀신 우는 소리가 들린다는 그 고약골 골짜기에 미친 여자가 들어와 산다는 소문이 돌면서부터 마을 사람들은 그곳을 아예 접근 금지 구역으로 여겨 발길을 하지 않았던 것이다.

그러나 강대규 선생은 달랐다. 그는 남들이 들어가기 두려워하는 그 골짜기를 아무렇지도 않게 드나들었다. 그 골짜기에 사는 깜둥이 엄마와 무슨 일이 있다는 둥 별의별 소문이 떠돌아도 아랑곳하지 않았다.

심한 가뭄인데도 고약골 골짜기에는 물이 흐르고 있었다. 비록 드문드문 바닥이 말라 물줄기가 끊겼구나 싶으면 그 개울 바닥 어느 곳으론가 물 흐르는 소리가 그치지 않았다. 고약골은 관목보다는 떨기나무로 뒤덮여 50년대 산판 붐으로 대부분의 산이 벌거숭이가 될 때도 전혀 피해를 보지 않아 원시림 그대로의 산골짜기라 언제나 물이 마르지 않았던 것이다.

골짜기로 오르는 길은 칡덩굴이며 다래 덩굴이 뒤엉켜 마치 긴 터널처럼 불룩하게 뒤덮인 벼랑을 끼고 겨우겨우 사람의 발길 흔적을 알아볼 수 있게 이어져 있었다. 수지가 그 어린 몸으로 어떻게 이런 험한 산길을 걸어 학교에 다녔단 말인가.

—수지야, 쿠퍼가 귀국한 지 꼭 사흘째 되는 날 엄마는 흑인 병사 세 사람의 방문을 받았다. 쿠퍼는 백인이면서도 같은 부대 흑인 병사들과도 늘 잘 어울렸단다. 쿠퍼가 귀국한 뒤 매우 친절했던 친구가 생각나 그와 결혼한 나를 찾아왔다는 말에 방에 안 들일 수도 없었지. 그들이 가지고 온 술을 함께 마시지는 않았지만 엄마는 남편 친구인 그 사람들에게 술을 따라주기는 했었다. 쿠퍼가 떠난 뒤의 허망한 마음을 그런 식으로 달래고 싶었는지도 모르겠다. 그래, 수지야, 그날 밤 나는 그 세 놈들한테 꼼짝없이 당했던 거다. 내가 대마초 일로 경찰서에서 아직 조사를 받고 있다는 약점을 그놈들이 노리고 찾아왔던 거지. 그놈들은 돌아갈 때 내 방에 세 놈이 각각 돈을 놓고 돌아갔다. 내가 다른 데로 이사를 할 겨를도 없이 그놈들은 다시 둘씩 짝을 지어 찾아왔다. 놈들은 대가를 지불하는 일에는 철저했다. 수지야, 이 세상 누구도 그때 엄마가 당해야 했던 그 불가항력적인 상황을 이해하기 어려울 게다. 게다가 수지야, 나하고 전생에 무슨 원수가 그렇게 깊게 맺어졌다는 게냐. 김 중사 그 작자가 또 엄마 목을 죄기 시작했단다. 엄마는 만신창이가 되어 하루하루 악몽

같은 날을 보냈다. 그렇게 두어 달을 지낸 어느 날 몸에 이상을 느꼈다. 문득 쿠퍼의 뜻에 따라 그가 떠나기 한 달 전부터 피임을 하지 않았다는 생각이 났다. 엄마가 애기를 가졌던 거다. 임신 2개월이란 진단이 나왔을 때 엄마는 열여섯 그 나이에 겪은 그 일이 악몽처럼 떠올라 몸서리쳤다. 당장 떼어버리고 싶었다. 그렇지만 수지야, 엄마는 배 속에 든 것이 쿠퍼의 애기가 분명하다는 여자로서의 직감 그 확신 속에 일을 처리해나갔다. 우선 미국대사관에서 받은 결혼증명서만 김 중사 손에서 빼낸다면 그것을 번역해서 시청에 혼인신고를 하고 쿠퍼가 보내올 초청장과 함께 호적에 올라 있는 걸 번역, 공증만 받으면 여권 신청을 할 수 있었던 거다. 엄마는 그때 그처럼 간절히 이 나라를 떠나고 싶었던 거다. 그러나 김 중사가 엄마의 그런 계획을 소망을 눈치채고 양색시들이 이용하는 번역 · 공증사를 찾아가 내가 애기를 가졌다는 것과 돈이 당장 필요하다는 편지를 쿠퍼한테 쓰게 한 뒤 내 사인까지 강요했단다. 아무튼 쿠퍼는 귀국한 지 삼 개월 만에 초청장을 보내왔다. 물론 생활비도 함께 보내왔다. 내가 임신을 했다는 것에 몹시 기뻐하며 애기를 낳기 전에 수속을 밟아 빨리 미국으로 들어오라는 편지도 보내왔다. 대마초 일도 그럭저럭 잘 해결이 돼 여권만 신청하면 엄마는 이 나라를 영원히 떠날 수 있었던 거다. 엄마는 김 중사한테 내 배 속의 애를 위해서도 제발 서류를 돌려달라고, 그것만 돌려주면 약속한 돈을 무슨 일이 있어도 해주고 떠나겠다고 애원했던 거지. 그러나 수지야, 사람이 어떻게 그리 잔인할 수 있단 말이냐. 김 중사 그놈은 내가 약속한 돈의 수십 배를 내놓아도 나를 미국에 보낼 수 없다고 억지를 쓰더구나. 이혼심판청구소송을 하기 위해 서류까지 다 갖춰놨다면서 애 밴 것을 이용해 쿠퍼한테서 돈이나 뜯어내자고 하더라. 오, 하느님……

수지 어머니는 그 녹음테이프를 통해 김 중사의 손아귀에서 벗어나지 못한 채 자포자기한 상태의 생활을 이것저것 담담하게 이야기하다가 어느 대목에 이르러 격정으로 바뀌어가기 시작했다. 수지가 이 세상에 태어난 얘기였다.

—하느님, 감사합니다! 엄마는 산파의 손에 들린 갓난애를 바라본 순간 하느님 감사합니다란 말을 하곤 정신을 잃었단다. 애를 밴 뒤부터 낳는 그 순간까지 그렇게 몸과 마음이 긴장으로 옥죄여 있었기 때문이다. 아들이고 딸이고 그런 건 문제가 아니었다. 엄마가 하느님을 계속 찾은 건 내 몸속에서 저주의 씨앗이 나오지 않게 해주십사 하는 간구였다. 하느님이 정말 계신다면 내 몸속에서 깜둥이가 나오지는 않을 것이라는, 그렇게 간절한 기구였지. 하느님, 오 하느님…… 나는 애기를 밴 뒤 하루도 빼놓지 않고 그 세 사람의 흑인들을 생각하지 않은 날이 없었다. 밤이면 그것들한테 짓눌려 숨이 넘어가는 가위눌림으로 시달렸고 꿈을 깨고 나면 그것이 꿈이 아니란 사실 때문에 더욱 괴로웠다.

오, 하느님, 감사합니다. 정신을 가다듬어 몇 번씩 확인해보았지만 내 몸속에서 나온 그 갓난것은 깜둥이가 아니었단다. 몸집이나 얼굴 윤곽이 조금 유다르게 보이긴 했어도 살갗은 오히려 엄마보다 더 희었던 거다. 그렇다고 김 중사의 씨도 아닌 게 분명했다. 머리털 역시 조금 곱슬머리긴 했지만 쿠퍼의 것처럼 노리끼리한 빛이더구나. 하느님, 감사합니다. 사람이 사람을 그렇게 싫어할 수도 있다는 게냐. 엄마는 김 중사만 나타나면 온몸에 소름이 쫙 끼치곤 했단다. 엄마가 나중에 영수를 내 속으로 내지르고도 그게 내 새끼처럼 정이 안 가고 늘 섬뜩하게 느껴졌던 것도 그 애비가 그렇게 싫었기 때문일 게다. 이젠 미국에 가게 됐수. 엄마 사정을 잘 아는 산파도 갓난애가 백인 트기라며, 그런 소릴 하더구나. 김 중사 모르게 쿠퍼한테 편지를 썼다. 당신 애를 낳았다고. 좀 늦을는지는 몰라도 언제고 당신 애와 함께 미국으로 가겠다고 말이다.

그러나 수지야, 나는 하느님 같은 건 존재하지 않는다고 생각하기 시작했다. 앞이 캄캄했다. 갓난애가 두 달이 되면서부터 손톱 밑에 까만 테가 생겨나기 시작했던 거다. 손톱뿐이 아니었다. 희던 얼굴이 눈두덩 부근부터 누런 빛깔이 짙게 깔리는 거였다. 나는 그 애를 안고 기지촌을 헤맸다. 백인 병사만 보이면 그 코밑에 애기를 들여대고, 이게 백인이냐 흑인이냐 물어댄 거다. 엄마는 그때 제정신이 아니었지. 길바닥에서 백인 트긴지 아닌지를 밝혀내고 싶었던 거다. 외국 병사들은 애기를 내려다보며 코리언이라고 했다. 열 명도 넘는 백인이 모두 애기가 한국인이라고 하더구나. 나중에 안 사실이지만 우리는 단일민족이기 때문에 살갗이나 눈빛이 조금만 달라도 외국 사람처럼 보이지만 여러 민족이 뒤섞여 사는 미국 같은 나라에서는 혼혈아가 따로 구별돼 뵈지 않는다는 거였다. 엄마는 애기를 안고 쿠퍼가 근무하던 캠프페이지까지 달려가 정문 위병소 헌병한테 이 애가 깜둥이냐 흰둥이냐 물었단다. 백인 헌병은 화이트 칼라라고 하는데, 흑인 헌병은 마이 피플이라며 서로 자기 말이 맞다고 우겨대더구나.

백일이 되면서 모든 것이 분명해졌다. 애기의 노랗던 머리칼이 완전히 까맣게 변하면서 자글자글 오그라지기 시작했다. 까맣게 자란 손톱에 살갗도 거뭇하게 바뀌어가더구나. 흑인 튀기구먼. 이웃 여자들의 낄낄거리는 웃음소리에 이상하게 마음이 차분히 가라앉았다. 그러나 쿠퍼가 미국에서 보내온 아기 옷이며 장난감 등 그 엄청난 소포 꾸러미가 나를 짓눌러 죽이는 것만 같았다. 쿠퍼는 자기 외할머니한테 받았다는 돈을 보내오면서 자기 딸 사진을 빨리 보내라고 재촉했다. 쿠퍼가 보내온 돈은 김 중사와 흥정을 하기 위해 감추어두었지만 마음은 결코 편치 못했다. 애기가 죽었다고 쿠퍼한테 편지를 쓸까도 생각했단다. 정말 나는 하루에도 몇 번씩 그 튀기 계집애를 목 졸라 죽이고 싶은 충동에 시달렸다. 이불을 푹 눌러 씌우고 싶은 충동으로 가슴이 늘 벌벌 떨렸다.

수지야, 엄마는 쿠퍼에게 솔직하게 편지를 썼다. 태어난 애가 머리털이 검고 곱슬머리인데다 살갗이 검기 때문에 당신 애가 아니라는 사실을 밝히고 일이 그렇게 됐기 때문에 초청장을 찢어버렸다는 것, 한국에서의 일은 없던 것으로 생각하라는 내용이었다. 미국 시민이 된다는 생각을 그렇게 거두고 나니까 마음은 차라리 가벼웠다. 그렇게 하는 것이 나한테 찰거머리처럼 달라붙어 기생하는 김 중사한테 복수하는 길이란 생각까지 한 거였다.

그러나 두어 달 뒤 엄마 마음이 또 한 번 흔들린 일이 생겼다. 쿠퍼가 미국에서 편지를 보내온 것이다. 편지 내용은 온통 애기가 자기 딸이 분명하다는 것을 밝히는 데 힘을 주고 있었다. 자기는 백인 어머니와 흑인 혼혈아 아버지 사이에서 태어났고 그 선대에는 더 복잡한 가계 혈통을 가졌기 때문에 아주 새카만 애가 태어났대도 놀라지 않는다는 얘기였다. 유전법칙에 대해서 그렇게 단순한 지식을 내세운 뒤 쿠퍼는 자기는 인종에 대한 차별 의식이 전혀 없기 때문에 나하고 결혼한 것이라고, 비록 그 애가 자기 딸이 아니라 해도 사랑하는 와이프가 낳은 아이기 때문에 함께 키우고 싶다는 얘기까지 곁들이고 있더구나. 초청장도 다시 해서 보낸다고 했다. 물에 빠진 사람 지푸라기 잡는 심정으로 엄마는 너를 업고 이 병원, 저 병원으로 뛰어다녔단다. 그 의사들은 수지를 진기한 벌레라도 관찰하듯 이리저리 뜯어본 뒤 고개를 가로젓더구나. 얘 아버진 흑인이 분명해요. ㅎ, ㅎㅎ…… 갓뎀, 이런 우라질, 씨발 놈…… 개썅……

그 녹음테이프의 끝부분은 느닷없이 히스테릭한 욕설로 채워지고 있었다. 나는 아직 그렇게 원색적이고 저질인 험악한 욕설을 들어본 적이 없었다. 더욱 놀라운 것은 발작하듯 쏟아져 나오는 그 욕설이 수지 어머니의 목소리가 아니었다는 것이다. 그것은 마치 새타니(태주)가 실린 샤먼의 과장된 변성으로 내깔리는 호령조 공수 그것이었다. 뒤집어쓰듯 그 욕설을 들으면서 내가 소름이 끼쳤던 것은 그네의 목소리가 어느 순간 죽은 강대규 선생의 그것으로 들린 것이다.

얼굴에 문득 빗방울. 산비탈 쪽동백나무 잎에도 후둑후둑 빗방울 듣는 소리. 하늘 흐린 것 마련해선 비가 왔어도 벌써 몇 차례 쏟아부었어야 마땅했다. 그러나 빗방울 듣는 것과는 아랑곳없이 비를 쫓는 바람이 고약골 골짜기로 설렁설렁 치불고 있었다.

가뭄 끝의 비는 언제나 그렇게 비 기다리는 마음을 감질나게 애태우면서 오게 마련이다.

산속에서 느닷없이 사람 만나는 것만큼 무서운 게 없다. 정말 섬뜩했다. 놀란 것은 상대도 마찬가지일 것이다. 낭떠러지를 이룬 개천 쪽으로 그야말로 낙락장송이 서너 그루 운치 있게 가지를 뻗은 고약골 쉼바위 근처에서 정말 뜻밖의 아는 얼굴을 만났다.

"조신해 선생님 아니세요?"

황재범이었다. 나야 지난밤 술자리에서 그의 이름을 입에 올리기도 했지만 팔 년 만에 처음 보는 내 이름을 그가 잊지 않고 있었다는 게 신기했다. 반바지에 헐렁한 남방을 걸친 황재범은 대학물을 먹었다고 거드럭거리던 팔 년 전의 그런 거오스러움이 전혀 나타나지 않았다.

"조 선생님, 이거 정말 어찌 된 일이십니까? 여길 다 오시구……"

"여긴 내 고향이나 다름없는 데 아니오. 방학두 됐구 해서 오래간만에 약수도 좀 먹을 겸 왔지요."

"어젯밤 약수골서 술 잡수셨지요?"

"소문 한번 빠른데……"

"사실은 새벽에 후곡학교 계시던 염 선생님을 만났어요. 대방골 개울로 뭔 채집을 가신다고 여럿이서 올라가시던데요. 어젯밤 술 많이 하셨다면서요?"

"많이 마시다마다. 그 술이 아직 안 깨 이렇게 산엘 들어온 거요. 여기 안 왔더라면 황재범 씨 못 만날 뻔했네."

"아니, 그 전 계시던 먹골엔 안 들르실 작정이셨습니까?"

"허긴……"

"조 선생님 여기 오셨다는 얘길 듣곤 정말 뵙고 싶었습니다. 사실은 돌아가신 강대규 선생님 생각이 났던 겁니다."

"강 선생님이 돌아가실 땐 여기 없었다면서요?"

"예, 없었어요. 제가 경험두 없이 고추 농사를 시작했다가 큰 실패를 봤을 때지요. 빚두 지구 해서 그만……"

"좋은 자리에 취직이 돼 나갔다던데……"

"비웃으시는 겁니까?"

"비웃긴……"

"그래두 전 이렇게 고향에 돌아와 있지 않습니까?"

"이번엔 황재범 씨가 날 비웃는군."

"조 선생님이야 여길 뭣 하러 돌아오십니까. 진짜 고향두 아니잖아요. 그때 잘 올라가신 거지요 뭐. 사모님께서 미술학원 해서 돈 많이 버셨다는 얘기 들었어요. 귀양학교 나온 애 하나가 서울 가서 집 짓는 데 따라다니는 데모돈데 어딘가 현장에 가 보니 그게 바로 조 선생님 집이더랍니다. 갠 창피해서 인사두 못했대요. 재작년인가 추석 때 와서 그런 얘길 하데요."

나는 담배를 꺼내 내밀었다. 그는 담배를 서슴없이 뽑아 들긴 했지만 내가 켜댄 라이터 불을 한사코 마다하고 나보다 뒤에 불을 댕기는 예의를 보였다. 우리는 잠시 심한 가뭄 얘기와 뒤숭숭한 요즘 시국 얘기를 나눴다. 그러나 나는 뭐 본 김에 뭐 한다고 화제를 죽은 강 선생 쪽으로 텄다.

"강대규 선생님이 돌아가시구 나서 금방 돌아왔다면서요?"

"그런 셈이지요. 그러나 강 선생님이 돌아가셨기 때문에 돌아온 거 아니에요."

"참, 귀양리 이장을 맡아본다면서요?"

"이장이 뭐 대단한 겁니까. 마을 사람들을 위해 봉사하는 거지요. 그런데 막상 봉사를 하려구 해두 그게 제대루 안 돼요. 마을 으르신네 중엔 황재범이가 이장 하니까 마을이 옛날보다 못해진다구 못마땅하게 생각하시는 분들도 많답니다."

"야당 마을루 찍힌 거군요?"

"그런 셈이죠. 위에서 내려오는 지시나 따르는 마을이 아니니까요."

"위에서 내려온다고 해서 무조건 부정적으로 생각할 건 없을 텐데……"

"물론이죠. 그러나 그게 거꾸로 돼야 한다 그겁니다. 책상 위에 모아들인 통계 숫자 놀음으론 농촌 일이 안 된다구요. 소 값이 이 지경이 된 게 다 뭣 때문입니까?"

나는 슬쩍 다른 데로 화제를 퉁겼다.

"아무튼 권진평 사장이 귀양리에 많은 도움을 준 건 사실 아니오?"

"그 도움 그거 설탕 같은 거 아니겠어요. 강대규 선생님이 그런 말을 하셨지요. 설탕 맛에 길들여진 사람은 된장국에두 단것을 넣어 먹게 된다구요. 아닌 게 아니라 그 단것 때문에 이빨 썩정이 된 사람들 많다구요."

"지금두 그쪽하고 그렇게 많이 부딪치겠군요?"

"부딪치구 싶어 부딪치는 거 아닙니다. 우리 걸 뺏기지 않으려니까 그럴 수밖에 없었지요."

"뺏기다니요? 그 사람이 도대체 귀양리에서 뭘 어떻게 빼앗아 간다구 그러는 거요?"

"여기 웬만한 산과 논밭이 그 사람 앞으루 안 넘어간 게 별루 없다구요. 그 사람은 이 귀양리 일대를 자기 성채쯤으로 생각하고 있다구요. 물론 여기 사는 사람은 자기 노예나 다름없구…… 사실이지 여기 사람들은 그 사람 입과 손만 쳐다보구 산다구요. 문제는 여기 사람들 혼을 그 사람이 다 빼앗아 갔다 그겁니다."

"구제 불능인가요?"

"아니에요. 사실 우리가 빼앗기고 있다는 걸 깨달았을 땐 속수무책이었지요. 그러나 이젠 다릅니다."

"뭐가 어떻게 달라졌는데요?"

"성채 주인이 여기 주민이란 걸 그 사람이 깨닫기 시작한 거지요. 그렇다고 크게 달라진 건 없지만 적어도 그전처럼 속이 환하게 다 들여다보이는 얄팍한 짓은 못한다구요. 그러나 정치적 야욕만은 어쩔 수 없는 모양이에요. 그 꿍꿍이속이 빙어 배속 들여다보이듯 훤하더라니까요. 그 일에만은 염치 몰수더라구요."

"강대규 선생님 일로 해서 결정적 타격을 입었다면서요?"

"어느 정도는 그랬겠지요. 한창 기고만장할 때 한 방 얻어맞은 셈이니까요."

"강대규 선생님의 죽음이 그런 뜻에서 의미를 갖는 셈이네요?"

틈을 엿보다가 잽싸게 들이미는 내 말에 대한 황재범의 대꾸는 뜻밖이었다.

"강 선생님의 죽음에 어떤 의미를 부여하고 싶진 않습니다. 그 선생님을 좋아는 했지만 그렇게 돌아가신 일에 대해선 불만입니다."

"무슨 뜻입니까?"

"물론 가치 있는 죽음도 많습니다. 죽었기 때문에 더 큰 힘으로 영원히 사는 그런 죽음도 있지요. 그러나 강 선생님의 경우는 그렇게 죽었다는 사실밖에 아무런 가치도 없는 죽음입니다."

"그렇게 죽을 수 있는 의지는 곧 어떤 확신에서 비롯되는 것이 아닐까."

"그야 물론이죠. 그러나 그 확신이란 게 고작 어떤 울분이나 열패감에서 오는 절망과 맞닿는 것이라면 그건 패배주의의 발상, 그 이상이 아닙니다."

"황재범 씨가 강 선생님 죽음을 그렇게 생각할 줄은 몰랐는데……"

"물론 저는 강 선생님을 좋아했지요. 그러나 그분한테서 풍기는 신비주의적 색채는 처음부터 마음에 안 들더라구요. 이 귀양리에 대한 그 불가사의한 집착이며 자신의 정체를 안개 속에 두고 있는 카리스마적 분위기가 싫었던 거지요. 어떤 상황에 대해 아예 절망한 패배자가 그 열등감을 감추기 위해 마지막으로 해 보이는 위장이라고 할까, 어떻든 강 선생님이 이 귀양리 땅에 연연했던 것과 나 같은 사람이 고향에 돌아와 있는 것하고는 근본적으로 다르다는 겁니다."

뱀이 새둥우리라도 덮친 것인가 칡덩굴이 우중충 우거진 숲에서 자지러지는 듯한 새소리가 왜자하게 떠올랐다. 황재범은 담배 한 개비를 더 달라는 말을 어렵게 꺼냈다. 어떻든 이제 귀양리는 강대규 선생의 시대는 아니라는 사실을 실감하며 나도 다시 담배에 불을 붙였다. 자신의 말에 대한 미흡함을 메우기라도 하듯 황재범이 다시 말을 이었다.

"저는 강 선생님 죽음이 산 사람에 의해 이러쿵저러쿵 의미가 첨삭되는 걸 원치 않기 때문에 그러는 겁니다. 아무리 선의라도 그 죽음이 미화되는 건 더 좋지 않다고 봅니다. 한 사람의 죽음의 의미는 죽은 사람이 말이 없듯 그렇게 모르는 결에 우리의 의식 속에 스며들어 작용할 때만이 가치를 가지는 겁니다. 그런데 사람들은 자기들 편리한 대로 죽은 사람을 이용하잖아요. 심지어는 강 선생님이 돌아가시고 나서 삼 년 뒨가 권 사장이 귀양학교와 38교 사이에 통일동산을 만든다고 설치더라구요. 강 선생님 생전의 뜻을 기린다나요. 우리가 나서 막지 않았으면 권 사장을 비호하는 우상 하나가 만들어질 뻔했다구요."

"권 사장한텐 황재범 씨가 눈엣가시겠군. 약수골 입구에 모텔인가 뭔가 지으려구 터 닦다가 못한 것하며……"

"돈으루두 힘으루두 안 되는 게 있다는 걸 알아야 하겠지요. 이 고약골 골짜기를 꿀꺽하지 못한 것도 그 좋은 예죠."

"혼자 사는 그 여자네 밭 얘긴 모양인데 그게 뭔 가치가 있다구……"

"모르시는 말씀이에요. 저 꼭대기 너와집 한 채하구 만오천 평 밭뙈기만 손에 넣으면 이 골짜기 전부를 가진 거나 마찬가지니까 그렇게 욕심을 낸 거라구요."

"정말 그거 안 팔고 버틴 게 용하네요."

"그렇지요. 권 사장이 사람을 보내 꽤 괴롭힌 모양이지만 잘 견뎌냈지요. 강 선생님 영향두 좀 있었을 거예요."

"강 선생 영향이라니?"

"여기 밭을 팔지 않는 게 좋겠다고 그 아주머니한테 얘길 하는 걸 저두 들은 적이 있어요. 강 선생님은 고약골을 이 지방 최후의 보루나 마찬가지라구 했으니까요."

"강 선생님이 왜 그렇게 귀양리에 연연했다고 생각합니까?"

"그걸 저두 잘 모릅니다. 다른 지방으로 발령이 나면 학교를 그만두겠다고 하셨을 때 제가 무엇 때문에 이 고장을 안 떠나시려구 그러느냐구 물었더니 그냥 농담 삼아 받으시데요. 여기가 귀양리가 아니냐, 귀양을 와 유형을 사는 죄인이 유배지를 벗어나는 건 더 죄가 된다, 그런 말씀을 하셨지요."

유배지. 강 선생은 자신이 유배지라고 생각한 땅에서 죽었다. 그러나 나는 어제 귀양리에 들어서면서 강 선생이 죽지 않고 살아 있다는 걸 확인할 수가 있었다. 그렇다면 그는 유배지에 영원히 자신의 족적을 남기기 위해 그런 죽음을 택했단 말인가.

문득 어젯밤 술자리에서 염기준 선생이 하던 말이 생각났다. 염 선생은 자기만 아는 비밀이라는 걸 전제하고 그 얘길 들려줬다. 죽은 강 선생이 귀양리와 연고를 가진 사람이라는 얘기였다. 강대규 선생이 죽은 뒤 귀양학교 앞 밥집 왕할머니한테 그 얘길 들었다고 했다.

"왕할머니가 죽기 한 달쯤 전이었을 거야. 숙직을 하고 아침밥을 먹으러 내려갔는데 사랑방에 앓아누웠던 그 노인네가 날 부르는 거야. 그 노인네 정신이 왔다 갔다 해 이제 죽을 날이 얼마 안 남았다구 들여다보는 사람이 없던 때였어. 앓는 노인치구는 신수가 그다지 나빠 보이진 않더라구. 노인네가 내 손을 그러쥐면서 엉뚱하게 언젠가 내가 당신 돋보기 다리 부러진 걸 춘천 나갔던 길에 고쳐다준 걸 얘기하더군. 잊지 않구 있다는 거였지. 그러더니 느닷없이 강 선생이 누군지 알고 있느냐구 그러잖아. 강 선생이 누구냐니까, 그 노인네가 꼭 실성한 사람처럼 횡설수설하더라니까."

틀림 읎다니까 자꾸 그러네. 그 양반 용재세이 딸 용멩덱이 아들이 틀림읎어. 인중 긴 것하며 눈꼬리가 아래루 축 처진 것이 즈 외하라버일 그대루 빼박았다니까. 외택을 한 거여. 어느 핸간 몰라. 우리 아들허구 한 해에 낳은 용멩덱이가 애들 서넛을 올망졸망 끌구 야밤을 타 친정집에 오는 걸 내가 봤어. 그러구 보니 그게 난리 터진 해 가을 같기두 허구……

"이 대목부터 노인네 얘기가 종잡을 수 없이 갈팡질팡하는 거야. 해방이 되고 대동리서 머슴 살던 아무개가 사람 몇을 도끼루 찍어 죽인 뒤 귀양리 용재세이 딸을 꿰차구 38선 이남으로 달아났는데 여름 난리가 나던 해 또 나타나 사람 여럿을 다치게 했다는 거야. 말 중에 분명한 건 그 용멩덱이란 여편네 식구가 귀양리에 몰래 숨어들었는데 마을 사람들이 석유 끼얹구 불 싸질러 씨두 안 남기구 다 죽였다는 거였어. 그렇게 다 죽었다면서 강 선생이 그 용멩덱이 그 여자 아들이 분명하다니 그게 뭔 소린지 원……"

"그렇게 큰 사건이라면 아무리 그 마을이 물에 잠겨 없어졌다고 해도 그걸 기억하고 있는 사람들이 많을 텐데요?"

"암, 용가네 집이 산 아래 개울가에 외떨어져 있었는데 그게 언젠가 불타 없어졌다는 걸 기억하는 사람들은 더러 있었지. 그 집이 어떻게 불에 타버렸는지, 그 속에 사람이 있었는지 그걸 아는 사람은 없더라니까. 어떤 사람은 그 집 난리가 나면서 바루 빈집이 됐는데 비행기 폭격으루 없어졌다구두 하구…… 허지만 용멩덱이란 여자가 애들 데리고 거기 돌아와 살았다든가, 그렇담 그 신랑두 거기 같이 살았는지 하는 그런 얘긴 누구한테도 들어보지 못했어. 하긴 누가 그런 얘길 함부로 하겠어. 왕할머니 얘기가 사실이라면 마을 사람 대부분이 가해자일 텐데, 가해자가 많을수록 그 진상은 쉬 밝혀지지 않을 거란 말이야. 게다가 사람 목숨 파리 목숨이나 진배없던 그 난리 때 얘긴데 수십 년 지난 지금 누가 그런 걸 다 기억하구 있겠다구……"

잠깐 후득후득 듣던 빗방울은 비를 쫓는 바람 탓인가 하늘은 언제냔 듯 쩡쩡 맑았다.

"더 올라가실 건가요?"

황재범이 노송에 기대섰던 몸을 일으켜 세우며 물었다.

"이왕 여기까지 왔으니 치마바위까진 갔다 와야지요. 참, 지금두 개느삼이 거기 많은가 모르겠네요?"

"별거두 아닌 나문데 귀하다니까 별사람들이 다 욕심을 내나 봐요. 그런데 개느삼 캐러 왔던 사람들이 빈손으로 내려와선 그러데요. 너와집에 사는 여자가 그런 거 캐가지 말라구 기를 써 막더래요. 도대체 그 여자가 누구냐구 하길래 그 아주머니가 바루 고약골 주인이라고 말해줬지요."

"지금 올라가면 고약골 주인 그 아주머니 만날 수 있겠네요?"

"지금 없어요. 밭에두 다 찾아봤는데 없더라구요. 문 걸어 잠그구 간 걸 봐선 먼 데 산으루 더덕 캐러 간 모양이에요."

"그러고 보니 황재범 씬 그 아주머니한테 볼일이 있었던가 보군요?"

"이틀째 올라오는데 못 만났어요. 동네 일루 의논할 게 있어서요."

"괜찮은 이장인데요. 이런 독가까지 일일이 찾아다니구……"

"사실은 귀양리 청년회에서 공동으루 뭘 좀 해볼까 해서요. 제가 그전에 경험두 없이 고추·마늘 농사를 크게 벌였다가 실팰 봤잖아요. 그 실팰 교훈 삼아 다시 한번 시작해보려는 겁니다. 여러 가지로 조살 해봤는데 여기 고약골 땅이 고추 재배엔 최적의 토질이랍니다. 우선 이번 가을엔 시험적으로 고랭지채소부터 재배해보려구요."

"권 사장이 못 산 땅을 마을 청년들이 사는 겁니까?"

"땅을 사긴요. 살래두 그 아주머니가 팔지도 않을 건데요 뭐. 우린 그냥 그 밭을 몇 년간 임대해서 공동으로 경작할 생각입니다. 물론 밭 관리는 그 아주머니가 하시는 거죠."

"지금 하는 농사를 바꾸라는 것이나 다름없네요."

"솔직히 말해 그 아주머니가 지금 짓는 농사는 농사두 아니에요. 우리가 여기 밭을 생각한 것두 사실은 그 아주머니네 땅을 이왕이면 가치 있게 만들어보자는 뜻에서 나온 거라구요."

"그 아주머니가 그걸 쉽게 승낙할까요?"

"글쎄, 그게 문젭니다. 사실은 벌써 두어 번 와서 우리 뜻을 얘기했지만 도통 어떤 반응을 보이지 않아요. 하지만 우리 얘기만 들어준 것만 해두 반승낙 정도로 생각해두 될 거예요."

나는 마음 한구석이 무너져 내리는 느낌이었다. 녹음테이프에서 들은 수지 엄마의 처절한 울음소리가 실성한 여자의 킬킬거리는 웃음소리로 바뀌는 환청이었다.

"황이장, 정말 이 고약골 밭이 그렇게 필요한 거요?"

"말씀이 나왔으니까 하는 얘깁니다만 사실은 여기 밭이 필요해서가 아닙니다."

"아니, 그럼 뭐가……?"

황재범은 잠시 뜸을 들였다. 내가 다시 담배를 내밀었지만 손을 저어 사양하면서 막막하게 앞을 막아선 골짜기를 올려다보고만 있었다. 놀라운 일이다. 팔 년 세월이 한 젊은이의 번뜩이던 눈빛이며 거오스레 벌어진 어깨를 저처럼 안존하게 가라앉힐 수 있다니.

"내가 그 아주머니 딸 수지 담임을 했잖아요. 그 딸 미국 보낸 뒤 매일 술로 산다던데 지금은 어떤가 모르겠네요."

"바로 그겁니다. 저렇게까지 무너져 내릴 줄 누가 알았겠어요. 지금까지 괴물 바라보듯 하던 마을 사람들도 이제서야 저 인생 어쩌나 걱정들을 하고 있을 정도라구요."

"아하, 그러니까 십몇 년이 지난 지금에서야 이웃으로 받아들이기 시작했다는 거군요?"

"그렇습니다. 그동안 가장 따뜻이 품어야 할 이웃을 너무 멀리했다는 자책 같은 것이지요. 우리 청년회에서 지난번 그 문제로 토론을 벌였지요. 결론은 우리가 그 아주머니를 방치했다는 죄의식 같은 거였지요. 강대규 선생님이 죽은 일을 두고 가졌던 막연한 죄의식이 구체화되었다고나 할까요. 그건 그 아주머니가 피해자고 우리가 유형무형의 형벌을 가해온 쪽이라는 그런 인식인 거죠."

그렇다면 이제 수지 어머니는 강대규 선생처럼 유배지에서 스스로 목숨을 끊지 않아도 되겠다는 말을 농 삼아 하려다 그만두었다. 방금 전에 사양하던 담배를 다시 얻기 위해 손을 내미는 황재범의 눈에서 옛날의 그 이글거리는 빛을 본 때문이다. 그러나 놀랍게도 내 속을 읽고 있었다는 듯 내가 농으로 하려던 말을 그가 스스로 꺼내고 있었다.

"제가 볼 때 그 아주머니 자학이 한계에 이른 것 같아요. 결국 강 선생님이 택한 그 길을 갈 것이 분명한데 저는 그런 패배주의가 싫다 그겁니다."

그 말끝에 황재범은 강대규 선생과 수지 어머니 얘기를 스스럼없이 풀어냈다.

"아무튼 두 사람은 좀 별났어요. 지금 생각해보면 그게 자기 자신들마저 속이는 위선 같은 거였는지 몰라도, 그러나 그때는 그런 느낌이 전혀 안 들었으니 이상하지요. 강 선생님이 여기 올라올 때 몇 번 같이 왔는데 그 아주머닐 만나는 게 참 희한하게 보이더라구요. 마치 무슨 의식을 행하는 것처럼 보였어요. 두 사람 모두 몸가짐이나 말씨가 정중한 것은 물론이고 말을 하다가는 건너편 산기슭을 한참씩 쳐다보는 게 그렇게 엄숙하고 경건해 보일 수가 없었다니까요."

"심심상인, 묵묵히 서로의 마음이 서로 통한다는 그런 거였겠군요?"

"글쎄요……"

"혹시 두 사람이 우리가 흔히 생각하는 그런 정분을 나누는 관계로 보이진 않았나요?"

"사랑이요?"

황재범은 내 물음이 뜻하지 않은 것이었던 양 얼굴까지 굳히며 되물었다. 그러나 그냥 그 정도로 고개만 갸우뚱했을 뿐 별다른 대꾸가 없이 내 손목의 시계를 기웃거렸다. 오전 열한시에 면에서 이장 회의가 있다고 했다. 황재범은 땅에 버려진 담배꽁초를 주워 돌 밑에 묻으면서 저녁에 다시 약수골에 찾아오겠다는 말을 혼잣소리로 다짐 두면서 일어섰다.

마치 적진을 염탐하는 첨병의 그런 긴장감은 어느 정도 가신 뒤였다. 어젯밤 염 선생과 술을 먹으면서 그 자리에 잠깐 왔다 가라는 초청을 무시해버린 수지 어머니에 대한 불쾌감도 전혀 남아 있지 않았다. 그네가 집에 있다고 해도 당당히 찾아갈 수 있다는 생각이었다.

그러나 나는 수지가 보내온 그 녹음테이프를 무기로 내세울 생각은 추호도 없었다. 서울에서 그 테이프를 다 듣고 난 뒤 나는 그것을 수지한테 되돌려 보내야 한다는 생각을 '한국의 엄마'를 통해 확실히 해두고 싶었을 뿐이다. 어쩌면 그것은 테이프에 담긴 수지 어머니의 외로움과 그 무너짐의 현장을 확인하고 싶었는지도 모른다.

고약골 그 너와집은 팔 년 전 그대로였다. 달라진 것이 있다면 너와 지붕 위에 루핑 쪼가리가 더 많이 얹혔다는 것과 외양간이 아예 허물어져 있었고 그 대신 집 뒤꼍 쪽에 겨우 비바람이나 피할 정도의 허술한 헛간이 하나 세워져 있었다. 심한 가뭄인데도 산버드나무 밑 샘가에는 물이 질펀하게 흘러 돌미나리가 무성하게 자라고 있었다. 산버드나무는 흰 불나방의 피해로 가지만 흉하게 늘어져 있었다.

빈집이 아니었다. 오리 한 쌍이 새끼 대여섯 마리를 거느리고 돌미나리밭에서 귀귀거리고 있었다. 역시 방목하는 닭이 집 뒤꼍 도라지밭에서 우르르 몰려다녔다. 놀라운 것은 팔 년 전 나를 향해 짖어대던 그 잡종견을 연상시키는 누렁이 한 마리가 자주감자가 두어 가마니 실히 쌓여 있는 봉당에서 턱을 땅에 댄 채 낯선 방문객을 무심히 쳐다보고 있었다는 사실이다. 낯선 사람을 향해 전혀 경계의 빛은커녕 관심도 없다는 투의 저것이 어찌 개일 수 있단 말인가. 낯선 방문객에 대해 전혀 관심이 없는 또 하나의 짐승이 있었다. 평소에는 골짜기 깊은 곳에 방목하던 소를 비가 내릴 것에 대비해서인지 집 근처 참나무 그루터기에 잡아매두었던 것이다. 잘 먹여서 그런지 소는 털빛이 좋고 살도 투실투실했다.

나는 샘가 버드나무 밑 평상을 대충 손바닥으로 쓸어내고 걸

터앉았다. 건너편 가파른 산비탈은 떨기나무숲을 뒤덮은 칡덩굴이 뭉실뭉실 마치 수천수만 개의 푸른 꽃송이가 다발로 어우러져 피어 있는 것 같았다. 음울하게 가라앉은 하늘, 검푸른 여름 숲, 겨우 들을 수 있는 한 가닥 물소리…… 나는 느닷없이 가슴이 삭막하게 비어들면서 형언하기 어려운 단절감에 휩싸였다. 십일 년 전 귀양리 생활을 처음 시작하면서 하루에도 여러 번 겪어야 했던 그런 단절감이었다. 내가 아내를 버리고, 도시의 그 모든 번거로운 일들을 떠나 그것들로 인한 잡다한 욕심과 그 욕심을 충족시킬 수 없다는 절망과 그것에 상응한 미움의 감정들을 떨쳐버리고 초연히 은둔했다는, 들어올 때의 자위와는 거리가 있는 외로움이었다. 내가 그것들을 버린 것이 아니라 그것들에 의해 추방됐다는 분노 끝에는 반드시 걷잡을 수 없는 외로움에 빠져들곤 했다. 그러나 내가 그 소외감을 야금야금 즐기기 시작했을 때는 이미 이 벽촌에 외떨어져 산다는 단절감 자체가 오히려 내 의식의 보호막으로 단단하게 굳어진 뒤였다. 서울 생활 팔 년 동안 그 단단한 육질의 껍질은 현란한 빛깔로 채색되었다. 그러나 나는 지금 귀양리 고약골 골짜기에서 느닷없는 외로움을 통해 육질의 그 껍질 속에 들어 있는, 형편없이 부서져 내려 마모된 내 모습을 보고 있었다. 얼굴이 홧홧 달아올랐다. 나는 그 가차 없는 자괴지심으로 몸을 떨었다. 정말 부끄러웠다. 득도하는 순간의 법열이 이와 비슷하지 않을까 하는 세찬 느낌이 삭막하게 빈 가슴으로 미어지도록 밀려들었다. 외로움은 다른 감정으로의 전이가 빠른 것일까. 나는 건넛산을 바라보며 강대규 선생의 그 끔찍한 죽음을 한순간에 이해한 느낌이었다. 강대규 선생에 대한 새삼스러운 애도는 또 다른 감정으로 치환되기 시작됐다. 수지 어머니가 앞에 있다면 가장 엄숙한 마음으로, 강 선생이 여기 올라와 했다는 그렇게 정중한 몸짓으로 예를 갖춰 인사를 할 것 같은 끌림의 엄숙함.

여기서 몇 시간이고 수지 어머니를 기다릴 심산이었다. 한낮이 지나 배가 고프면 봉당의 자주감자를 샘물에 씻어 베어 물 것이고 정 더우면 골짜기 개천 웅덩이에 들어가 몸을 식히리라. 비가 내리면 그 비를 흠뻑 맞으며 소를 끌어다 외양간에 넣으리라. 찾아보면 개에게도 먹일 먹이가 어딘가 있을 것이며 오리나 닭도 제 우리를 찾아들도록 도와줄 수 있을 것이다.

나는 평상에 앉아 우중충 흐린 아침나절의 고약골 골짜기에 취해 한껏 감상에 젖어들고 있었다. 그 녹음테이프 어느 부분의 울음소리에 걸맞은 그런 감상이었다.

서울에서 들은 그 녹음테이프는 온통 수지 어머니의 울음소리로 채워져 있었다. 나는 이때까지 그렇게 절실하게 우는 울음소리를 들어본 적이 없었다. 속에 서리서리 감아왔던 울음을 한꺼번에 터뜨린 것 같은 그 울음소리는 때로는 회한의 그런 뼈아픈 것이었다가 어느 순간 절규하는 것으로, 또 어느 순간에는 넋두리하듯 늘어졌다가 다시 악에 받쳐 저주하는 것으로 바뀌곤 했다.

테이프 한쪽이 거의 다 될 즈음에 그네는 서럽게 흐느끼는 울음 속에 이런 말을 껴 넣고 있었다.

—수지야, 내 사랑하는 딸 수지야, 이 겨울밤 밖에 몰아치는

바람 소리가 무서워 술을 마시기 시작했구나. 소먹이 할 옥수수를 두 자루나 따면서 찔끔찔끔 마신 술로 엄마는 지금 많이 취했단다. 수지야, 오늘따라 왜 이렇게 자꾸 울음이 나오는지 모르겠구나. 네가 울 때마다 눈을 부라리고 못 울게 하던 그 죄를 오늘 때우느라 이렇게 울음이 나오는지도 모르겠다. 옥수수를 타는 송곳에 손바닥이 찔려 새빨갛게 흘러나오는 피를 보고 있느라니 이렇게 울음이 쏟아지더구나. 엄마가 왜 이 지경이 됐는지 모르겠다. 엄마는 몸이 아파도 술을 마시고 이렇게 깊은 밤잠이 안 와도 술을 마신다. 수지가 보고 싶어 미칠 것 같으면 한 병을 그대로 마셔버리고 쓰러진단다…… 아까는 문득 어느 날 네가 찬물에 머리를 혼자 감고 앉아 엄마 머리처럼 빤빤하게 편다며 그 빠글빠글 엉겨붙은 꼽슬머릴 빗으로 잡아 뜯던 모습이 선하게 떠올라 엄마는 그만…… 수지야, 엄마가 잘못했어. 너를 그렇게 보내는 게 아닌데. 제발 돌아와다오, 수지야. 너는 엄마 딸…… 한국……

워꾹 워꾹 워, 워꾹.

너와 집 뒤쪽 숲에서 뻐꾸기가 구슬픈 교성을 냈다. 뻐꾸기는 떨기나무 숲에 사는 다른 새들에 비해 지능이 높고 교활한 철새다. 둥지를 짓는 번거로움도 없이 번식기면 암컷 수컷이 짝을 이뤄 자기들보다 작고 지능이 낮은 개개비나 지빠귀, 때까치, 숲새, 솔새 등의 둥지를 염탐해 노리다가 그 새들이 알을 낳으면 곧장 자기 알을 하나씩 낳아 탁란(託卵)하면서 제 새끼가 자라고 있는 둥지들을 찾아 그 근처 나무 위에서 말을 가르치는 것이다. 지금 저다지 구슬프게 워꾹거리는 것도 남의 둥지 속 제 새끼에게 '너는 뻐꾸기, 내 새끼다'라는 걸 고심참담 알리는 그런 소리임이 분명하다.

뻐꾸기 탁란의 진짜 비극은 다른 새알보다 알이 커 이틀쯤 먼저 부화된 뻐꾸기 새끼가 제 몸에 닿는 다른 새알의 차가운 감촉이 싫어 그것을 날개로 밀어 떨어뜨린다는 것이다. 자기 가 낳은 알이 땅에 떨어져 이제 막 부화된 새끼들이 바들바들 죽어가는 것도 아랑곳없이 다른 어미 새는 뻐꾸기 새끼가 제 새끼인 줄 착각하고 먹이를 열심히 물어다 먹이는 일이다.

그렇게 다른 새집에다 알을 낳아 새끼로 길러내는 뻐꾸기의 습성을 수지도 알고 있었던 모양이다. 수지는 자신을 뻐꾸기에 비유했다. 그러나 나는 수지 어머니의 그 녹음테이프를 다 듣고 나자 수지 어머니야말로 제 새끼를 남의 둥지에 탁란한 신세의 정말 슬픈 뻐꾸기라는 생각이 들었다. 다른 뻐꾸기들처럼 그 둥지 위를 배돌며 언어를 가르친 뒤 어느 날인가는 날개가 튼튼해진 새끼를 데리고 떠날 수 없는 슬픈 뻐꾸기, 그 뻐꾸기는 자신의 언어가 통하지 않는다는 절망 끝에 급기야 목구멍이 터져 피를 토하고 죽을는지도 모른다.

어떻든 수지가 녹음테이프와 함께 내게 보낸 그 편지에는 이 고약골 골짜기의 생활이 네 계절에 걸쳐 충동적으로 녹음된 수지 어머니 한옥경의 테이프 내용에 대한 수지 자신의 생각이 분명히 밝혀져 있었다. 그것은 마치 다른 새 둥지에 탁란 돼 길러지고 있는 뻐꾸기 새끼가 그 둥지 주위를 배돌며 너는 내 새끼라는 걸 확인시키고 있는 어미 뻐꾸기에 대한 명백한 도전이요 거부라고 할 수 있는 것이었다.

—코리언 마미한테 다녀온 지 꼭 이 년 만에 이 녹음테이프를 받았어요. 세 살부터 열네 살까지 만 십일 년 동안 내 둥지였던 한국의 귀양리 고약골을 다시 찾아간 이 년 전 그 땅을 밟는 것이 이제 마지막이 되어야 한다는 내 결심을 코리언 마미가 눈치챈 게 분명합니다. 그러지 않고서야 한국의 엄마한테 그렇게 심한 마음의 변화가 일어날 수가 없는 거지요. 내가 일 년에 서너 번 편지를 해도 오 년이 넘게 단 한 번도 답장을 해주지 않던 한국의 엄마가 이런 일을 하다니, 도무지 이해할 수가 없습니다. 이 년 전 한국에 갈 때 별생각 없이 고약골 집에 놓고 온 그 녹음기에 의해 한국의 엄마 목소리가 이렇게 담겨 오리라곤 꿈에도 생각하지 않았습니다.

한국 엄마의 울음소리로 채워진 이 테이프를 다 듣는 데 많은 시간이 필요했습니다. 정말 여러 날이 걸렸지요. 아무도 없는 장소에서 나 혼자 들어야 했기 때문입니다. 우리 하우스에는 여러 사람이 살고 있어요. 한국에서 건너온 고아들도 셋이나 있지요.

나는 언제고 이 집에서 독립해 나가려고 해요. 지금도 독립해 나갈 나이가 됐지만 마이 마미와 마이 파더가 나와 비슷한 처지의 아이들을 맡아서 기르는 일을 도와달라는 부탁을 받았기 때문에 여기서 일하면서 대학에 들어가 공부하고 있어요. 마이 마미는 하이스쿨 티처지만 마이 파더와 함께 여러 나라의 고아들을 입양 받아 정부에서 주는 돈으로 키우고 있어요. 그러나 나는 이 집의 완전한 딸로 입양돼 왔기 때문에 다른 아이들과는 그 처지가 다른 셈이지요. 그래도 우리 집에서 맡아 기르는 아이들은 운이 좋은 편입니다. 나와 한국에서 함께 온 주리란 애는 미국 양아버지가 침대에서 와이프처럼 매일 데리고 자기 때문에 집을 나가 아주 나쁜 일을 하면서 살고 있지요.

나는 무슨 일이 있어도 나쁜 일을 하면서 괴롭게 사는 사람은 되지 않을 거예요. 한국의 엄마가 나를 미국에 보낼 때 말했지요. '엄마처럼 불행한 삶은 이제 엄마로 끝나야 한다.' 수지는 태어나기 전부터 미국 사람이었기 때문에 다른 혼혈아들처럼 콤플렉스를 가져서는 안 된다는 거였지요. 한국의 엄마가 어린 나한테 그처럼 열심히 영어로 말하는 걸 가르친 것도 내가 미국 사람이 돼야 한다는 걸 심어주기 위해서였을 거예요. 내가 어릴 때 원숭이처럼 구경거리가 되어 울고 있으면 미국 사람은 소리 내어 우는 것이 아니라고 무섭게 매질을 하던 한국의 엄마입니다. 이 년 전 한국에 가 한국 엄마를 만났을 때도 눈물이 나오지 않은 것도 내가 어릴 때 울지 못했기 때문일 거예요. 그렇게 무서운 사람이니까 나를 미국 부모한테 완전히 줘버릴 수 있었던 거지요. 한국의 엄마가 이곳으로 올 리도 없지만 내가 결혼을 해도 한국의 엄마를 이곳에 초청할 수 없어요. 한국의 엄마가 친권을 스스로 포기했기 때문입니다. 물론 친권이 상실돼도 가정부로 초청을 하는 방법이 있다고는 하는데 그것이 참고사항은 되긴 하겠지만 지금은 그것도 하늘의 별 따기라고 합니다. 솔직히 말해 한국의 엄마를 초청하고 싶지도 않아요.

차라리 잘된 일이에요. 나는 언제부터인가 내 몸속에서 한국 엄마의 피를 몰아내야 한다고 생각해왔는데 한국의 엄마가 보내온 이 녹음테이프를 통해 그 일이 가능하게 됐으니까요. 이 테이프 속엔 한국 엄마의 피를 어둡게 만드는 그늘이 담겨 있었지요. 한국의 엄마는 불행한 여자입니다. 그것은 단일민족으로서의 코리언 우먼의 핏속에 섞여 흘러 내려온 운명적인 그늘 때문이었지요. 문제는 한국 민족 스스로가 만든 그 그늘을 죄악시하여 멀리하거나 금기로 삼기 때문에 그 그늘에는 볕이 들지 않은 채 더욱 깊은 한의 골이 패여 그 자식에게로 이어져 내려간다고 생각합니다. 그리하여 그 응달 속에서 자란 자식들 또한 한의 그늘을 보호막으로 하여 달팽이처럼 숨어 살다가 음침한 시간이면 발작을 시작하는 거예요. 내림굿을 하듯 말이지요. 한국의 엄마가 나를 그 북남면 귀양리 고약골에 데리고 들어가 죽이려 했던 일이나 그곳에 눌러앉아 세상과의 모든 인연을 끊으려 했던 것도 내림굿의 한 의식이었을 거예요. 한국에서의 그 처절했던 생활은 더 말할 것도 없고 이곳에 와서도 나는 다른 입양아들과는 달리 한국의 모든 것이 안 잊혀 정말 괴로운 나날을 보냈는데 그것은 한국 엄마의 그늘이 내게 그만큼 짙게 덮씌워져 있었기 때문이지요.

그러나 나는 이 년 전 한국의 귀양리에 다녀온 뒤 이곳 마이마미와 파더의 얼굴에서 내 몸속의 그늘이 말끔히 걷혔다는 사실을 확인할 수 있었지요. 섹스를 종족 보존의 본능과 결코 결부시키지 않는 여기 사람들은 내가 그 그늘을 걷어내는 데 힘이 돼줬지요.

그렇지만 한국에서 온 그 테이프로 해서 나는 솔직히 매우 충격을 받았어요. 그렇게 쉽게 그늘이 덮씌워져 내리리라곤 생각도 못했었지요. 마이 마미와 파더는 내 변화를 매우 걱정스러워하더군요. 한국에서 온 그 테이프의 내용을 알고 싶어 했어요. 그들은 그 테이프를 함께 듣자고 했지만 나는 거절했어요. 한국 엄마의 이야기를 설명할 수도 또 하기도 싫었던 것이지요. 더구나 한국의 엄마가 크게 소리 내어 우는 그 참담한 소리를 그들에게 어떻게 이해시킬 수 있겠어요. 설사 이해시키는 게 어렵지 않다고 해도 나는 코리언 마미의 울음소리를 미국 사람에게 들려주고 싶지 않았어요. 결코 그런 일은 없겠지만 만약에 한국의 엄마가 테이프 속에서 언급한 쿠퍼나 그 세 사람 흑인들을 우연히 만나게 되는 일이 있어도 나는 그 울음소리를 듣게 하지 않을 거에요.

그 사람들은 한국의 엄마 울음에 대해 책임이 없어요. 그 울음은 한국의 엄마 몸속을 흐르는 그 어두운 피가 토해내는 것이므로 한 핏줄을 가진 사람들 속에서만 이해되고 위안받을 수 있으며 그 책임을 얘기할 성질의 것이지요. 한국 사람의 전통적 도덕과 그 규범이, 그리고 한 핏줄 인식의 과대로 빚어진 운명론적 그 자폐증이, 그런 것이 외세에 의해 마구잡이로 허물어져 내린 한국의 역사가, 한국의 두 조각난 현실이 만든 그늘이니까요. 그런데 자기들마저 듣기를 거부하고 피하는 그 울음소리를 왜 미국 사람이 들어야 합니까. 물론 미국 사람들은 그 울음소리를 듣는 순간 호들갑스럽게 놀라 눈을 반들거리며 버터로 그 울음을 달래고 싶어 안달을 할는지도 모르지요. 강아지에게 왜 비를 맞게 했느냐, 강아지도 생명인데 밖에서 키우는 건 비인간적이다 하는, 애완동물에 쏟는 관심과 그런 사랑으로 말이지요. 물론 미국 사람들의 휴머니즘에는 꽤 섬세한 도덕적 책임성과 합리주의적 정의감이 바탕에 깔려 있는 건 사실이지만 그것은 비동시적인 것이 동시에 섞여 존재하는 이들 특유한 사회의 구조에만 어울리는 것이기 때문에 이들에게서 무얼 기대한다는 것은 큰 오산이거나 감상적 발상이라고 생각합니다. 나 역시 한국의 엄마 목소리와 그 울음소리에 놀란 건 사실이지만 그 충격이 감동으로, 아픔으로, 울음으로 번져오지 못했던 것도 내가 그만큼 이 사회구조에 적응돼 있기 때문일 거예요.

나는 다만 한국의 한 여인네가 자기 어머니 몸속에서부터 이어받은 그 어두운 그늘을 또다시 그 딸한테 넘겨주려는 그 내림굿판의 낌새에 대해 증오가 솟구쳐 올랐어요. 가슴이 꽉 막힌 것처럼 답답했던 것은 바로 그 증오 때문이었을 거예요. 코리언이 나를 괴롭히려고 이런 걸 녹음해서 보냈다고 생각하니까 그 녹음테이프를 당장 쓰레기통에 던져버리고 싶었지요. 어쩜 그것은 한국의 엄마 목소리를 두 번 다시 들어서는 안 될 것 같은 예감과 그 두려움이었을 거예요. 그 두려움은 드디어 그 테이프를 쓰레기통에 던져버리는 순간 무서운 저주가 눈앞에 현현될 것 같은 상태에까지 이르렀지요. 한국 엄마의 그늘이 어느새 내 피를 탁하고 어둡게 만들기 시작했던 거지요.

나는 그때 문득 내 몸에 붙은 그 귀신을 떼어버릴 방책을 생각해냈지요. 한국 귀양리에서 어릴 때 굿판이 벌어지는 걸 보았지요. 손대가 내려 신명이 난 샤먼이 느닷없이 둘러선 구경꾼 중의 한 남자한테 달려가 내림대로 마구 때리면서 호령호령

소리치는 장면이었어요. 내림대로 얻어맞던 그 남자가 바로 강대규 선생님이었지요. 그 선생님은 내가 사생아로 호적에도 올라 있지 못한 걸 알고 한국의 엄마 성씨를 따서 독가 창씨를 만들어준 분이지요. 나는 그 선생님이 아버지였으면 좋겠다는 생각을 하면서 컸지요.

이 녹음테이프를 강대규 선생님한테 보내드리고 싶다는 생각이 떠오르는 것이지요. 그러나 모처럼 액막이 방책으로 떠오른 그 생각은 헛것이 되고 말았지요. 강 선생님이 벌써 오래전에 돌아가신 분이란 걸 한참 뒤에야 생각해냈던 거지요. 미국에서는 한국에서의 일이 이처럼 까마득히 잊히거나 기억하고 있다고 해도 그 앞뒤가 뒤죽박죽인 게 보통입니다.

그 뒤죽박죽인 기억 속에 조신해 선생님이 떠올랐지요. 내 몸에서 노린내가 난다고 애들 앞에서 코를 킁킁거리던 선생님이지요. 선생님은 나한테 잘해주려고 신경을 쓰는 것 같았지만 그럴수록 나는 선생님이 싫었어요. 나를 쳐다보는 선생님 눈은 궁둥이를 맞댄 채 떨어지지 않는 개들을 숨어서 몰래 바라보는 그런 거였어요. 선생님한테 공부하는 동안 정말 내 몸에서는 노린내가 났고 살갗은 더욱 검어졌으니까요.

선생님한테 이 녹음테이프를 보내자는 생각이 났지요. 선생님이 서울로 전근 갔다는 것만 기억될 뿐 어느 학교인지 몰라 그냥 북남면 귀양국민학교로 이 테이프를 보내기로 했어요. 물론 겉봉에 서울로 전근 가신 조신해 선생님한테 전해달라고 쓰긴 했지만 이 테이프가 전해지지 않아도 괜찮아요. 그냥 한국 사람 아무나 받아도 좋으니까요. 나를 낳은 그 여자가 이 테이프를 되돌려 받을 수도 있겠지요. 그렇게 돼도 할 수 없는 일이긴 하지만.

나는 뻐꾸기 새끼예요. 비록 흰배지빠귀 둥지에서 부화돼 길러졌다 해도 그 흰배지빠귀를 어미로 착각하는 일로 또다시 그 여자처럼 자학의 응달 속에서 살고 싶진 않아요.

땅에 깔리듯 우중충 물먹은 하늘이 또 한 차례 빗방울을 후둑후둑 뿌리는 듯싶다간 그만이었다. 비 내리기가 이렇게도 어렵단 말인가. 그러나 다음 순간 이러다가 덜컥 큰 장마라도 지는 게 아닐까 하는 지레 걱정까지 생겼다.

그렇게 생각하고 들어서인가, 산기슭 관목림 깊은 데서 나는 뻐꾸기 소리가 이날따라 유난히 비감스러웠다.

워꾹 워꾹 워, 워꾹.

◌ 1987년 『문학사상』 12월호

# 투석

그 집에 날아들어 현관문 유리를 박살 내며 마루까지 굴러든 돌멩이는 길바닥에 흔히 뒹구는 동글반반한 그런 자갈돌이 아니었다. 그것은 화강암 돌산에서나 볼 수 있는, 전혀 마모되지 않은 상태의, 단단한 석질의 쑥돌로 그 가장자리를 고의적으로 깨내기라도 한 듯 그 너설에 선득선득 날이 서 있었다. 마치 구석기시대 주먹도끼나 찍개 모양을 한 그 돌멩이는 팔매질하기에는 좀 큰 편이었다. 어떻든 그것은 사람 몸에 맞기라도 하면 치명적일, 그런 섬뜩한 흉기였다.

사나흘 간격을 두고 거듭 날아든 두번째, 세번째 돌멩이 또한 첫번 것과 비슷한 크기에 똑같은 모양의 것으로, 그것이 집 주변 아무 데서나 집어 들어 던진 돌이 아니라는 것만은 분명했다.

그 돌멩이를 본 사람은 누구나 한 번씩 손에 쥐어보고 싶은 충동을 느꼈다. 막상 그 돌멩이를 손아귀에 마뜩하니 움켜쥐는 순간 수류탄 몸통을 잡았을 때처럼 상완이두근으로 불끈 힘이 주어졌다. 손아귀에 집힌 돌멩이의 느낌이 그처럼 모지락스러웠던 것이다.

디런 놓실헐, 이거 하나믄 산돼지 대갈통두 요절내겠다야.

집에 날아든 그 돌멩이 세 개에 대한 집안 식구들의 반응은 갖가지였다. 그 돌에 대해 관심이 가장 많은 사람은 최칠수 노인이었다. 최 노인은 현관문 유리를 박살 낸 그 첫번째 돌을 꽤나 유심히 이리저리 뜯어보다가 불쑥, 내레 어디서 많이 본 돌 같다야— 한 적이 있었다. 그 돌멩이가 낯설지 않다는, 무심코 흘린 그 말 한마디로 해서 최 노인은 집안 식구들의 혐의쩍은 눈길에 묶였다.

할아버지, 잘 생각해보시라구요. 이런 돌을 어디서 봤어요?

손자가 쇠고삐를 바투 잡아끌듯 다그쳤다. 고3인 기호는 학력고사를 앞두고 가뜩이나 신경이 곤두서 있는 판에 집에 돌이 날아든 일로 여간 흥분해 있는 것이 아니었다. 공부고 뭐고 다 집어치우고 집에 돌 던진 놈을 찾고 말겠다고 으르렁거렸다.

근동엔 없는 돌멩이라 그런 얘기다, 이눔아.

근동에 없는 거면, 그럼 이 돌이 어디 꺼냐니까요?

이눔아, 그걸 내레 으뜨케 아냐?

아버님, 그러지 마시고 누구 짚이는 사람 있으면 말씀해보세요.

며느리가 끼어들었다. 민금자 씨는 집에 날아든 그 소름 끼치는 돌멩이를 화단 한구석에 나란히 신주 모시듯 늘어놓고 소일 삼아 들여다보며 뭔 소린가 중얼거리는 시아버지에게서 어쩌면 일의 실마리를 쉽게 풀어낼 수 있을 것 같은 생각이었던 것이다.

니 지금 뭬라구 했냐?

누가 던진 돌인지 알고 계신 거 아녜요?

허허, 디런 고얀…… 니가 시애빌 생으루다 잡는구나야.

최 노인은 속에서 치미는 대로 욱 내질렀다. 처음 맞아들일 때부터 만만치 않다는 걸 알긴 했지만 며느리가 이따금 송곳으로 찌르듯 맞대면으로 얼굴을 쳐들고 덤빌 때는 이만저만 밉상이 아니었다. 언제나 며느리와 부딪치게 되면 별것 아닌 일을 가지고도 집안이 벌컥 뒤집혔다. 술 한잔 얼큰한 김에 손자, 손녀 앞에서 지난날 자신이 공비토벌 벌이던 이야기며 지방 빨갱이 때려잡던 일을 늘어놓기만 하면 어김없이 찬물을 끼얹곤 했다. 아버님, 그게 어디 애들한테 자랑하실 얘기예요? 그럴 때의 며느리 눈엔 야글야글 경멸 기까지 떠돌았다. 적이 마음에 마뜩찮은 며느리였지만 그 당돌한 기세 앞에는 이상하게 주눅이 들었다.

괜히 그러는 게 아녜요, 아버님. 그렇잖아요? 보기만 해두 끔찍한 돌멩일 신주 모시듯 하니까 이상하잖아요. 뭔가 짚이는 게 없구서야 그러실 수가 있어요?

당신 지금 뭔 소릴 하는 거야?

최영배 선생이 아내를 윽박질렀다. 아내가 시아버지한테 불손한 언사를 할 때마다 교육자라는 자신의 처지부터 떠올랐다. 물론 집에 돌이 날아들면서 아내의 신경이 정상이 넘게 날카로워져 있다는 걸 모르는 바 아니었다. 그러나 집에 돌이 날아든다는 것만 해도 낭패스러운 일인데 그 일로 집안까지 불화를 보인다는 것이 여간 면괴스럽지 않았다.

할아버지, 그 돌멩이 내다 버려요. 무서워요.

고1인 주희까지 신경질적인 반응을 보였다. 두번째 돌멩이가 날아들었을 때 집에서 그 일을 겪어낸 충격으로 아직까지 집안에서 무슨 소리만 들려도 자지러지게 놀라는 주희였다.

그래요, 아버님. 그 돌이 집안에 있으니까 뒤숭숭하고 안 좋은 거 같아요.

민금자 씨가 말투를 부드럽게 바꿨다.

거, 모르는 소리 하지두 말라야.

최 노인이 어깃장을 놓고 나섰다.

그게 으떠케 들어왔든간 딥에 들어온 물건은 함부로 버리는 게 아니야야. 니 말마따나 내레 이 돌멩일 신주 모시듯 하는 것두 다 그 땜이다. 신주가 따로 있다더냐. 둑은 사람 귀신이 붙어 있으믄 그게 신주지 뭐갔니. 몬 내긴가 허믄 이 돌멩이가 바루 야들 큰애비 귀신일 수두 있구 차에 깔려 뒈딘 야들 아재비 귀신일 수두 있다 그런 말이디. 또 아냐, 더게 내나 느덜이 돌보지 않구 있는 묘상 귀신일는지두 몰라야. 고런 귀신이 원통타구 딥 찾아왔는데 내다 버리라니 그게 말이나 되는 소리냐.

말 속에 뼈가 있었다. 뻔한 푸념이었다. 큰아들이 월남에 파병됐다 전사한 뒤 자식 하나 데린 큰며느리와 돈 문제로 티격태격 아예 원수 사이로 의절하고 사는 홀시아버지의 그 푸념에는 이제 진력이 난 민금자 씨다. 게다가 남편과는 배다른 동생인 시동생이 입영통지서를 받은 지 며칠 안 돼 교통사고로 죽은 일을 놓고 지금까지 닦달을 당해온 일을 생각하면 정말 기가 막혔다. 대학을 중도에 그만두게 된 것도 이쪽 잘못이요, 차에 치여 죽은 보상금을 받고도 그 돈 내놓기 싫어 뺑소니차에 그렇게 됐다는 거짓말을 한다고 생떼를 쓴 적이 한두 번이 아니었다. 물론 당신 생전에 눈 시퍼렇게 자식을 둘씩이나 저승길로 먼저 앞세운 그 억하심정을 모르는 바 아니었지만 걸핏하면 조상 제대로 못 모시고 형제 우애 모르는 느덜 탓이라고 닦달질하는 데는 정말 억울하기 이를 데 없었다.

민금자 씨는 처음부터 시아버지에 대해 좋은 감정을 가질 수가 없었다. 그네는 네 살 때 겪은 부친의 죽음을 잊을 수가 없었다. 물론 오빠들 입을 통해 훗날 들은 얘기지만 부친의 그 참혹한 죽음은 가슴 깊은 데 각인되었다. 시아버지가 그 상처를 덧냈다. 남편과 약혼까지 했는데 이쪽의 집안 내력을 어디서 알아냈는지 빨갱이 집안과는 혼인할 수 없다며 파혼하라고 찍자 부린 일부터가 그랬다. 시아버지가 지방 빨갱이 때려잡던 얘기만 시작하면 눈에 경련이 일었다.

기호야, 저 돌, 네가 내다 버려라.

그르케는 안 된다!

내다 버려!

시아버지와 며느리 사이에 격한 감정이 폭발되기 직전 그 집 뒤꼍에서 성태가 나왔다. 성태는 부엌 뒤쪽으로 소 외양간 달듯 방 하나를 댈롱 덧붙인 방을 세내 자취를 하고 있었다.

사모님, 제 생각 같아서는 말입니다. 저 돌멩일 그대루 둬두는 게 좋을 것 같은데요.

학생, 그건 무슨 얘기야?

저 돌멩이가 유일한 증거품인데 그걸 없애면 어쩝니까.

성태는 자신이 세 들어 사는 집에 난데없이 돌이 날아들면서 마치 흉가 속에 앉아 있는 것처럼 기분이 휘휘했다. 그 집 식구들의 눈길도 이상하게 따가웠지만 어쩌면 그 돌멩이가 자신을 겨냥해서 던져졌을는지 모른다는 위구심이었다. 참 이상했다. 그 집에 날아든 돌이 성태에겐 숨탄 짐승처럼 보였던 것이다. 마룻바닥에 떨어져 있는 그 첫번째 돌멩일 본 순간 성태는 온몸으로 소름이 끼쳤다. 그때 그 돌멩이가 분명 꿈틀 움직였던 것이다.

첫번째 날아든 돌멩이가 서향의 현관문을 겨냥했던 것과는 달리 두번째 것은 정남향의 그 집 안방 창문을 향해 던져졌다. 너설 날카로운 그 돌멩이는 안방 창문의 방충망까지 찢은 뒤 겉문 유리는 물론 안쪽 유리마저 박살 냈다. 그 정도면 대단한 투척력이었다. 세번째 것은 현관문과 안방 창문의 가운데인 분합문의 아래쪽 통널조각을 때린 뒤 창 밑에 떨어졌다.

그 파괴력으로 미루어 지나다니는 취한이 어쩌다 그냥 심심풀이로 집어 던진 돌멩이가 아니라는 것만은 확실했다. 물론 첫번째 돌멩이에 그리 큰 충격을 받지 않은 것은 어쩌다 던져진 돌이 재수 없게 날아들었을 것이란 쪽으로 마음을 달랜 이유도 있었다. 게다가 첫번째 돌이 날아들었을 때는 집에 아무도 없었던 대낮이었기 때문에 현관문 유리 깨지는 소리를 직접 들었다는 이웃 사람들보다 덜 놀랐는지도 모른다. 오히려 이웃 사람들이 돌멩이를 맞은 그 집 식구들보다 몇 배나 더 흥감을 피우다 별것 아닌 일로 왜들 그 야단이냐고 민금자 씨한테 싫은 소릴 듣기도 했다.

그러나 두번째 돌멩이가 날아들었을 때는 그 상황이 달랐다.

민금자 씨와 주희가 집에 함께 있을 때 안방 창문이 박살 났던 것이다. 오후 일곱시가 조금 지난 시각이라 저녁 햇살이 현관문 창유리에서 눈부시게 반사되고 있었다. 학교에서 돌아온 지 얼마 되지 않은 주희에게 먹을 것을 주기 위해 부엌에 있던 민금자 씨는 유리창 깨지는 소리에 손에 들고 있던 컵을 내던지며 외마디 비명을 내질렀다. 얼굴이 새파랗게 질린 주희가 마루에서 와들와들 떨고 있었다. 주먹만 한 돌멩이 하나가 그렇게 엄청난 소리를 낼 수 있다는 게 믿어지지 않았다. 집 전체가 왕창 무너져 내리는 줄 알았다. 그것은 뭔가 큰일이 벌어져 이제 모든 것이 끝장이구나 하는 낭패감 같은 것이었다.

전화벨 울리는 소리에 또 한 번 소스라쳤다. 무서웠다. 전화기가 살아서 겅둥겅둥 뛰어다니는 것만 같았다.

"무슨 소리예요? 또 돌이 날아왔어요?"

이웃집 여자였다. 민금자 씨는 주희를 데리고 벌벌 떨리는 걸음으로 밖으로 나갔다. 길 건너편 집들에서 목소리만 건너왔다.

"아니, 어떻게 된 거예요?"

"어머, 저 집 유리창 또 깨졌네."

집 앞 6미터 소방도로에는 얼마 전까지도 없던 동네 아이들이 바람 헐렁하게 빠진 배구공으로 축구를 하고 있었다. 아이들은 그 놀이에 얼마나 열중해 있는지 민금자 씨가 무엇을 물어봐도 건성건성, 몰라요—였다. 약이 바싹 오른 주희가 어떤 사내애의 앞을 가로막아 서며 앙칼지게 다그쳤다.

"너지, 니가 우리 집에 돌 던졌지?"

그러나 그 아이는 땀에 번질거리는 얼굴로 잠시 어리둥절한 눈빛을 했다간 다 아랑곳없다는 듯 공을 쫓아 엎어지듯 달려갔을 뿐이다.

"느덜 여기서 우리 집에 돌 던지는 사람 못 봤니?"

민금자 씨는 두 개의 책가방을 양쪽으로 벌려놓고 윗몸을 굽힌 채 잔뜩 긴장해 있는 골문지기 아이를 붙잡고 늘어졌다.

"몰라요, 못 봤어요."

그 아이 역시 방해꾼을 피해 옆으로 비켜서면서도 눈은 온통 배구공을 좇고 있었다. 여러 정황으로 미뤄 아이들이 그 돌멩이와 무관하다는 것은 분명했다.

민금자 씨는 하릴없이 물러서며 길을 끼고 마주한 건너편 집들을 적의 가득한 눈으로 훑었다. 창을 열고 관심을 보이던 이웃 여자들의 얼굴이 다 사라진 뒤였다. 길가의 집들은 지은 지 오래된 비슷한 구조의 슬라브 단층으로 길을 따라 서북향으로 음산하게 늘어서 있었다. 그 길갓집들 뒤쪽으로는 더 볼품없는 집들이 조닥조닥 엉겨 붙어 있어 넘겨다보기만 해도 갑갑했다. 어떻든 그 모두가 가까운 이웃이었다. 그러나 그 이웃들과는 대부분 인사를 나눈 적이 없었고 알고 지내는 가까운 사이라 해도 마음 그 밑바닥까지 터놓고 내보인 적이 없었다. 마음을 터놓지 않는 이웃은 이미 이웃이 아니라 경계해야 할 적이었다. 전혀 낯설기만 한 그 이웃의 어느 집에서 돌멩이가 던져졌을 가능성도 없지 않다고 생각하자 다시 가슴이 후당후당 뛰기 시작했다. 그네는 아직도 닫히지 않고 있는 건너편 집들의 창문을 향해 바락바락 욕이라도 퍼대고 싶은 심정이었다.

"아빠 퇴근하셨대요."

민금자 씨는 남편 직장인 고등학교로 전화를 거는 주희의 겁에 잔뜩 질린 목소리를 들으면서 온몸을 휩싸드는 단절감으로 어깨에 맥살이 풀렸다. 손가락 하나 움직이기 싫은 무력증이었다. 공포였다. 애써 외면하려 했지만 화장대 곁에 떨어져 있는 그 검정 돌멩이는 방 안의 그 어떤 물건과도 어울리지 않는 이질감으로 살아 있었다. 완강했다. 그것은 단순한 돌멩이가 아니라 악마의 변신만 같았다. 두려웠다. 그 두려움은 두어 달쯤 전부터 시작됐다.

대낮이었다. 형사 두 사람이 인상이 별로 좋지 않은 청년 하나를 수갑 채운 채 데리고 찾아왔다. 형식적이나마 형사들은 신분증을 내보였다. 그중 하나가 데리고 온 청년을 턱으로 가리켜 보이며 물었다.

아줌마가 봤다는 그 사람 맞아요?

정말 영문을 알 수 없는 노릇이었다. 민금자 씨가 어리둥절한 얼굴로 머뭇거리자 먼저의 그 형사가 신경질적으로 다그쳤다.

아줌마, 이 친구 몰라요? 저 앞동네서 물건 훔쳐 내오는 걸 아줌마가 봤다면서요? 그때 봤다는 사람이 이 사람 맞냐구요?

퍼뜩 며칠 전 앞동네에 복면강도가 들었다는 얘길 들은 기억이 떠올랐다. 그러나 그 강도를 봤다는 얘긴 너무 엉뚱한 소리였다. 그네가 항변을 하기도 전에 수갑을 찬 그 청년이 씹어뱉듯 말했다.

씨발, 똑바로 보고 말해!

가슴이 철렁 내려앉았다. 그 청년의 눈에서 이글거리는 살기를 본 것이다.

이 새끼, 이거……

형사 하나가 수갑 찬 청년의 정강이를 구두 끝으로 내질렀다.

아줌마, 지금 곤란함 다음에 정식으로 부를 거니 그때 얘기해두 돼요.

무슨 착오가 생긴 모양이라고, 이쪽의 억울한 입장을 항변할 여유를 제대로 주지도 않고 그들은 사뭇 거오스런 걸음으로 사라졌다. 가만히 앉았다가 뒤집어쓴 찬물이었다. 그 여파는 뜻밖에 컸다.

당신, 요새 왜 이래?

눈만 감으면 악몽이었다. 고약한 인상의 그 청년이 보였다. 어느 순간 그것은 가마니에 덮인 아버지의 주검이었다. 물에 빠져 허우적거렸다. 아버지가 물에 떠 있었다. 핏물이 그렇게 고였다고 했다. 집안 식구들이 자신의 알몸뚱일 무쇠탈 같은 얼굴로 묵묵히 내려다보고 있었다. 그 청년이 이를 하얗게 드러내 차갑게 웃으며 아랫도리를 벗어 내렸다. 형사들이 찾아왔던 그 일을 알고 있는 남편은 그네의 증세에 대해 짜증부터 냈다.

그까짓 걸 가지구 뭘 그래. 범인을 수색하다 보면 그럴 수도 있는 거야.

물론 최영배 선생도 아내가 졸지에 당한 그 어처구니없는 경찰의 수사 방법에 대해 분개했다. 피의자들로부터 일어날 수 있는 보복 가능성에 대해 증인을 되도록 보호해주어야 할 경찰이 그따위 수사를 하다니 말이 안 된다고 경찰서에 직접 항의까지 했던 것이다.

민금자 씨는 그때 자기를 쳐다보던 그 청년의 혐오 가득한 눈빛을 잊을 수가 없었다. 길에서 얼굴이 조금 험악한 사람과 눈길이 마주치기라도 하면 가슴이 철렁 내려앉았다 집 근처에 누군가 서성대는 것만 봐도 가슴이 섬뜩해 집 안의 문이란 문은 모조리 걸어 잠근 채 안절부절못했다.

경찰서에 알아보니까 그 친구 전과가 많아. 몇 년 단단히 살 거라던데.

언제고 나올 거 아네요? 또 그 패들두 있구……

당신 아무래도 신경과민이야.

남편의 말대로 민금자 씨는 자신의 신경이 몹시 과민한 상태라는 걸 알고 있었다. 삼 년 전 시동생이 뺑소니차에 치여 죽은 뒤부터 늘 잠자리가 편치 않았다. 시아버지가 시동생 얘기만 꺼내면 신경이 뾰족하게 날을 세웠다. 시동생으로 인한 마음의 불편은 그가 살아 있는 동안도 마찬가지였다. 형한테 얹혀산다는 부담감에다 자신이 다른 어머니 배 속에서 태어났다는 자격지심까지 겹친 탓인가 시동생은 늘 음침한 얼굴을 하고 있다간 어느 순간 저돌적으로 대들곤 했다. 하나뿐인 시동생을 내 살붙이처럼 보살필 마음이 안 생긴다는 게 죄스러웠다. 어쩌면 그것은 뒤늦게 데리고 들어와 사는 그 막내아들을 괄시하지 않나 싶어 늘 선수를 치곤 하는 시아버지 탓도 없지는 않았다. 굳이 감싸 돌지 않아도 될 일을 시시콜콜 참견하고 나서는 시아버지로 해서 그 시동생이 더욱 멀게 느껴졌는지도 모른다. 사실은 집안 형편으로는 가르치기 어려운 대학을 보낼 때부터 쌓인 불만이었다. 그런대로 1학년은 무사히 마쳤는가 하면 C급이긴 하지만 장학금을 타낼 정도로 공부에 열성이어서 가르치는 보람도 있었다. 그러나 시동생은 며칠씩 집에 돌아오지 않는 날이 늘어갔다. 며칠 만에 들어올 때는 파김치처럼 지쳐 있었고 그가 벗어놓은 옷을 빨 때는 재채기가 쏟아졌다. 엄마, 삼촌이 시청 앞에서 데모하는 거 봤다! 학교에서 돌아온 기호가 그런 소식을 전해준 지 며칠 뒤에 시동생의 학교 학생과장이라는 사람이 남편을 찾아왔다. 그 일로 남편이 경찰서에 들락거렸다. 경찰서에서 풀려난 시동생이 형 앞에서는 휴학을 하겠다고 약속하고는 제멋대로 자퇴해버렸다. 형도 그 일 앞에서는 속수무책 맥살이 빠지는 모양이었다. 그 시동생이 입영통지서를 받은 지 며칠 만에 교통사고로 죽자 남편은 자기감정을 억제하지 못해 민금자 씨의 화장대를 박살냈다. 지극히 우발적으로 일어난 그 일이 민금자 씨를 두고두고 괴롭히는 빌미가 되었다. 시동생은 죽으면서 자신의 실체를 집 안 구석구석 남겨놓고 간 셈이었다. 집 안에서 시동생이 쓰던 물건만 봐도 가슴이 뛰었다. 어쩌다 시동생 친구를 길에서 만나기라도 하면 허둥지둥 도망치고 있는 자신을 발견하곤 했다. 월남서 죽은 시숙이 꿈에 나타나 뭔가 기분 언짢은 소릴 할 때도 있었다. 잔뜩 저주 담긴 그런 말이었다. 남편이나 아들이 집에 들어올 시간을 넘기면 별의별 좋지 않은 생각으로 시달렸다. 그네는 종종 가위눌림 상태에서 놀라 잠을 깨곤 했다. 뭔가 자신이 잠든 사이에 엄청난 일이 저질러질는지 모른다는 그런 불안이었다.

"주희 엄마, 내 보기에 그럴 양반은 아니지만 그래두 혹시……"

돌멩이가 세 번씩이나 날아든 일은 이웃 사람들에게도 대단한 사건이었을 것이다. 그네들은 호기심 주머니를 한껏 부풀려

올렸다. 모여 앉기만 하면 한껏 입 키질을 한 뒤 그 정도가 좀 심했다 싶으면 잔뜩 안됐어 하는 얼굴로 찾아와 이야기를 늘어놓곤 했다.

"내 친구가 옥수동 사는데 글쎄, 그 동네선 어떤 집 어린애가 유괴돼 갔다 죽은 시체루 발견됐대요. 죽은 애 아빠가 평소 여자관계가 좀 복잡했다는가 봐요."

얘기의 화살은 민금자 씨의 남편 최영배 선생이 밖에서 누구한테 혐의 질 만한 그런 일이 없었느냔 추궁이었다. 민금자 씨는 이웃들의 그런 관심이 견디기 어려웠다. 치욕감으로 몸이 떨렸다. 물론 이웃 여자들이 말하는 그런 쪽으로 생각을 안 해본 것도 아니었다. 남편이 남한테 못할 짓을 할 만큼 모진 사람이 아니라는 것만은 십팔 년 동안 몸 섞어 사는 동안 몸에 밴 확신이었다. 그러나 그네는 이따금 남편이 무슨 일론가 몹시 괴로워하고 있는 걸 볼 적이면 가슴이 내려앉곤 했다. 자신이 남편에 대해 알고 있는 게 뭔가 하는 단절감이었다. 한 집안의 아내가 결정적으로 충격을 받는 것은 하늘 같은 남편이 남들로부터 업신여김 당해 손가락질 받는 현장의 확인일 것이다. 그와 비슷한 일이 있었다. 밤 열한시쯤 전화가 왔다. 시끌벅적한 소리로 미뤄 술집 같았다. 술 취한 젊은 목소리가 남편을 찾았다. 아직 집에 안 들어왔다고 하자, 야 쪽집게 마누라야, 쪽집게 새끼 들어오거든 내가 전화했었다구 해. 그런 막가는 소리 뒤에서 같은 패거리인 듯싶은 남자의 웃음소리가 들렸다. 일방적으로 끊긴 전화기를 든 채 민금자 씨는 참으로 비참한 심경이었다. 남편의 학교에서의 별명이 족집게라는 것쯤은 알고 있었다. 그 전화 얘기에 남편도 잠깐 당혹해하는 표정을 감추지 못했다. 그럴 때의 남편 모습이 그렇게 왜소해 보일 수가 없었다. 어떤 졸업생 놈들이 평소에 쌓인 기분을 그런 식으로 푸는 술주정일 거라고 애써 태연한 얼굴을 만드는 남편에게서 그녀는 절망을 보았던 것이다.

그 집에 네번째 돌멩이가 날아든 것은 밤 아홉시 뉴스가 한창 진행되고 있는 시간이었다.

오늘 평민당 김대중 총재는 광주사태와 관련된 자신의 입장을 밝히는…… 하고 텔레비전 뉴스 앵커의 목소리가 갑자기 잦아든 것은 성태가 전화를 받는 것을 방해하지 않기 위해 최영배 선생이 볼륨을 줄였기 때문이었다. 최영배 선생은 그 집에 세 들어 사는 대학생을 좀 바꿔달라는 전화를 받고 자신이 직접 뒤곁으로 돌아가 성태를 데려왔던 것이다. 성태가 전화를 바꿔 든지 일 분도 안 돼 그 네번째 돌멩이가 날아들었던 것이다. 민금자 씨는 주희의 가정과목 숙제인 자수를 돕느라 안방에 있었고 최칠수 노인은 낮술에 취한 채 골방에서 자고 있는 중이었다. 학교에서 야간자율학습 도중 옷을 갈아입기 위해 잠깐 집에 와 있던 기호는 그때 화장실에서 변비와 싸우느라 끙끙 땀을 빼고 있는 시간이었다.

그 돌멩이는 세번째 것이 분합문 아래쪽 통널조각을 때린 채 유리를 깨지 못한 것을 화풀이라도 하듯 큰 유리 한 장을 온통 부숴 내리며 마루에 떨어졌다. 역시 먼저 것들과 다름없는 대단한 투척력에 그 돌멩이 또한 같은 크기, 같은 석질의 것이었다.

기호가 현관에 세워뒀던 야구 방망이를 집어 들고 맨발로 뛰어나갔다. 전화를 받고 있던 성태도 수화기를 아무렇게나 놓은 채 기호 뒤를 따라 밖으로 나갔다. 길 건너편 집들의 창문이 여기저기 열리고 있었다. 이웃집 담벽에 붙어 세워진 전봇대 중간쯤 매달린 외등이 어둠 한구석을 밝히고 있을 뿐 길은 텅 비어 있었다.

“뭐야, 저 집에 또 돌이 날아왔어?”

“이거 동네가 이래가지구 어디 무서워서 살겠나.”

“집터가 나빠서 그래요. 무당을 불러 지신상을 차려놓고 한바탕 벌여야 한다니까 그러네.”

이웃 사람들이 보여주는 관심은 대개 그런 식이었다. 또 돌이 날아들었다는데 다친 사람은 없느냔 통장 마누라의 확인 전화도 왔다.

“보라야. 이것두 이리케 흙 하나 묻지 않았어야. 일리 던딜려구 우덩 들구 댕긴 게 틀림없다니께루.”

유리창 깨지는 소리에 잠이 깬 최 노인이 식구들 모두가 쳐다보기조차 저어하는 그 돌멩이를 집어 들고 사뭇 의기양양한 얼굴로 이 사람 저 사람을 쳐다봤다. 식구들은 아예 외면하는 걸로 노인의 말을 무질러버렸다.

“제 생각 같아서는 말입니다……”

아직도 자기 자취방으로 돌아가지 못한 채 뭉그적거리고 있던 성태가 껴들었다.

“쉬쉬 감추고 계실 게 아니라, 정식으로 파출소에 신고도 하시고 아주 내놓고 동네 사람들한테 협조를 부탁하는 게 좋을 것 같은데요. 동네 사람 모두가 이 집을 지키게 하자는 거지요. 누구 짓인가 그걸 밝히는 일보다 중요한 것은 앞으로 이런 일이 더 생기지 않도록 예방하자는 얘깁니다."

"거, 내레 하구 싶은 말이구만. 내 텀부터 뭐랬어야? 그게 사람 새낀디 귀신인딘 몰라두……"

"그건 학생이 몰라서 그렇지……"

민금자 씨가 시아버지 쪽을 아예 거들떠보지도 않은 채 말을 낚아챘다.

"우리 집에 돌이 날아드는 거 세상천지가 다 알아요. 지금 저 아래 통장집에서 전화 온 거 못 봤어요? 파출소에두 동네 사람들이 신골 했더라구요. 기가 막혀서…… 글쎄, 누가 우리 집에 매일 총을 쏴댄다구 그렇게 신골 했다지 뭐예요. 신골 받고 왔다는 사람들이 꼭 범죄 소굴 뒤지듯 살피고 가더라니까요. 지금 얘기지만 학생 방에두 들어갔다 나오는 것 같더라구요."

"데렌, 망할 것들. 그럴 땐 내가 받은 표창장을 내보이디 그랬냐."

"그 돌멩이 이제 그만 치우세요!"

집에 날아든 그 돌멩이를 마치 애완동물 다루듯 보듬고 앉아 이야기 틈틈이 뭐에 보리알 끼듯 끼어들곤 하는 노인을 최영배 선생이 퉁명스레 쐈다. 그는 그 기세로 성태를 향해 볼멘소리로 물었다.

"학생, 아까 그 전화 어디서 온 거요?"

"아, 지금 그 전화 말이군요. 정말 죄송합니다. 사실은 과 부대표한테서 온 겁니다. 내일 과 엠티를 일박이일로 떠나거든요. 제가 맡은 일이 있는데 그게 준비됐는지 그걸 확인하려구 건 전화였어요."

"뭐 다른 뜻으루 물은 건 아니오. 돌 날아들기 바루 직전에 퍽 다급해하는 목소리로 학생을 바꿔달래서 바꿔준 건데……"

"아, 그랬군요. 원래 그 친구 말하는 투가 그래요. 어떻든 까마귀 날자 배 떨어진 격이라 저 자신도 좀 찜찜하긴 했습니다."

"나두 그게 이상했다구요. 평소엔 그런 전화가 한 번두 온 적이 없었는데 하필이면…… 혹시 그 전화 저번 때 학생 방에 와 있던 얼굴 오종종한 그 사람한테서 온 거 아네요?"

"아닙니다, 과 부대표였다니까요. 의심나시면 지금 당장 그 친굴 이리 오게 할 수도 있습니다. 자기 집에서 건 전화거든요."

"그건 그렇다구 하더라두 저번 때 학생한테 와 있던 그 사람 혹시 뭔 죄짓구 숨어 다니는 거 아네요?"

"제가 그때 말씀드렸잖습니까. 고향 선배라구요. 서울서 학교에 다니다 군대에 갔는데 얼마 전 제대를 해 복학할 거라구요. 개인적으로 좀 괴로운 게 있어 그 맘 삭이느라구 저한테 와 있었던 거예요."

"그렇다구 그렇게 꼼짝두 않구 방에 틀어박혀 있어요? 그땐 정말 별생각이 다 들더라구요. 무섭구……"

"사모님, 도대체 뭐가 알고 싶으신 겁니까?"

성태가 발끈 화를 내며 일어섰다.

"너무 그러지들 마세요. 사모님은 지금 이런 생각을 하고 계신 겁니다. 그때 여기 와 있던 사람이 살인범쯤 될 테고 내가 그 공범일 거라고…… 그래서 이 집에 저렇게 돌이 날아드는 거라고, 안 그렇습니까?"

"잘두 아네. 집이 이 꼴이 됐는데 무슨 생각은 못해."

민금자 씨가 뿌르르 맞설 채비를 했다. 최영배 선생이 손을 내저으며 나섰다.

"학생이 좀 이핼 해줬으면 좋겠어. 보시다시피 지금 우리 식군 모두 제정신이 아니잖소."

"선생님, 죄송합니다."

한동안 누구도 입을 열지 않았다. 침묵. 바람 소리. 밖의 어둠이 깨어져 나간 분합문으로 잠깐 얼굴을 보였다. 커튼 자락이 펄렁거렸다. 밖은 완전한 어둠이었다. 집 안의 불빛이 겨우겨우 밖의 완강한 어둠을 차단시키고 있었을 뿐이다. 온몸으로 소름이 끼쳤다. 그것은 이 집 식구들을 에워싸고 있는 형용하기 어려운 공포에 동참하고 있다는 유대감 같은 것이었다.

"올티, 내레 이데야 생각이 나는구마."

그때까지 그 돌멩일 손에 쥐고 이리저리 뜯어보고 앉았던 최노인이 사뭇 비장한 얼굴로 집안 식구들을 둘러봤다. 기호가 관심을 보였다.

"할아버지, 뭔데요?"

"내레 이 돌멩일 던딘 아새끼들이 눈지 생각이 났어야."

"할아버지, 그게 누구예요?"

"빨갱이 아이군 뭐이 그런 딧을 하갔니."

"할아버지, 지금 농담하시는 거예요?"

"데놈에 자석!"

"빨갱이가 할 일이 없어 우리 집에 돌이나 던지구 있단 말예요?"

"그게 바루 갸들 게릴라전이라는 게야. 민심을 소란케 하자는 그게지."

"설마…… 믿어지지 않는데요."

"이늠아, 설마가 사람 잡는다는 얘기도 못 들었어야? 그라구 빨갱이가 낯짝에다 내레 빨갱이야요, 그르케 써부체구 댕긴다데. 빨갱이가 따로 있는 기 아니여. 시상 시끄럽게 하는 늠들은 다 빨갱이지 뭐이갔니. 하라는 공분 뒤루 데테놓구 데모질만 하는 대학생 놈들도 다 매찬가지야. 내레 모를 줄 알았드냐. 둑은 니 아재비놈두 거런 친구 잘못 둬서 그르케 된 거 내가 다 알아야."

최 노인은 낮술이 아직 덜 깬 것 같았다. 깨어져 흩어진 유리를 비질하는 민금자 씨의 손이 거칠게 떨리고 있었다. 최영배 선생이 그네의 손에서 비를 빼앗듯이 잡아채 이미 쓴 데를 다시 쓸어가기 시작했다.

집안 분위기가 너무 휘휘했다. 성태는 그 자리에 더 앉아 있기가 민망스러웠다. 현관을 나서자 오싹 소름이 끼쳤다. 이상한 일이다. 밖의 어둠과 마주치는 순간 그 선배의 얼굴을 본 느낌이었다. 고향의 고등학교 선배라고는 하지만 성태가 학교에 입학했을 때 그 선배는 이미 서울의 일류대학 학생이었다. 학교가 생긴 이래 그 대학에 들어간 유일한 존재가 그 선배라고 했다. 학교는 물론 그 지방의 유지들이 후원회를 만들었을 정도로 대단한 존재였다. 성태는 그 선배에 대해 남들보다 조금 더 알고 있는 편이었다. 그 선배의 아버지가 성태네 정미소에서 성태가 태어나기 전부터 허드렛일을 도맡아 하는 일꾼이었던 것이다.

가끔 그 선배의 어머니까지 와서 성태네 안일을 도왔다. 그 선배 위로 형이 둘인가 있었지만 중학교도 제대로 못 나온데다 일하기를 죽어라 싫어해 읍내의 말썽꾸러기로 부모 속을 꽤나 썩였던 것이다. 그 선배는 그 집안의 유일한 희망이었다. 그러나 그 선배가 자기 부모는 물론 주위의 기대를 휴지처럼 구겨 던진 것은 대학교 3학년 때였다. 그 선배의 이름이 신문에 오르내렸다. 서울서 형사들이 직접 내려와 그 선배의 집을 뒤지곤 했다. 그는 그만큼 유명해져 있었던 것이다. 성태는 어릴 때부터 그 선배에 대해 적의 같은 걸 품고 있었다. 그 선배로 해서 마음에 상처를 받은 게 한두 번이 아니었다. 성태의 성장은 그 선배의 모든 것을 기준해서 비교되었던 것이다. 어른들 입에 오르내리는 그 선배처럼 될 수 없다는 한계 인식의 열패감은 매우 컸다.

열흘만 있자. 알고 있겠지만 난 지금 쫓기고 있다.

그 선배의 느닷없는 방문은 성태에게 있어 하나의 사건이었다. 선배가 성태의 자취방에 숨어 산 열흘간은 무서운 형벌의 시간이었다. 그것은 고문이었다. 그렇다고 그 선배가 성태에게 강요한 것은 아무것도 없었다. 무엇을 원하고 어쩌고 할 그런 꼴이 아니었다. 그 선배는 생각했던 것과는 달리 너무 왜소하고 초라했다. 선배는 지칠 대로 지쳐 누가 옆에서 건드리기만 해도 그대로 쓰러져 다시는 일어나지 못할 것만 같았다. 옛날의 그 타오르듯 총기 있는 그런 눈이 아니었다. 게게 풀린 눈이 그의 황량한 가슴을 짐작케 했다. 그는 세상 돌아가는 얘기나 자신이 살아온 그 어떤 일도 화제에 올리지 않았다. 밖에서 신문을 열심히 구해다 줘도 건성건성 제목만 훑어보는 게 고작이었다. 라디오는 아예 틀지도 못하게 했다. 술도 담배도 마다했다. 비교적 잠도 잘 자는 것 같았다. 그의 어느 구석에도 투사다운 의지가 엿보이지 않았다. 그러나 어느 날 밤, 성태는 그 선배가 잠자리에서 부스스 일어나 두 무릎을 꿇고 오열하는 것을 봤다. 그는 소리 죽여 흐느꼈다. 절규였다. 절박한 무엇이 그 흐느낌 속에 있었다. 놀랍고 무서웠다. 그 울음은 새벽까지 무려 서너 시간 이상 계속됐다. 그 선배는 그다음 날 떠나갔다.

그동안 고마웠다.

성태가 기대했던 다른 어떤 말도 남기지 않은 채 찾아올 때의 그런 추레한 꼴로 훌쩍 사라졌다. 문제는 그가 떠나간 뒤 좁은 방 안을 가득 채운 거인의 울음소리였다. 거인의 모습이 방 안에 남아 있었다. 성태는 모든 것을 버린 뒤 모든 것을 가진 그 거인을 방 안에서 몰아낼 수가 없었다. 숨이 막혔다. 그 집에 돌이 날아든 것은 그 선배가 떠난 지 한 달쯤 지난 뒤였다. 그 집의 현관문 유리를 깬 뒤 마룻바닥까지 굴러든 그 돌멩이를 본 순간 성태는 비로소 자신의 몸을 옥죄고 있던 긴장의 사슬에서 풀려난 느낌이었다. 그러나 그것은 또 다른 긴장의 시작이었다.

대낮이었다. 수상한 사람이 집을 기웃거리고 있으니 빨리 나와보라는 전화가 길 건너편의 시청 다니는 집 부인한테서 왔다. 민금자 씨는 가슴이 마구 떨렸다. 쉽게 진정되지 않는 마음으로 현관문을 열고 마당에 나섰다. 페인트칠한 지 오래된 철제 대문은 안으로 빗장이 걸린 채 아무 이상이 없었다. 대낮인데 설마 어떠랴 싶은 용기로 대문을 따고 얼굴을 내밀었다. 배추를 높이

실은 리어카 한 대가 집 앞을 지나가고 있었다. 그 배추 리어카가 내려가고 있는 반대쪽에서 중국음식점 배달통을 든 청년이 고개를 삐딱하게 꺾은 채 빠른 걸음으로 올라오는 중이었다. 민금자 씨는 아예 몸을 대문 밖으로 내놓고 사방을 휘 둘러보다가 헉— 하고 놀랐다. 대문에서 두서너 걸음 떨어진 담 밑에 사람 하나가 서 있었던 것이다. 담을 통해 집 안을 들여다보고 있었던 게 틀림없어 보이는 그런 엉거주춤한 꼴이었다. 비교적 큰 체구에 헐렁한 돕바를 걸친 노인이었다. 어쩔까 망설이고 있을 때 전화를 건 시청집 그 여자가 자기네 대문을 따고 나오며 바로 그 사람이란 눈짓을 보내왔다.

"아저씨, 누구네 집을 찾으시는 거예요?"

그러나 노인은 담벼락에서 꾸물꾸물 물러나 큰길로 내려서고 있을 뿐이다.

"아니, 왜 남의 집을 넘겨다보고 그래요?"

"뭬 잘못됐소?"

문득 뒤돌아보는 노인의 얼굴이 너무나 천연덕스럽게 보였다.

"왜 남의 집을 들여다보느냐구요?"

"남 집이 아니라 내 집을 들여다본 게여."

"이게 아저씨네 집이라구요?"

"그려. 내 집이지. 내 손으루 져서 내 살던 집이니께."

무슨 말을 더 붙여볼 여유도 없었다. 노인은 차림새의 늘컹한 인상과는 딴판으로 휘휘 빠른 걸음으로 윗동네를 향해 사라졌다.

"맞아요. 지금 저 늙은이가 며칠 전에두 우리 집 앞에서 선생님네 집을 꽤 오래 쳐다보구 섰더라구요."

시청집 여자는 당장 파출소에 전화를 걸어 잡으라고 했다.

"기가 막혀. 글쎄, 이 집이 자기 집이래지 뭐예요."

"미친 사람인가 보죠? 아니면 그전에 여기 살던 사람이든가."

"삼 년 전 우리가 이 집을 살 땐 저런 사람을 못 봤는데요."

"어쩜 그 이전에 살던 사람인지두 모르잖아요."

"글쎄, 그런 사람이 지금 와서 자기 집이라는 게 말이 돼요?"

"누가 아니래요. 아무래두 선생님 댁에 돌 던진 게 지금 그 늙은이 같다구요. 지금두 보니까 돕바 주머니에 뭐가 불룩하게 들어 있는 거 같던데요."

민금자 씨는 온몸으로 소름이 끼쳤다. 그럴 분위기도 아닌데 느닷없이 설움 같은 게 우욱 북받쳐 올랐다. 그네는 자신도 모르게 징징 푸념을 쏟아냈다.

"왜 우리 집에 돌을 던지는 거지요? 남한테 원수진 것도 없는데…… 남들처럼 좋은 집 지니구 떵떵거리며 사는 부자두 아닌데……"

"아버지 아직 안 들어오셨어?"

최영배 선생은 집에 들어서면서 부친이 집에 있는가부터 확인했다. 집안 어른에 대한 그런 예우로서의 문안이 아님을 그 자신이 잘 알았다. 그 사실이 늘 부끄러웠다. 솔직히, 집안에 부친이 있으면 거동이 불편하다는 정도를 넘어 숨통이 죄어드는 것 같았다. 벽이 있었다. 어릴 때부터 그랬다. 부친이 만들어내는 그 천박한 분위기가 싫었다. 상대의 속을 뒤집어놓고 마는 그 깐

족이는 말투, 허세, 허풍스러움, 주책없음에다 그런 이들이 공통적으로 지닌, 바닥이 빤히 들여다보이는 교활성, 야비함, 그런 것들로 해서 남들한테 웃음거리가 되는 것도 모르고 종작없이 덤벙거리는 부친이 그렇게 싫을 수가 없었다. 더욱 싫은 것은 부친이 쓰는 평안도 사투리였다. 겨우 열한 살 때 고향을 떠났다는 이가 사람이 자신의 근본을 잊지 않기 위해서는 태 버린 곳의 말을 써야 한다며 평소 남들한테는 안 그러다가도 식구들 앞에서는 굳이 구사해내는 그 과장된 평안도 사투리의 저의가 싫었다. 조상, 제 근본을 모르는 후레자식들한테 따끔한 교훈을 주겠다는 속셈에서 그런 엉터리 사투리를 쓰고 있었는지 모른다. 월남전쟁에서 전사한 최영배 선생의 형도 부친을 싫어했다. 그 형은 아주 노골적으로 부친을 몰아치며 멸시했다. 형이 가장 싫어하는 것은 부친이 6·25 때 방위대장인가 뭔가 맡아 빨갱이를 잡아 죽이던 무용담이었다. ……가마니때길 확 잡아 데치니까 꼭 목매달려 둑어가는 개누깔 같은 게 날 텨다보는데 야 등말 무섭드라야. 배때기서 쏟아져 나온 밸창잘 이르케 끌어안구서 말이디. 총을 쏠 게 뭐 있갔니. 이만한 돌멩이루 대갈통을 내려티니까시리 퍽 허구 터지드라야. 또 이렌 일두 있어야. 디방 빨갱이 세 늠을 답아 산골텡이루 끌고 가설라므네 데늠들 둑을 구뎅일 파게 했어야. 워낙에 디독한 늠들인디두 총을 목에 디리대니께 딩딩 울면서 구뎅일 잘 파더라야. 그르케 구뎅일 파구 있는데 밑에서 인민군들이 올라온다지 뭐갔니. 총소릴 낼 수두 없구, 그 세 늠들 대갈통을 총깨머리루 쳐 쓰러트리군 돌루 내리깠어야. 대충 흙으루 덮구 도망갰다가 와보니까루 등말 무섭드라야. 구뎅이 속에서 한 늠이 반쯤 기어나와선 누깔을 허옇게 뒤지어쓰고 날 똑바로 노려보고 있었어야. 등말 되게 무섭드라야.

대개 이런 식의 무용담 끝에는, 느덜이 이렇게 잘 먹구 잘 사는 게 모두 누구 덕인지 아느냐고 공치사하길 잊지 않았다. 최영배 선생의 형은 월남에서 전사하기 두어 달 전 이런 편지를 보내왔다.

—아버지가 우리들한테 들려주던 그런 무용담과 다를 게 없는 이야길 너한테 쓰고 있는 내가 우습다. 아버지가 죽였다는 사람들의 몇 배나 되는 사람을 내 손으로 죽였다. 적에 대한 적개심이 사람을 죽이는 게 아니라 내 몸속 깊이 숨어 있던 광기가 때를 만나 판을 치고 있음을 느낀다. 내가 살기 위해 남을 죽이는 일에서 이제는 내가 살아 있다는 걸 확인하기 위해 사람을 죽인다. 사람을 죽이는 내가 보인다. 내가 하나의 로봇으로 보였다. 아무래도 내가 이 전쟁의 소모품이라는 생각이 든다. 사실은 그런 생각을 할 여유도 없이 매일매일 죽이는 일과 죽어가는 일을 함께하고 있다.

그러나 배다른 동생은 달랐다. 부친의 모든 것을 있는 그대로 받아들였다. 부친이 늙어갈수록 더욱 아등바등 과거에 매달려 민망할 정도의 허풍을 쳐도 묵묵히 받아들일 뿐 이렇다 하게 맞서는 일이 없었다. 육친에 대한 끈끈한 정을 있는 그대로 드러냈다. 부친의 삶에 대해 어떠한 거부감도 보이지 않는 어린 이복동생이 다른 눈으로 바라보였다. 자신은 왜 부친의 삶 속에 들어가지 못하는가. 그것이 부끄러웠다.

"그 노인에 대해서 알아봤어요?"

"알아보긴 했지만 별것 아닙디다. 이 집을 처음 지어 살던 사람들은 벌써 십 년 전인가 서울로 이사를 갔는데 그 뒤루 그 집 사람들을 본 적이 없대요. 어디루 이민을 갔다는 얘길 들었다는 사람도 있구……"

"그 노인은 안 갔는지두 모르잖아요. 갔다가 도루 나왔는지두 모르구."

"그 노인이 그 집 식구인지두 확실하지 않은 마당에 너무 비약하진 맙시다."

최영배 선생은 수상한 노인이 집을 기웃거리다가 자기 집이란 말을 남기고 사라졌다는 말을 듣는 순간 삼 년 전 법원에 나가는 친구의 귀띔으로 경매로 나온 이 집을 사던 때의 일이 떠올랐다. 낡은 연립주택 신세를 면하고 단독주택을 갖는다는 욕심으로 저지르긴 했지만 막상 경매가 떨어진 뒤 따져보니 결코 싸게 산 집이 아니었다. 게다가 빚에 넘어간 그 집에는 전세를 들었다가 꼼짝없이 당한 두 세대가 원통 분통해하며 좀처럼 집을 내주지 않았던 것이다. 결국 집달리를 동원하는 극단까지 가는 동안의 그 번거로움이 말이 아니었다.

"아무튼 그 노인이 수상한 건 틀림없어요. 다들 그러데요. 이 집이 욕심나서 싸게 사려고 그런 짓을 했을 거라구요."

"남이 뭐라든 그것이 확실하게 밝혀지기 전까지는 아무나 의심하진 맙시다."

진심이었다. 세상사람 모두가 돌을 던지고도 시치미를 떼는 것처럼 보인다는 게 괴로웠다. 집에 돌멩이가 네 번씩이나 날아든다는 게 부끄러웠다. 저 사람이 학교 선생인데 글쎄 선생 집에 돌이 날아든대요. 선생 똥은 개두 안 먹는다는데 선생이 뭔 죄를 져서 그렇게 돌을 던진대? 동네 사람들의 눈길이 온몸을 옥죄어 걸음걸이마저 부자유스러웠다. 직장에서도 매한가지였다. 최 선생 집에 돌이 날아든다는 그 괴이쩍은 사건은 선생들의 무료하기 짝이 없는 일상을 흔들어놓기에 충분했다. 선생들의 눈에 야글야글 호기심이 불붙었다. 말이 입에서 입으로 날개를 달고 새끼를 쳤다.

네 번이 뭐야, 벌써 스무 번두 넘게 돌이 날아들었대요.

최 선생 부인이 그 일로 신경과민이 돼 병원에 입원했다면서?

최 선생 집에 뭔가 그늘이 안 걷히고 있는 거라구. 오래전 얘기지만 최 선생 형이 월남서 죽었대요. 게다가 몇 년 전엔 최 선생 속 썩이던 그 동생두 교통사고로 갔잖아. 확실한 건 아니지만 최 선생 생모두 최 선생이 어렸을 적 돌아가셨다는 거야. 계모두 아들 하나 낳구 금방 죽었다는 얘기두 있구……

최영배 선생은 그런 얘기들이 귀엣소리로 나눠지고 있다는 걸 알고 있었다. 최 선생한테 직접 그 얘길 하는 선생들도 있었다.

"최 선생, 집 내놨다면서?"

"도깨비가 나온다는 건 뭔 소리야?"

"뭔가 짚이는 게 있을 거 아닙니까?"

"최 선생님, 혹시 숨겨놓은 여자가 있는 건 아닙니까?"

"최 선생 성격에 남한테 원수질 위인은 아예 못 되고, 그렇다고 사모님 쪽에 무슨 문제가 있는 것도 아닐 테고……"

"최 선생님, 혹시 선생님이 가르치신 애들 중 의심나는 놈 없습니까?"

최 선생이 가르치는 학생들까지도 그 일을 두고 들썩였다.

"선생님, 우리가 그 범인 잡아드릴까요?"

학생들 앞에 서는 일이 두려웠다. 그 두려움은 새삼스러운 것이 아니었다. 가르친다는 일에 대한 회의가 주기적으로 찾아들 때마다 교실에 들어서는 일이 그렇게 두려웠다. 교단에 처음 섰을 무렵의 그 교육적 열의가 타성과 무사안일의 껍질로 변질된 데 대한, 어느 날 문득의 각성이 그런 두려움으로 나타났을 것이다. 학생들을 사랑으로 가르치고 있지 않다는 자괴심이 그 주범이었다. 교직은 천직이다. 나는 오직 가르치는 일을 통해 사랑을 실현해 보일 것이다. 국사 선생 된 소임을 다하리라. 우리의 역사에 대해 나름의 사관을 갖고 학생들에게 올바른 역사 인식을 심어주리라. 역사는 단순히 존재하는 것이 아니라 기술된다는 관점에서 한국사의 고질인 식민사관의 극복을 현장 교육에서 실현해 보여야 한다. 물론 처음에는 그런 열정, 그런 소신으로 학생들 앞에 섰다. 그러나 입시경쟁 최우선의 교육 현실 속에서 그러한 열성과 소신이란 게 얼마나 허황된 것인가 하는 걸 깨닫는 데는 많은 시간이 필요하지 않았다.

선생님 말씀이 옳기는 한데요오, 시험공부하는 데는요오, 안 좋은 거 같아요. 막 헛갈려요.

학생들의 반응은 그랬다. 학부형도 항의 전화를 걸어왔다.

당신, 애들한테 국사를 가르치는 거야 아니면 당신이 역사를 새로 만드는 거야?

그는 자신도 모르는 사이에 국정교과서의 내용을 일체의 소견 개입 없이 백과사전식 지식으로 요약한 뒤 그것을 명료하게 주입시키는 전문가로 바뀌어가고 있었다. 통사적 지식을 선다형이나 단답식으로 정리해 어떻게 하면 효율적으로 암기시키는가 하는 방법을 찾는 일에 머리를 썼다. 그것은 역사 인식의 괴리와 무중력상태의 한 증후였다. 대학을 다닐 때 깊이 관심 두었던, 고대사 영역의 구성에 대한 기존의 통설을 깨고 싶은 탐구 · 비판의식의 실종을 의미했다. 비정통사학 내지 재야 사학계의 한국사 인식 쪽에 기울어졌던 그 나름의 자주사관이 완전히 마비되어버리는 현상이기도 했다. 그렇게 마비되고 굳어진 의식 속에서도 눈에 보이는 현실은 암울했다. 그러나 암울하다는 느낌 그 이상의 아무것도 없었다. 그는 동료들의 관심사에 뒤질세라 껴들었다. 주식과 아파트와 자가용과 테니스 라켓을 사고, 차 배달 나오는 다방 종업원의 몸값에도 밝아야 했다. 물론 꾸민 여유였다. 그러나 그런 여유 속에서 그는 국사 선생으로 3학년만 오 년간 내리 담임할 정도의 그 방면 베테랑으로 굳어져갔다. 족집게란 별명이 그에게 주어졌다. 그해의 학력고사에 나올 국사 문제를 귀신같이 잘 찍어낸다고 학생들 사이에 소문이 나 있었다. 실상 그는 잘 가르쳤다. 중요사항의 시대 순 암기법, 학습의 포인트 포착 요령, 문제의 시대별 출제 빈도에 다른 예상문제 찍기 등 훈련소의 숙달된 조교처럼 철저하고 정확했다. 갑오경장, 자, 언더라인 한다. 지난해 안 나왔으니 이번에 틀림없이 나올 게다. 갑오경장이 근대적 개혁이었음에도 불구하고 당시의 국민들로부터 지지를 얻지 못하였던 주된 이유가 뭔가. 학생들은 그의 말을 의심하지 않는다. 놀랍게도 그가 찍어준 문제는 영락없이 출제됐기 때문이다. 족집게의 찍는 실력 얘기는 후배들한테 신화처럼 전수된다. 누군가 묻는다. 최 선생님, 그렇게 잘 찍으시는 비결이 뭡니까. 물론 그는 잘 찍는 게 아니라 우연히 들어맞는 것뿐이라고 겸손히 대답한다. 그러나 그는 자신의 속임수가 탄로 나지 않을 것을 믿었다. 시대별로 출제 빈도가 높은 중요사항을 백 문제 정도 만들어두고는 적당한 시간의 간격을 두고 어떤 문제들이 나올 것이라고 강조한다. 그것은 일종의 최면술이다. 백 문제 중 다섯 개 정도가 학력고사 25문제와 유사한 꼴로 출제되는 확률은 그리 어렵지 않다. 최면술의 효과는 바로 그 유사한 꼴의 다섯 문제 정도로 충분히 나타난다. 이 문제가 안 나오면 내 손가락에 장을 지져도 좋다고 강조하던 선생의 말이 유사한 어느 한 문제와 만나는 순간 희열 속에서 살아 오르기 때문이다. 기가 막힌 것은 학생들은 출제되지 않은 아흔다섯 개의 문제에 대해서는 시험을 치른 그 시간 이후 깡그리 망각해버린다는 사실이다. 그러나 예외가 없지 않다. 그 최면 상태에서 쉽게 깨어나 비웃는 눈으로 이쪽을 바라보는 아이가 있다. 그가 학생들 앞에 서는 일이 두려운 것도 바로 그런 데서 비롯되었다.

첫번째 돌이 날아들었을 때 최영배 선생이 떠올린 얼굴이 있었다. 김희대였다. 희대는 처음부터 자기 성적과 적성을 참작해 K대 공대를 가겠다고 했다. 학교로서는 S대 농대 쪽이면 충분히 가능성이 있는 학생이라 담임인 최영배 선생한테 압력을 넣었다. 학교 입장으로서는, 곧 부활될 가능성이 큰 고교입시에 대비해서 학교의 위치를 높이지 않으면 안 될 중대한 고비를 맞고 있었던 것이다. S대 합격자를 한 명이라도 더 늘리는 수밖에 다른 방법이 있을 수 없었다. 다행인 것은 희대의 학부형도 S대면 아무 데라도 좋으니 담임이 알아서 해달라는 주문이었다. 그는 자신이 고학으로 어렵게 나온 삼류 대학 출신이기 때문에 사회에 나와 푸대접받은 설움을 예로 들어 간판론을 폈다. 사흘, 나흘, 그것은 애원이었다. 희대는 담임의 뜻에 따라 S대 농대에 원서를 접수시켰다. 족집게의 성공이었다. 희대로 해서 S대 합격자는 급기야 스무 명을 채웠던 것이다. 학교는 온통 축제 분위기였다. 다소 찝찝한 구석이 없지 않았지만 희대네 집으로 축하 전화를 넣었다. 전화 속에서 희대가 볼멘소릴 내질렀다.

나, 재수할 거예요!

뭐라구, 인마, 재수할 거면 왜 시험을 쳤나?

그건 선생님 체면 봐서 그런 거잖아요.

희대는 물론 제 뜻대로 재수를 했다. 불행하게도 그는 그다음 해 시험에서도 실패를 했다는 소문이 들렸다.

최영배 선생이 집에 다섯번째 돌이 날아들었다는 소식을 들은 것은 7교시 수업을 끝내고 교무실에 돌아왔을 때였다.

"뭐야, 왜 그래?"

그는 아내에게서 걸려온 전화를 윽박지르듯 거칠게 받았다. 그때 막 끝내고 나온 7교시 3학년 문과반에서의 일이 그의 머리를 혼란스레 휘젓고 있었기 때문이다. 문제집 떼기를 본격적으로 시작하기 위해서는 형식적이나마 교과서를 대충 훑어 끝내줘야 했다. 국사 하권 끝부분의 '현대사회의 발달' 부분을 읽히고 났을 때였다. 한 학생이 앉은 채 질문했다.

선생님, 여기 교과서에 쓰인 걸 보면 '제5공화국은 정의로운 사회의 구현과 민주복지국가로의 발전을 지향하고, 민족의 분단을 종식시키며, 조국의 평화적인 통일을 이룩할 수 있도록 계속 노력하고 있다'고 했잖습니까?

그래서?

그리고 맨 끝에 '제5공화국은 정의 사회를 구현하기 위해서 모든 비능률, 모순, 비리를 척결하는 동시에'라고 적혀 있는데 이건 지금 88년도 오늘의 대세론적 판단으로 볼 때나 실제로 드러난 갖가지 5공 비리 현상을 생각할 때 너무 맞지 않는 기술이라고 생각되는데 선생님의 견해를 듣고 싶습니다.

고3 교실에서는 상상하기 어려운 질문이었다. 아이들이 우와아 장난조의 탄성을 내질렀다.

책 맨 끝 페이지를 봐주기 바란다. 이 교과서의 발행연도가 1986년 3월 1일인 것을 유념할 필요가 있다. 그리고 제5공화국이 모두 그렇게 했다는 게 아니라 그런 의지를 가지고 노력하고 있다는 기술이기 때문에 별문제가 없다고 생각한다.

끝날 시간이 다 된 상황에서 자신이 할 수 있는 답변으로서는 최선의 것이었다는 생각이었다. 그러나 그 학생은 쉽게 물러서지 않았다. 자기 생각을 밝히고 싶은, 뭔가 의도된 질문이었던 것이다.

선생님, 저는 그 역사 기술의 이 년 뒤인 오늘 '정의로운 사회'의 구현을 '어지러운 사회'로, '발전을 지향하고'를 '발전을 늦추고'로, '분단을 종식시키며'를 '영구화하며'로, '비리를 척결하는 동시에'의 척결을 '권장, 독점하는'이라고 고칠 것을 제의하는 바입니다.

또 한 번 우와아 탄성이 터졌다. 책상을 마구 두드려대며 소란까지 피우는 학생들의 집중되는 눈길 속에 속수무책으로 멍청히 서 있을 수밖에 없었다. 몹시 당혹스러웠다. 시간이 끝났다는 벨이 복도에서 울리고 있었다.

한 가지 분명한 것은 지금 네가 지적한 그 부분은 학력고사에 절대 출제되지 않는다는 사실이다. 믿어주기 바란다.

임기응변, 학생들의 웃음을 유도해내는 일로 어벌쩡 그 순간을 모면하긴 했지만 교무실로 돌아오는 그의 마음은 그 당돌한 녀석에 대한 감정으로 몹시 불쾌했던 것이다.

다섯번째 날아든 돌은 먼저 날아든 돌과는 석질이 전혀 다른, 길에서 흔히 보는 마모 심한 잡석이었다. 그 돌을 던진 완력도 별것 아닌 듯 그 돌멩이는 분합문 한구석의 유리를 겨우 깨뜨린 뒤 바깥쪽에 떨어져 있었다. 그러나 네번째 돌이 날아든 지 이십여 일이 지난 뒤 생긴 일이라 충격이 그만큼 더 컸던 것 같았다. 민금자 씨는 발작적으로 울음을 터뜨렸다. 주희는 집안 식구들의 발소리에도 깜짝깜짝 놀란다. 학교에서 자정이 넘어 돌아온 기호는 분합문 유리가 깨진 걸 발견하곤, 이게 도대체 뭐예요? 악쓰듯 내뱉었다. 그는 곧장 쿵쾅거리며 자기 방에 들어가 다음날 새벽 아침도 먹지 않은 채 등교했다. 그날이 모의고사 보는 날이라는 걸 집안 식구 누구도 기억해내지 못했다.

다섯번째 날아든 돌에 대한 더 놀라운 반응은 최칠수 노인에게 나타났다. 거의 매일 술에 취해 집 안팎을 들락거리며 남들이 잘 알아듣지도 못하는 속엣소릴 욕설 섞어가며 떠벌려야 직성이 풀리는 이가 완전히 달라진 것이다. 최 노인은 호기 부리는 투의 몸짓부터 달라졌다. 그는 몸을 되도록 작게 움츠린 뒤 남의 눈치나 빌빌 살피는 아주 비굴한 얼굴을 했다. 자세히 보면 잔뜩 겁먹은 표정이었다. 상대방의 속을 긁어대는 투의 비아냥거리는 말투도 사라졌다. 더 신기한 일은 자신의 허세와 걸맞은 고의성 짙은 평안도 사투리의 과장된 억양이 별로 나타나지 않았다는 사실이다. 한마디로 최 노인은 그렇게 풀 죽어 있었던 것이다. 다섯번째 돌이 날아든 저녁에 최 노인은 식구들 앞에서 혼잣소리로 같은 말을 서너 번 되풀이했다.

"내 벌써부터 이런 일이 있을 줄 알았어야."

참다못한 민금자 씨가 따지듯 물었다.

"아버님, 뭘 어떻게 알았다는 말씀이세요?"

"한동안 뜸허길래 내레 괜헌 생각을 허구 있구나 싶었다만 역시 내 딤작이 맞았다는 얘기다야."

"그 짐작이란 게 뭔데 자꾸 그러세요?"

"내레 느덜헌티 츠음 허는 얘기다만 이 늙은이가 둑어 자빠지길 바라는 사람이 있다 그거지 뭐이갔니."

"아버님, 그게 누구냔 말예요?"

며느리가 다그쳐 물었지만 최 노인의 입은 그 부근에서 더 이상 열리지 않았다. 아예 슬그머니 자리를 뜨는 것으로 식구들의 눈길을 허망하게 흩트려놓았다. 최 노인은 하루 종일 집안 어느 구석에선가 구시렁구시렁 기척을 냈다. 그전 같으면 집에 있는 시간보다 밖에 나가 이런저런 술자리에 끼어들어 좌충우돌하고 있을 이가 집 안에 처박혀 있다는 게 식구들에겐 여간 부담스러운 일이 아니었다. 그러한 칩거는 평소의 그 천박스러움이나 허세가 내가 언제 그랬느냔 듯 없어진 것과 때를 같이한 것이어서 집안 식구들을 적지 않게 긴장시켰던 것이다. 그런 칩거 중에도 최 노인은 집에 날아든 그 돌멩이를 신주 모시듯 들여다보는 일을 게을리하지 않았다.

"할아버지가 돌한테 뭐라구 중얼중얼 얘길 하던데."

주희가 엿본 할아버지 근황이다.

"제 생각 같아서는 말입니다……"

다섯번째 돌이 날아든 그다음 날 저녁, 성태가 주인집 식구들 앞에 그 돌멩일 내보이며 말했다.

"이건 다른 사람이 던진 게 분명합니다."

"학생, 그게 무슨 얘기야?"

"보십시오, 저 돌 네 개는 이거하곤 완전히 다르잖습니까. 이런 돌은 이 골목 어디에나 있는 겁니다."

"돌이 다르다고 해서 그걸 던진 사람까지 다르다고 보는 건 무리가 아닐까."

"아닙니다, 선생님. 이번 것은 우발적 충동으로 던진 게 분명합니다."

"학생 말대로라면 그럼 저기 있는 돌들은……"

"그렇습니다. 단언하긴 어렵지만 저 돌멩이 네 개는 이 근방에서 볼 수 없는 것인데다 돌이 깨진 형태나 크기가 거의 같은 것으로 한 사람이 계획적으로 가져와 던졌다는 겁니다. 그리고 어제 날아든 이 돌이 우발적 충동에서 던져졌다는 심증이 또 있어요."

"그게 뭐요?"

"그냥 짐작일 뿐이지만, 먼젓번 돌이 사나흘 일정한 간격을 두고 날아들다가 그친 지 이십여 일이 지난 뒤에 먼젓번 것들과 다른 돌이 날아들었다는 게 이상하지 않습니까."

"우발적 충동이라, 도대체 왜 하필 그런 충동이 우리 집을 향해 일어난 거요?"

"일종의 악취미랄까요. 왜 어느 집의 어린애가 유괴된 사건이 신문에 크게 다뤄진 뒤면 그 집으로 별의별 거짓 전화가 걸려오지 않습니까. 이 경우도 그런 장난 심리가 아닐까 하는 거지요. 이를테면, 저 집에 돌이 계속 날아들던 괴변이 이십여 일 넘게 잠잠하다는 데서 오는 일종의 기대 배반의 초조감 같은 게 그런 장난 심리를 유발했다고 보는 겁니다."

성태는 다섯번째 돌이 날아든 것은 누군가 적의를 품고 저지른 일이 아니라는 걸 그 집 식구들에게 설득시키기 위해 애를 썼다. 자신의 눈을 통해 그것을 확인했기 때문이다. 그 확인 이전에 그는 같은 담 속에 사는 이웃으로서의 채무감을 그런 식으로 덜어내고 싶었던 것이다. 그 집 식구들의 풀 죽어 기신거리는 얼굴 대하기가 정말 면구스러웠다. 그네들의 눈길 속에는 그 돌멩이가 날아든 것이 바로 성태 자신을 겨냥한 것일는지도 모른다는 의심이 짙게 깔려 있다는 생각이었다. 동네 사람들의 눈길에서도 그런 느낌을 받았다. 자신이 남들 눈길을 받고 있다는 생각만 해도 몸이 움츠러들었다. 부끄러웠다. 읍내에서 정미소를 차려 그런대로 먹고살 만한 부모는 자신들이 못 배운 한을 그 자식에게서 보상받으려 했다. 그 자식이 뛰어나게 공부를 하지 못한다는 걸 알면서도 굳이 서울 유학을 고집했다. 물론 그는 부모의 기대를 저버린 채 지방 도시의 대학에 겨우 들어갔다. 고등학교 때 마음에 뒀던 학과와는 전혀 다른 전공을 택했다. 졸업 후 그 전공을 살려 사회에 나갈 가능성은 절벽이었다. 대학에 들어오면서부터 취업에 대비한 공부를 해야 한다는 선배들의 조언이 가슴 밑바닥에 돌처럼 박혀 있었다. 엠티다 체육대회다 축제다 대학은 온통 놀자판이었다. 그런 놀자판 가운데도 학교 곳곳에 섬뜩한 구호가 나붙고 머리띠를 두른 학생들이 꽹과리를 앞세워 매일 시위를 했다. 서클 활동만이 대학 생활의 의미를 준다고 어느 선배가 귀띔해주었다. 서클을 선택하는 일도 힘들었지만 한번 들어간 서클에서 벗어나는 일은 더욱 어려웠다. 회의와 소외감과 갈등의 연속이었다. 가끔 들르는 도서관 열람실의 그 묵묵한 군상들은 가슴을 더욱 무겁게 했다. 서클 선배를 통해 듣는 세상은 고등학교 때까지 듣고 보아온 세계와는 전혀 딴판이었다. 의문의 여지가 있을 수 없던 현대사가 거꾸로 뒤집히기 시작했다. 모든 가치, 모든 질서가 부정되고 있었다. 그것을 역설하는 선배들의 의지는 확고했고 그들이 표방하는 진리는 지성과 양심의 이름으로 용기 있게 실천되고 있었다. 그 주장은 특정의 편향성을 띤 채 외곬의 목소리로 모아졌다. 굳건한 이념의 역사관이 펼쳐내는 이야기를 듣고 있노라면 그때까지의 역사 인식에 따른 공감대와 그 집중이 산산이 무너져 내리는 무력증에 빠지곤 했다. 문제는 그들처럼 주먹에 힘이 주어지지 않는다는 사실이었다. 도대체 그들 대열 속에 끼어들 신명이 솟아오르지 않았다. 넌 체질상 구제 불능이야. 선배 하나가 그런 선고를 내렸다. 말 그대로 일부가 아닌 다수 쪽으로 얼굴을 내밀어 구원을 청했다. 이제까지 신봉해온 역사와 가치관이 그렇게 쉬 허물어질 수 없다는 믿음의 확인이 필요했던 것이다. 설마…… 아무리 그래두…… 누군가, 이제까지 믿고 있던 가치가 옳은 것이라고 말해줄 수 있는 사람을 만나고 싶어 두리번거렸다. 기껏 믿고 찾아간 선배는 입을 꽉 다물고 도서관에 처박혀 다 골치 아프다고 머리를 내저었다. 세상은 다 그렇구 그런 거야. 실리파, 낭만파 선배들은 윤택한 미래를 꿈꾸며 속물 문화에 뒤질세라 끝없이 바빴다. 교수들도 그랬다. 자기의 소신으로 현실을 이야기하기보다 서구의 학문과 철학을 완성형으로 입에 올리며 합리주의에 바탕 둔 가치중립이라는 어정쩡한 목소리로 용케도 피해 나갔다. 시류에 민감한 아부성 발언이 교실에 넘쳐흘렀다. 이 난국에 치명적 상처만은 입지 않아야 된다는 방어본능으로 몸을 도사렸다. 아니면 매사 초연한 척 현실 저쪽에 베일을 치고 있는 사람도 있었다. 권위주의의 표본이 됨직한 이가 민주주의란 말을 가장 많이 입에 올리는 경우도 없지 않았다. 도대체 그럴 자격이 없는, 가장 독선적인 사람이 민주화란 갑옷을 입고 큰 목소릴 냈다. 목소리 큰 사람에게 질질 끌려 다니는 이들도 많았다. 학자답지 않은 야심을 품고 정치꾼 같은 교활성을 드러내는 사람도 있었다. 정치가, 그런 어른이 없었다. 잘못을 따져 꾸짖고 때로는 너그러이 가슴에 안는 그런 큰바위 얼굴이 없었다.

성태는 대학 졸업반이 되도록 자신의 설 자리를 못 찾고 헤맸다. 마음에 그 어떤 심지도 세워지지 않았다. 그것은 용기의 문제가 아니었다. 내면으로는 뜨거운 것이 철철 넘쳐흘렀다. 그는 잠들기 전 다음 날이면 이 세상에 어떤 놀라운 일이 벌어져 있기를 기대하곤 했다. 그 변화에 자기 힘을 보태고 싶다는 생각도 없지 않았지만 그것은 신념이 없는 것이었기 때문에 항상 기권패였다. 어쨌든 세상은 많이 바뀌고 있었다. 세상이 바뀌면 바뀔수록 그는 무력감을 느꼈다. 어떤 일에도 열중할 수가 없었다. 부끄러움이었다. 무엇 때문에 대학에 다니는가. 학문이란 머리 좋은 사람들이 하는 것이란 열패감의 늪에서 헤어나기 어려웠다. 그런 회의 중에 불쑥 나타났던 고향 그 선배가 무료의 수면을 흔들어놓았다. 뭔가 보이기 시작했다. 겨드랑이에 날개라도 돋는단 말인가, 이상하게 몸과 마음이 근질거렸다.

그 집에 돌이 날아든 일이야말로 그가 무료의 늪에서 빠져나올 수 있는 흔치 않은 기회였다. 누가 돌을 던졌는가, 왜 그런 일이 일어나야 했는가, 또다시 돌이 날아들 것인가. 긴장으로 가슴이 터질 것 같았다. 지금까지 어떤 일에 대해 이만한 긴장으로 집중해본 적이 없었다. 그는 밤마다 와장창 유리 깨어지는 소리를 들었다. 밤 아닌 대낮의 길거리에서도 그 소리가 들렸다. 엄청난 일이 보이지 않는 여러 곳에서 일어나고 있다는 생각으로 가슴이 떨렸다. 손아귀에 마뜩하니 집히던 그 돌멩이의 감촉이 이완된 팔뚝의 근육들을 충동질했다. 그는 수없이 많은 돌을 던졌다. 투창 던지는 그런 몸짓으로 던지는 돌은 목표에 영락없이 맞았다. 그것은 어느 순간 불붙은 소주병이었다. 로마의 병정들처럼 일사불란하게 방패를 쳐들고 우줄우줄 다가서는 전투경찰들을 향해 던지는 돌도 있었다. 펑— 하고 화염병이 길바닥에 불길을 댕겼다. 책상이 날아갔다. 강의실 유리창이 박살 났다. 교수들이 생쥐만큼 몸을 작게 한 채 구멍 속으로 도망치는 게 보였다. 머리띠를 두른 시위대의 대열을 향해서도 돌을 던졌다. 달리는 승용차를 집어 들어 고층 빌딩을 향해 던졌다. 몸이 킹콩처럼 불어나기 시작했다. 살기 가득한 괴력이 온몸으로 전류처럼 흘렀다. 내가 해낸다…… 비무장지대의 철책이 뿌직뿌직 불꽃을 일으키며 녹아내렸다. 그는 한라산에서 백두산까지 건너뛰는 꿈도 꿨다.

그러나 그 집에 사나흘 간격으로 날아들던 돌은 네번째 이후 이십여 일 가까이 더 이상 날아들지 않았다. 초조했다. 어깨에 맥살이 풀렸다. 고향 집 정미소에서 발동기 고치던 기름 묻은 손으로 돈을 세어 건네주던 아버지의 추레한 모습이 보이기 시작했다. 아침에 잠을 깨면 심한 편두통이 왔다. 머리맡에는 그림의 떡인 대기업의 신입사원 모집 광고가 난 신문이 놓여 있었다. 성태 형, 어디 아파요? 같은 과의 이 년 후배인 종미가 자판기 앞에서 종이컵에 담긴 커피를 내밀면서 물었다. 죽고 싶어. 그는 어렵잖이 대답했다. 한쪽 다리를 조금 저는 종미의 눈에는 금방 그렁그렁 눈물이 고였다. 성태 형, 왜 그런 생각을 해? 배신당했어. 그렇지만 난 그 계집앨 포기하지 않을 거다. 오늘 그 계집애가 내 친구와 함께 서울서 내려온다는 거야. 나 지금 역으로 걔들 마중 나가는 길이야. 그는 종미만 만나면 거짓말이 술술 나왔다. 그 이상의 잔인한 방법으로도 그네를 괴롭힐 수 있을 것 같았다.

종미를 그렇게 따돌리고 자취방으로 돌아오다 그 녀석을 보았던 것이다. 골목에서 몇 번 마주쳐 낯은 익었지만 어느 집에 사는 누군지는 알지 못하는 사이였다. 앞에 걸어가는 녀석의 몸동작이 이상하게 느껴져 일부러 몸을 감추며 따라붙었던 것이다. 녀석은 제 깐에 사람 눈을 피해 제 손에 맞는 돌멩이를 줍느라 그런 엉거주춤한 자세로 걸었던 모양이었다. 그 집의 서향 현관문 유리창이 저녁 햇빛이 번쩍 반사되었다. 설마 하고 잠시 눈을 돌린 사이 유리창 깨지는 소리가 들렸다. 역시 그 집이었다. 녀석은 잽싸게 윗골목으로 몸을 감춰버렸다. 성태는 오던 길을 되돌아 몸을 감췄다. 네거리까지 되돌아와 공중전화를 찾았다. 그러나 종미는 집에 없었다. 지금쯤 역의 어느 모퉁이에 숨어 서서 울고 있을는지도 모른다는 생각이 들었다.

그 집에 다섯번째 날아온 그 돌멩일 던진 녀석을 찾아 나선 것은 다음 날 아침이었다. 돌멩일 던지는 놈을 봤다는 말을 참아내기란 그리 쉬운 일이 아니었다. 어쩔까 꽤 망설인 끝에 내린 결정이었다. 녀석을 만나보고 말해도 늦지 않다는 판단이었다. 녀석이 잽싸게 몸을 감추던 그 골목으로 들어섰다. 막힌 골목의 끝 집이었다. 위치상으로는 자신이 세 든 그 집에서 뒤쪽으로 국민주택 두 채를 사이한 바로 이웃이었다. 기웃거려 찾을 필요도 없었다. 녀석은 두어 평 되는 좁은 마당에서 줄넘기를 하고 있었다. 눈이 마주치길 기다려 나오란 신호를 보냈다.

왜요?

녀석은 퉁명스러웠다. 그러나 성태는 그 녀석의 얼굴에서 당혹해하는 기색을 놓치지 않았다.

너, 어느 고등학교 다니냐?

고등학교 안 다녀요.

그럼 중학교 다니냐?

내가 중학생으로 보여요?

너, 재수하는구나.

그래요, 그런데 왜 그래요?

너 내가 누군지 알지?

저기 저 집에서 자취하는 대학생이잖아요.

기호도 알겠구나.

후밴데 몰라요, 지금은 집어쳤지만 교회 다닐 땐 학생부에서 함께 일했어요.

그렇게 잘 아는 집에다 왜 돌을 던졌냐?

돌을 던져요?

다 알아, 인마. 내가 어제 뒤에서 봤다.

생사람 잡지 말아요. 난 돌 안 던졌어요. 어제 봤으면 왜 그때 안 잡았어요?

인마, 너 저 집과 뭔 원수가 졌길래 다섯 번씩이나 돌을 던져 남의 집을 부수는 거야? 경찰이 다 밝혀내겠지만 현장을 목격한 내가 먼저 알고 싶어 그러는 거야.

경찰두 알아요?

녀석은 예상했던 것보다 쉽게 손을 들었다.

아직 안 일렀다.

난 어제 한 번밖에 안 던졌어요.

그럼 먼저 네 번은 누가 던졌냐?

난 몰라요, 난 어제밖에 안 던졌어요.

어제 왜 그런 짓을 했냐?

그냥 그렇게 해보고 싶었어요.

너, 어느 대학 봤다 떨어졌냐?

말하기 싫어요.

어느 대학에 갈 건데?

다 포기했어요. 내가 어제 돌 던진 거 기호네두 알고 있어요?

아직.

얘기 안 했음 좋겠어요. 쪽팔려서 그래요, 씨발.

성태는 돌 던지는 현장을 본 얘길 그 집 사람들한테 발설하지 않길 잘했다는 생각이었다. 일종의 공범 심리였을 것이다. 그 재수생이 그렇게 말은 안 했지만 거듭 날아들던 돌이 이십여 일이나 별일 없음에 대한 궁금증과 기대 배반에서 오는 초조감이 돌을 집어 들게 했을 것이란 생각이었다. 그냥 던지고 싶어 던졌다는 그 말을 누가 이해할 것인가. 다섯번째의 돌을 던진 사람이 누구라는 것이 밝혀졌을 때 분명 그 재수생은 먼젓번의 일들까지 그가 한 것으로 꼼짝없이 뒤집어쓰게 될 게 뻔했다. 성태도 중학교 때 그런 덤터기를 쓴 경험이 있었다. 학교 후문 쪽에 과수원이 있었고 학교 아이들은 그 과수원 철망을 뚫고 수시로 과일을 따냈다. 어쩌다 처음 서리를 들어갔다가 재수 없게 잡혔던 것이다. 성태는 악착같이 엄청난 피해보상을 받아내고 말던 그 과수원 주인과 아버지의 분노로 벌벌 떨리던 손을 지금도 잊지 못하고 있었다.

"데렌 육실헐 늠들……"

최칠수 노인이 다시 달라지기 시작했다. 저 노인이 언제 몸을 잔뜩 움츠려 하루 내내 집 안에 처박혀 있었던가 싶게 펄펄 살아난 것이다. 들락날락 어찌나 몸을 재게 움직이는지 바람이 씽씽 일었다.

"엄마, 할아버지 무서워."

"그러게 말이다. 할아버지 눈이 왜 저러냐?"

최 노인의 눈에 번득번득 살기가 끼쳤다. 세찬 증오가 이글거리는 그런 눈빛이었다.

"돌멩일 그늠들이 던졌어야. 뒥일 늠들. 내 손에 둑은 빨갱이 늠들 자식 새끼지 누군 누구여. 데늠의 빨갱이 새끼들은 그더 옛날터럼 삼독을 멜하야 하는 건데……"

최 노인은 자신이 태백산에서 공비 토벌할 때 죽인 어느 시체 품속에서 나온 서너 살짜리 사내아이들 얼굴까지 기억해냈다. 지방 빨갱이 아무개를 때려잡을 때 그 빨갱이의 대여섯 살 된 아들이 뛰어나오면서, 아부지, 나 똥 매려 하면서 울더란 얘기도 실감 나게 했다.

"자식새끼들만 그런 게 아니었어야. 신용베이란 늠을 뒥이고 나니께 열여섯 살 터먹은 그늠 동생늠이 드 형늠 웬술 갚는다구 이를 벅벅 갈구 있다 그거여. 그늠을 당장 없애야 되겠다 싶어 잡으러 나섰을 땐 이미 늦었더라야. 헌데 그늠이 디금꺼정 살아 있다는 얘길 들었디 뭐이갔니."

며칠간 두문불출하며 잔뜩 웅숭크리고 있던 것이 바로 그런 기억들을 떠올리는 시간이었는지도 모른다. 최 노인은 그때 봤다는 사진 속의 쌍둥이 애들이 지금쯤 마흔 살을 훨씬 넘었을 것이란 나이 계산에서부터 그때 죽은 아무개 아들은 뒤통수가 툭 튀어나왔다는 인상까지 세세히 늘어놓았다. 다분히 회한조의 이야기임에도 불구하고 최 노인의 말투나 그 얼굴 표정은 어떤 결기가 차 있었고 눈은 살기로 이글거렸다. 노인의 그러한 추적망상 증세는 엉뚱한 데로 비약해 나갔다.

"야들 큰애비가 월남에서 둑은 것두 그렇구 작은애가 뺑소닌가 빨강소닌가 하는 차에 깔레 둑은 것두 다 우연은 아니어야. 갸들 목숨을 노린 늠들이 따로 있었던 게 틀림없어야."

큰아들은 월남전에서 빨갱이가 뒤에서 쏜 총에 죽었고 뺑소니차가 빨간 빛깔이었다는 목격자의 말에 따라 작은아들도 빨갱이 자식이 그렇게 했을 것이란 억지 생각을 때와 장소를 가리지 않고 늘어놓았다. 최영배 선생은 부친의 그런 망령기가 정말 싫었다.

"밖에 나가선 제발 그렇게 말씀하지 마세요."

"왜, 나 땜에 망신이라두 당했다는 게야? 허헛, 느들이 툭하믄 개새끼 홀레붙은 데 찬물 끼얹듯 게렌 소릴 해쌓는다만 그거이 다아 이 애빌 깔봐서 하는 수작들이디 뭐이갔니?"

"빨갱이 얘길 이제 좀 그만하시라는 겁니다."

"허헛, 데렌 고얀…… 물에 빠진 놈 건데 놓으니께 망건 값 내라는 식으루다 느덜이 지금 누 덕에 발 뜨듯이 자빠데 자는 줄이나 알구 하는 애기여, 세상늠들이 다 데 모양이라니까."

최칠수 노인은 며칠 전 경찰서에 찾아갔던 얘기를 꺼냈다. 환한 대낮에 빨갱이가 왕년의 반공투사를 죽이려고 돌멩일 들고 쫓아다니는데두 경찰이 뭘 하고 있느냐고 호통을 쳤다는 것이다. 마침 서장이 부재중이라 그 대신 수사과장을 만나 인삼차까지 대접받으면서 정신이 번쩍 나도록 으름장을 놓고 왔다고 했다. 능히 그럴 수 있는 양반이라고, 최영배 선생은 머리를 내둘렀다.

최칠수 노인이 경찰서에 찾아갔던 게 사실이라는 게 다음 날 밝혀졌다. 최영배 선생이 담임반 종례를 끝내고 나오니 서무과에서 누군가 기다리고 있었다. 깡마른 중년이 신분증을 내보였다. 시경에서 나온 사람이었다.

"대공 업무를 맡고 있습니다. 이 시간쯤에야 끝난다고 하기에……"

깍듯했다. 상대가 필요 이상으로 정중하게 나오면 이쪽에서 오히려 기분이 짐짐해지는 법이다. 최영배 선생은 학교 앞 다방에 가 차를 시키기까지 막연하게 끼쳐드는 불안감을 씻어내기 어려웠다. 이쪽에서 먼저 말문을 텄다.

"학생 문제로 오신 겁니까?"

"아닙니다. 최 선생님께 몇 가지 여쭤볼 게 있어서요. 사실은 여기 오기 전 최선생님 댁 근처까지 갔었습니다만 그냥 동네 사람 몇 사람만 만나보고 이리로 온 거지요."

"돌멩이가 날아든 일 때문에 그러십니까?"

"맞습니다. 왜 그런 일을 정식으로 신고하지 않으셨습니까?"

"아직 신고가 안 됐던가요? 사실은 별것 아닌 일 같아서 차일

피일하다 보니까……"

"별것 아닌 일이라뇨? 돌이 매일 날아드는 게 별것 아닌 일이라고 생각하십니까?"

"매일이 아니라 두 달 동안 정확히 다섯 번 날아들었습니다."

"그렇습니까? 어제 신고하러 오셨던 춘부장께선 거의 매일 돌멩이가 날아든다고 말씀하신 걸로 들었습니다만. 제가 지금 만나본 동네 사람들도 선생님 댁에 날아든 돌이 수십 개라고 하던데요?"

"그렇지 않습니다. 다섯 번뿐입니다."

"아, 그렇군요. 사실은 선생님 댁 투석 사건은 다른 부서에서 조사 나갈 걸로 알고 있습니다. 제가 궁금한 건 선생님 말씀대로 다섯 번씩이나 돌이 날아들었다면 식구들이 많이 놀라셨을 게고 그런 경우는 대개 신고를 하는 게 보통인데, 혹시 신고 못할 사정이라도 있었는가 하는 겁니다."

"그런 거 전혀 없어요. 첨엔 그냥 어쩌다 날아든 돌인 줄 알았을 뿐이고 또 그런 일로 떠들썩하는 것도 뭣하고 해서……"

"혹시 최 선생님께선 그 돌멩일 누가 던졌는지 짚이는 사람이라도 있습니까?"

"아뇨, 전혀……"

"아닙니다. 의심 가는 사람이 있을 겁니다."

"없어요. 누군가 그냥 장난으로 그럴 수도 있는 건데 도대체 누굴 의심하란 말입니까?"

"제가 이해하기 힘든 게 바로 그 점이지요. 최 선생님은 왜 그 중대한 사건을 그렇게 아무것도 아닌 일인 것처럼 생각하려구 애쓰는가 하는 겁니다."

"오히려 아무것도 아닌 일을 뭔가 있는 것처럼 침소봉대하고 있는 건 그쪽이 아닙니까?"

"침소봉대가 아닙니다. 오히려 그 반대라는 사실을 아셔야 합니다."

"무슨 뜻입니까?"

"지금까지 저희들이 최 선생님 문제를 별것 아닌 걸로 덮어 왔다 그겁니다."

"내 문제요? 그게 무슨 소립니까?"

"이런 자리에서, 또 제가 할 얘기가 아닙니다만, 제가 알고 있는 부분에 한해서만 말씀드리겠습니다. 삼 년 전인가 선생님 제씨 문제만 해도 그렇습니다. 잘 아시겠지만 그때 그 문제가 그리 간단한 게 아니었지만 최 선생님 입장을 생각해서 그 정도로 마무리했던 겁니다."

형사는 담배를 새로 불붙여 서너 번 빨기까지 꽤 오래 뜸을 들였다. 이복동생의 문제, 그랬다. 적어도 삼 년 전 그때의 상황으론 크게 문제 삼자면 삼을 수 있는 사건이었다. 그러나…… 최 선생은 입맛이 썼다. 그냥 입 다물고 있는 게 나을 것 같았다.

"이건 더 오래된 얘깁니다만, 지난 얘기니까 그냥 여담으로 하겠습니다. 선생님이 수업 중에 학생들한테 하신 말씀이 학부형들을 통해 항의조로 저희한테 전해진 적이 있습니다. 사안으로 봐 충분히 문제 삼을 수 있는 내용이었지만 우리는 선생님의 신분이나 인격을 믿고 없던 걸로 덮어두기로 했던 겁니다."

"그게 뭔지는 모르겠지만, 없던 일로 덮어둔 게 아니라 더 큰

확증을 잡기 위해 감춰뒀던 거 아니겠습니까?"

형사가 크게 소리 내어 웃었다. 최영배 선생도 따라 웃고 싶었지만 그런 웃음이 나오지 않았다. 어느 학부형이 무슨 말을 물고 늘어졌을까, 솔직히 그것이 궁금했다. 느닷없이 한 대 얻어맞은 기분이었다. 깡마른 얼굴 인상에 비해서 그 웃음이 너무 헤프다는 느낌이 들 정도로 한참 웃고 난 형사가 다시 말했다.

"최 선생님, 참 날카로우십니다. 맞습니다. 사실 제가 오늘 여기 온 건 선생님 댁 투석 사건과 그전에 선생님께서 말씀하신 일들과 무슨 관련은 없을까 하는 생각에서였으니까요."

"알고 싶군요. 학부형들이 고발했다는 그 말 말입니다."

"물론 선생님께선 그런 얘기를 한 일이 없다고 잡아떼심 됩니다. 그때 애들은 이미 다 졸업을 했잖습니까. 어쩜 어떤 사람이 선생님을 모함하기 위해 그런 투서를 보내왔는지도 모르고요."

"투서 내용이 뭐였습니까?"

"담당 과목이 국사가 맞습니까?"

"그렇습니다."

"지금 그 내용을 다 기억할 수는 없지만, 선생님께선 학생들한테 북쪽은 결코 우리의 적이 아니라는 걸 강조하셨다는 겁니다. 그런 말로 반공 이데올로기를 무력화시켰다는 얘기였죠. 또 우리나라가 통일이 안 되는 건 기득권을 가진 위정자들 때문이란 뜻의 체제 부정의 농도 짙은 발언도 하셨다더군요. 제 기억엔 더 불온한 말씀도 하신 걸로 적혀 있었습니다. 우리도 놀랐을 정도니까요. 그때가 어떤 땐데, 더욱이 고등학교 교실에서……"

최영배 선생은 풀쑥 웃음이 나왔다. 오래전의 얘기였다. 그와 비슷한 말을 한 적이 있었다. 자신이 생각해도 그때 무슨 배짱으로 학생들 앞에서 그런 뜻의 말을 했는지 모를 일이었다.

"역시 웃으시는군요. 세상은 그렇게 무섭습니다. 설마 선생님이 그런 식으로 얘길 했을까 싶어 우리들 나름으로 덮어뒀던 겁니다."

"오리발 내밀긴 싫습니다. 그런 얘길 했으니까요. 다소 와전됐을 뿐이지요. 그때 내 얘긴, 팽배해가는 적대감만으로는 남북의 이질화만 가속시킬 뿐 남북 화해와 통일에는 별 도움이 안 된다는 뜻이었지요. 통일이 되기 위해서는 남쪽이나 북쪽이 모두 같은 민족, 같은 조상을 가진 '우리'라는 개념의 동질성 회복이 선행돼야 한다는 뜻에서 적 운운했을 겁니다. 그리고 현시점에서 통일이 쉽게 이루어지기 어려운 국내외의 여러 가지 장애 요인을 열거해나가는 중 양쪽 체제의 기득권을 가진 위정자들이 대승적 자기 버림의 정신이 부족한 점도 그 요인이 될 수 있다는 말을 한 것도 사실입니다."

"한창 예민한 애들인데, 말씀하시기 참 어려웠겠습니다."

"중고등학교 때부터 좀 더 사물을 객관화하고 직시하는 훈련을 시킬 필요가 있습니다. 그런 훈련 과정의 부작용만 두려워해서 임시방편의 한쪽 얘기만 하기 때문에 애들은 대학생이 되자마자 어른들이 덮어뒀던 그 속에 뭔가 대단한 게 들어 있다고 믿은 뒤, 세상의 모든 것을 온통 부정, 불신하는 거 아니겠습니까."

"선생님 국사 시간에는 우리의 국시인 반공 교육이 이루어지기 어렵겠습니다."

"제가 하고 싶은 건 단순한 반공 교육이 아니라 저쪽도 다 알게 하는 고차원의 승공 교육이지요."

형사는 뜻이 분명하지 않은 웃음을 헤헤 웃었다.

"최 선생님, 이건 농담입니다만, 자칫하다간 선생님 댁에서 부자간에 큰 싸움 나겠습니다. 한 분은 극우요 또 한 분은…… 하하하……"

그는 꽤 재미있는 농담을 했다는 듯 호방지게 웃어댔다. 최영배 선생도 어벌쩡 따라 웃었다. 해주고 싶은 말이 있었던 것이다.

"이제 보니 제가 극좌로 낙인이 찍혀 있는 모양이군요. 틀렸습니다. 전 극우고 극좌고 극단에 쏠려 있는 걸 싫어합니다. 우리의 잘못된 역사를 뒤져보면 반드시 두 극단이 부질없이 대립하는 과정에서 문제가 생겼다는 걸 발견하게 됩니다. 저는 두 성향이 조화를 이룰 때만이 역사 진행이 순조롭다고 믿는 중도적 입장입니다."

"농담이라고 했는데 심각하게 받아들이시는군요. 사실은 며칠 전 춘부장께서 우리 시경에 오셔서 하셨다는 말씀이 생각나서 그런 농담을 한 겁니다."

최영배 선생은 부친이 무슨 말을 했는지 물어보고 싶지 않았다. 망령기 있는 노인이 아무렇게나 한 얘길 꼬투리 잡아 이처럼 집요하게 달라붙는 사람이 우습게 보였을 뿐이다.

"돌이 자꾸 날아드니까 춘부장께선 어떤 피해의식에 사로잡혀 계신 것 같더군요."

"이해해주셔서 고맙군요."

"이해는 하지만…… 누군가 당신을 노리고 돌을 던진다는 춘부장님 말씀도 전혀 무시할 일은 아닌 것 같아서 이렇게 찾아뵙는 겁니다."

그쯤에서 일어설 듯싶었던 형사가 다시 히쭉 웃으며 물었다.

"최 선생님, 조현우란 사람 모르십니까?"

"조현우요? 생각이 잘 안 나는데 혹시 제자 중에……"

"제자가 아닙니다. 모르고 계셨군요. 사실은 한 서너 달 전 선생님 댁에 꼭 열흘간 묵다 떠난 사람이지요. 생각나실 겁니다. 세 놓으신 그 방에 숨어 있던 사람 말입니다. 임성태란 학생이 자취하는 그 방 말이죠. 지금 얘깁니다만 조현우를 지켜보는 과정에서 우리가 선생님에 대해 좀 오해도 했던 게 사실입니다. 임성태, 그 학생은 아무런 문제가 없습니다만……"

최영배 선생은 바닥이 난 엽차잔을 습관처럼 다시 입에 대면서 그 형사를 멀뚱하니 바라봤을 뿐이다. 자신이 지금 누구와 무슨 얘길 나눴는지 그것조차 갈피가 잡히지 않았다. 그야말로 날아온 돌에 머리통을 얻어맞은 느낌이었다.

"아버님, 제발……"

민금자 씨는 시아버지 앞에 무릎을 꿇고 애원까지 했다. 노인이 얼마 전처럼 잔뜩 주눅 든 얼굴로 집에 처박혀 집안 식구들의 숨을 막히게 하던 그때가 차라리 낫다는 생각이었다. 동네 사람들 얼굴 대하기가 정말 부끄러웠다. 그러나 그 부끄러움은 잠시일 뿐 그네들을 향한 혐오가 이글이글 끓어올랐다. 그네들 모두가 적으로 보였다. 남의 집에 돌을 던진 범인들의 뻔뻔스런 얼굴을 하고 이쪽을 넘겨다보는 게 미웠다. 시아버지가 하듯 그렇게 그네들을 향해 바락바락 욕을 해대고 싶었던 것이다. 시아버지는 당신 하고 싶은 대로 아무한테나 욕을 퍼댔다. 사람만 만나면 시비를 걸었다. 물론 술기운을 빌어서였지만 그 정도가 지나치다고 노인한테 당한 이웃들이 툴툴거렸다. 동네 구멍가게에 술값 외상이 없는 데가 없었다. 그 나이에 2홉들이 소주 두어 병은 거뜬히 비우는데다 젊은 사람과 드잡이를 해도 밀리지 않을 만큼 힘이 펄펄했다. 그 목소리 또한 커서 노인이 고래고래 욕을 퍼대기 시작하면 동네 집들이 창문 닫는 소리가 분주했다. 노인이 내지르는 욕설의 내용은 빤한 것이었다. 우리 집에 돌을 던지는 놈이 누군지 다 알고 있다는 엄포와 왕년의 방위대장 최칠수의 반공 활동을 우습게 알고 있기 때문에 나라가 이 꼴로 어지럽다는 얘기였다. 내 집에 돌을 던지는 놈은 빨갱이 중에도 가장 악질 빨갱이라고 했다. 파출소 순경이 두어 번 다녀갔다. 동네가 시끄러워 못살겠다는 동네 사람들의 신고가 있었던 것이다.

"아버님, 기호가 며칠 있으면 대학시험을 보잖아요. 전 지금 미치겠어요. 집안이 이래가지곤……"

민금자 씨는 울고 있었다. 서럽고 분했다. 자기 혼자 세상의 온갖 불행을 다 그러안고 있다는 울분이었다. 그네의 울음은 효력이 있었다. 최칠수 노인은 자기를 쳐다보는 식구들의 눈길을 의식한 듯 어깨를 흠칫 추스르더니 금방 주눅 든 얼굴을 했다. 목소리도 딴판이었다.

"넌두 이 시아바이 맴을 몰라서 그래야. 내라구 동네 챙피한 걸 왜 모르겠냐. 다 알믄서 그랬어야. 내 이 딥 사구 올 때 뭬라등가. 터줏대감을 달래놔야 딥안이 화복하다구 안 했냐. 게때 못한 걸 내가 디금 하구 있는 거라야. 딥터가 안 동을 때 이르케 떠들썩히 눌러놔야 하는 게라. 봐라, 내가 소릴 디른 뒤루 돌멩이 날아들더냐? 탱피하다는 것두 다 배부를 때 하는 소리디."

복덕방에서 전화 오는 횟수가 늘어갔다. 직접 찾아오는 복덕방도 많았다.

"집 내놨다면서요? 대지가 을마여? 은행에서 빼 쓴 게 있으믄 더 좋겠구먼서두…… 그저 땅값이나 잘 쳐 받으면 되겠구마."

기가 막혔다. 찾아온 복덕방 사람들 모두가 집에 돌이 날아들었다는 걸 알고 있었다. 도대체 누가 집을 내놨단 말인가. 속이 상해 그냥 지나치는 말로 집을 팔아야 할까 보다고 말한 적도 없었다. 혹시나 싶었던 시아버지도 무슨 말이냐고 펄쩍 뛰었다. 복덕방 사람들을 매몰찬 말로 물리치긴 했지만 마음은 계속 떨렸다. 분했다. 저녁 찬거리를 사가지고 돌아오다 보니 집 앞에 그동안 몇 번씩 찾아와 치근거리던 복덕방 사람이 중년 여자 두엇에게 집을 가리켜 보이며 뭔가 얘길 하고 있었다. 동네 여자들도 서넛 둘러섰다가 민금자 씨를 보곤 슬금슬금 물러섰다.

"아저씨, 혹시 사기꾼 아니세요? 내놓지도 않은 집을 왜 자꾸 보러 오는 거지요? 안 판다구요. 아저씨 죽구 아저씨 아들이 대신 복덕방 한다구 해두 안 팔 거라구요."

"이 아주머이가 왜 이래? 집 안 팔면 그만이지 어따가 이레 행패야?"

민금자 씨의 눈에 펄펄 이는 불길을 보았던지 복덕방 사람은 그 정도로 툴툴거리며 물러갔다.

저녁 늦게 민금자 씨가 시아버지와 크게 부딪친 것도 그날이다. 최 노인은 그날도 술에 절어 들어왔다.

"딥에 벨일 없냐? 간밤 꿈이 하 흉해서 딘죙일 맴이 불안했어야. 덜머 뒈진 니 시에미가 내 보는 앞에서 셀 이르케 빼물고 둑디 뭐갔니. 흉헌 꿈 덱에 꽁술 한잔은 달 으더먹었다만."

그렇게 구시렁거리던 노인이 불쑥 한마디 던진 말이 발단이 됐다.

"오늘두 딥 팔라구 형데복덕방서 왔었다믄서? 거 웬만한 금세믄 팔아버려라야. 사겠다는 작자 나섰을 때 얼릉 파는 게 둏을 게다."

"아버님, 이런 판국에 집을 어떻게 팔아요? 모르시면 그냥 가만히 계시라구요."

"미욱한 건 느덜이다. 흉가 된 딥 욕심으로 붙잽구 앉았다구 해서 대궐 되는 거 아닌 담에야……"

"흉가라구요? 아버님, 지금 무슨 말씀을 하고 계시는 거예요?"

"내레 왜 못할 소리 했다더냐? 남들 니야기가 딥에 도개비 나기 시닥하믄 그 딥은 끝장이라더라. 흉가가 머 따로 있다디?"

"귀신이 나타날 만두 하지요. 허구한 날 사람 죽인 얘기나 하구 계시니 귀신이 왜 그걸 모르겠어요."

"데렌 망할…… 그래, 니 말이 맞다. 귀신이 날 차데와서 머라는 줄 아냐? 조상으른 공경할 줄 모르는 느 같은 인간들헌티 하늘 무세운 꼴 뵈두라는 게야."

"하늘 무서운 꼴은 아버님이 더 많이 보시구서 무슨 말씀이세요?"

"오냐, 닙 디니구 먼 말이믄 못하겠니. 니 말대루 시아비가 되가 많아서 누깔 시퍼런 다식새낄 둘씩이나 답어먹었디. 왜, 거게 부렙냐? 둑은 갸들 말이 나왔으니 하는 얘기다만 느덜두 닙이 녈 개라두 그르케는 말 못해야. 느덜이 큰애 핏둘 하나 남아있는 거이 워디서 머 하구 사는디 관심이나 한번 가데봤이야? 말 나온 김에 한마디 더 하겠다. 이 딥 사는 데 내 돈두 들어갔다는 걸 느덜이 닞구 있는건 아니디? 큰애가 드 네펜네 몰래 월남서 보내준 돈인 거 느덜두 알디?"

"어이구, 이제 보니까 아버님이 그 잘나빠진 돈 빼낼려구 그렇게 복덕방엘 죄 찾아댕기면서 집을 내놨구먼요? 그리구, 죽은 애들 큰아버지 집 식구들허구 의절해 발 못 들여놓게 할 땐 언제고 이제 와서 누굴 원망하시는 거예요? 좋아요, 아버님. 집 팔아 그 돈 빼드릴 거니 그 집 식구들 찾아 공경받으면서 사시라구요."

"허헛, 이 딥 팔아 내 돈 해놓는다구 했냐? 어림 반푼어티도 없는 소린 하지두 말아라. 그 돈이 지금 얼매루 불어났겠는디 계산이나 해봤냐?"

"다 해드릴 테니 염려하지 마시라구요. 그래, 그 돈 뺄려구 집에 돌멩일 그렇게 열심히 던지셨어요?"

"데렌 엠나이…… 데게 교육자 집 네펜네가?"

"교육잔 아버님 아들이지 제가 아니잖아요. 아버님이 아시는 것처럼 전 태생이 빨갱이 자식이라 이렇게 못돼먹었잖아요."

"데렌, 데렌……"

그것은 발작이었다. 민금자 씨는 들고 있던 전기다리미를 코드도 뽑지 않은 채 집어 던졌다. 내친김에 다시 집어 던진 다리미판이 장식장에 맞아 철사무늬 백자항아리가 마루에 떨어졌다.

"당신 미쳤어?"

시아버지와 며느리 사이의 말싸움을 못 들은 척 안방에서 텔레비전을 보고 있던 최영배 선생이 달려나와 아내의 뺨을 쳤다.

"그래요, 나 미쳤어요! 당신 아버지 땜에 나 미쳤어요!"

"이게 뭐 하는 짓이야?"

어렵잖이 손찌검이 계속된다. 민금자 씨의 발악하는 소리가 집 바깥까지 빠져나간다. 두 아이가 뛰쳐나와 달라붙는다. 마루에 굴러떨어져 반쪽이 난 백자항아리가 분합문을 향해 날아간다. 주희가 울음을 터뜨린다. 동네 집들 창문 열리는 소리가 들린다. 이게 도대체 뭔 꼴예요? 기호가 고함친다. 전화가 왔다. 기호가 받았다.

"무슨 일이야? 거기 또 돌 날아왔어? 뭐, 그런데 왜들 그렇게 울구 야단이야? 난 누가 죽은 줄 알았잖아!"

그 전화를 놓기가 무섭게 다시 전화가 온다.

"댁에선 지금 티브이 무슨 프로를 보고 계십니까? 여긴 티브이 시청률……"

기호가 전화기를 집어 던지듯 놓고는 쿵쾅쿵쾅 제 방으로 들어가 철컥 문을 잠근다.

최칠수 노인이 집을 나간 지 이틀째 되는 날 그 집 투석 사건의 용의자로 지목되던 사람 중의 하나가 잡혔다. 얼마 전 두어 차례 집을 들여다보다가, 내 집 내가 들여다보는 게 뭔 잘못이냔 엉뚱한 소릴 남기고 사라진 그 노인이었다.

저녁 시간이었지만 집에는 민금자 씨 혼자 있었다. 밖이 떠들썩해 무슨 일인가 싶어 주방에서 나오는데 대문 벨이 울렸다.

"문 좀 열어보세요. 아주머니, 이 할아버지가요……"

가슴부터 벌벌 떨렸다. 이틀 전 집을 나간 시아버지가 돌아왔구나 하는 생각이었다. 그런데 어떻게 된 일인가…… 불길한 생각에 휩싸였다.

"전데요……"

기호 또래의 젊은이 하나가 벌쭉 웃으며 인사를 했다. 언젠가 형사 두 사람이 데리고 왔던 그 청년 얼굴이 떠오르면서 가슴이 쿵 내려앉았다. 그러나 동네에서 여러 번 만난 적이 있는 것 같은 얼굴이라 적이 마음이 놓였다. 그 젊은이 눈길이 닿는 곳에 사람 하나가 앉아 있었다. 시아버지는 아니었다.

"제가 저기서 올라오다 보니까요, 이 할아버지가요, 이 대문 틈으로 안을 들여다보고 있다가 도망을 가더라구요."

그 노인이 분명했다. 노인은 아예 이쪽을 거들떠보지도 않았다.

"아니, 벌써 몇 번째예요, 아저씨? 도대체 왜 남의 집을 자꾸 들여다보느냐구요?"

노인이 언젠가처럼 꾸물꾸물 몸을 일으키고 있었다. 재수생이 달려가 앞을 막아섰다.

"학생, 그 사람 도망 못 가게 붙잡고 있어요. 아무래두 파출소에 신골 해야 될 것 같아요."

정말 신고할 생각이었다. 이런 늙은이 때문에 몇 번씩 놀란다는 게 약이 올랐다. 돌멩일 던진 사람이 뻔뻔스레 대문 틈으로 집 안을 엿보고 있을 리는 없다는 생각은 진작부터 하고 있었지만 신고를 해 모든 걸 밝혀내고 싶었다.

"이봐유, 애기 어머이!"

그네가 대문 안으로 들어서는데 뒤에서 노인의 목소리가 들렸다. 엉거주춤 일어선 그 노인의 몸뚱이가 흔들흔들 움직이는 것처럼 보였다.

"애기 어머이, 나 줌 봐유."

민금자 씨는 노인의 얼굴과 눈빛에서 세상 모든 걸 체념한 그런 절망을 본 느낌이었다. 목소리도 먼젓번처럼 그렇게 퉁명스럽지 않았다. 그네는 끌리듯 다시 대문 밖으로 나왔다.

"하실 얘기가 뭐예요?"

그네는 몸집 큰 그 노인네가 이미 적수가 못 되게 병약한 상태라는 걸 직감하곤 몸에서 긴장을 풀었다. 먼젓번도 그 딴에는 기세 있게 걷는 걸음이긴 했지만 그것이 병약한 늙은이의 허세라는 걸 느낄 수 있었던 것이다.

"파출소에 잡아가도 벨게 읎을 거니 하는 얘기유. 이 집터에서 꼭 서른세 핼 살았지. 십 년 전 이 집을 내놓구 이사갈 때꺼정 그렇게 살았단 얘기여. 난리 전부터 살던 집 헐어내구 새집 지은 게 꼭 십이 년 전이유. 평생 살려구 지은 집이지. 내 손으루 직접 지었다니까. 애기 어머인 살아봐서 알겠구먼서두 이 집

만큼 튼튼허구 쓸모 있게 지은 집 벨루 읎을 게유. 이런 오지벽돌루 집 짓는 게 어디 흔할 땐가. 이 나무 대문만 해두 그렇지. 지금 이런 통짜 나무를 어디서 구할 게여? 이래 지은 집에서 고작 두 해 살구 말았으니……"

"지금 어디 살구 계세요?"

"정해놓구 사는 데가 읎는 몸이유. 그저 예서 몇 년 제서 몇 년…… 죽어 땅에 묻혀야 그게 내 집이지."

"아저씨 가족들은 어디 계시는데요?"

"새집 짓구 삼 년이라더니, 이 집 새루 지어 일 년 되던 해 가을인가 저 안쪽 마루 문턱에 걸터앉았던 마누라가 무너지듯 슬그머니 주저앉더니 그만이데. 그때부터 집안이 풍비박산이 되데유."

"다른 식구는 이민을 갔군요?"

"이민인지 삼민인지…… 게두 못 가구 죽은 눔들두 있구…… 멀쩡한 집안 하나 초토 되는 거 잠깐이데유."

"가족들 생각나서 여길 오셨던 거군요?"

"이 집터서 서른세 핼 살았다구 했잖수. 예서 장가가구, 예서 자식새끼들 낳아 금이야 옥이야 길러 장가보내구 시집보내구 손주새끼 본 것두 예구……"

노인은 입엣소리로 말을 끝내며 늘쩡늘쩡 일어섰다. 민금자 씨는 자기가 열고 서 있는 대문 사이로 그 노인의 눈길이 들어가 있는 걸 알았다. 민금자 씨의 눈에도 신혼 초의 젊은 남녀가 대문 앞에 서서 손을 흔들고 있는 게 보였다. 늦게 귀가하는 중년을 맞기 위해 왁자하니 쏟아져 나오는 그 집 식구들의 얼굴이 보였다. 아이들의 깔깔거리는 웃음소리도 들렸다. 신혼여행에서 돌아온 새 식구를 맞는 가족들의 웃음소리도 들렸다. 키륵키륵 웃는 갓난애의 얼굴도 보였다. 마나님의 입관을 지켜보는 중노인의 비통 절절한 얼굴로, 저기 대문 앞에 그 노인이 서 있었다.

"아저씨, 또 오실 거예요?"

민금자 씨는 그렇게 묻고 있었다. 노인은 대답하지 않았다. 하다못해 고개 한 번 끄덕이지 않았다. 혹시 이 노인이 엉뚱한 생각으로 집에 돌을 던졌을는지 모른다는 의심은 노인의 병약해 뵈는 몰골과 절망이 짙게 깔린 눈빛을 바라보면서 어느 정도 가셔졌다. 더구나 시아버지가 집을 나갈 때 함께 가지고 나간 그 다섯 개의 섬뜩한 돌멩이와 눈앞의 노인이 전혀 연결되지 않음도 생각의 비약을 막아주는 구실을 했다.

"할아버지가 이 집에다 돌 던진 거 아니란 말예요?"

노인의 앞을 막아서 있던 재수생이 처음의 등등한 기세를 되찾아 다소 볼멘소리로 다그쳤다. 노인이 문득 그 재수생을 쳐다봤다. 그러나 노인의 대답은 민금자 씨를 상대한 것이었다.

"염려 말우. 내 다시는 안 올 게니."

노인은 짐짓 거오스런 몸짓을 꾸며 휘적휘적 걸어갔다. 민금자 씨는 그 노인이 사라지는 뒷모습에 눈길을 준 채 허망하게 비어드는 가슴을 어쩌지 못했다.

장난하듯 즉흥으로 이루어진 동행이었다. 학교가 가을 행사주간으로 일주일 동안 강의가 없는 데서 오는 마음의 여유였을 것이다. 물론 그 행사주간에는 체육대회에다 대동제에다 전시

회며 백여 개 가까운 간이주점을 거느린 각종 축제가 흥청망청 벌어지고 있었다. 그러나 성태는 언제부터인가 대학축제에서 되도록 멀리 떨어져 있는 데 길들여져 있었다. 혐오감까지 불러일으키는 폭로 · 풍자 · 타도 일변도의 정치 편향적 행사에 식상한 탓도 없지 않았다. 대학축제엔 중간이 없는 이상기류가 흘렀다. 높은 목소리가 아니면 철저하게 낮은 놀이와 먹자판이 있었을 뿐이다. 유혹을 느끼는 건 언제나 높은 목소리가 있는 데였다. 끌려가고 싶었다. 그네들 속에 섞여 두 주먹을 불끈 으쌰으쌰 뛰고 싶었다. 그러나 그는 언제나 혼자였다. 혼자 있는 시간에 그는 자신의 몸속에 생성되지 않는 동참 의지를 고문했다. 어느 결에 그는 혼자 있는 시간을 야금야금 즐기고 있었다. 그는 손만 내밀면 꺾을 수 있는 종미가 무서웠다. 그가 찾는 아름다움은 들꽃처럼 애잔하거나 청승스러운 것이 아니었다.

"머 땜에 이르케 고생을 사서 한다는 게여?"

최 노인은 그 도시를 떠날 때부터 성태를 떼어놓고 혼자 가고 싶어 했다. 성태 주머니에 들어 있는 돈만 아니었어도 노인은 벌써 어디론가 혼자 사라졌을 것이다. 그러나 동행을 먼저 제안한 건 최 노인 자신이었다. 그날 밤 며느리와의 싸움으로 집안이 난장판일 때 슬그머니 성태의 자취방에 숨어들어 그런 별난 제안을 했던 것이다.

학생, 나하구 어디 줌 가테 안 갈 테여?

노인은 그때까지 집 안채의 소란이 그치지 않고 있는 판국에도 품에서 소주 한 병을 꺼내놓으며 히죽이 웃었다. 웃는 게 아니라 얼굴에 실룩실룩 경련이 일고 있는 것처럼도 보였다.

할아버지, 어딜 같이 가자는 겁니까?

가테 가긴, 괜히 한번 해본 말이지. 돈 있으면 그게나 돔 꿔줬으면 돟겠구먼서두.

돈은 저한테 있어요. 가실 데가 어딘지 말씀만 하세요.

어데 가긴, 데놈의 돌멩이루 빨갱이 테쿼이러 가는 게디.

성태는 긴장했다. 노인과의 동행을 결심한 것도 그 순간이었다.

할아버지, 저두 같이 가겠어요.

말 그대로 울며 겨자 먹기였다. 돈이나 빌려 쓸 꿍꿍이로 아무렇게나 꺼낸 말이 그에 달갑잖은 동행을 거느리게 됐던 것이다. 성태는 취직자리 듣보는 데 필요하다며 좀 후하게 타뒀던 용돈을 꺼내 보인 뒤 돈 염려는 놓고 길 앞장만 서라고 했다. 노인은 성태가 따라붙는 일이 몹시 난감스러운 것 같았다. 길 떠날 계획을 집어치웠다고 시치밀 떼는 둥, 성태를 떼치기 위해 무던히 애를 썼지만 성태는 터미널에 먼저 나가 기다렸다.

직행버스를 타고 두 시간쯤 달렸다. 원주시였다. 거기서 다시 영월 쪽으로 빠지는 완행버스를 바꿔 탔다. 그 붉던 가을 산이 또 한 번 빛깔을 갈면서 칙칙히 메말라가고 있었다. 계속 바라보면서 온 가을 꽃길이지만 비포장도로의 그 시골길에도 가을꽃이 다복다복 지천으로 펴 산 빛깔과 좋은 대조를 이루었다. 벼 베어낸 그루터기가 촘촘한 논바닥 위로는 가을 빗물이 고인 채 희끔희끔 하늘을 비춰냈다. 더없이 좋은 날씨였지만 산야 풍경은 황량했다.

최 노인과의 동행은 만족스러웠다. 첫 버스를 탈 때부터 가슴이 터질 것 같은 긴장이었다. 노인이 연극을 하고 있었기 때문이다. 대단한 연기였다. 그 집에서 보던 허풍선이 늙은이가 아니었다. 그처럼 수다스럽던 늙은이가 어떻게 이처럼 완벽한 침묵을 연기해낼 수 있단 말인가. 노인이 성태에게 한 말이란 무엇 때문에 이런 고생을 사서 하느냐는, 동행자를 떼치고 싶다는 투의 말 몇 번밖에는 없었다. 무엇을 물어봐도 아예 못 들은 척 딴전을 보지 않으면 마지못해 하는 대답도 입속으로 웅얼거리는 정도였다. 노인은 침묵하고 있는 게 아니라 처음부터 입속말로 뭔가 웅얼거리고 있었던 것이다. 성태가 긴장한 것은 노인의 그 입속말에 상대가 있었다는 사실이다. 노인이 가슴에 그러안고 있는 것은 쥐색 비닐 가방이었다. 최 노인은 터미널에서 그 가방을 받아들려는 성태의 호의를 뿌리쳤다.

돌멩일 뭐 그렇게 정성스레 모시고 가십니까?

성태가 그렇게 짓궂게 물었지만 아예 들은 척도 않고 그 가방을 마치 납골상자 안듯 가슴에 그러안고 있었다. 이 노인이 정상이 아니구나 하는 생각이 든 것은 버스에 오를 때부터 그 가방을 내려다보며 뭔가 혼잣소릴 하는 노인을 보면서였다. 분명한 것은 노인이 누구한테 말을 하고 있었다는 것이다. 할아버지, 뭐라구요? 성태는 처음에 노인이 자기를 향해 무슨 말을 하는 줄 알고 귀까지 들이댔을 정도였다. 웅얼거린다고는 하지만 그 말은 지극히 짧았다. 때로는 존댓말 같기도 했고 어떤 경우는 해라체로 퉁명을 부리는 것처럼 들렸다. 어렵게 주워들어 조립해 보니 꼭 소경한테 옆에서 뭘 일러주는 말 같았다. 이데 빼스에 탑네다. 더게 티악산인디. 길에 맨 꼬티야요. 덩말 공기 한번 둏

다야. 대테 머이 불만이냐? 게레, 내가 떨레 죽였다.

"할아버지, 그 돌멩이루 정말 빨갱이를 쳐죽이러 가는 겁니까?"

버스가 어느 시골 장거리를 지날 때 노인의 귀 가까이 입을 가져다 그렇게 물었다. 노인의 변신을 좀 더 실감하고 싶었던 것이다. 그러나 노인은 성태를 힐끗 쳐다봤을 뿐 이렇다 할 반응을 보이지 않았다. 또 한 번 긁어본다.

"할아버지, 고향에 가시니까 감회가 깊으신가 봐요?"

언젠가 술에 취한 노인을 붙들고 할아버지 고향이 평안도 어디냐고 물은 적이 있었다.

고향은 먼 고향, 암데나 덩 부테 살믄 그게 고향이디. 허디만……

평안북도 벽동군 오북면 초봉산 밑이 태 버린 땅이라고 했다. 그러나 열한 살 나이로 그곳을 떠난 뒤 광산만 찾아 떠돈 아버지 덕에 전국 안 살아본 데가 없다고 했다. 그 자신이 가장이 된 뒤에도 한 군데 붙박아 삼 년 이상을 정 붙이고 살아본 데가 없다는 것이다. 그 강한 평안도 사투리에 대해 묻자, 당신의 아버지 영향이라고 했다. 아무리 떠돌이 인생이지만 사람이 제 태 버린 곳 풍습과 말만은 잊지 않아야 그 근본을 잃지 않는 법이란 걸 아버지의 우악스런 손에 귀때기를 얻어맞으며 터득했다는 것이다. 그런데 지금 사람들은 제 태 버린 데를 아예 잊고 사는 건 물론이고 제 근본인 조상 모시는 것도 모른다고 다분히 당신 식구들을 겨냥한 불만까지 내비쳤다.

"할아버지, 육이오 때 빨갱이 많이 죽이셨다고 늘 자랑하셨잖아요. 도대체 몇 명이나 죽이셨어요?"

노인이 이쪽을 아예 무시하고 있는 데 대한 보복이었다. 주위 사람들이 다 들을 수 있게 큰 소리로 물었던 것이다. 노인이 예의 그 혼잣소릴 다른 때보다 조금 분명한 소리로 중얼거렸다. 물론 성태를 향해 한 말은 아니었다.

"이데 거반 다 왔습네다."

성태는 그저께 밤에도 자신의 자취방에 찾아와 당신 집에 날아든 돌멩이로 빨갱이를 쳐죽이러 간다는 둥 늘 듣던 무용담을 늘어놓는 노인에게 물었던 것이다.

할아버지, 도대체 빨갱인 뭐고 왜 그렇게 빨갱일 미워하시게 된 겁니까?

노인은 그 질문에 이런 말로 대꾸했다.

어느 때구 난리엔 덕(적)이 있게 마련이디. 데놈 안 쥑이믄 내가 둑게 되는 그런 덕 말이디. 더욱이 고향 없이 떠도는 나 거튼 늠한테 그런 덕이 더 많은 벱이거든. 날 쥑이러 온 늠을 내가 먼더 쥑이다 보니께루 방위대장 감투 씌워주데야. 감투 썼으믄 감투 값 해야디. 데놈들 한동네 산 정의루 타매 못하겠다구 내 등 떼밀어 내가 앞장섰을 뿐이디, 먼 미운 니유가 있어 그런 거 아니디.

노인이 이겼다. 그 완행버스가 종점인 어느 시골마을에 이를 때까지 노인은 성태의 도전을 끝내 묵살했던 것이다. 예상과 달리 버스에 탔던 사람들이나 그 종점 마을에서 마주친 그곳 사람들 누구도 최 노인에 대해 관심을 보이지 않았다. 노인 역시 아무렇지도 않은 얼굴로 장거리에 단 하나뿐인 식당으로 들어갔다. 오후 세시가 다 돼 먹는 늦은 점심에 2홉짜리 소주 한 병을 다 먹으면서도 노인은 그 가방을 무릎에서 내려놓지 않았다. 성태에게 한 말이란 게 고작 소주 서너 병 사달라는 것과 자기가 어디 좀 다녀올 동안 여기서 기다리든가 아니면 지금 타고 들어온 버스로 곧장 돌아가라는 얘기였다. 뭔가 토라져 고까운 얼굴로 하는 그런 냉대도 아니었다. 시종일관한 그의 연기는 동행자에 대한 철저한 무관심이었다. 노인은 오직 가방 속의 그 돌멩이와 동행하고 있었을 뿐이다. 밥 좀 먹고 가겠습네다. 야, 니 태 버린 데가 더기쯤 되는데 영 딴판으루 많이 변했다야. 니 에밀 만난 데두 예서 멀지 않아야.

성태는 노인이 애써 태연을 가장하고 있다는 걸 알았다. 노인의 숟가락 든 손이 가늘게 떨리고 있었고 나무젓가락 쓰는 게 그렇게 서툴 수가 없었다. 술잔에 술을 따르는 것이나 그것을 입에 털어 넣는 동작도 많이 어색했다.

최 노인은 점심을 서둘러 끝내고 곧장 마을을 벗어나 개천을 낀 골짜기로 휘적휘적 걸어갔다. 성태가 뒤에 따라붙고 있다는 걸 알면서도 여전히 무관심했다. 걸음이 빨랐다. 신작로를 버린 뒤 개천을 건너 산골짜기로 들어서는 그 걸음이 어찌나 날랜지 뛰다시피 따라붙느라 헉헉거려야 했다. 벌써부터 그늘에 잠기기 시작한 가을 산이 적막을 자아냈다.

골짜기의 왼쪽 비탈이 밋밋한 구릉으로 바뀌면서 거기 잡풀이 무성한 묵밭이 나타났다. 묵밭이긴 해도 몇 해 걸러 한 번은 농사를 지은 양 팍삭 삭은 수수 그루터기며 올해도 무성했을 메밀 섶이 밭 가장자리에서 누렇게 말라가고 있었다.

최 노인은 허리 높이의 개망초 등 잡풀을 헤집고 그 밭 한가운데 들어가 우두커니 서서 사방을 천천히 둘러보았다. 이렇다 할 감정을 읽어내기 어려운 그런 덤덤한 표정이었다. 그렇게 한참 서 있던 노인이 잡풀을 발로 짓밟아 눕혀 꽤 널찍한 터를 만든 뒤 가방을 그 옆에 놓고 느닷없이 맨손으로 땅을 파기 시작했다.

성태는 처음 화전을 일굴 때 주워낸 돌이 쌓여 있는 밭 언저리로 다가갔다. 그 돌무덤의 돌멩이를 손에 집어 들 것도 없었다. 전혀 달랐다. 그 밭 언저리의 돌은 그 집에 날아든 그 단단하고 너설 날카로운 화강암 돌 쪼가리와는 그 석질부터가 다른 푸석한 횟돌이었던 것이다. 점심을 먹던 그 마을에서나 올라오면서 유심히 살핀 골짜기 어디에서고 그런 화강암 돌멩이는 볼 수가 없었다.

묵밭 한가운데 퍼질러 앉아 맨손으로 흙구덩이를 파는 최 노인의 입에서 웅얼거리는 소리가 나왔지만 무슨 말인지 전혀 가려낼 수가 없었다. 얼굴은 여전히 무덤덤했다.

꽤 그럴싸한 의식을 기대했지만 헛일이었다. 무릎 깊이만큼 흙구덩이를 판 노인은 그때까지 신주 모시듯 정성을 다해 안고 다니던 그 가방을 열고 돌멩이를 집어내 곧바로 흙구덩이 속에 아무렇게나 던져 넣었다. 재수생이 던진 그 매끄러운 자갈돌까지 모두 다섯 개의 돌멩이가 좁은 구덩이 속에 수두룩이 쌓였다. 그 흙구덩이를 메우는 손길 역시 거침없고 잽다. 그러나 흙 묻은 손을 대충 털어내며 일어선 뒤 그 돌멩이 묻힌 데를 다져 밟는 노인의 발놀림은 꽤 정성스러운 것이었다. 회 작대기만 들지 않았을 뿐 곁에서 선소리만 주면 그런대로 신명까지 날 그런 발 구름이었다.

그 돌멩이를 묵밭에 묻는 마지막 의식이 있었다. 성태가 사가지고 올라온 1.5리터짜리 플라스틱 소주병을 흙구덩이 위에서부터 시작해 그 묵밭 여기저기에 휘휘 술을 뿌리는 일이었다. 정신없이 술을 뿌리던 최 노인이 어느 순간 동작을 멈추며 술병에 남은 술을 눈가늠했다. 노인은 남은 술을 병째로 거꾸로 들어 몇 모금 벌컥벌컥 마신 뒤 곁에 서 있는 성태한테 불쑥 내밀었다. 성태는 그 술병을 서슴없이 받아 들어 노인이 했듯 병째로 입에 댔다. 술병을 건네주던 순간 노인의 얼굴에 언뜻 나타났던 그 계면쩍은 웃음을 지우기라도 하려는 듯 노인보다 더 과장되게 벌컥벌컥 들이켰다. 성태가 아직 병에 남은 술을 그 노인이 하던 것처럼 묵밭에 뿌리고 있을 때다.

"다 미친 딧거리야!"

최 노인이 씹어뱉듯 흘린 말이다. 그 몸 움직임마저 결연했다. 노인은 비닐 가방을 집어 들어 산비탈 아래로 휘익 집어 던진 뒤 휘적휘적 이미 저만큼 멀어지고 있었다.

성태는 빈 술병을 든 채 망연히 서 있었다. 마치 수만 년 전 구석기시대의 어느 지층을 밟고 서 있는 느낌이었다. 나는 지금 어디에 와 있는가. 최면에 걸린 상태가 바로 이런 것 아닐까. 망연자실 서 있는 그의 머릿속으로 여러 개의 환영들이 겹친 채 어지러이 흘러갔다. 하나같이 흰옷 입은 사람들이었다. 석전이 벌어진 아수라장이었다. 피가 보였다. 처절한 절박한 울음소리. 그것은 생생한 역사 체험의 어느 한순간, 취기였을까 그는 신내림 하는 샤먼처럼 온몸을 와들와들 떨고 있었다.

가을 산골짜기의 그 해거름 썰렁한 정취 때문이었을 것이다. 그는 걷잡을 수 없는 격정에 휩싸였다. 형언하기 어려운 비애, 수음을 끝내고 났을 때의 그런 허망함. 느닷없이 울컥 울음이 치밀었다. 그날 새벽 그 선배가 그랬던 것처럼 그렇게 흐느껴 울 것만 같았다.

성태는 들고 있던 빈 소주병을 최 노인이 만든 그 돌무덤 위에 마치 비목 세우듯 거꾸로 꽂았다.

◌ 1988년 『현대문학』 11월호

썩지
아니할
씨

큰형의 죽음을 확인하러 가는 고향 길에는 짙은 안개가 우욱우욱 덮치고 있었다. 정말 대단한 안개였다. 오항리행 시외버스 속 삼십여 명 승객들은 버스가 춘천 샘밭에서 고장을 일으켜 꽤 오래 지체하는 동안도 서로 약속이나 한 듯 누구 하나 툴툴거리지 않았다. 오히려 그 짙은 안개 속을 난폭하게 밀고 들어가는 운전기사의 기분이라도 다칠세라 겁먹은 얼굴들이었다. 그처럼 지독한 오늘의 안개 상황을 지방 방송국 아나운서가 음악방송 틈틈이 마치 계엄지구에 포고령을 발표하듯 열심히 주워대고 있었다. 시계 일 킬로미터 이상인 방무가 12월 들어 벌써 세번째로, 이러한 안개의 극성은 이 지방의 낮 기온이 전국에서 가장 낮은 이상 기온을 만들어내고 있다는 얘기였다. 햇빛이 안개에 의해 완전히 유보된 상태라 몇 번씩 확인한 낮 두시가 도무지 실감 나지 않을 정도로 사위는 어두웠다.

이런 농밀한 안개가 두렵게 의식되면서 나는 수십만 길 깊디깊은 물밑에 가라앉은 것 같은 단절감에 휩싸였다. 하긴 대기 중의 수증기가 응결하여 수많은 미세한 물의 알갱이로 기층 속에 떠도는 것이 안개니까 물속에 갇혀 있다는 말이 맞을는지도 모른다. 어떻든 그것은 모든 것과 단절된 세계였다. 버스 속, 눈에 보이는 상황만이 현실로 존재했다. 안개의 혼에 홀린 탓인가, 아무리 집요하게 붙잡으려 해도 바깥 세계에 대한 기억은 아슴푸레하기만 했다. 내가 어제저녁 서울에서 큰형의 죽음을 알리는 큰조카의 전화를 받은 일이나, 마뜩잖이 시쁜 얼굴로 연가를 내주던 회사의 높은 사람을 향해 퉁명부리던 오늘 아침 일이 꿈속의 그것처럼 아스라이 실감 나지 않았다. 안개 저쪽 바깥에 살아 움직이는 세계가 정말 있기나 한 것일까.

갑자기 차체가 심하게 흔들리기 시작했다. 비포장도로에 접어든 것이다. 소양댐이 생기면서 새로 뚫린 천 길 낭떠러지를 굽이굽이 조마조마 기어올라야 하는 속칭 도둑고개인 배후령 초입이었다. 운전기사가 불현듯 차내의 라디오 소리를 죽였다. 한 가닥 저쪽 세계의 실재를 시사하던 라디오 소리가 죽어버리자 버스는 안개 속을 둥둥 유영하는 느낌이었다.

한낱 안개 현상을 통해 이렇게도 멍청하게 모든 관계와의 단절이 이루어질 수 있다는 게 믿어지지 않았다. 나는 눈을 감아 버스 속 현실을 외면한 채 저쪽 세계로 틈입해 들어갔다. 큰형 생각이다. 어제 조카의 전화 이후 계속 큰형 생각에서 벗어나지 못하고 있었다. 큰형이야말로 안개를 거느리고 다니는 인생이었다. 큰형의 정체나 거처는 항상 안개 속에 싸여 있었다. 큰형 쪽에서 보자면 안개 상황 속의 지금의 나처럼 바깥 세계를 전혀 생각하지 못하고 살아왔다는 뜻이 될 것이다. 큰형은 안개 속에서 철저하게 모든 것을 버리는 삶을 택했다. 그렇게 모든 관계를 끊어버린 뒤 안개 속으로 잠적했던 큰형은 어느 날 느닷없이 그 안개 속에서 솟아올라 자신이 버린 모든 것과의 관계를 강조했다. 버려졌던 사람들이 겨우겨우 찾은 햇빛 속 그 작은 행복들이 무참하게 박살 나는 것도 그때였다. 어떻든 큰형은 어제저녁 큰조카의 전화에 의해 또다시 안개 속에서 뛰쳐나온 것이다. 정말 죽었을까. 산비탈 안개 속을 유영해 오르는 작은 공간의 현실 속에서 나는 안개 저쪽 큰형의 죽음을 전혀 실감할 수가 없었다.

어제저녁 큰형의 죽음을 알리는 조카의 시외전화에다 대고 나는 고작 아버지 연세가 금년으로 어떻게 됐느냐고 물었을 뿐이다. 그것이 남인 경우에야 예사로운 일이겠지만 죽었다는 이의 바로 친동생 되는 처지에서 그런 물음이나 던졌으니 얼마나 우스운 일인가. 더 우스운 일은, 물론 황망 결이라 그럴 수도 있다 싶지만 조카마저 자기 아버지 나이를 제대로 짚어내지 못하고 엄벙뗑했던 것이다. 그럴 것이, 큰형의 나이는 필요에 따라 고무줄처럼 한껏 늘어났다가 어느 순간 호들갑스레 졸아들곤 했기 때문이다. 호적 나이와 실제의 나이가 십 년이 넘게 차이가 나는 것은 물론이고 그 실제의 나이라는 것도 본인의 입을 통해 들쭉날쭉 수시로 바뀌다 보니 어느 것이 진짜라고 믿기가 어려웠다. 그러나 분명한 것은 필요에 따라 그때그때 써먹은 나이는 단 한 번도 착오를 일으키는 일이 없이 일관됐다는 것이다. 어느 때 어떤 사람을 만나 몇 살이라고 했으면 그것을 결코 잊는 법이 없는 그 놀라운 기억력 때문에 큰형의 나이는 별 혼란 없이 상대에게 먹혀들게 마련이다. 학력의 아리송함이나 다종다양 다채로운 편답과 경력이 필요에 따라 수시로 바뀌면서도 그것에 대해 불신이 거의 없는 것도 그 별난 기억력이 뒷받침하는 언변 덕이라 할 수 있을 것이다. 자신이 일본 무슨 대학 법학과를 다녔고 그때 함께 공부한 아무개가 법조계의 원로 누구라는 걸 그냥 지나가는 말투로 하면서도 그 아무개의 식성이며 그 취미가 어찌어찌 괴팍스럽다는 것까지 소상하게 곁들여 듣는 이로 하여 의심할 여지가 없었다. 큰형은 때에 따라, 자신은 어릴 때 서당 마당에서 귀동냥으로 천자문 몇 줄 왼 것과 학교 공부라곤 일제시대 야학방에서 단 하룻밤 세 시간 동안 글을 배운 게 전부라고 백판 무식쟁이 행세를 했다. 그럴 때의 큰형은 사리 분별하지 못하는 어린애처럼 마구 발광 우격다짐으로 밀어붙여 상대가 질겁하여 달아나기 예사였다.

큰형은 집안사람들이나 고향 사람들한테 팔난봉에다 역마살이 낀 떠돌이 인생으로 낙인이 찍혀 있었다. 그러나 막상 큰형과 대면하게 될 경우 사람들은 우선 그 기걸스러운 체구와 준수한 얼굴에 압도당했다. 특히 그 광채 나는 눈빛에 닿기라도 하면 여자들이 노글노글 맥을 못 쓰고 품속으로 안겨든다고 했다. 큰형은 상대에 맞춰 자신의 인생 항로를 시골 사람들 새끼 꼬듯 능란하게 엮어나갔다. 나이 든 사람을 만나면 일제시대 만주에서 어마어마한 산판을 해 돈을 도라꾸로 실어 날라야 할 정도로 벌었다는 얘기부터 시작해서 그 많은 돈을 방탕질로 죄다 털어먹던 이야기를 흥청망청 늘어놓았다. 믿는 사람들 앞에선 한때 입산수도하여 중질할 때 불공드리러 온 유부녀 후려내다 등 허리에 칼침 맞은 얘기며 기독교로 개종하기 위해 아무 데 기도원서 스무하루 금식 기도하여 성령강림으로 방언까지 하게 됐으나 그 일로 사기를 처먹는 바람에 입이 비뚤어졌던 일까지 흥건하게 풀어나갔다. 좀 젊은 사람을 만나서는 자신의 나이를 이십몇 년쯤 줄여 자신이 월남전에 최초로 파병됐던 용사라며 당시 부대장이 경상도 아무 데 출신 아무개였다는 것까지 밝힌 다음 부비트랩을 밟아 참혹하게 죽었다는 전우의 군번까지 외워대며 베트콩의 아카보 소총 소리까지 따콩따콩 흉내 냈다. 그처럼 변화무쌍한 체험담이 듣는 이에게 전혀 거부감 없이 먹혀들 수 있었던 것은 그것이 실제로 있었던 일에 근거를 둔, 그 시간이나 인적 사항과 수치들의 정확성 때문이었을 것이다. 큰형은 그처럼 비상한 능력을 가지고 있었다. 큰형의 그 기억력은 자신이 저지른 과오를 숨김없이 드러내는 데 더욱 정확했다. 조카가 자기 아버지를 두둔하는 뜻으로 그런 걸 일깨워줬을 때 나는 대번에 반박하고 나섰다. 그게 바로 그 양반이 교활하다는 증걸세. 큰형은 교활했다. 자신의 과거 이야기 속에 자기가 남한테 뭔가 베풀었다는 투의 뽐냄보다는 한결같이 자신의 잘못을 속속들이 들춰내 보임으로써 그 죄악으로부터 도망치려는 저의가 분명해 보였다. 큰형은 자신의 막냇동생인 나를 만날 때마다 그 비상한 기억력으로 내가 까마득 잊고 있는 사실들을 들추어냈다. 장형부모라는 말도 있는데 오히려 조실부모한 어린 동생을 학대한 이야기며 그 동생의 몫으로 돌아갈 재산 얼마 얼마를 자신이 몽땅 가로채 어찌어찌 탕진했다는 걸 꼭 남의 얘기하듯 명확하게 밝혔다. 몇 년 전 서울 내 직장에 찾아왔을 때만 해도 내 몫으로 남겨졌던 유산에다 가끔 나한테 얻어다 쓴 돈이 얼마가 된다는 걸 정확히 계산해 보였다. 비록 죄는 졌을망정 어떤 죄를 어떻게 졌는지 하는 것만은 잊지 않고 있다는 큰형의 말에 나는 늘 감동했다.

삼촌, 나중에 또 연락드릴 거니 우선 그리 아시구만 있어요.

아버지가 돌아가신 것 같아요. 분명 돌아가신 것 같다고 했다. 게다가 다시 연락을 하겠다며 전화를 어물쩍 끊는 큰조카의 목소리부터가 찜찜했다.

큰조카는 나보다 두 살 아래로 같은 집에서 쌍둥이처럼 자랐다. 큰형이 집안 식구들을 버린 채 사방천지로 떠도는 동안 그 버림받은 치욕의 세월 속에서 서로의 속을 샅샅이 보이며 살았다. 조카는 어렸을 때부터 성정이 바르고 착했다. 삼촌은 이담에 큰사람이 될 거야. 정의를 위해 싸우는 그런 사람 말이야. 내 성질이 다혈질인데다 남보다 욕심이 많은 걸 두고 조카는 그런 식으로 추켜세웠다. 내가 고학을 하면서까지 대학을 나온 것과는 달리 조카는 시범학교를 졸업하고 곧장 국민학교 선생으로 나섰다. 학교 선생이 자기한테 가장 잘 맞는 직업이라고 했다. 나는 늘 조카가 자기 아버지 죄를 대속하고 있다는 느낌을 버릴 수가 없었다. 조카와 함께 있으면 큰형에 대한 갖가지 좋지 않은 생각이 빛을 잃고 흐지부지 사라져버렸다. 큰형수가 그처럼 굴욕적인 삶을 버텨나갈 수 있었던 것도 조카에게서 우러나오는 어떤 보이지 않는 빛 때문이었을 것이란 생각이 들었다. 실상 조카는 효자로 이름이 나 있었다. 긴 병에 효자 없다곤 하지만 조카는 큰형수가 벌써 몇 년째 중풍으로 누워 있어도 똥오줌

다 받아내는 그 궂은 간병을 얼굴 한 번 찡그리는 법 없이 계속 하고 있었다. 몇 년 있으면 교감으로 나갈 수 있는 공립학교를 그만두고 한 시간 정도로 출퇴근이 가능한 시내의 사립학교로 옮긴 것도 고향을 떠나기 싫어하는 노모를 위해서였을 것이다. 몇 년에 한 번씩, 잊을 만하면 불쑥 나타나 분탕질하곤 사라져 버리는 큰형에 대해서도 조카는 이렇다 하게 감정을 내보이는 법이 없었다. 가장 가깝게 터놓고 지내는 나한테도 자기 아버지에 대한 말만은 결코 함부로 하지 않았다.

그러나 집안일에 대한 의논은 늘 나부터 찾는 조카였다. 또 연락할 때까지 기다리란, 그렇게 아리송한 전화가 끊긴 뒤 나는 궁금해서 견딜 수가 없었다. 맺고 끊는 게 분명한 조카로서 그런 식으로 얼버무린 데는 반드시 그만한 이유가 있으리란 생각 때문이었다. 나는 조카가 전화를 끊은 지 십 분도 안 돼 화천 오음리로 전화를 걸었다. 조카는 대동리가 소양댐으로 수몰된 뒤 자기 어머니 원을 따라 고향 마을에서 고개 하나 너머인 오음리에 터 잡아 벌써 십 년 넘게 살고 있었던 것이다.

삼춘, 지금 어디 기세유?

전화 속에서 조카며느리의 어눌한 말씨가 반색하고 있었다. 부음을 받고 춘천쯤 와서 전화를 걸고 있다고 생각했는지도 몰랐다.

여기는 서울인데, 홍호, 이 사람 지금 장수골에 가 있나?

큰형의 최근 거처가 홍천 북방면 장수골이었기 때문에 그렇게 넘겨짚었던 것이다. 그러나 조카며느리의 대답은 엉뚱했다.

아침나절에 오항리에 갔는데유, 아직 암 소식이 읎네유.

그 양반이 오항리에서 돌아가셨단 말이야?

글쎄 그런가 봐유. 새벽참에 오항리 사람들이 와가지구설랑 아버님이 어떻게 되셨다구 해서 조반 먹구 갔는데 아직 암 소식이 읎으니까 저두 잘 모르겠어유.

어머님은 좀 어떠신가?

늘 그러시지유 뭐.

어머님도 아버지가 돌아가셨다는 걸 알고 계시나?

아직 말씀 안 디렸에유.

잘했네. 당분간 말씀 안 드리는 게 좋을 거야.

고향 마을을 찾아간다는 설렘으로 서둘러 나설 때의 서울은 쾌청에다 겨울답지 않게 푹한 날씨였다.

버스가 그 막막궁산을 뒤덮은 안개를 굽이굽이 헤집고 꽤 높이 오른 지점에서 안개가 빠른 속도로 움직이고 있다는 걸 느끼기 시작했다. 안개는 이따금 겨울 산의 그 칙칙한 빛깔을 그림처럼 선연히 보여주는 골짜기 쪽을 향해 휘돌듯 흘러가고 있었다. 안개의 두께가 엷게 느껴지는 대신 미세한 알갱이들이 찬 기류에 닿아 안개비를 내리기 시작했다. 운전기사가 윈도브러시를 작동시키자 안내원이 기름걸레로 뿌옇게 김이 서린 안쪽 유리를 닦고 있었다.

나는 큰형의 죽음에 대해 생각했다. 안개가 움직여 어디론가 흘러가고 있다는 걸 확인하면서부터 안개 저쪽의 세계가 좀 더 분명한 모습으로 다가서기 시작했던 것이다. 큰형은 정말 죽었는가. 얼마 전 북쪽 아무개의 사망설 해프닝 탓인지 자꾸 그런 쪽으로만 생각이 모아졌다. 조카의 그 아리송한 전화가 아니라도 나는 큰형의 죽음을 믿을 수가 없었다. 큰형의 주검이 눈앞에 있어도 그것이 믿어지지 않기는 매한가지일 것이다. 큰형은 그처럼 죽음과는 거리가 먼 데 있다는 평소의 느낌 때문이었다. 스물다섯 살 정도나 나이를 덜 먹었으면서도 나는 늘 큰형보다 먼저 죽게 될 것이란 강박감에 사로잡혀 있었다. 그것은 큰형이 오랜 세월 동안 스스로 연출해낸, 그 망각의 안개 속으로부터의 느닷없는 출현 때문일 것이다. 큰형수를 비롯한 우리 식구들은 그에게서 버림받은 하고많은 날 큰형을 포기하고 살아야 했다. 짧을 때는 서너 달에서, 길 때는 십 년 이상 단 한 번도 고향 마을에 모습을 나타내지 않았던 것이다. 어쩌다 불현듯 고향에 돌아왔다 해도 얼마 남지 않은 땅뙈기를 처분하는 그 기간만 잠시 머물 뿐 자고 일어나보면 표연히 사라진 뒤였다. 우리는 큰형이 어디선가 죽어 자빠져 제발 다시는 돌아오지 않기를 얼마나 바랐는지 모른다. 물론 큰형이 죽었다는 소식이 날아든 것도 여러 번이었다. 그럴 때마다 집안의 누군가 한 사람이 천 리 길을 수소문해 허둥지둥 찾아 나서곤 했지만 송장 대신 폐인이 돼 남의 집 헛간 신세를 지고 있는 걸 사람까지 사 떠메고 돌아와야 했던 것이다. 큰형은 고향을 떠날 때마다 삼 년 안에 아무 소식이 없으면 죽은 걸로 알고 자기 태어난 날로 제삿날을 잡으라는 말을 남기는 걸 잊지 않았다. 그러나 큰형은 그 삼 년이 두어 번 지난 뒤에 불쑥 나타나 사람들을 놀라게 했다. 큰형이 마지막으로 자취를 감춘 것은 70년대 초 소양강댐 공사가 마무리될 무렵 물에 잠길 대동리의 문전옥답 보상금을 몽땅 챙긴 직후였다. 고향 마을이 물에 잠기는 것과 동시에 팔 대째 그 마을을 지켜온 우리 송씨 일가는 큰형으로 해서 알거지가 되어 뿔뿔이 흩어지지 않을 수 없었다.

그러나 큰형은 이 년 전에 다시 돌아왔다. 조카네가 터 잡아 사는 오음리에서 버스로 두어 시간 거리의 장수골에 그 기걸스러운 모습을 나타냈던 것이다. 조카와 내가 장수골에 찾아갔을 때 큰형은 사십대로밖에 안 보이는 수더분한 인상의 여자와 함께 두충나무잎을 말리고 있었다. 네 작은어머니다. 너한텐 형수고. 큰형은 한 집안의 재산을 깡그리 분탕질하여 도망친 죄인답지 않게 당당하고 뻔뻔스러웠다. 조카는 그 두 사람을 향해 큰절을 했다. 큰형이 말했다.

내 이제 느덜 걱정 안 끼치구 예서 이 사람하구 해로할란다. 십 년 동안 전국 방방곡곡 장수촌이란 데는 죄다 찾아봤다. 하지만 예만큼 좋은 데는 없더라야. 조오기 저 건넛집은 삼대째 백 살을 넘겨 산다는 게야.

큰형은 정말 뻔뻔스러웠다. 자신의 목숨에 대한 그 그악스러운 집념이 예전보다 더한 것처럼 보였다. 오래 살기 위해 돌아왔다는 그 넉살 좋은 말을 듣는 순간 나는 속에서 구역질이 올라왔다. 그러나 조카는 수굿이 앉아 큰형이 떠벌리는 무병장수의 비결이란 걸 경청하고 있었다.

버스가 배후령의 8부 능선쯤에 이른 지점에서 사람들은 모두 아— 하고 탄성을 쏟아냈다. 그 짙은 안개에다 천길 낭떠러지의 가파른 고갯길 곡예에 질려 있던 얼굴들이 한꺼번에 활짝 펴지고 있었다. 버스가 느닷없이 그 깊은 안개의 늪에서 햇빛 속으로 솟구쳐 올랐던 것이다. 겨울 산이 이처럼 선명한 색채를 띠고 아름다워 보인다는 게 믿어지지 않았다. 오후 세시의 맑은 햇빛, 고개 마루턱에는 청평사로 이어지는 등산로가 정겨운 모습으로 뻗어 있고 추곡령이 건너다보이는 오음리 분지는 쾌청이었다. 그러나 고개 마루턱에서 문득 돌아다본 춘천 쪽은 여전히 그 깊이의 안개가 막막한 바다를 이루고 있었다. 산 저쪽과 이쪽이 이렇게 다를 수 있다니. 문득 안개 귀신에게 희롱당하고 있다는 느낌이 들었다.

큰형이 장수골에 나타나 두충나무잎을 뜯어 말리고 자연생 영지버섯을 따러 깊은 산속을 헤매는 일로써 모든 것은 분명해졌다. 큰형은 우리들 모두가 마음 깊이 감춰두고 있는 한 가닥 기대를 여지없이 박살 냈던 것이다. 그는 열 번도 스무 번도 넘게 우리들을 배신했다. 그러나 그가 다시 안개 속으로 잠적하고 나면 우리들은 서로가 눈치채지 않게 그의 다음 출현에 대한 기대의 벌레를 키우고 있었다. 큰형수가 송씨 집안사람이 된 이래 그 굴욕과 고통의 세월을 오십 년 가까이 버텨올 수 있었던 것도 그네가 몰래 키워온 그 기대의 벌레 때문이었을 것이다. 자기 몫의 재산을 몽땅 빼앗기고 만 작은형이 이를 갈며 의절을 선언하고 충청도로 내려간 뒤에도 이따금 큰형 소식을 귀띔 받고자 했던 것도 그 벌레를 죽일 수 없었기 때문이었을 것이다. 부끄러운 일이지만 내 경우도 그랬다. 국물이라도 더 먹을 수 있다는 생각에서 한 그릇 이십 원 하는 국수를 십 원짜리 반 그릇씩 두 개를 시켜 먹던 그 서러운 고학 시절에도 나는 큰형을 원망

하는 대신 큰형의 인생을 미화하는 것으로 위안받았다. 어릴 때는 큰형이 우리한테 뭔가 큰 것을 숨기고 있다고 믿었다. 우리 같이 범속한 인간들이 알아서는 안 되는, 뭔가 대단한 것을 위해 큰형이 얼마 동안 우리 식구들을 희생시켜야 하는 불가피한 입장일 것이라고 생각했다. 물론 큰형이 하는 그 큰일은 결국 우리 식구들의 고생을 다 갚고도 남을 그런 일이란 게 전제되어 있었다. 네 살 때 부모를 잃은 외로운 아이의 마음속에 큰형이 그 정도로 자리 잡았다는 것은 당연한 일이었다. 몇 번의 배신 끝에 나는 큰형을 보다 인간적인 면에서 이해하려고 노력했다. 그것은 큰형이 가끔 내뱉는 회한조의 말에서 비롯됐다. 난 사람두 아니다. 사람 껍질을 쓰구서야 어찌……

그때 나는 큰형의 눈물을 보았다. 그때부터 나는 언젠가는 큰형이 사람 껍질을 쓴 그 값을 해내고 말 거란 확신을 갖기 시작했던 것이다. 오항리로 큰형의 죽음을 확인하러 가는 지금도 나는 큰형에 대한 그 기대를 버릴 수가 없었다. 이 년 전 큰형이 장수골에 젊은 여자를 데리고 나타났다는 소식에 두번째 넘어져 반송장이 되어 누워 있는 큰형수 역시 아직도 남편에 대한 어떤 기대를 버리지 못하고 있기는 매한가지일 것이다.

곧바로 오항리까지 가리란 처음의 생각을 바꿔 오음리에서 버스를 내렸다. 비록 구들장을 지고 반송장으로 누워 있는 몸이지만 어머니나 다름없는 큰형수를 만나지 않고 간다는 게 죄스러웠던 것이다. 조카며느리를 만나 큰형 죽음에 대한 무슨 얘기라도 듣고 가는 게 좋을 것 같다는 생각도 없지 않았다. 춘천서 다섯시에 있다는 오항리 막차 시간까지 계산했던 것이다.

오음리는 원래 38선 이북의 땅으로 6·25사변 이후 군부대들이 주둔하면서 춘천, 화천, 양구가 이어지는 삼거리 국도변으로 번창하기 시작한 마을이다. 오음리가 더 요긴한 길목이 된 것은 소양강댐이 생기면서 양구 가는 길이 물속에 잠긴 뒤부터였다. 지금이야 하루 몇 번의 뱃길이 생겼지만 그 당시만 해도 오음리를 거치지 않고는 추곡리, 대곡리, 오항리 등 옛날 고향 마을이 있던 대동리 근처까지 갈 수가 없었던 것이다. 큰형수가 수몰된 대동리에서 알거지 신세로 굳이 오음리에 옮겨 앉기를 원했던 것도 언제고 돌아올 남편에 대한 미련 때문이었을 것이다. 그러나 큰형은 마지막으로 집을 나간 십 년 동안 단 한 번도 오음리에 나타나지 않음으로써 큰형수의 기대를 무참히 저버렸다.

아니다. 큰형은 오항리에서 죽었다지 않은가. 그렇다면 큰형은 결국 고향에 돌아온 셈이다. 어쩌면 오음리에 들러 큰형수 앞에 무릎을 꿇고 통한의 눈물을 뿌린 뒤 고향 산천을 찾아 추곡령을 넘었는지도 모른다. 두근두근, 마음속에서 어떤 기대로 숨가빠하는 벌레들을 눌러 죽이며 나는 조카네 쪽 대문 앞에 섰다.

큰형수가 몇 년째 굴신도 못하고 누워 있는 방은 환자 방답지 않게 깨끗했다. 조카 내외의 사람 됨됨이가 그대로 드러날 만큼 환자는 깨끗한 모습으로 누워 있었다. 지난여름 다녀갈 때만 해도 등에 등창이 나 몸을 이리저리 옮겨 누이느라 조카 내외가 꽤나 애를 먹는 모양이었으나 지금은 그런 살 썩는 냄새도 없었다. 방 안의 어둠이 눈에 익자 내 손을 잡은 큰형수의 주름진 눈언저리에 눈물이 흘러 고이는 걸 볼 수 있었다. 무슨 눈물이 저리도 많이 남아 있을 수 있단 말인가. 나는 큰형수의 손을 다잡아 쥐면서 한 여자의 일생을 생각했다.

시집온 지 나흘 만에 소박데기가 되어버렸다고 했다. 자고 일어나보니 신랑이 온데간데없이 사라져버렸던 것이다. 시집올 때 몸에 지니고 온 금붙이며 패물이 없어진 사실을 환갑 나이에 이르러서야 실토했을 정도로 그 나흘 만의 소박은 그네에게 치욕이었다. 그렇게 훌쩍 달아났던 남편이 돌아온 것은 얼떨결에 치른 그 나흘간의 잠자리에서 생긴 애가 첫돌이 지나서였다. 그때만 해도 이혼이란 말을 모르던 때라 그렇게라도 돌아온 서방이 반갑기만 했다. 그러나 서방은 뭔가 쓰인 종이를 내놓고 거기다 손도장을 누르라고 했다. 뭔가 불길한 생각이 들어 막무가내로 버텼으나 서방의 그 무지막지한 주먹심을 당해낼 도리가 없었다. 서방이 그 손도장 찍힌 종이를 들고 마을을 돌았다. 그 애가 서방 것이 아니라 다른 놈 씨라는 것이었다. 자기는 나흘간 한 방에 자면서도 애 만드는 짓은 안 했다고 잡아뗐다. 너무 억울하고 기가 막혀 양잿물 그릇을 들었다가도 그냥 팽개쳐버린 게 여러 번이었다. 죽어봤자 그 누명만 고스란히 뒤집어쓸 것은 물론이고 아들 홍호의 앞날을 생각한 때문이다. 어떻든 서방의 그런 생트집과 학대는 그 부모가 돌림병으로 한꺼번에 죽은 몇 해 뒤까지 계속됐다. 밤에는 다른 부부처럼 멀쩡하게 잠자리를 함께하고서도 날만 새면 전혀 딴 얼굴로 시치미를 떼고 학대를 했던 것이다. 그네는 차츰 서방의 그 학대 증세가 어떡하든 집 나갈 구실과 노자 우려낼 꿍심이라는 걸 터득하기 시작했다. 그러나 그 부모가 죽고 나서는 자기 마음대로였다. 증조부가 뗏목을 타고 내려가 사 온 소금으로 장사를 해 장만한 대동리 근방의 농토가 집 한번 떠날 때마다 뭉청뭉청 떨어져 나가곤 했다. 그럴 적이면 저 여자와 살기 싫어 객지로 나간다는 핑계를 댔다. 결국 집안사람들 입장에서 보면 그네가 한 집안의 종손 신세를 망치는데다 재산까지 곶감 꼬치에서 곶감 빼먹듯 들어먹는 꼴이 되었던 것이다. 그때만 해도 농토를 한꺼번에 팔아먹기가 힘든 때라 갖고 나간 돈 떨어지면 어김없이 기신기신 돌아와 몇 달쯤은 그런대로 수굿이 눌러앉아 지냈다. 그러나 어느 날 밤 그네의 몸을 뜨겁게 달구어놓곤 느닷없이 제 욕심만 채운 뒤 돌아누워 어쩌다 그네 손이 닿기만 해도, 점잖게 잡시다— 하고, 밖에서 다 들을 정도의 큰 소릴 내질렀다. 그럴 때 그네는 치욕으로 이를 악물어야 했다. 그런 비정상적인 부부 생활 속에서 홍호 밑으로 아들 하나 딸 셋, 모두 다섯 남매를 낳았다. 서방은 자식이 태어날 때마다 이건 내 새끼가 아니라고 생떼를 부렸다. 정말 기가 막혔던 것은 집안사람들 몰래 보상금을 챙겨 도망가기 직전 집안사람들이 다 모인 자리에서, 그 다섯 남매가 모두 자기 씨가 아니라고 선언을 했던 일이다. 자기는 여자가 밤에 그렇게 보채도 단 한 번도 그 더러운 몸에 손을 댄 적이 없이 점잖게 잤다고, 그 특유의 기억력과 언변으로써 사람들을 설득시켰던 것이다. 그가 돈을 챙겨 도망간 뒤에도 사람들은 남편으로부터 그렇게 버려진 그네에게서 미심쩍은 눈질을 쉬 거두지 못했다.

나는 무심결에 늦춰 잡은 큰형수의 손을 다시 힘주어 잡았다. 그동안 남들이나 다름없이 큰형수의 정절을 의심해온 데 대한 한 가닥 죄의식이었다. 큰형이 수몰된 땅 보상금을 챙겨 가지고 도망간 뒤 큰형수는 자신에게 덮어씌워진 그 누명을 벗기 위해 동네 여자들 앞에서 자신이 살아온 인생을 울음으로 쏟아놓았을 때 나는 큰형수를 저주했다. 지아비의 정체를 그처럼 발가벗겨 보이는 한 여자의 배신에 대한 미움이었다. 나는 큰형을 결코 큰형수의 그 보잘것없는 인생과 바꿀 수가 없었던 것이다. 어린 시절 조카와 싸울 때 큰형수가 조카 편을 드는 눈치가 보일 적이면 나는 여지없이 큰형이 내뱉었던 그 고약한 말로 한 방 먹이고 도망쳤다. 그때도 큰형수는 지금처럼 이렇게 소리 없이 눈물만 쏟아냈을 것이다.

나는 큰형수의 마비되지 않은 손에 만 원짜리 한 장을 쥐여 줬다. 어렸을 때 남들이 보지 않는 자리에서 내 손에 먹을 것을 쥐여주던 큰형수의 그 손길을 생각하자 코끝이 찡하게 울었다.

조카며느리는 삼거리 버스 정류장까지 따라 나왔다. 고작 한 번 보았을까 한 시아버지의 죽음이 실감 나지 않은 듯 조카며느리는 다소 들떠 보였다.

"아까 낮에 연락이 왔는데 안즉두 시신을 못 찾았대나 봐유."

짐작했던 대로 큰형은 물에 빠져 죽은 게 분명했다. 배를 타고 가다 그렇게 됐는지 당신 스스로 물에 뛰어든 것인지 조카며느리도 그것까지는 모르고 있었다. 어찌 됐든 일이 상당히 번거롭게 됐다는 생각이 들었다.

"그 양반이 여기까지 왔었는가?"

"아니에유. 장수골이란 데 사신다는 얘기만 듣구 있다가 벼락같이 이런 난리를 당하네유."

"노인네가 눈치채신 건 아닌가? 어머니 말일세."

"글쎄 잘 모르겠어유. 말씀은 안 드렸는데 아침부터 머리를 감겨달라구 보채시질 않나, 삼춘 보시구 그렇게 우시는 거 하며, 느낌이 이상해유."

"어차피 아셔야 할 일이지만…… 그러나 좀 더 두고 보세."

"장수골이란 데 작은마나님이 계신다니까 그리루 모시게 되겠지유?"

조카며느리의 말에 가시가 꽂혀 있었다. 같은 여자로서 그동안 시어머니의 그 눈 속에서 한 사내의 비정한 횡포를 못 읽었을 리가 없었다.

"객사한 양반이니까 아무래두……"

굳이 고향에 와 죽었으니까 객사라곤 할 수 없지만 나는 그렇게 얼버무리고 말았다.

하루 세 번 있다는 오항리행 시외버스 막차가 오항리에 도착한 것은 저녁 일곱시쯤이었다. 버스 종점 근처 가겟방에 들러 담배를 사며 조카의 행방을 수소문했다. 다행히 조카가 그 근처 국민학교에 근무한 적이 있어 조카를 기억하고 있는 사람이 있었다.

"아침나절에 보니께루 송 선상님이 횟골 박재게이허구 그리루 내려가더구먼유."

큰형에 대해 물어볼까 했으나 그쪽에서 전혀 낌새를 못 채는 것 같아 그만두었다. 횟골 박재경이란 사람을 찾아 호숫물이 길게 뻗어 들어온 물가 길을 거의 한 시간이나 헤맨 끝에 대여섯 채의 집이 흩어져 있는 마을을 찾아냈다. 고향은 역시 고향이었다. 어디서 많이 듣던 이름이다 싶었는데 막상 만나고 보니 통골 살던, 나보다 예닐곱 살 위인 사람이었다.

"이제 보니, 송진세이 양반 막내 제씨구먼."

수몰되기 전 통골에 있던 우리 논을 소작할 때의 다소곳하던 젊은 박재경은 이미 아니었다. 그는 큰형이 보상금을 몽땅 가로채 도망가는 일을 거들어줬다는 혐의로 우리 작은형한테 매를 맞고 고소까지 했던 사람이다.

"송 선생은 지금 사전리에 가 있어. 게 있어봤자 벨수야 있을까마는 그렇다구 누가 나서서 찾아줄 일두 아니구 허니께……"

박재경 씨는 물가에 매어둔 쪽배를 풀어 어둠 속에 띄웠다.

"좌우지간 멘목은 읎게 됐구먼. 알구 오신 건진 몰라두 송진세이 그 양반이 바루 이 밸 훔쳐 타구 나가설랑 그리 됐으니 이게 대체 무신 날베락인지 모르겠구먼. 그 양반이 전생에 나허구 무신 웬수가 졌길래 십 년 만에 또 나타나 사람 망신을 그리 시키느냐 그거여. 나 아까메 지서에서 오라구 해 갔었지. 이런 우라질, 조설 꾸민다구 해서 자초지종을 쭉 얘기했더니, 아, 글쎄 내가 그 양반을 으쨌지 않았나 의심을 하구 몰아붙이지 뭐야. 이건, 뭣 주구 뺨 맞는다는 격으루다 시상에……"

술을 꽤 마신 듯 박재경 씨의 노를 젓는 동작이 무척 데퉁스러워 보였다. 이쪽이 누구라는 걸 알기 때문에 우정 툴툴대는 것처럼 느껴졌다. 선후 사정을 제쳐놓고 단도직입으로 물었다.

"즈 큰형님이 자살을 했습니까?"

"초상집에 가 실컷 울구 나서 누가 죽었느냐구 묻는다더니, 바루 그 꼴이구먼. 그럼, 서울 양반은 진세이 양반이 어떻게 죽었다구 생각허구 달려온 게여?"

사뭇 시비조였다.

"저는 그냥 홍호 조카 전화만 받구……"

"송 선생이 뭬라고 합디까?"

"큰형님이 오항리에서 무슨 사고를 당한 것 같다구 해서……"

그런 거짓말을 한 것은 일의 앞뒤를 가려 듣고 싶었기 때문이다.

"저런 망할 사람 같으니라구. 내가 찾아가 그렇게 소상히 얘길 했구먼서두. 허긴 그럴 만두 허지. 누가 들어두 송진세이 양반이 지 목숨 지가 끊었다구 허는 걸 믿을 사람 있을라구. 그 양반이 육이오 난리 때 미친 사람 행세를 해 목숨을 부지허군 헌 얘기가 있어. 사람 목숨은 두 개가 아니라구. 지 목숨은 지가 간수해야 한다는 얘기였지."

나도 그 일을 기억하고 있었다. 대동리는 38선 접경이라 6·25가 터지기 전만 해도 국방군이 인근에 주둔하는 최전방이었다. 밤이면 대곡리 쪽 38선 이북에서 악을 써 욕하는 소리가 들릴 정도였다. 동막골 산길로 남쪽 북쪽을 몰래 오가는 사람들 입에서 곧 전쟁이 터진다는 소문이 떠돌 무렵이었다. 해방되던 그 이듬해 집을 나가 삼 년 만에 돌아온 큰형은 그때 마을에서 건들건들 놀고 먹는 백수건달이었다. 동네 이장을 보라고 해도 막무가내로 거절했다. 동네 사람 누가 무슨 부탁을 해도 자기는 그런 거 모른다고 손을 내저었다. 그러던 큰형이 어느 날 방 안에서 똥을 싸 그것을 손으로 주무르고 있었다. 낯 한번 찡그리는 일 없이 손가락에 묻은 그 똥을 입으로 핥곤 했다. 동네 사람들이 모여들자 큰형수가 대문을 걸어 잠갔다. 그러나 큰형은 뒷담을 넘어 아랫도리를 완전히 벌거벗은 채 마을을 어슬렁거리고 다녔다. 큰형이 미쳐도 아주 더럽게 미쳤다는 소문이 인근 마을까지 파다하게 퍼졌다. 그렇게 미친 큰형은 마을 장정들이 일선에 노무대로 징발되어 가도 무사했다. 세상이 바뀌어 인공 깃발이 공회당에 걸렸을 때도 눈을 꿈쩍꿈쩍하며 똥을 먹는 일로 목숨을 부지했던 것이다.

"즈 형님이 여길 언제 오셨습니까? 도대체 왜 왔다는 겁니까? 죽으러 왔다고 그러던가요?"

나는 더 참지 못하고 다그쳤다. 속에 고였던 울분이 한꺼번에 터져 오르려고 부글거렸다. 이쪽의 기분을 눈치챈 양 박재경 씨가 노 젓기를 멈추면서 담배를 찾는 눈치였다. 나는 얼른 담배를 꺼내 내밀고 불까지 켜댔다.

"그게 으트게 된 일인구 허면 그 말씀이야……"

사흘 전 밤이었다. 찾아온 사람이 너무 뜻밖의 사람이라 반갑다는 생각에 앞서 뭔가 섬뜩한 게 느껴졌다. 십 년여 만에 처음 만나는 사람답지 않게 큰형은 마치 이웃집에 놀러 온 사람처럼 낚시를 하러 왔다며 방 하나만 대엿새 빌리자고 했다. 그것이 너무 스스럼없어 보이는데다 차림도 그랬고 겨울철에도 이따금 덤벙낚시를 나오는 사람이 있어 얼떨결에 맞아들였던 것이다. 옛날 고향에 함께 살던 정의를 생각하여 오항리 가겟방까지 한걸음에 달려가 술을 사 왔다. 그러나 그는 술을 입에 안 댄 지 벌써 몇 년 됐다고, 아예 술병 마개도 못 따게 했다. 담배도 역시 끊었다고 했다. 그래 그동안 어디서 무얼 하며 어떻게 지냈느냐고 십 년 세월을 벗겨내려 잡고 늘어졌지만, 죄인이 뭔 얘길 하겠느냐며 한사코 입을 열지 않았다. 선산을 추곡리로 옮겼는데 그걸 아느냐니까 바로 거길 다녀오는 길이라고 했다. 옮긴 선영 위치를 제대로 짚어대는 걸 보니 거짓말 같지는 않았다. 그 언변 좋던 사람이 입을 꽉 다물고 앉아 눈만 꿈벅이고 있는 게 너무 답답하게 느껴져 오음리에 옮겨 앉은 아들네 얘기를 꺼내도 별 반응이 없었다. 수몰된 대동리 살던 아무개가 죽었다고 해도 그만이었다. 먼 길을 온데다 몸이 어딘가 불편해 그런가 보다 싶어 잠자리를 펴주고 그냥 나왔는데 그것이 마지막이었다는 것이다.

"몇시에 나갔는지 그걸 알 수가 읎어. 새벽에 일어나 그물을 걷으러 나갈려구 보니까루 배가 읎지 뭐야. 진세이 양반 자던 방바닥엔 손바닥만 한 책이 하나 엎어져 있데. 그게 성경책이라던가. 아까 송 선생이 가지구 갔지."

"즈 형님이 어떤 행색으로 오셨던가요?"

"옛날 돈 떨어져 고향에 돌아왔을 때처럼 남루하진 않더구먼. 신수두 훤허구. 낚시꾼 차림이긴 했어두 지금 생각해보니 목에 넥꾸다이두 맸던 거 같구먼."

"낚시 도구는 가지고 왔던가요?"

"그게 낚시 도군진 몰라두 커다란 리쿠사쿠에 뭔가 한 짐 잔뜩 짊어지구 왔데."

"그럼 그걸 짊어지구 물속에 뛰어들었다는 겁니까?"

"이 서울 양반두 지서 순경 같은 소릴 묻구 있네. 이거 정말 큰 누명 쓰게 생겼구먼. 허지만 그건 사전리 사람덜이 더 잘 알구 있어. 그 사람덜이 물 한가운데 떠 있는 이 배를 발견했을 땐 이 뱃바닥에 그 양반이 신고 있던 구두만 가즈런하게 놓여 있더라는 게야. 송 선생이 그걸 확인했어. 그 구두 바닥에 묻어 있는 흙이 우리 횟골 뱃터 거라는 것두 말이지."

"전 그런 뜻으로 그걸 여쭤본 건 아닙니다. 다만……"

"다만 뭐여?"

"물에 빠져 죽는 사람이 쉽게 죽으려구 그런 걸 짊어지구 뛰어든다는 얘길 어서 들은 것 같아서……"

"바루 그거여. 아까메 지서에서두 내가 그런 얘길 했어. 송장 건져낼려면 애를 먹을 거라구 말이지. 어디서 빠졌는지 그것두 모르니 설사 떠오른다 해두 그게 어디 쉽게 눈에 띄겠는가 그 말이여. 게다가 여기 물이 엔간히 깊구 넓어야 말이지."

서둘러 오길 정말 잘했다는 생각이었다. 조카는 사전리 물가의 막막한 어둠 속에 망연자실 서 있었다. 박재경 씨가 물가의 썩은 나무뿌리들을 주워 와 화톳불을 피웠다. 아침부터 그 시간까지 빈소를 지키는 꼴로 물가를 얼마나 애를 태우며 헤맸는지 조카의 입술은 하얗게 말라 있었다. 몹시 초췌해 보였다.

"삼촌, 미안해요."

내 손을 잡고 반가워하는 조카의 눈자위에 물기가 어렸다. 큰형의 마비된 윤리의식과 몰염치한 행각으로 태어나면서부터 누구보다 치명적인 피해 속에 살아온 조카에게서 나는 늘 대속하는 고행자의 면모를 보곤 했다.

"도대체 어디쯤에서 돌아가셨다는 게야?"

조카의 표정이 어찌나 진지해 보이는지 차마 그 앞에서 큰형의 죽음을 의심하며 매도할 수가 없었다.

"아마 저기 저쯤일 것 같아요. 거기가 아랫말 우리 집에서 떼둔지로 넘어가는 고개였었거든요."

조카는 대동리 쪽 어둠 속 희붐하게 드러난 수면을 가리켜 보였다. 대동리 아랫말 우리 집. 비록 물에 잠겨는 있어도 고향 마을을 눈앞에 하고 선 감회는 가슴을 뻐근하게 채웠다. 몇 대를 이어 살아온 땅, 비록 수몰이 되고 큰형의 분탕질로 알거지가 되어 뿔뿔이 흩어지긴 했지만 다시는 재생시켜놓을 수 없는 마을의 집터와 샘물과 돌담들이 저 물밑에 있는 것이다. 어둠의 저쪽 통골의 바위산 위용과 대곡리 뒷산 모습도 눈에 선연히 잡혀들었다. 그러나 마음속 고향 마을에 큰형의 얼굴이 보이면서 그것은 한낱 저주받은 땅으로 지워졌다. 달이 있다면 꽤 그럴듯한 정취를 자아낼 물가 풍경이 어둠에 깊이 묻힌 채 화톳불을 욱욱 옥죄어들고 있었을 뿐이다.

조카는 대동리 쪽 어둠을 향한 채 좀체 입을 열지 않았다. 조카가 그렇게 시킨 양 횟골 박재경 씨는 쪽배에 싣고 온 소주와 몇 가지 물건을 꺼내놓은 뒤 화톳불 피울 장작을 얻으러 사전리 마을로 올라가고 없었다. 기상대에서는 겨울답지 않게 따뜻한 날씨가 계속되고 있다고 야단이었지만 사전리 물가의 밤은 매섭게 찼다. 그러나 조카는 물가에서 밤을 밝힐 생각임이 분명했다. 십 년 만에 고향에 돌아온 아버지를 맞는 한 자식으로서의 그 애틋한 의식이 내 가슴에 엷은 물결을 일으켰다.

큰형은 왜 고향 마을에 돌아왔는가. 무엇이 여기까지 그를 끌어온 자력 역할을 했을까. 또다시 사기 쳐 분탕질해 갈 재산도 있을 턱이 없었다. 지어미 몸을 뜨겁게 달구어놓고는 점잖게 자자고, 시치미 뚝 떼고 일갈하던 그 학대음란증의 상대도 이제는 폐인이 되어 무용지물이 아니던가. 자기 씨가 아니라고 동네방네 떠들며 그 빼어난 구변으로 자신의 가출을 합리화시키기 위해 버렸던 자식들도 이제는 당신보다 몇 배 큰 힘으로 성장했잖은가. 그러나 큰형은 돌아왔다. 왜 돌아왔는가. 가슴이 두근거렸다. 바로 이 시간을 위해 몰래 키워온 벌레들이 술렁거리기 시작한 것이다.

그래, 죽기 위해 돌아왔다.

잔물결이 강기슭을 찰삭찰삭 가볍게 핥고 있었다.

회한입니까. 칼끝으로 당신 가슴팍을 스스로 후벼 파 속죄하고 싶은, 그런 인간적 회한입니까? 아니면 문득 태 버린 땅을 죽음의 장소로 일치하고 싶은 그런 값싼 감상입니까?

ㅎ, ㅎㅎ…… ㅎㅎ……

큰형은 대답 대신 음울한 웃음소리를 어둠 속에 계속 뿌려놓고 있었다. 느닷없이 큰형의 얼굴이 물속에서 솟구쳐 오를 것만 같아 온몸으로 소름이 끼쳤다.

사전리 마을에 올라갔던 박재경 씨가 빈 쪽배를 처음 발견했다는 김씨를 데리고 내려왔다. 그들이 사전에서 메고 내려온 멍석을 화톳불 곁에다 폈다. 소나무 장작이 화톳불에 얹히자 탁탁 튀는 소리를 내며 한결 밝은 불빛을 피워 올렸다. 박재경 씨가 스테인리스 국그릇에 소주를 따라 돌렸다. 술을 별로 좋아하지 않는 조카도 반병쯤의 소주를 단숨에 들이켰다. 언 몸을 술로 데울 요량인 듯싶었다. 술이 한 순배 도는 데 소주 세 병이 비워졌다.

"우리 마누라가 어제 새벽 밥하러 일어나서 먼저 발견했지유. 저 꼭대기서 내려다보문 대동리 쪽과 통골 쪽 물이 한눈에 환히 잡히거든유. 마침 통골에 그물을 걷으러 가는 참이라 배를 가까이 대구 보니 글쎄 빈 뱃바닥에 구두가 요렇게 가즈런히 놓여 있잖겠어유. 증말 섬찍하데유. 낯익은 배다 싶어 유심히 봤더니 바루 횟골 저 성님네 꺼잖아유."

"이 사람아, 그 배 속에 또 뭐가 있었는지 분명하게 얘길 해야지."

"있긴 뭐가 있다구 자꾸 그래유. 구두밖에 아무것도 읎었다니까 왜 자꾸 그래유."

"구두밖에 없는 걸 시춘이두 봤다구 했지? 자네 처두 그렇구……"

"그래유, 다들 봤어유. 누가 안 봤어두 그렇지, 내가 죽은 사람 물건이나 훔치는 사람 같애유?"

조카가 누가 그런 의심을 할 리가 있느냐고 다독이며 다시 먼저의 반쯤 되는 양의 술을 한 순배 돌렸다.

"문제는 그 양반을 어떻게 찾느냐 하는 것인데……"

화제는 큰형의 시신 인양 방법으로 옮겨졌다.

"뭘 짊어지지 않았더라두 그렇게 쉬 떠오르진 않을 거구먼유. 여름 삼복더위 같으면야 빠르면 그다음 날 떠오를 수도 있겠지만 이런 겨울엔 물이 차 한 달이 넘어두 안 떠오르기 쉬워유."

"여름에도 마찬가지여. 지지난해 삼밭골 순베이 술 취해 그

물 놓다가 빠져 죽었을 때 꼭 한 달 만에 건져냈잖은가 말이야. 그것도 머구리 몇십만 원 주구 데려다가 고기한테 다 뜯어멕혀 뼈만 앙상한 걸……"

"그건 발전소에 물 뺄 때라 시신이 밑바닥에서 흘러내리다가 물속 고목 뿌리에 감겨서 그랬던 거지유 뭐."

물에 빠져 죽은 사람이 수면으로 떠올라 뒤통수가 주먹만큼 내보이는 것은 물 깊이와 수온의 차이에 따라 다르다는 얘기였다. 거기에 시체의 무게에 따라 부력을 달리 받을 것이다. 흐르는 물과 고여 있는 물의 차이는 부력에 영향이 있을 것이다. 더구나 그렇게 떠오른 시체가 사람 눈에 보이는 것은 극히 짧은 시간이라고 했다. 그렇게 한번 바깥 공기를 쐰 시체는 다시 가라앉았다가 어느 정도 시간이 지나면 또 떠오르곤 한다는 것이다.

"지가 몇 년 전 추곡에서 본 건데유. 형상을 몰라보게 썩은 시체 하나가 떠올랐는데 글쎄 그 다리에 돌이 가득 든 시커먼 가죽 가방을 매달고 있잖아유."

"예끼, 이 사람아, 그짓말도 분수가 있지. 다리빼기에 돌을 매단 사람이 뭔 힘으루 떠올랐다는 게여?"

"지가 왜 그짓말을 해유? 다 썩었는데두 배에는 퉁퉁 바람이 가득 들었더라구유. 까스가 찼다구 누가 그러데유. 그 가방 속의 돌을 내 손으로 직접 끄냈는데 뭘 그래유. 그 죽은 사람이 누군고 하니 추곡 약수터에 병 고치러 왔던 서울 사람이었다구요."

"서울서 머구리를 다섯씩이나 데려다 훑었다는 그 사람 애기구먼."

"맞어유. 춘천서 발동선까지 세를 내오구 야단이었지유. 돈 있는 집이라는 걸 알구 머구리들이 농간을 놓는 바람에 그렇게 오래 걸린 거예유. 모르긴 해두 돈 더 받아내려구 시체를 찾아 물속 집터 부강지 속 같은 데 처넣구는 못 찾은 척하는 사이에 그 시체가 저절루 떠올랐을 거예유."

"허긴 머구리들 농간이 여간이 아니라데. 그 집 애통하는 정도에 따라 값이 달라진다더구먼. 지난번 순베이 경우만 해두 읎는 집에서 백만 원이 날아갔다면 알쪼가 아닌가."

화톳불을 쬐다 술기운에 끄덕끄덕 졸던 조카가 껴들었다.

"참, 아까 제가 부탁드린 건 어떻게 알아보셨는지요? 잠수부를 어디서 불러야 하는지……"

"지서에서 알아본다구 하데. 송 선생이 낼 직접 한번 올라가 보는 게 좋을 거 같구먼. 우선 한 사람만 불러달라구 해놨구먼서두, 겨울철이라 머구리 부르는 값이 엄청날 거라구들 그러데."

사전리 김씨네 윗방을 비워놨다고 해 같이 들어가 자자고 아무리 잡아끌어도 조카는 막무가내로 버텼다. 밤이 깊어지면서 강바람이 더욱 차가웠다. 술 취한 박재경 씨를 끌고 김씨와 내가 사전리로 올라갈 즈음에야 엷은 구름 속으로 달이 떠올랐다. 그러나 취기와 함께 끼쳐드는 추위로 달빛 속 호수변의 풍광 따위는 아랑곳없이 나는 김씨네 윗방으로 기어들어가 눕기가 급하게 잠들었다.

새벽녘 산등성이에서 내려다보는 고향 산천은 그야말로 그림이었다. 낯설지 않은 산봉우리와 갈퀴발처럼 벋어 내린 산줄기

사이사이로는 골안개가 웅성거리고 있었다. 물안개가 아슴아슴 엷게 피어오르는 호수의 수면은 그대로 또 하나의 깊고 신비로운 하늘이었다. 후우. 나는 가슴 벅찬 감회를 한숨으로 몰아냈다. 어쩌면 그것은 사라져버린 모든 것에 대한 석별의 새삼스런 애달픔이었다. 고향을 떠나 뭇 사람과 아귀다툼하며 아등바등 사는 동안 흘러가버린 세월에 대한 회한이었다. 그것은 어젯밤 어둠 속 고향 산천을 바라보며 느꼈던 감회와는 달리 이제까지 죽기 아니면 살기로 이 악물고 살아온 내 자신의 삶을 되돌아보는 그런 자성이었다. 무엇을 위해 그렇게 악착같이 바둥거렸던가. 오직 한 사람의 지아비가 되고 세 아이의 아버지가 되기 위해 그처럼 세상의 모든 것을 적으로 삼아 치열하게 싸워왔단 말인가. 단순히 가진 자의 횡포와 사회 정의라는 자로 잴 때 그 삶의 방식이 내 비위에 거슬린다는 그것 하나로 마흔여섯의 이 나이까지 무려 열 몇 군데의 직장을 옮겨 다녔단 말인가. 그것은 한 직장에 안존하게 눌러앉아 안일을 추구하는 소시민적 삶과 어떤 의미로 구별될 수 있다는 것인가. 그래, 나는 내 가족을 먹여 살리는 가장으로서의 일 외에 다른 어떤 것을 위해 끊임없이 싸워왔다. 열 몇 군데의 직장을 옮긴 것이 그 싸움의 전리품이요 훈장이었다. 나는 그 싸움을 계속할 것이다. 어깨에 힘주고 사는 사람들이 싫었다. 필요 이상으로 많이 누리려는 사람들에 대해 나는 유난히 예민한 반응을 보였다. 지금 나가고 있는 직장의 윗사람도 가진 사람이 더 열불나게 챙긴다는 말을 뒷받침이라도 하듯 밖에서 즐긴 유흥비는 물론이고 자기 집안의 형광등 갈아 끼우는 것까지 공금으로 충당했다. 그가 철저하게 챙길수록 그보다 비교가 안 되게 못 가진 사람들의 몫이 줄어들었다. 그럴 때 내 목소리는 상당히 설득력이 있었다. 윗사람이 나를 싫어하는 것은 당연했다. 그가 나를 미워하는 만큼 내 마음은 편안했다. 이상하게 배에 힘이 주어지고 걸음걸이가 당당해졌다. 중간층의 사람들은 나를 아부하는 눈길로 쳐다봤다. 그러나 그 윗사람을 비호하는 사람들이 놀랍게 늘어간다는 사실도 알 수 있었다. 그가 이제까지 혼자 챙기던 것을 도의적 책무 없이 여럿이 함께 챙길 수 있는 길이 모르는 사이에 열려졌던 것이다. 사람들의 웃음소리가 높아져갔다. 그 사람들은 내가 큰형의 죽음을 내세워 며칠간의 연가를 냈을 때 그들 몫의 일부일 꽤 두툼한 봉투를 내밀었다. 나는 그것을 거절했다. 나를 따르는 사람이 몇 있었다. 굴욕적인 것보다는 어떤 명분을 위해서 외롭게 소외되는 쪽에도 그 나름의 즐거움이 있다는 걸 나처럼 체득한 사람들이었다.

큰형은…… 나는 해 떠오를 무렵 더욱 야단스레 피어오르는 물안개를 내려다보며 큰형 생각을 했다. 큰형은 무엇을 위해 그렇게 철저하게 주변의 모든 것을 버려야 했는가. 가장 가까운 사람들에게 그처럼 가혹한 피해를 주면서까지 줄기차게 추구한 그 삶의 방식 속에 감춰져 있는 것은 무엇이었는가. 물론 단언해도 좋을 것은 그가 어떤 즐거움에 취한 시간보다는 괴로운 시간이 더 많았을 것이란 생각이다. 이 년 전 장수골에 나타난 경우를 빼놓고는 큰형은 언제나 혼자 있는 모습을 우리들에게 보여줬다. 집을 나갈 때도 돌아올 때도 늘 혼자였다. 물론 큰형의 삶을 인격 파탄자의 파렴치한 행각쯤으로 생각해버리면 그만이다. 모두 그렇게 생각했다. 그러나 큰형의 그 비정상적인 삶이 외곬으로 철저하게 일관되어 있음으로 해서 그것은 차라리 외경할 만하다는 데 문제가 있었다. 큰형 생각만 하면 가슴이 뛰었다. 이 년 전 장수골에 나타나 오직 생명에 대한 집념의 그 추한 면을 거침없이 보여주던 늙은이의 느닷없는 귀향에 어찌 가슴이 뛰지 않을 수 있었겠는가.

큰형은 죽었다. 김씨네 윗방에서 잠이 깬 순간 나는 큰형의 죽음을 사실로 받아들이지 않을 수 없었다. 큰형은 죽기 위해 고향에 돌아온 것이다. 그 죽음의 흔적을 구두 한 켤레로 남겼다. 눈을 떠보니 지난밤 함께 들어와 누운 박재경 씨는 곁에 없었다. 엊저녁, 저녁도 안 먹은 빈속에 막소주를 마신 생각을 하며 무심코 손을 위로 뻗은 순간 그 구두가 손에 잡혔던 것이다. 큰형이 고향에 돌아와 집 댓돌에 벗어놓은 신발은 뗏둔지 강변의 나룻배를 생각나게 할 만큼 커 보였다. 밤새 내 머리맡에 놓여 있던 그 구두야말로 큰형 것임이 분명했다. 뒤축이 삐딱하게 많이 닳은 그 낡은 구두는 버림받은 그런 꼬락서니로 무심하게 놓여 있었다.

큰형이 유품을 남긴 그 구두가 사전리에서 옛날 추전리 마을로 넘어가는 산등성이까지 나를 올려 몰았다. 큰형은 죽었다. 별난 귀향두 다 있군. 그 벌레들이 술렁거리기 시작했다. 왜 죽었는가.

지난밤 화톳불을 피웠던 물가 어디에도 그곳에서 밤샘을 했을 조카의 모습은 보이지 않았다.

어느 화가가 햇살 퍼져 오를 즈음의 이 신비한 물안개를 바라볼 수 있다면 그는 필경 준비해 온 여러 빛깔의 물감들을 집어 던졌을 것이다. 수묵의 진가를 보여줄 그 물안개는 정말 장관이었다. 그러나 아직 햇빛이 안 닿는 건너편 산골짝 그늘 속의 골안개는 여전히 음험한 형상으로 어둑한 겨울 산을 휘감고 있었다.

조카가 사전리 물가로 돌아온 것은 내가 김씨네 집에서 아침밥을 먹고 난 뒤에도 한참이나 된 열한시쯤이었다. 조카의 모습은 차마 쳐다보기 뭣할 정도로 초췌했다.

"지서에도 들러볼 겸 해서 추곡리 산소까지 다녀왔어요."

"아버지가 거기 들러서 이리 오신 모양이던데……"

"그래도 혹시나 하고……"

"그래, 다녀온 흔적은 있던가?"

"잘 모르겠대요. 올라가는 길에 발자국이 있는 것도 같고……"

참으로 어렵게 마련한 산소였다. 큰형이 오래전에 팔아먹어 이미 남의 소유가 된 산자락을 돈 한 푼 없이 빌려 몇 대 조상의 뼈를 모시는 일을 조카가 해냈다. 어차피 묻혔던 땅에서 파내져야 할 것이면 뼈를 빻아 물에 띄워버리자고, 종손인 큰형한테 당한 집안사람들이 뒷짐을 지고 빈정거리는 속에서 조카는 이장 비용이 수월찮은 그 일을 해냈던 것이다. 그런저런 불만은 다 있으면서도 막상 선영을 옮기는 막판에 가서는 모두 조금씩 협조를 하고 나섰지만 끝내 동전 한 푼 안 낸 사람 중에는 작은형도 끼어 있었다. 그러나 추석 성묘를 빼놓지 않는 작은형을 놓고 집안사람들은 새삼스레 그 작은형한테 못할 짓을 한 큰형 얘기를 하며 머리를 내저었다.

"어제 삼촌이 오기 전에 사람을 풀어 저 건너편 웬만한 데는 다 가보게 했어요. 범무리에서부터 윗말, 동막골, 통골, 조교리 그 안쪽까지 아버님이 가실 만한 데는 다 뒤져보게 했지만 헛일이었어요."

귀향과 자살이란 아무래도 아귀가 잘 맞아떨어지지 않는 것이라 조카도 자기 아버지의 죽음을 좀체 사실로 받아들이기 힘들었던 모양이다. 믿을 수 있는 분명한 사실은 큰형이 귀향했다는 것과 주인 몰래 타고 나간 쪽배 속에 자신이 신었던 구두를 남겼다는 것뿐이다.

"그 양반 객지에서 신고 다니던 신발로 고향 땅을 밟는 게 아마 죄스러웠던 모양이야. 더욱이 배 떠 있던 근처가 바로 큰형 태 버린 옛날 집터쯤 될 걸."

내가 하는 농을 조카는 진지한 얼굴로 받았다.

"그러잖아도 잠수부가 도착하면 거기부터 찾아보도록 할 생각이었지요."

"잠수부를 정말 불렀나?"

"지서에서 연락을 했대요. 오기 전에 아버님께서 모습을 보여 주셨으면 좋겠지만 겨울이라놔서……"

조카를 따라 대동리 쪽 물 위에 눈길을 보내고 있는 중인데 소양댐에서 출발한 양구행 배가 통통거리며 올라오고 있는 게 보였다. 햇살이 펴지고 나서도 꽤 오래 피어오르던 물안개가 언제 그랬느냐 듯 말끔히 걷힌 호숫물 위에 햇빛이 자잘하게 부서지고 있었다.

눈앞에 벌어지는 일이 난감하기만 했다. 한낮이 되면서 사전리 물가에 사람들이 모여들기 시작한 것이다. 옛날 대동리의 그 유명한 송진성이 고향에 돌아와 물에 빠져 죽었다는 소식에 열일 제쳐놓고 찾아온 사람들이었다. 산골짜기 화전민 부락 사람들이나 수몰이 되자 높은 지대로 옮겨 앉아 고향 땅을 지키고 있는 사람들이 큰형의 그 별난 귀향에 호기심을 가지고 찾아왔던 것이다. 큰형의 불알친구인 김판배 노인은 양구에서 달려왔다며 내 손을 붙잡고 놓지를 않았다. 내일쯤이면 화천, 춘천, 서울 등지에 흩어져 사는 사람들까지 모여들 것이라며 고향 땅에서 향우회라도 열 기세로 왁자지껄했다. 촌수를 따지기 어려운 먼 친척들도 더러 보였다. 마치 집안 화수회 자리 그 들썽거림과도 같은 느낌이기도 했다.

정말 민망스러운 일은 물노리 장촌말 사는 조카의 외삼촌이 풍 맞아 절뚝거리는 다리로 쪽배에서 내렸던 것이다. 큰형수가 불한당 남편한테 쫓겨 친정집에 들어설 때마다 집안 봉당에도 올라서기 전에 그 동생을 되쫓아 보내던 그 오라버니였다. 나는 어렸을 때 조카와 함께 물노리 그 사돈집에 자주 놀러 갔기 때문에 그 사람을 잘 알았다. 그가 큰형의 멱살을 놓고 분에 못 이겨 벌벌 떨다가 제풀에 놓고 돌아서 갈 때의 그 꾸부정한 등을 나는 기억하고 있었다. 그는 어제 오전에 조카가 큰형의 소재를 확인하기 위해 보냈던 사람 편에 소식을 듣고 왔다며 지팡이에 의지한 채 인생무상을 실감하는 양 산자락까지 차오른 호숫물을 멍하니 바라보고 있었다.

그네들은 조카와 내 손을 잡고 애도의 말로 시작해 이 사람 저 사람 안부를 묻고 옛날 함께 살던 시절의 이야기를 시시콜콜 늘어놓았다. 그런 경황 속에도 조카는 일의 선후를 가려 차근차근 처리해나갔다. 내가 엄두도 못 내는 물가에서의 손님 접대를 위해 이 사람 저 사람 일을 나누어 큰마을을 오르내리게 했다. 모여든 쪽배만 해도 십여 척이 넘었고 대동리서 몇 대를 내려오며 함께 산 집안인 윗말 이장인 정씨가 마을 농선까지 끌고 와 큰형이 빠져 죽었을 만한 물 위에다가 띄워놓고 있었다.

내가 사전리 물가에서 빠져나온 것은 잠수부 한 사람이 도착한 오후 세시경이었다. 얼굴이 오종종하니 좁고 체구가 작은 오십대의 그 잠수부는 조카가 설명하는 상황을 눈을 깜짝거리며 가만히 듣고만 있었다. 누군가 사람들 건져 올리려면 잠수복이며 그물과 갈고랑이 등 짐이 많을 텐데 왜 빈손으로 왔느냐니까 지금 동해안에서 고깃배가 두 척이나 뒤집혀 사람이 여럿 실종돼 그리로 가는 중이라고 했다. 오항리 뱃터쯤에 짐을 두고 일부러 빈손으로 와 흥정을 유리하게 이끌려는 수작이 분명해 보였다.

"내 알기론 저게가 옛날 큰마을 있던 덴데 보통 깊이가 아닐게요. 지금 듣자 하니 꼭 저게서 빠졌다는 것두 분명치 않구, 돈두 좋지만 이 겨울에 물속에 들어가는 일이 워디 그렇게 쉽단가."

"사람 있구 돈 있는 벱이여. 거, 너머 재지 말구 시신부터 인양하라우!"

둘러섰던 사람 중에서 누군가 볼멘소릴 내질렀다.

"내가 당신 종새낀 줄 알어? 나두 이게 다 생업이란 말여!"

잠수부가 발끈하고 일어서는 걸 조카가 만류하며 둘러선 사람들을 물리쳤다.

"우선 얘기에 들어가기 전에 분명히 해둬야 할 건 말이우, 이런 일은 나 혼자는 못한다는 거요. 조합에다 시외전활 해서 두서너 명은 더 와야만……"

시체를 찾으러 물속에 들어가는 일은 혼자서는 무서워 하기 싫을뿐더러 몇이서 해야 일이 빠르다는 얘기였다.

"이보게, 홍호, 이러니저러니 할 것 없이 무당부터 부르게. 물에 빠져 죽은 사람은 우선 굿판부터 벌여 원혼을 달래놓고 봐야 하는 게여."

"이 사람아, 괜한 돈 내버리지 말구 시신이 떠오를 때꺼정 기다리는 거여. 여기 사람으루다 몇을 사서 교대루 지켜보라 그거지. 정 뭣허문 현상금을 걸든가."

배가 산으로 올라갈 판이었다. 잠수부와의 흥정도 수월찮은데 여기서 불쑥 저기서 불쑥 일만 점점 어려워지고 있었다.

장수골로 이어지는 골짜기가 시나브로 좁아지면서 썰렁하니 한기가 끼쳤다. 해 질 녘의 음산한 바람이 바싹 메마른 산그늘을 와스스 훑어가고 있었다. 나는 큰형의 죽음 그 암담한 현장에서 도망쳐 나왔다. 장수골 그 여자한테 큰형의 죽음을 알려야 하지 않겠느냐 구실이 있긴 했다. 어릴 때도 나는 그런 곤혹스러운 처지에 놓일 때면 어떤 구실을 찾아 도망치길 잘했다. 휴전이 될 무렵 탄알을 뺀 기관총 탄피 똥구멍을 빼기 위해 불 속에 집어넣었다가 그것이 터져 작은조카의 얼굴이 피범벅이 된 적이 있었다. 그때 나는 어른들에게 알리고 온다는 구실을 찾아 뒤도 한번 안 돌아다보고 도망쳐 낟가리 속에 숨어버렸던 것이다. 내가 도망친 그 시간에 큰조카는 자기 동생의 얼굴에 박힌 놋쇠 조각을 세 개나 빼낸 뒤 그 동생을 둘러업고 마을로 돌아왔던 것이다. 남들은 모두 내가 더 똑똑하다고 했다. 실상 조카와 말다툼을 벌여 져본 적이 없다. 그러나 막상 어떤 문제에 부딪치게 될 경우 나는 조카와는 비교가 안 되게 어리보기였다. 이를테면 이론에 밝은 것과는 달리 실전에는 언제나 얼뜨기였다. 조금 전 사전리 현장에서도 그랬다. 고향을 떠나 너무 오랫동안 도회 생활에 길들여져 그렇다고는 하지만 사전리 현장에서의 내 존재는 실로 무용지물이었다. 나는 그저 모든 것이 암담하고 막막했다. 그 번거롭고 곤혹스러운 일이 다 지나갈 동안 깜박 죽었다 깨어나고 싶다는 생각뿐이었다.

장수골에 도착한 것은 해가 완전히 넘어가 어둠이 우우 내리덮이는 시간이었다. 장수골은 본래 고래장골이니 뒷베이마을로 불려오던 곳이다. 오래 사는 늙은이가 많아 고려장을 했다는 데서 고래장골이 됐을 것이고 백 살이 넘게 살면서 망령을 떨어 뒷방에 가둬놓고 죽기를 기다렸다고 뒷베이로 불려지던 그 지명이 명예롭지 못하대서 근래 장수골로 바꿨을 것이다.

"어디서 오셨어유?"

어둑한 마당에서 장작을 패던 청년이 허리를 펴며 물었다.

"여기 송진성 씨라고……"

일이 이상하게 돌아간다 싶어 머무적거리자,

"어무니, 여기 손님 오셨어유."

안쪽을 향해 그렇게 소리질러놓은 뒤 그 청년은 쪽마루에 놓인 잠바를 집어 들고 사립문 밖으로 나가버렸다.

"어쩐 일이세유?"

이 년 전 만났던 그 여자였다. 어둑한 속에서도 나를 대뜸 알아보는 것과는 달리 내 방문에 놀라거나 반기는 기색이 전혀 나타나지 않았다.

"형님은 어디 가셨습니까?"

사람 맞는 그 데면스러움이 처음 만났을 때나 다르지 않았다.

"옛날 살던 고향에 가신다구 했는데 왜, 못 만났어유?"

"언제 거길 가셨습니까?"

"사날 됐는가 봐유. 을마 전부터 편질 꽤 여러 개 쓰더니만. 거기서 만나자는 그런 편지라구 그러던 거 같았어유."

"누굴 만난다는 겁니까?"

"자식들을 만난대유. 성제분들두 같이 만날 거라구 하는 거 같드구먼서두."

불현듯 사전리 물가에서 허둥거리고 있을 조카 생각이 났다.

"지난번 저하고 왔던 그 사람 형제들 애길 많이 하시던가요?"

"웬걸유. 그쪽 집 애긴 이응 안 해유. 죌 그렇게 엄청 져놓구 뭔 애길 허겠우유. 죌 진 게 어디 그 자식들뿐인가유 뭐."

장작을 패다가 잠바를 집어 들고 사라진 그 청년이 자꾸 마음에 걸렸다.

"형님이 다른 데 있는 자식들 애긴 잘하시던가요?"

"그것두 이응 안 하더니 어쩐 일루 저번짝엔 술술 풀어놓데유. 영감 말루는 만주 땅 일본 땅 조선 땅 해서 죄 꼽아보면 두어 죽은 될 거라구 하데유. 남한 땅에 살구 있는 자식만 해두, 큰집 자식은 빼놓구두, 여섯이나 된다니까유. 그동안 어디 사는 아무개가 영감님 자식이란 걸 죄다 조살 해놨다면서 이번에 고향에 가면 다 만나게 될 거라구 하데유. 그 자식들한테 맞아 죽지나 마시우— 했더니 당신두 뭣한지 그냥 킥킥 웃데유."

"자식 많이 뒀다는 그런 자랑이었겠죠 뭐."

"웬걸유, 영감은 당신 잘했다는 얘길 죽어두 안 해유. 삼 년 동안 살면서 여태까지 들어본 적이 한 번두 읎으니께유. 잘했다는 소리 했다간 베락 맞아 죽을 게 겁시 나 그런다데유. 그 많은 자식들이 지 성씨 찾아 사는 사람이 벨루 읎대니까 말해 뭣해유."

"아까 여기 있던 청년은 성씨가 뭡니까?"

"이태멩이. 내 아들이에유. 죽은 즈 아버이 성씨가 이가였으니까유."

"여기서 함께 삽니까?"

"웬걸유. 즈 아버이 죽구부터 줄창 외갓집에서 큰걸유. 작년에 고등핵교 겨우 나오군 놀구 있대유. 지가 대학만 갈 수 있다면야 영감이 공불 시켜주기루 약졸 했지만서두, 그 약조가 읎었으면 영감하구 살지두 않었을 거예유. 공분 죽어라 싫다니 으쩔 수 읎는 일이지유. 그래두 에미 땔나무 해주구 간다구 저래 묵구 있네유. 애비 없이 크긴 했어두 애가 심성은 곱다구 영감님두 그러데유."

처음 맞이할 때와 달리 여자는 덥석덥석 말을 잘했다. 석유램프에 불을 댕기자 방은 도배를 새로 한 듯 깨끗해 보였으나 살

림살이는 이 년 전에 비해 별로 는 것이 없는 것 같았다. 나무로 만든 옷장 하나와 싸구려 화장대, 앉은뱅이 재봉틀…… 나는 문득 재봉틀 위에 쌓인 동의보감이니 하는 헌책 속에 끼어 있는 성경책 하나를 보는 순간 횟골 박재경 씨네 건넌방에 떨어져 있더란 성경책 생각을 했다.

"우리 형님께선 성경책두 자주 보시는가 보죠?"

"보지 않어두 훤허게 다 알아유. 저 아랫말 교회 전도산가 하는 젊은 양반이 왔다간 놀래서 입을 쩌억 벌리구 갔으니께유. 어떤 땐 나무아미타불 하는 불경두 왼종일 외구 앉았는걸유."

"저번에 와서 보니까 여기다 농토를 마련하신다구 허더니…… 농살 직접 지으십니까?"

"두 입 겨우 먹구살 정도는 산 모양인데 죄다 남 줬어유. 햇빛 많이 쐬구 땀 빼면서 일하면 쉬 늙는다면서 농사일엔 손두 안 대유."

"그럼, 형님은 주로 뭘로 소일하시는 겁니까?"

"맨날 산에 들어갔다 오는 게 있이지유. 한번 들어가면 사나흘씩은 걸리는걸유 뭐. 애최에 산속에서 자구 지낼 장빌 짊어지구 댕기는걸유."

횟골 박재경 씨가 보았다는 그 륙색일 것이다. 그네와 큰형 이야기를 나누는 동안 나는 큰형이 죽지 않았을는지도 모른다는 생각을 굳혀가고 있었다. 큰형이 바깥 어둠 속에서 인기척을 내며 들어설 것만 같았다. 방 안에 두고 간 저 동의보감을 뒤져보기 위해서도 큰형은 돌아올 것이다. 나는 사전리 그 이야기를 쏟아놓고 싶은 충동을 꾹꾹 누르면서 물었다.

"도대체 형님은 산에 가서 뭘 하시는 겁니까?"

"그렇게 산 공길 몸에 쐬야 몸에 좋대유. 그 양반 솔가리 밑에 숨어 있는 송이버섯 찾아내는 덴 귀신이야유. 더덕이구 도라지구 캐는 대루 날거루 잡숩는대유."

산에 들어가 있는 동안은 익힌 음식을 일절 먹지 않는다고 했다. 솔잎을 씹는 것은 주식이고 철따라 갖가지 풀뿌리며 열매 등 몸에 좋다는 것을 모두 먹는다고 했다. 생식을 해도 탈이 나지 않는 것은 아주 적은 양을 입에 넣고 수백 번 씹은 뒤 그래도 남는 찌꺼기는 뱉어내기 때문이라고 했다. 아직 치아도 좋은 편인데 남이 밥 한 사발 먹는 동안 겨우 한 숟가락의 밥을 입에 물고 우물거린다는 것이다.

"그리 느려터지게 잡숩는 양반이 몸에 좋다는 건 뭐나 가리질 않어유. 메칠 전 길 떠나기 전만 해두 뱀 밥이 뭔 줄 아느냐구 하면서 개울 얼음에 돌땅을 놔 깨구락질 엄청 잡아먹데유. 그것두 꼭 알밴 놈으루만 골라 두 다리빼길 모아 줘구 산 채루 참숯불에 구워 먹어유. 그래야 겨울을 거뜬하게 날 수 있다데유."

"그럼 몸이 편찮다는 얘기두 안 하셨겠네요?"

"왜유. 가끔 앓기두 해유. 고뿔 몸살 같은 거지유 뭐. 큰병은 옛날에 다 앓아서 이젠 안 걸린대유. 폐병, 늑막염, 치질, 황달…… 안 앓아본 병이 읎다데유. 무슨 위라든가 아래라든가 그런 걸 한쪽 모두 짤라냈다구두 하데유. 삼 년 전 제천서 츰 만났을 땐 무슨 암엔가 걸려 몇 달 못 산다고 하면서 섭섭하게 해주지 않을 거니 죽는 날까지 곁에서 간병이나 해달라구 해서 같이 살게 됐는데 여태꺼정 멀쩡하네유."

"우리 형님한테 속으셨구먼요."

"속은 게 아니구 그 양반이 병을 고친 거지유."

"몇 달 못 산다던 그 암을 고쳤다고요?"

"그렇다니께유. 남자 여자가 만나 한 이불 속에서 음양이 딱 들어맞으면 그때 생기는 불루다 병 벌레들이 죄다 타 죽는다고 하데유. 그 영감님 병 고치기 위해 내가 몇 달 동안이나 그 배 위에서 잤는데유."

그 여자는 시동생 되는 내 앞에서 전혀 어려워하는 기색이 없이 큰형 얘기를 꼭 남의 얘기하듯 술술 풀어냈다. 큰형 이야기를 하기 위해 우정 나를 기다리고 있기라도 한 것처럼 속에 감추는 기색이 전혀 없었다.

"형님이 자손 두자는 말씀은 안 하시던가요?"

그 여자는 처음으로 수줍어하는 얼굴을 만들어 웃었다.

"왜 안 해유. 주책시리 맨날 그 타령이지유. 그게 어디 맘대로 되는 건가유. 나이가 을만데유. 그런대두 그 양반 자기 힘 좋은 거만 생각허구 나헌테 흠이 있다는 거예유. 뭐, 뻔하지유. 더 젊은 딴 여자 보구 싶어 그러는 거라니까유."

나는 이쯤에서 사전리 얘기를 꺼내는 게 좋을 것 같다는 생각을 했다. 자옥하게 끼쳐드는 안개로 나는 혼란을 느끼기 시작했던 것이다. 배후령을 넘을 때의 그 안개 속에서 그랬듯 램프 불빛이 있는 방 밖의 세계가 실재하지 않는 것처럼 생각됐다. 불과 몇 시간 전 사전리 그 현장의 암담하던 상황이 수십 년 전에 본 어느 풍경처럼 아련하게 살아났을 뿐이다. 그 여자가 덥적덥적 보여주는, 큰형의 실재로 가득한 장수골 방 안과 사전리 그 죽음의 현장은 너무나 다른 세계였다. 그런대로 아까 장작을 패던 그 청년이 밖에 서 있으리란 짐짐함이 내가 여기에 온 목적을 일깨워줬던 것이다. 게다가 어차피 단칸방에서 함께 잘 수도 없는 일, 빨리 서둘러야 두어 시간 거리의 국도까지 나가 읍으로 나가는 버스를 탈 수 있다는, 오면서 미리 계산해본 시간도 생각하지 않을 수 없었다.

"우리 형님이 이렇게 다른 데 가서 오랫동안 안 돌아오심 걱정이 많이 되시지요?"

"걱정은 뭔. 그 양반 은제구 그렇게 나가 안 돌아올 건데유 뭐. 여태꺼정 그렇게 살아왔다구 당신 입으로 그러데유. 나두 각온 다 돼 있어유. 애최 믿구 살 사람이 아니에유. 고향이 없어지면 코 닿을 데 있구, 큰집 마나님에 자식들꺼정 다 있어두 발길 한 번 안 하는 지독한 양반인 걸유 뭐."

그 여자가 이때까지 큰형을 그렇게 남의 얘기하듯 객관화시켜 담담하게 말할 수 있었다는 것이 비로소 이해가 될 것 같았다. 여자의 예감일 것이다. 그네는 큰형이 이미 자기를 멀리하고 있다는 걸 언제부터인가 눈치채고 있었음이 분명하다.

"형님이 재산은 좀 있으신가 모르겠네요."

아니나 다를까, 그 수더분해 뵈던 여자의 얼굴이 전혀 딴판으로 변했다.

"그런 얘기 하지두 말아유. 그런 거 쥐뿔두 읎으니께."

"남 줘 부치신다는 여기 농토만 해두……"

"그게 어디 우리 껀가유. 그 잘난, 손바닥만 한 논뙈기두 그때 같이 여기 왔던 큰아들 나가는 핵교루 열 번두 넘게시리 찾아가

장만한 건데 우린 등기장 구경두 못했어유. 그 큰아들이 지 이름으로 했대유. 영감님 얘긴, 큰아들이 예다 땅을 산 건 순전히 지 욕심이 있어서 그런 거라구 이를 갈데유. 앞으루 여기가 관광진가 뭔가 되면 땅값이 오를 걸 알구 무신 퇴직금 받은 걸루 사면서, 즈 아버이 먹고살 땅 사줬다는 생색만 잔뜩 냈다는 거예유."

나는 몸을 엉거주춤 일으키며 다분히 공격적인 말투로 물었다.

"만약 그 양반이 내일이라두 어디서 죽었다는 소식이 오면 어쩔 겁니까?"

우욱우욱 끼쳐드는 그 짙은 안개로부터 우선 벗어나야 했다. 어쨌든 그것은 큰형의 죽음을 알린 것이나 다름없었다.

"어쩌긴 뭘 어째유. 설마 즈 아버이 죽었다구 이 꼴각 같은 집까지 뺏어갈라구유."

역시 그 여자는 큰형의 죽음이 아니라 바로 자기 자신의 문제에 매달려 있었다. 나 역시 그 여자가 내 말꼬릴 잡고 늘어지지 않는 이상 큰형 사건을 일단 그 정도로 얼버무려놓은 채 떠나는 게 좋을 것 같다는 생각을 했다. 그것은 우리 고향까지 그 여자를 끌어들여 우리들 몫으로 고스란히 남겨진 큰형의 인생을 뜯어먹게 할 수 없다는 방어의식 같은 것이었다. 더 솔직히 말해 나는 아직도 시계 일 킬로미터 이상의 짙은 방무 속에서 큰형이 성자 같은 위용으로 탈바꿈하고 있을는지 모른다는 그 스멀거리는 기대로 마음이 몹시 조급해지고 있었던 것이다.

생각보다 여자는 그렇게 무딘 것 같지 않았다. 그것은 그네 스스로가 어떤 관계로부터 떨어져 나가지 않으려 마지막 안간힘이었는지도 모른다.

"그리구 영감님이 죽긴 왜 죽어유. 동네 사람 남새시러워 말두 못했지만 영감님은 늘상 하는 말이 백서른 살꺼정은 꼭 산다구 하데유. 그르케 오래 살어야 당신 자식들 운명하는 자리까지 죄다 찾아갈 수 있다는 거였어유."

쪽마루에 걸터앉아 구두를 찾아 꿰는 내 등 뒤에서 그 여자가 꼭 비아냥거리는 투로 계속 중얼거리고 있었다.

"그 영감님 죽기 기대리는 건 손주 환갑 기대리는 거나 마찬가질 걸유. 이번에두 약숫물 효험 보는 건 엄동설한이 진짜배기라구 강원도 약숫터 다 돌구 나선 전라도 구례 어디 있는 장수촌까지 다녀온다구 허면서 현미쌀루 미싯가룰 만들어 가지구 떠났는걸유. 또 모르지유. 어디서 젊은 년 하나 새루 꿰차구 들어앉을는지두. 그런 돈 장만할려구 생전 안 찾던 자식들한테 편지루 기별을 했는지두 모르겠네유."

닷새 만에 다시 넘는 배후령에는 지난번이나 다름없이 짙은 안개가 우욱우욱 밀리고 있었다. 소양댐 선착장에서 배를 이용해 오항리 뱃터 근처인 사전리에 먼저 들른 다음 큰형수의 빈소가 차려져 있는 오음리로 가리란 애초의 계획이 빗나간 것도 농무로 배가 결항을 한 탓이었다. 사전리 현장에 먼저 들르자고 생각한 것은 큰형의 시체가 아직 인양되지 않았다는 사실과 함께 장수골 그 여자가 말하던 큰형의 또 다른 자식이 셋씩이나 사전리 물가에 나타났다는 소식이 큰형수가 죽었다는 소식을 압도했기 때문이다.

드러워서, 증말 우습지두 않네요.

작은조카는 자기 어머니 부음을 전하는 전화 속에서 평소 괄던 그 성질대로 사전리 그 현장에 일어난 일을 그렇게 잘라 말했던 것이다. 원성군 어느 단위 농협에 나가고 있는 작은조카는 자기 형과는 달리 자신들을 버린 아버지를 끝까지 용서하지 않았다.

이놈에 새낀 내 씨가 아녀!

작은조카가 예닐곱 살쯤 됐을 때였다. 몇 년 만에 집에 돌아온 자기 아버지를 잔뜩 경계하는 눈빛으로 바라보는 어린것을 큰형이 느닷없이 달려들어 양쪽 귀를 잡아 쥐고 들어 올리며 자기 씨가 아니라고 소리쳤던 것이다. 큰형수가 달려와 작은조카의 몸을 끌어안지 않았다면 그 억센 손아귀에 잡힌 두 귀는 끝내 결딴이 나고 말았을 것이다. 나는 그 이후로 작은조카가 가끔 저 혼잣소리로 자기 아버지를 욕하는 소리를 들을 수 있었다. 씨발눔.

안개는 배후령을 굽이돌아 오르는 양구행 시외버스를 통째로 삼킨 채 극성을 부렸다. 그러나 나는 지난번처럼 안개에 현혹되지 않았다. 불과 일 킬로미터 저쪽에 실재하는 세계를 알고 있었기 때문이다.

모든 것이 분명했다. 그 생존 여부와는 아랑곳없이 큰형은 자신의 또 다른 분신들로 고향 땅 물가에 나타났던 것이다. 큰형만이 해낼 수 있는 일이었다.

까마귀 날자 배 떨어진 격일까, 아니면 그것도 큰형이 해낸 또 하나의 이적(異跡)일 것인지. 어떻든 큰형수는 지아비의 그 불가사의한 귀향과 때를 같이해 유명을 달리했다.

내가 장수골에서 곧바로 상경해 사전리 현장의 그 번거로운 일로부터 도망쳐 있는 동안 그런 일들이 일어났다. 서울에 올라온 나는 고작 오음리 조카며느리에게 전화를 넣어, 큰형을 물속에서 찾는 일은 아무래도 무모한 것 같다는 의견 한마디를 던지는 일로 마음 짐을 덜려 했다. 더구나 누구보다 먼저 달려가 그 현장 물가에서 하룻밤을 잤을 뿐 아니라 큰조카의 주머니에 내 성의를 찔러 넣으며 등 투덕거린 일로 아재비 된 체면은 세웠다는 자위였다.

그러나 사전리 물가에서 도망쳐온 뒤 내 마음은 그 어느 때보다 편치 못했다. 집안 식구들이 나를 낯선 눈으로 바라보는 것 같았다. 왜 그래요? 어디 아파요? 직장에서 또 뭔 일이 있었군요? 아이들의 귀와 눈은 더 예민했다. 누가 죽었어요? 왜 죽었어요? 거기가 어딘데요? 아이들은 내가 다녀온 고향 땅의 일이 마치 외계의 그것처럼 신비하게 느껴졌던 모양이다. 그러나 그 집요한 아이들의 물음에 나는 실어증에 걸린 사람처럼 입이 열리지 않았다. 이때까지 나는 고향 땅이며 그곳에서 비롯된 내 부모와 형제자매들에 대해 집식구들과 이야기를 나눠본 적이 없었다. 스스로 금기를 삼아 잊고 살아온 그 땅 그 세월 속의 사람들을 수십 년이 흘러간 지금 이 시간 우리 식구들에게 나누어준다는 것은 불가능하다는 생각이었다. 그것이 부끄러웠다.

나는 이틀 동안 내 속에 스며든 고향의 산천과 그 사람들의 일로 해서 갑자기 어떤 중심에서 떨어져 나간 느낌이었다. 특히 직장에서 더 그랬다. 나를 바라보는 동료들의 눈이 다르다고 생각되기 시작했다. 그네들은 내가 연가 기간을 앞당겨 돌아온 것을 몹시 못마땅해 하는 것 같았다. 그네들은 내가 없는 이틀 동안의 그 안락한 잠을 잊지 못해 하는 그런 눈으로 나를 쳐다보았다. 무턱 외로웠다. 그것은 직장을 떠나야 할 막판에 늘 겪어온, 모든 것으로부터 철저하게 소외되는 순간의, 국외자만이 느끼는 그런 성질의 외로움이었다. 그런데도 나는 속으로 웃음이 나왔다. 후후. 나는 어느새 그 외로움을 야금야금 핥아먹고 있었던 것이다. 갑자기 몸속에 이상한 조짐이 왔다. 큰형 귀신이 덮씌워진 것일까, 나는 큰형처럼 역마살이 끼어 떠돌고 싶은 충동으로 조바심치기 시작했다. 큰형의 삶과 내 것이 혼동되는 순간이었다. ㅎㅎ. 화장실에 가 앉으면 자꾸 웃음이 나왔다. 그 웃음이 큰형의 그것과 너무 닮았다는 생각으로 또 웃음이 나왔다. 아하, 나는 화장실에 숨어 있는 시간이 길어지면서 서서히 뭔가 터득되는 느낌이었다. 철저하게 버려라. 그렇게 철저하게 버린 뒤 어디론가 깊이 잠적해 혼자 쿡쿡 웃고 있는 큰형을 생각해낸 것이다. 그것은 큰형이 죽지 않고 살아 있다는 확신이었다.

오음리 조카네 집은 아직 문상객이 찾아들 시간이 아니어서인지 초상집답지 않게 조용했다. 두 조카가 고개를 푹 숙인 채 빈소를 지키고 있었다.

분향재배가 끝난 뒤 상제들과의 인사말로 며칠 전 들렀을 때 본 고인의 주름진 눈언저리를 하염없이 적셔 내리던 눈물에 대해 얘기했다.

"아버님이 고향에 오셨다는 얘길 들으셨던 것 같아요."

큰조카의 얼굴은 정말 맞바로 쳐다보기 민망할 정도로 망가져 있었다.

"집사람이 보니까 돌아가시기 전날만 해두 베갯잇이 흠뻑 젖었더래요. 삼촌두 아시다시피 우리 어무니가 어디 사람들 앞에 눈물 한 방울 보인 적이 있던가요."

나는 문득 그날 큰형수가 나를 당신의 지아비로 잘못 알았던 것은 아닐까 하는 생각으로 가슴이 덜렁 내려앉는 느낌이었다.

평생에 못 흘린 그 눈물을 저승까지 가지고 가랴 싶어 한꺼번에 쏟아낸 모양이라며 큰조카가 울먹였다.

"그저께 저녁 사전리에서 올라와 어무니 곁에서 잤거든요. 그때까지만 해두 멀쩡하셨다구요. 그런데 자다가 아무래두 느낌이 이상해 일어나 불을 켜봤더니 주무시던 그 모습 그대로 숨을 거두셨더라구요. 그때가 새벽 세시데요."

임종 자식은 따로 있다는 말대로 잘해야 일 년에 너댓 번밖에 큰집에 못 들렀다는 작은조카가 큰형수의 임종을 지켜본 셈이다.

"사전리 그 일은 어찌 됐나?"

"우리 성님은 너무 고지식해서 탈이라구요. 우리가 그 늙은이한테 어디 한두 번 당했어요? 삼촌 말대루 그저 하루 이틀 찾다가 없으면 그만둘 일이지 이건 꼬박 닷새씩이나 그 난릴……"

큰조카는 그처럼 몰아치는 자기 동생의 말을 그저 묵묵히 듣고만 있었다. 작은조카가 계속했다.

"아까 횟골 박씨한테 머구리들을 일단 돌려보내라고 일러 보냈어요. 하루 들어가는 돈이 얼만데 그래요."

잠수부 세 사람과 일당을 주기로 하고 쓴 마을 사람들 십여 명이 그 근방 일대를 나흘간이나 샅샅이 훑었지만 큰형의 죽음을 확인할 만한 물건마저 보이지 않았다는 것이다. 한참 뒤에 큰조카가 띄엄띄엄 입을 열었다.

"……하기는 그 사람들이 가지고 온 편지에도 돌아가신다는 얘긴 안 써 있었던 거 같아요. 그냥 아무 날쯤 대동리에 오면 만날 수 있다고만 적혀 있었지요."

그 사람들이란 물론 큰형이 객지로 떠돌면서 여기저기 두었을 자식일 것이다. 큰형이 보낸 그 등기우편을 받고 달려온 사람은 어제까지 모두 셋이라고 했다. 그 세 사람이 하루 이틀 사이에 각각 나타나 편지 한 장을 펼쳐놓으며 이런저런 사연을 풀어놓은 뒤 사전리 물가에 깔아놓은 멍석 위에서 배다른 형제들 간의 수인사 맞절이 나누어질 때마다 둘러선 사람들이 박수를 쳤다는 것이다. 큰형이 그때까지 버려뒀던 객지 자식들에게 보낸 편지에는 언제 어디서 아무개 여자와 어떻게 만나 무슨 일로 생이별을 하지 않을 수 없었다는 기막힌 사연이 구절구절 회한조로 적혀 있었다는 것이다. 큰형의 놀라운 기억력이 그 사연들을 틀림없는 사실로 입증했을 것이 분명했다. 세 사람 중 송씨 성을 가진 사람은 전라도 해남에서 왔다는, 큰조카보다 두 살 위인 사람이고, 다른 두 사람은 각각 이씨 신씨 성을 가진, 충청도 보은과 서울 수색에 현주소를 둔 삼십대 젊은이들이었다.

"저두 성님이 억지루 끌어다 인사를 시켜 하긴 했지만서두, 제기랄, 앞으로 또 몇이 더 올는지 알게 뭐야요."

작은조카는 끝내 못마땅한 듯 계속 툴툴거렸다. 양구에서 온 재종숙이 껴들었다.

"나두 인살 받았다지만 좌우지간 느덜 아버이가 저승에 갔대두 전생에 진 그 죄 때문에 고생깨나 할 게다. 그건 그렇구, 아, 그 사람들이 이리루 문상을 오겠다구 나서지 않겠냐. 그런 걸 내가 딱 잘라 막았느니라. 아무리 한 피붙이라구 해두 예가 어딘데 온다는 게야!"

좀 사이를 두었다가 재종숙이 다시 말했다.

"허지만 내일 추곡 장지엔 그 사람들이 올는지두 모르니 봐두 모른 척하는 게 좋을 게다. 불원천리 즈 핏줄 찾아왔는데 조상 산소 성묘까지야 어디 막을 수 있겠냐."

큰형수의 삼일장 그 마지막 시간이었다. 큰조카가 나한테 작은 성경책 하나를 넌지시 건네준 것은 하관이 끝난 뒤 흙과 회를 덮은 금정틀 안에 들어설 회다지꾼들이 막걸리 사발을 돌리고 있을 때였다. 큰형이 횟골 박재경 씨네 방바닥에 우정 놓고 갔을 것이 분명한 그 성경책은 어느 교파에서 전도용으로 만든 손바닥만 한 크기의 보급판이었다.

"몇 군데 접힌 데가 있는데 그건 제가 접은 게 아니에요."

성경책을 건네며 큰조카가 속삭이듯 말했다. 나는 그 성경책을 외투 주머니 속에 넣은 뒤 회다지를 부추기기 위해 둘러선 사람들 사이를 빠져나와 좀 외진 자리를 찾았다.

문득 그들 세 사람이 눈에 띄었다. 그들은 멀찍이 외떨어져 있는 증조부의 합장묘 근처에서 기신거리고 서 있다가 내 눈길과 마주치자 황황히 얼굴을 돌렸다. 생면부지의 그 세 사람이 얼마 전 나한테 인사를 할 때도 그들은 몹시 면괴스러워하는 얼굴로 절절맸던 것이다. 내가 그들의 인사를 받고 있을 때 누군가 뒤에서 큰 소리로 놀리는 말을 했다.

영락없구먼! 저 양반들이 서울 막냇삼촌을 그대루 빼썼구먼 그래. 거참, 신기하이!

회 작대기를 들고 금정틀 안에 들어선 여섯 명 회다지꾼들이 선소리꾼의 느려터진 중중모리에서 차츰 상큼한 자진모리로 옮겨가는 가락에 맞춰 발을 멋들어지게 구르기 시작했다.

에헤라 달회!
광중 안에 육지원님들/이내 말씀 들어보소
광중 안에 육지원이요/광중 밖에 나 혼자인데
먼 데 손님 듣기 좋게/가차운 손님 보기 좋게
창포밭에 금잉어 놀듯/금실금실 놀아보세
……

선소리꾼의 소리 메김이 하도 구성져 밖에 있는 사람들까지 저절로 흥이 나 받음 소리에 신명을 냈다.

사람들의 눈길이 모두 회다지에 쏠렸을 때 나는 큰조카가 은근히 건네준 그 성경책을 꺼내 여기저기 뒤적이기 시작했다. 조카의 말대로 그 성경책은 꼭 두 군데가 접혀 있었다. 요한복음 제15장과 베드로전서 제1장이 각각 한 갈피씩 접힌 상태로 그 접힌 쪽 한 곳에 파란 볼펜으로 밑줄이 그어져 있었다.

—나는 포도나무요 너희는 가지니 저가 내 안에, 내가 저 안에 있으면 이 사람은 과실을 많이 맺나니 나를 떠나서는 너

희가 아무것도 할 수 없음이라.

내가 두근거리는 가슴으로 그 성경책 접힌 첫째 갈피의 밑줄 그어진 구절을 읽고 나서 잠시 멍청해 있는 사이에 회다지 소리와 그 율동은 척척 죽이 맞아 점차 급박한 호흡의 휘모리로 치닫고 있었다.

……

에헤라 달회!

초로인생 길다 해도/일장춘몽 못 면하네

명사십리 해당화야/꽃 진다고 설워 마라

명년 삼월 돌아오면/꽃은 다시 피련마는

우리 인생 어찌하여/불여귀를 일삼는고

……에헤라 달회!

나는 누구에게 들킬세라 몸을 돌려 그 성경책의 또 한 군데 접힌 곳을 펴 들었다.

—피차 사랑하라 너희가 거듭난 것이 썩어질 씨로 된 것이 아니요 썩지 아니할 씨로 된 것이니……

썩지 아니할 씨…… ㅎㅎ. 나는 황급히 성경책을 외투 주머니에 집어넣으며 금방이라도 눈을 내릴 듯 음산하게 갈앉은 하늘 아래 그 칙칙한 겨울 산골짜기를 휘둘러보았다. 그 기분 나쁜 웃음소리의 향방을 찾기 위해서 나는 계속 산기슭 외진 곳 여기

저기를 두리번거리고 있었다. 그러나 그 웃음소리는 산기슭 외진 데 말고도 더 가까이서도 들렸다.

ㅎㅎ.

온몸으로 쫘악 소름이 끼쳤다. 그것은 지금 산 속 어디엔가 숨어 우리들을 내려다보고 있을 큰형이 내 입술을 몸주로 해서 내보내는 그 교활한 웃음소리였기 때문이다.

○ 1987년 『문학사상』 2월호

# 외딴길

먹이를 찾아 눈 덮인 산기슭을 더듬어 인가로 숨어든 살쾡이의 흔적을 보듯 나는 그 할아버지의 느닷없는 출현에 가슴이 섬뜩했다.

유별나게 추운 겨울이었다. 퇴근해 집으로 돌아올 무렵의 바깥 온도가 영하 12도라 했다. 연 보름째의 강추위였다.

—이상 한파, 내일도 아침 최저기온 영하 22도.

저녁 텔레비전의 화면에 흰 글씨의 자막이 흐르고 있었다. 벽에 걸린 온도계는 영상 15도, 실내온도로는 아무래도 좀 낮았다. 아내의 가계 절약이 그랬다. 그러나 이런 추위에 남보다 덜 춥게 지내려고 그처럼 어렵게 비축해둔 석유가 아니던가. 식탁에 앉은 채 내심 툴툴거리고 있을 때였다.

"아빠, 전화 받아보세요."

4학년짜리 둘째가 수화기를 건네 온다.

"파출소래."

그러면서 텔레비전의 볼륨을 한껏 줄인다. 두 대의 자동차가

지그재그로 폭주하는 그림인데 소리가 없으니까 실감이 별로 없다. 파출소라……

"아니, 무슨 일이 생겼대요?"

아내마저 식탁에서 일어나 응접실로 나온다.

내가 수화기를 받아들며 제 외삼촌을 따라 봉평 스키장으로 간 6학년짜리 큰애를 생각했듯 아내도 그런 불길한 그늘을 얼굴에 깔고 있었다.

"최홍태 씨 되십니까?"

"네, 그렇습니다만……"

"여기 본동 제5파출손데, 지금 이곳에 최 선생님의 할아버지께서 와 계십니다."

후우, 나는 우선 가슴을 편다. 곁에 다가붙은 아내에게 별일이 아니라는 손짓을 해 보이며 식탁 쪽으로 눈길을 준다. 식탁 위의 찌개 냄비에서 아직도 김이 오르고 있었다. 접시에 담긴 겨울 배추의 연두색 속잎이 새삼 식욕을 돋운다. 응접실 스팀 위에 걸린 종이 팔랑개비가 스팀 열기에 의해 뱅글뱅글 돌아가고 있었다.

"다시 한번 알아봐주십시오. 제가 최홍태가 맞긴 한데 절 찾아올 그런 할아버진 없습니다."

나는 호기 있게 잘라 말했다. 더 성가시게 나오면 버럭 화까지 내줘야 하겠다는 여유까지 생긴다.

할아버지. 우리 할아버지가 돌아가신 걸 기억한다. 수백여 조문객들이 줄을 이었다. 시골 구석구석에서까지 갓을 쓴 노인들이 찾아와 분향재배했다. 도지사가 검은 지프를 타고 와 고인을 추모하는 장면이 찍힌 사진을 아버지는 그 빛이 누렇게 바래 더 이상 볼 수 없을 때까지 대청에 걸어두었다. 할아버지는 그만한 대우를 받을 만한 분이었다. 좀 늦긴 했어도 돌아가신 그 즉시로 독립유공자로 추서되었다. 살아생전에는 6·25 전후 반공일선에서 젊은이 못지않게 활약한 공으로 국무총리가 주는 무슨 훈장도 받았다. 할아버지는 초지일관, 옳고 큰일을 위해 뚜렷한 신념을 가지고 정도를 걸은 분이다. 설사 당신이 그 생전에 마나님을 둘씩이나 두었던 사생활의 하찮은 결점이 있었다 해도 그런 것은 도무지 문제가 될 성질이 아니었다. 그 첫째 할머니, 그러니까 내게 큰할머니가 되는 그분의 얼굴을 나는 모른다. 할아버지의 첫째 마나님이었다는 그분에 대해서 내가 알고 있는 것이라곤 간간 집안 어른들 입에 쉬쉬 눈치 보아가며 주고받던 그 정도였다.

—여자 팔자는 뒤웅박이라곤 하지만 그 성님이야말로 우째 그렇게 기박하대?

—그게 다 영감님하고 연분이 아니어서 그런 거예유.

—연분이고 뭐고 망할 양반은 따로 있다고. 글쎄 아무리 망나니 양반이긴 하지만 그럴 수가 있어?

—그러니까 지금 그 죌 다 받구 있는 게 아네유.

아, 나는 수화기를 든 채 신음처럼 중얼거렸다. 둘째 할아버지.

"태흥물산에 나가시는 최홍태 씨가 맞지 않습니까?"

수화기 저쪽의 목소리가 사뭇 항의조다. 이상하게 몸이 움츠러들었다.

"여기 와 계신 할아버지 성함을 대드리지요. 최근배 씨랍니다. 그래도 모르시겠단 말입니까?"

예감은 적중했다. 최근배. 우리 할아버지가 최정배였으니까, 곱 배(培)자 돌림이면…… 그 할아버지임이 틀림없었다.

"알겠습니다. 제가 곧 그리로 모시러 가겠습니다."

나는 서둘러 수화기를 놓았다.

"뭐예요? 왜 그런대요?"

아내가 주방 쪽에서 묻는다.

"둘째 할아버지가 오신 모양이야."

나는 짐짓 대수롭지 않은 양 대답했다. 어차피 부딪칠 일, 속히 알려둘 필요가 있었던 것이다.

"둘째 할아버지라뇨?"

아내는 외투를 꺼내 입는 내 곁까지 따라와 묻고 있었다. 나는 역시 시답잖게 대답했다.

"아, 왜 만주 할아버지라고 있잖아!"

이제 내 도움이 없어도 아내는 자신의 기억 속에 몇 개의 달갑지 않은 사건들을 떠올릴 것이다.

"뭐예요, 만주 할아버지라구요?"

한 가닥 기억의 그물을 잡아 나꾼 아내가 호들갑스레 놀라고 있었지만 나는 되도록 의연하게 집을 나섰다.

밖은 매섭게 추웠다. 십여 일 전에 내려 쌓인 눈이 그대로 얼어붙은 채 빙판을 이루고 있었다. 발걸음 하나하나 옮기는 게 그처럼 신경이 쓰일 수가 없었다. 새삼 인생사가 그렇게 평탄할 수만은 없다는 생각이 불쑥 치민다. 사람으로서 사람들과의 만남 속에서 모나지 않게 사람다움을 잃지 않고 산다는 것이 얼마나 어려운 일인가. 자칫 발 하나 잘못 내디뎌 그것으로써 외떨어진 삶 속에 깊숙이 떨어져 내리는 그런 외톨이 인생이 우리들 주위에 얼마나 많던가. 경우가 좀 다르긴 해도 나는 빙판길을 걸으면서 둘째 할아버지의 삶이 바로 그런 외톨이 인생이라는 생각을 했다. 아무리 자승자박이라 하더라도 그 결과를 놓고 볼 때 한 가닥 연민을 떨쳐버리기가 어려웠던 것이다.

파출소가 가까워지고 있었다. 출퇴근하는 길에 그 앞을 항상 지나치면서도 뭔가 이해하기 어려운 적대감으로 딴전을 보곤 했던 곳이 아닌가. 그러나 나는 지금 몸을 움츠려 그곳을 스스로 찾아 들어가고 있는 것이다. 아무래도 그냥 들어서기가 뭣한 것 같아 담뱃가게에서 거북선 한 보루를 샀다. 그쯤이라도 인사를 차려두는 게 좋을 것 같아서다. 누가 알 수 있는가, 사람의 일이란— 제에기랄, 하마터면 엉덩방아를 찧을 뻔했다. 사지를 제멋대로 휘둘러 미끄러짐으로부터 몸 중심을 잡은 뒤 그 창피함에 대한 분노 같은 게 치밀었다.

그 늙은이가 나타나다니, 도대체 어떻게 된 일이란 말인가. 나는 일말의 호기심으로 들떠 오르고 있었다. 그러나 그것은 뭔가 대단한 구경거리를 보러 가면서도 막상 끼쳐올는지도 모르는 위해를 두려워하는 어린아이들처럼 가슴이 몹시 두근거렸다.

만주 할아버지. 우리들이 어렸을 때 어른들의 입을 통해서 듣는 만주 할아버지에 대한 느낌은 봄날 산야를 자욱하게 뒤덮어 오는 황사 현상 때의 그 먼 데서 날아오는 흙먼지의 황량함 같은 것이었다. 어딘가 정처 없이 떠돌다가 느닷없이 나타나고, 그리고 그가 나타남으로 해서 어른들 얼굴에 이글거리는 증오와 적개심 속을 유유히 거니는 한 마리 이리 새끼의 그 날카로운 이빨 같은 것, 그런 잔혹 비정스러움의 덩어리 같은 존재. 엄연히 둘째 할아버지임에도 불구하고 우리들 눈에는 그가 사람다움을 지닌 그런 사람으로 보이지 않았다. 어른들은 우리들이 무엇을 잘못할 때마다 버릇처럼 저놈에 자식 만주 하라버이 꼴 될랴고 그러느냐고 윽박지르는가 하면 만주 하라버이한테 양자로 보내겠다고 엄포를 놓곤 했던 것이다. 우는 어린이들한테, 호랑이가 잡아간다는 말 대신 만주 하라버이를 들먹였을 정도니 그 할아버지의 존재가 어떠했겠는가는 짐작이 가고도 남는다. 그렇다고 그 할아버지가 항상 우리들 화제 속에 끼어 있는 건 아니었다. 오히려 그는 우리들 기억 속에서 거의 잊힌 상태로 지내는 시간이 더 많았다. 잊혔기보다는 보다는 사람들이 그를 자신들의 기억 속에 남겨두기를 꺼려했었다는 표현이 맞을는지도 모른다. 그는 우리 최씨 문중에서 치욕적인 존재였으며 동시에 적이었다. 누구 하나 그 할아버지를 두둔하고 나서는 사람이 없었다. 좋게 말하기는 고사하고 입을 열기만 하면 그에게 어떤 피해를 이래저래 당했다는 사설을 엮어내기에 바빴다. 그는 그대로 한 치의 양심도 지니지 못한 패륜아였고 탕아였다. 기독교식으로 말해 사탄이요 카인이었으며, 나쁜 사람, 그렇게 돼서는 안 되는 인간의 한 전형으로서 입에 올리는 정도였다. 망나니, 사기꾼, 흉악무도, 벼락 맞아 뒈질……

그러나 근래에 들어 그 할아버지가 고향에 나타나는 기간은 상당히 길었고 설사 나타났다 하더라도 며칠 새에 훌쩍 사라져버림으로 해서 그에 대해서 이야기하는 사람들의 태도가 많이 누그러진 셈이었다. 집도 자식도 없이 혼자 떠도는 늙은이에 대한 측은함이 그의 지난날 허물을 그런대로 덮어버리게 했을 것이다. 다만 사람들은 측은하기는 하지만 그 늙은이의 지난날 과오를 추억처럼 떠올리며 혹시나 자신들의 삶에 그러한 위해 그 그을음이 끼쳐들 것을 두려워하는 정도에 불과했던 것이다.

"최홍태 씨 되십니까?"

파출소 정문 앞에 서 있던 정복 차림의 순경이 나를 안으로 안내했다. 파출소 안에는 예비군복의 방위병들까지 합해 칠팔 명이 웅성거리고 있었다. 밖에서 언 몸이 실내의 온기에 후끈했다.

"야, 내다!"

어둑한 실내, 칠팔 명 웅성거리는 사람들 속에서 누군가 내 몸을 덥석 끌어당기는 사람이 있었다. 실내 밝기에 눈이 익기도 전에 맞부딪친 둘째 할아버지는 그대로 거인이었다. 나보다 키도 체격도 더 큰 노인네가 나를 서양 사람들이 하는 그런 제스처 비슷하게 끌어안는 순간 나는 몹시 역한 댓진 냄새를 맡았다.

"아까 전화 건 이차석입니다. 할아버지께서 손자 댁을 찾기 위해 하루 종일 고생을 하신 모양입니다. 태평물산에 나가는 최홍태란 사람이 이 마을에 살고 있을 것이니 찾아내라고 떼를 쓰시는 통에 우리 아주 애를 먹었습니다."

한쪽 구석진 자리의 순경 말에 내가 감사하다는 말도 하기 전에 둘째 할아버지가 내 몸을 덥석 껴안았다.

"그래, 그동안 가내 별고는 없었느냐?"

이런 별고라니. 그 지독한 댓진 냄새로부터 벗어나기 위해 나는 황황히 둘째 할아버지 그 거구의 품에서 몸을 빼냈다.

나는 파출소를 벗어나서야 비로소 둘째 할아버지를 부축하는 그런 엉거주춤한 자세를 취했다. 이상한 일이었다. 파출소 안에서 그렇게 당당하고 위세 있던 할아버지가 밖에 나오기가 무섭게 된서리 맞은 호박잎처럼 팍삭 몸을 움츠리며 나약한 늙은이로 바뀌어버린 때문이다. 그는 결코 거인이 아니었으며 허리가 굽고 몸이 노쇠할 대로 노쇠한 가난뱅이 늙은이였다. 비로소 나는 그 할아버지 나이가 팔십에 가까운 고령이라는 생각을 해냈다. 그런대로 그 할아버지는 비교적 깨끗한 한복 바지저고리 위에 짙은 회색 두루마기를 단정하게 입고 있었다. 그리고 밤색 중절모에 젊은이들에게나 어울리는 테가 굵은 안경을 쓰고 있었다. 그런 차림에도 불구하고 그는 너무나 병약해 뵈는 몸놀림을 했기 때문에 나는 어쩔 수 없이 그를 전적으로 부축하는 몹시 거북한 입장에 놓이지 않으면 안 되었다. 그는 숨까지 가쁘게 몰아쉬고 있어 이 늙은이가 당장 어떻게 되지나 않을까 은근히 걱정이 되기도 했다.

오 년 전인가, 어머니 회갑 때 우리 시골집에 둘째 할아버지가 지금 같은 모습으로 나타났다, 중늙은이 비렁뱅이였다. 잊을 만하면 불쑥 모습을 나타낼 때마다 기대와는 달리 당당하고 의연한 풍채로 집안사람들을 놀라게 하던 그가 그날은 영 그게 아니었다. 몸을 한껏 움츠리고 초라한 행색으로 들어선 그는 잔치 준비로 떠들썩한 사람들 눈을 피하듯 어느 방으론가 들어가 모습을 보이지 않았다. 잔치 준비로 이리저리 뛰던 아낙네들은, 작은아버지가 왔다, 만주 하라버이가 다 죽어서 왔다네…… 이렇게들 떠들어대며 그 할아버지가 들어간 방을 기웃거리기도 했다. 들어가 인사를 해야지! 이렇게 젊은이들을 나무라는 할머니들도 있었다. 비록 둘째 할아버지의 출현이 예사로운 일이 아님을 알면서도 이미 독을 빼어버린 독사를 구경할 때처럼 안도의 숨들을 쉬고 있던 것이다. 그런데 둘째 할아버지가 다음 날 잔칫상을 뒤엎는 난동을 치자 이제까지 느슨하게 늦췄던 적대감을 제대로 살려 올리며 사뭇 혼비백산했던 것이다. 그렇게 된 데는 집안 어른들의 불찰도 아주 없지 않았다. 그날의 주인공인 어머니가 큰상을 받는 자리에 의당 집안의 높은 어른들이 자리를 함께한 것까지는 좋았다. 그런데 정작 그 자리 가장 상석에 앉아야 할 둘째 할아버지 모습이 보이지 않았다.

—야들아, 그런 거 신경 쓸 거 없다. 그 양반 나오래두 아마 못 나올 게다.

상을 올리는 입장의 우리 형제들이 둘째 할아버지를 모셔내오자는 말을 했을 때 나이 든 어른들 중에서 그런 의견들이 나왔기 때문이다. 그 어른의 말씀은 그 할아버지가 지난밤 술에 녹아떨어졌으니 아예 모른 체 지나쳐버리는 게 여러 면으로 좋겠다는 것이었다. 실상 우리 형제들도 그 할아버지를 수연 자리의 상석에 앉히고 싶은 마음이 선뜻 내키지 않던 터라 그냥 그 어른들 의견을 따를 수밖에. 어쩌면 그것은 초라한 행색으로 잔치 전날에야 나타난 둘째 할아버지한테 옷 한 벌 준비해 입히지 못한 우리들 마음 짐짐한 때문이었는지도 모른다.

어쨌든 큰상을 차려놓고 자식들이 절을 하며 술잔을 올리는 중인데 느닷없이 둘째 할아버지가 모습을 드러냈다, 조금 난처

하긴 했지만 그런대로 아버지가 일어나 상석에 자리를 마련하고 그 할아버지를 앉혔던 것이다. 자리에 털썩 주저앉은 그의 거동에서 나는 뭔가 섬뜩함을 느꼈다. 그 느낌을 대수롭잖게 생각하며 내가 얼른 술잔을 올렸던 것이고 그 할아버지 역시 내게서 술잔을 순순히 받아 입에 대는 것 같았다. 그 순간 둘러섰던 사람들 입에서 외마디 비명이 터져 나왔다. 그 할아버지가 술잔을 입속에 넣고 우두둑 깨문 것이다. 이빨이 좋던 젊은 시절 그 할아버지가 흔히 하던 그런 거였다. 그의 입에서 핏방울이 흘러나오는가 싶은 순간 그는 깨진 유리 조각을 피범벅인 채 홱 내뱉었다. 잔칫상이 엉망이 됐다. 그 정도로 그친 게 아니었다. 그는 그것도 못마땅한지 벌떡 일어나며 그대로 잔칫상을 둘러엎었던 것이다. 게다가 한술 더 떴다. 둘째 할아버지는 자리에서 벌떡 일어나더니 그대로 안방으로 들어가 벌렁 나자빠졌던 것이다. 이 난감한 사태를 당해 사람들은 망연자실 우리 아버지를 쳐다보았다.

—공필이 아재, 나 좀 봅시다.

아버지가 집안 어른 하나를 곁으로 부르더니 부조금을 받아 주머니에 넣었던 돈다발 중에서 거의 삼분의 이쯤 되는 액수를 공필이 아재한테 건네주면서 무슨 얘긴가 잠깐 나누는 것 같았다. 아버지한테 돈을 받아 든 공필이 아재가 입에서 피를 뿜으며 안방 바닥에 벌렁 드러누운 그 둘째 할아버지한테 들어가 두런두런 뭔가 사정하는 것 같았다. 좀 후에 아버지도 마음을 가라앉힌 듯 안방으로 들어가 둘째 할아버지 앞에 무릎을 꿇었다. 그제야 둘째 할아버지가 뻣뻣 굳은 얼굴로 일어나 앉으며 자기

앞에 놓인 돈다발을 들어 대충 어림하더니,

—이게 모두 얼마여?

아버지가 대답 대신 고개를 푹 꺾었다.

—이놈아, 돈 줘서 쫓을 양이면 이거 가지고는 어림도 없다!

고개를 푹 꺾고 앉았던 아버지가 무슨 생각을 했는지 벌떡 일어나 장롱 서랍을 열었다. 그리고 먼저 돈다발 묶음과 부피가 같은 돈을 꺼내 그 할아버지 앞에 공손히 놓은 다음 그 자리에 엎어져 대성통곡을 했다. 그러자 그 할아버지는 그 돈다발을 꼼꼼히 챙겨 넣은 뒤 우리 집에서 휑하니 사라졌다.

"네 큰애 이름이 인세가 맞재?"

어두운 빙판길을 쭈뼛쭈뼛 걷던 둘째 할아버지가 문득 묻고 있었다. 놀라운 일이다. 우리 애들과 맞바로 앉아보지도 않은 이가 어떻게 애들 이름을 기억하고 있단 말인가. 어디 그뿐인가.

"갸, 밑의 여식애가 아마 열 살쯤 됐쟈?"

4학년짜리 딸아이 나이까지 알고 있었다.

"그래, 그전 살던 데서 이 동네루 언제 이살 했냐?"

그러고 보니 생각에 잡혀 드는 게 있었다. 삼 년 전쯤인가 둘째 할아버지가 먼저 우리가 살던 쌍문동에 나타난 일이 있었던 것이다. 때마침 여름이어서 집안 식구들과 함께 동해안으로 피서를 떠났던 때였다. 장모가 집을 보고 있었다. 그렇게 주인 없는 집에 연 이틀인가 나타났다더니 우리가 집에 돌아온 후에는 더 이상 나타나지를 않았던 것이다. 결국 그때 피해를 본 건 영동 막냇삼촌이었다. 한창 복더위 속에 그야말로 무서운 여름 손님으로 나타나 사흘인가 묵은 뒤 집안의 귀금속붙이를 몽땅 털어가지고 사라졌던 것이다.

—망할 놈의 늙은이, 내 이 늙은일 잡기만 하면 손모가질……

그 일이 빌미가 되어 숙모와도 여러 번 다투는가 싶더니 끝내는 한동안 별거까지 하는 소동을 벌였다.

"내, 느 먼저 살던 집엘 찾아갔지 않겠냐. 그런데 이살 갔다면서 대문두 안 따주는 게야. 어디루 이살 갔느냐 물어싸두 오래돼서 모른다는 게야. 원 드런 놈의 세상, 인심이 그렇게 고약해서야…… 그래, 내 고놈의 대문에 걸린 문패를 떼어다가 먼 데 개천에 버리구 왔다."

어처구니가 없어 곁에서 휘적휘적 걷고 있는 이를 돌아다보았다. 참 신기한 일이다. 조금 전 파출소를 나왔을 때만 해도 폭삭 짜부라진 모습으로 기신기신 따라 걷던 이가 어느새 기세등등한 모습으로 바뀐 것이다. 미끄러운 빙판길을 내려다보는 일도 없이 덥석덥석 잘도 걸었다. 그러한 둘째 할아버지의 모습은 파출소 안에서의 처음 봤을 때처럼 그대로 거인다운 풍채였다. 우리 어머니 회갑 날 그런 난동을 쳐놓은 뒤 돈을 받아들고 집을 나갈 때의 그 기세 그대로였다.

"영동 완배한테 전활 안 걸었겠냐. 헌데 갸 처가 받는 게야. 고 망할 것이 느네 집 주솔 모른대는 게야. 전화라두 가르쳐달래니까 그것두 모른대면서 이건 엉뚱같이 날 도둑놈으로 모는 소릴 하는 게야. 나, 이런 괘씸한 것들이! 내 요것들을 다시 한 번 찾아가설랑……"

몇 년 전 나타났다가 훔쳐간 금붙이에 대한 잡아떼기였다. 하긴 둘째 할아버지가 훔쳐갔다는 무슨 증거라도 있는 건 아니니까, 영동 삼촌이 선불리 덤빌 문제도 아니었다. 삼촌 내외가 그때 크게 싸웠던 것도 삼촌이 자신의 피붙이를 편드는 그런 억지 추리를 하고 나섰기 때문이었다.

"그래 하는 수 없이 홍수네 집으로 전활 넣었지 않겠냐. 헌데 갸 처두 느네 집이 어딘지 잘 모른다는 게야. 동만 알구 있더라. 홍수 갠 일본엘 갔다며?"

오퍼상을 하는 육촌 아우가 홍수였다. 홍수도 둘째 할아버지한테 맺힌 게 있을 것이었다. 홍수 아버지가 둘째 할아버지한테 재산을 잃고 그 홧병으로 끝내는 죽었다는 걸 다들 알고 있었다. 한때 둘째 할아버지가 마음을 잡고 돌아와 광산에 손을 댄 적이 있었는데 그때 홍수 아버지가 땅문서로 둘째 할아버지의 사업에 담보를 서주었던 것이다. 그 광산은 한 해가 못 되어 폭삭했고 홍수네 금쪽같은 논밭만 남의 손에 넘어가버리고 말았다.

어쨌든 둘째 할아버지는 우리가 사는 동 이름만 가지고 집을 찾기 위해 꽤나 애를 먹었던 모양이다. 내 옆을 기세 좋게 핑핑 걷고 있는 것도 아마 그런 고생에 대한 은연중의 시위였는지도 모른다. 몸이 오싹 떨렸다. 좀 불경스러운 일이긴 하지만 곁에서 기세 있게 걷고 있는 둘째 할아버지가 마치 주린 배를 채우기 위해 마을에 나타난 살쾡이처럼 보였기 때문이다.

어떻든 둘째 할아버지는 그날부터 우리 집 식객이 됐다. 언제까지 머물 것인지, 어디로 가겠다는 것인지 그런 방향조차 종잡을 수 없는 식객이었다. 그렇다고 우리가 아주 모시고 살 그런 처지도 아니고, 그럴 마음도 없는지라 매사 이만저만 불편한 관계가 아니었다. 더구나 선불리 그런 내색을 할 수도 없었다. 집 안 식구 모두가 스물네 시간 긴장한 가운데 신경전을 벌여야 했다. 아내는 아내대로 아이들은 또 아이들대로 그들 잘 길들여진 삶의 질서 속으로 틈입해 들어온 불청객에 대해 적잖은 적의를 보이기 시작했던 것이다.

"정말 미치겠어요."

밖에 나갔다가 저녁 늦게 들어와 잠깐 얼굴 맞대는 사람이야 괜찮겠지만 하루 내내 집 안에서 둘째 할아버지와 함께 지내야 하는 입장이고 보면 정말 미칠 노릇이라는 아내의 투정이었다.

"저 할아버지 언제 가실 거예요?"

자기들 방을 빼앗긴 아이들은 담배 냄새가 지독하다며 코를 막아 쥐고 징징거렸다.

"저 할아버지두 이젠 늙으셨군요."

아내는 짜증을 내는 틈틈이 둘째 할아버지를 인간적으로 동정하는 입장에 서기도 했다. 결혼한 이후 시집 식구들이 그 할아버지한테 당하는 꼴을 두어 번 보긴 했지만 막상 늙어가면서 외로운 처지에 놓이게 된 한 노인의 신세가 꽤 안돼 보였을 것이다. 한집에서 함께 숨 쉬고 있다는 사실만 해도 가슴이 꽉 막히다가도 그 할아버지를 통해서 인생이 무척 허망하다는 생각 속으로 걷잡을 새 없이 빠져드는 모양이었다. 막내딸로 태어나 어려서 부모를 다 잃고 오빠 밑에서 자란 탓에 그처럼 심약한지도 몰랐다.

"저 할아버지 참 불쌍하다."

아이들까지도 덩달아 자기들 방을 빼앗고 들어앉은 노인을 동정하고 나섰다.

그것은 전연 둘째 할아버지 스스로가 연출한 전략이었다. 파출소를 나올 때의 그 병약해 뵈는 그런 사고무친한 늙은이로의 변신, 손자며느리 되는 내 아내 앞에서 고개도 제대로 들지 못했다. 자신의 거처로 정해진 아이들 방에 누워 있다가도 아이들이 그 방문만 열어도 후닥닥 몸을 일으켜 앉으며 면구스럽다는 표정을 했다. 저런 이가 어떻게 지난날 그런 짓들을 했을까 하는 의아심이 생길 정도였다.

거기다가 둘째 할아버지는 밤새도록 목에서 가래가 끓는 기침 소리를 냈다. 처음에는 이따금씩, 그리고 조용조용히 들리다가 나중에는 숨이 넘어가게 자지러지는 소리로 기침을 했다. 천식 증세가 꽤 깊은 게 분명했다.

"술을 드리지 말아야 할 걸 그랬어요."

둘째 할아버지의 숨넘어가는 기침 소리가 아이들 방에서 들려올 때마다 아내는 겁을 집어먹었다. 저러다가 덜컥 숨이라도 넘어가지 않을까 하는 염려였다. 특히 밥상을 받고 앉아 수저를 든 손이 심한 수전증을 일으키는 걸 바라볼 때마다 이거 정말 떠돌던 한량, 꼼짝없이 우리 집에서 송장 치게 됐다는 생각부터 들었다.

"술이 그렇게 좋으세요, 할아버지?"

아내가 밥상을 봐 가지고 들어가 물었다. 밥상과 함께 술병도 곁들인 건 물론이다. 술은 소주가 아니면 아예 입에 대지도 않았다.

"좋지. 술 없으면 뭔 재미에 사누."

그러면서 자신이 손수 4홉들이 소주병을 들어 맥주 컵에다가 벌컥벌컥 들이붓는 것이다. 반병쯤을 따른 다음 주머니에서 손바닥만 하게 오려 넣었던 신문지 조각을 꺼내 병 입구에 얹은 다음 마개를 닫아버리는 것이다. 그런 뒤에 맥주 컵에 가득 부어진 소주를 세 번쯤에 나누어 홀짝홀짝 마셨다. 물론 술을 다 마시기 전에는 밥숟갈을 드는 법이 없었다.

"할아버지, 기침에 술이 안 좋을 거 아녜요?"

"뭐야?"

"술을 이렇게 많이 잡수시면 안 되잖아요?"

"돌림병이 아니니까 괜찮다."

둘째 할아버지는 보통으로 하는 얘기는 잘 듣지를 못했다, 어떤 때는 아주 큰 소리로 해도 절벽인 때가 있다. 그의 귀가 어둡다는 사실에 대해 믿으려 들지 않는 사람들이 많다. 그 상황에 따라 자기 마음 내키는 대로 듣고 못 듣고 한다는 것이다.

"집에 벤소가 이것밖에는 없냐?"

우리 집에 온 지 이틀짼가 둘째 할아버지가 내게 은근히 물었다. 수세식 실내 화장실 사용에 익숙지 못한 시골 어른들이 늘 그랬던 것처럼 둘째 할아버지도 일을 저질러놓았던 것이다. 변기에 두른 커버에 더러운 것을 묻혀놓고 그걸 어떻게 처치를 못해 그랬다. 물통 밸브를 고장 낸 경우도 있었다. 그런 날은 아예 아이들 방에 박혀 하루 내내 얼굴을 내밀지 않았다.

둘째 할아버지가 또 하나 우리 식구들 앞에서 미안쩍어하는 게 있었다. 담배 냄새였다. 예의 그 댓진 냄새는 물론이고 집 안 구석구석 배들기 시작한 담배 냄새에 식구들이 진저리를 쳤다.

내가 피우는 거북선 같은 걸 내놓으면 담뱃가게에 나아가 숫제 값이 싼 것으로 바꾸어다 피웠다. 되도록 독한 담배만 골라 피웠다. 궐련보다는 잎담배를 사다가 말아 피우는 걸 좋아했다. 자신이 피우는 담배 냄새에 우리 식구들이 질색을 하고 있음을 눈치 챈 둘째 할아버지는 가능하면 아이들 방에서만 피우든가 아니면 밖에 나가 피우려고 부심하는 것 같았다. 퇴근해 들어오다가 바람이 몰아치는 골목 담 밑에 웅숭크리고 앉아 담배를 피우고 있는 둘째 할아버지를 발견한 게 여러 번이었다.

"저 할아버지 옷이 어쩌면 그렇게 없대요?"

옷 빨래를 위해 둘째 할아버지 비닐 가방을 열어본 아내가 놀란 얼굴을 했다. 흐치흐치 낡은 내복이 한 벌, 그리고 떨어진 양말이 서너 켤레뿐이었다. 처음 파출소를 나오면서 본 회색 두루마기도 벗어놓은 걸 자세히 보니 동정 깃이 다 낡고 그 원단이 다 해진 것이었다. 한복 바지저고리 역시 때가 반들반들 낀 것이 그처럼 추해 보일 수가 없었다. 그리고 체구가 큰 둘째 할아버지를 그런대로 신수가 훤하고 위엄성 있게 보이게 했던 그 안경이라는 것도 유리에 흠집이 많고 안경다리도 한쪽은 철사로 옭아맨 것이었다.

이 모든 걸로 미루어 이제 둘째 할아버지는 옛날의 그 악의 대명사가 아니었다. 늙고 추하고, 풀 죽은 얼굴로 비실비실 배돌며 손자네 식구들 눈치나 살피는 오갈 데 없는 거렁뱅이 늙은이였을 뿐이다.

그러나 아내와 나는 은연중 통했다. 그렇게 쉽사리 마음을 놓을 일이 아니라는 생각.

"여보, 문 잠가!"

잠자리에 들기 전 우리들이 자는 안방 문을 안으로 잠그도록 하는가 하면 둘째 할아버지만 집에 두고 집을 비우는 일이 없도록 신경을 썼다. 하루에 한 번쯤 집으로 전화를 거는 일도 잊지 않았다.

영동 막냇삼촌한테서 전화가 뻔질나게 왔다. 둘째 할아버지의 근황 체크였다.

"아직도 거기 눌어붙어 붙어 계신 모양인데, 이왕 그렇게 된 거 어쩌겠나. 지금 내 심정으론 작은아버지고 뭐고 집에 들일 마음 추호도 없네."

막냇삼촌은 일언지하, 그 늙은이 낯짝도 보기 싫다고 했다.

"할아버지 의중은 아마 우리 집에 좀 계시다가 삼촌네로 가실 것 같던데요."

내가 짐짓 삼촌한테 겁을 주었다. 내 우방으로 묶어놔야 했기 때문이다.

"지금 우리 집사람은 그 늙은이가 다시 나타나기만 하면 그날로 이혼을 하겠다는 거야."

오퍼상을 하는 육촌 아우 홍수네도 매한가지였다. 홍수는 일본에서 아직 안 돌아오고 있었다. 홍수 처가 아내한테 전화를 건 모양이었다. 물론 아내가 둘째 할아버지를 겪어내는 요즘 고충을 꽤나 과장해서 얘기했을 것이다. 홍수 처가 한마디로 자르더란 얘기다.

"형님, 왜 그런 고생을 사서 해요. 나 같으면 문간에 얼씬도 못하게 할 거예요. 애들 아빠가 와두 그래요. 우리가 그 할아버지하고 뭔 관계가 있다고 그 고생을 사서 하겠어요."

둘째 할아버지의 문제는 예나 제나 심각했다. 시골 우리 집이나 집안 모두가 둘째 할아버지 문제로 골치를 앓았다. 시골 어머니는 회갑 날 받은 그 충격이 빌미가 돼 심장병으로 앓아누운 지 오래다. 그날 이후 둘째 할아버지에 대한 아버지의 생각은 단호했다.

—그 할아버진 우리 집안 피가 아니다. 느덜한테 그런 할아버진 없는 거야. 차후 그 노인을 집 안에 한 발짝이라도 들이는 놈은 내 자식이 아니다.

"할아버지, 그걸 왜 베끼시는 겁니까?"

둘째 할아버지가 우리 집 식객이 된 지 열흘이 지나고 있었다. 처음 며칠은 하는 일 없이 집 안을 어정거리거나 아이들 동화책을 꺼내 열심히 읽는 것 같더니 한 닷새 전부터는 먹물을 갈아놓고 대학노트에다 끝이 가느다란 붓을 놀려 뭔가 열심히 베껴 쓰고 있었던 것이다. 베껴 쓰는 원본을 살펴보니 벌써 수십 년 전에 나온 최씨 집안의 족보였다.

"지난번 충청도 보은엘 갔더니 최문세라는 사람이 가승(家乘)을 하나 떠달라는 게야."

"가승 하날 떠주시고 얼마를 받으시는데요?"

"즈 주는 대로 받지 뭘."

결국 둘째 할아버지는 최씨 문중의 족보를 펴놓고 그 속에서 한 집 안의 가계만을 발췌하여 작은 족보를 하나 만들어 파는 셈이었다.

"작년 한 해에 내가 해준 계대만 해두 세 건이나 된다."

"계대가 뭔데요?"

"계대(繼代)란 대를 이어준다 그거지 뭘."

"대를 잇다니요?"

"제 애비가 최씬 분명한데 그게 뭔 최씬지, 그걸 안다구 하더라두 그게 어디서 퍼져 나온 건지 그런 걸 모르는 돌최씨들이 많아. 그런 것들은 아예 족보에 올라 있지두 않아."

족보가 없는 사람들한테 족보 만들어주기. 이른바 뿌리 찾기였다. 그런 걸 원하는 사람이 있으면 족보를 죽 뒤져 내려가다가 그 대가 끊긴 사람을 찾아내어 거기다가 계대를 시켜버리면 감쪽같다는 얘기다. 대가 끊긴 채 죽어 땅속에 묻힌 이는 생각지도 않고 자손을 두어 좋은 일이고 뿌리를 알 수 없던 그 자손들은 그들 나름으로 원뿌리에 접맥이 되었으니 후손한테 면목이 설 수 있어 좋지 않느냔 것이다.

"그럼 그 계대로 할아버지도 자손을 두실 수 있겠네요?"

노인네의 아픈 데를 찔러 보았지만 둘째 할아버지는 못 들은 척 당신 할 얘기만 했다.

"헌데 그 망할 것들이 비록 피는 달라도 제 조상이라고 찾아주었으면 그걸 진짜 제 조상으로 알아서 찾아가 벌초두 해주고 날짜가 분명한 건 제사라두 지내줘야 하는 법인데……"

오히려 그 사실이 알려질 것이 두려워 쉬쉬하는 게 영 못마땅하다는 것이다. 보나 마나 둘째 할아버지는 그런 가승이나 계대를 해주고 이쪽저쪽에서 돈을 뜯어내는 일로 근래 몇 년을 살아왔음이 분명했다.

"그럼 이제 저걸 다 쓰시면 가시겠네요?"

아내의 얼굴이 밝았다. 아닌 게 아니라 둘째 할아버지는 우리 식구들과 마주치는 걸 겁내며 아이들 방에 들어박힌 채 대학노트를 차곡차곡 채워갔다. 사람은 못돼먹었어도 문자만은 똘똘히 익혔다는 둘째 할아버지였다. 그러나 둘째 할아버지의 필체를 내가 직접 대할 수 있었던 것은 이것이 처음이었다. 세필로 또박또박 박아 쓰는 것이 과연 명필이었다. 특히 그는 필사(筆寫)나 모사(模寫)에 뛰어난 솜씨를 가지고 있다는 말을 들었다. 옛날 가문에 전해져 내려오는 고서들을 필사한다고 빌려가서는 그대로 남한테 팔아먹는 게 한두 번이 아니라고 했다. 한번은 우리 할아버지가 가보로 소장하고 있는 서예품들을 훔쳐내다가 모사를 해서 그 가짜를 돌려준 다음 진본을 서울로 가지고 올라간 적도 있었다는 것이다. 우리 할아버지는 그 일로 낙심해서 며칠씩이나 곡기를 끊고 앓아누웠다고 한다. 그런 생각을 하니 시골집에 남아 있던 고서들을 정리하다가 그 속에서 찾아낸 완당의 글씨 한 폭을 가져다 우리 집에 보관하고 있는 게 문득 떠올랐다. 혹시 둘째 할아버지가 그 냄새를 맡지 않았는가 하는 생각을 하니 더럭 겁이 났다.

"엄마. 우리 천자문 책 살래."

어느 날 두 아이가 그런 엉뚱한 소릴 했다.

"우리 내일부터 천자문 배울 거야. 하늘 천, 따 지……"

두 놈들이 서로 얼굴을 마주 보며 합창하듯 천자문을 외어대며 좋다고 히히덕거렸다.

"할아버지가 내일부터 가르쳐주신댔어."

"할아버지가?"

"그렇다니까. 한문은 천자문부터 배워야 한댔어. 붓글씨 쓰는 것두 가르쳐주신대."

봉평 스키장에 갔다가 강추위로 쫓겨 그냥 돌아온 큰애나 긴 방학 기간을 심심해하던 둘째에게는 할아버지의 그러한 제안이 꽤나 흥미로웠을 것이다.

"이걸 어쩐다죠?"

아내가 어처구니없어하는 그런 얼굴을 하며 낙담의 한숨을 쉬었다. 아이들에게 느닷없이 천자문을 가르쳐주겠다고 나서는 둘째 할아버지의 저의는 무엇인가. 천자문을 처음 시작해서 다 떼기까지는 적어도 상당한 시일이 걸리게 마련이다. 그렇다면 그 기간 동안 우리 집에 그대로 머물러 있겠다는 작심이 아닌가. 일이 심상찮게 돼가고 있는 게 분명했다.

"천자문을 뗀 다음에 또 배우는 책이 있대. 동몽선습, 명심보감, 효경, 그리고 맹자, 논어, 시경 그런 걸 전부 가르쳐주신댔어."

"정말이야. 저 증조할아버진 시골에서 한문 서당도 했대."

갈수록 태산이었다. 자기들 방을 빼앗기고도 또 그 지독한 담배 냄새와 숨넘어가는 기침 소리에도 불구하고 아이들은 어느새 그 할아버지와 의기투합하고 있었던 것이다. 보통 일이 아니었다. 직장에 나가서도, 그리고 일요일 하루를 집에서 쉬는 동안에도 우리 집 한구석에 박혀 있는 그 할아버지의 존재 때문에 공연히 마음이 뒤숭숭하고 께름해 미칠 지경인데, 아이들 말대로라면 앞으로 그런 시간이 언제 끝날는지 아득한 것이 아닌가.

울화통이 치밀었다.

"그런 거 배울 필요가 없어. 느덜이 중학교 들어가면 천자문보다 더 좋은 방법으로 한문을 배우게 돼 있단 말이야."

"야, 증조할아버지 말이 맞구나. 우리가 천자문을 배운다고 하면 엄마 아빠가 그런 식으로 반대할 거랬어. 그렇지만 옛날식으로 붓글씨를 써가며 배워야 진짜 실력이래. 우린 그렇게 배울 거야."

"우리 반 어떤 애두 자기 할아버지한테 천자문을 배웠는데 선생님이 개보고 참 잘한다고 했어."

그러나 내가 잘라 말했다. 어차피 둘째 할아버지와는 부딪쳐야 할 일이었다.

"아무렇든 저 할아버지한테 천자문 배우는 건 안 된다."

"왜 안 돼?"

"저 할아버진 그렇게 한가한 분이 아니셔. 지금 쓰고 계시는 게 끝나면 곧 다른 데로 가셔야 할 분이야."

"얼루 가시는 건데? 저 증조할아버진 집이 없대면서?"

"저 할아버지가 어디로 가시는지는 나도 모른다. 그걸 너희들이 한번 물어보려므나."

그렇게라도 부딪쳐보아야 할 것 같았다. 그런데 그 부딪침의 반응은 그 당장에 왔다.

"할아버지가 그러던데, 갈 데가 없으시다고. 그냥 우리 집에 있는 게 마음이 편하고 좋으시대."

혹 떼려다 혹 붙인 꼴이었다. 일이 이쯤 되자 아내는 숫제 초조해진 상태로 일이 손에 잡히지 않는 것 같았다. 그 노인이 함께 숨 쉬고 있는 이 집 안에서 남자와 살을 맞대고 누워 있다는 것 자체를 못 견뎌 했다. 그 노인의 일거수일투족이 눈에 거슬린다고 했다. 아내 대신 내가 청소를 해야 하는 아이들 방에서 한 움큼씩 쓸려 나오는 희끔희끔한 살비듬이며 응접실 옷걸이 꼭대기에 얹힌 때 전 중절모. 아침이면 질금질금 눈곱 낀 눈으로 게슴츠레 집 식구들의 눈치를 살피며 화장실 문을 여는 노인의 그 천덕스러운 꼬락서니. 모든 것이 참담했다.

"도대체 저 할아버지 나이가 어떻게 된 거예요?"

어느 날 아내가 그런 걸 물어왔다. 그러고 보니 우리들은 그 노인의 나이에 대해서는 별로 생각해본 적이 없는 것 같았다.

"우리 할아버지보다 세 살 아래라고만 알고 있는데……"

그러고 보니 돌아가신 우리 할아버지가 몇 년 생인지 그것도 잘 잡히지 않았다. 죽거나 늙어버린 이들의 나이란 그처럼 우리들 관심 밖의 문제였을 뿐이다. 할아버지가 돌아가신 것이 1957년이었고 그때 할아버지 나이가 쉰아홉이라고 했으니까 올해가 1977년, 꼭 이십 년을 더해주면 일흔아홉…… 그렇다면 그보다 세 살 아래인 둘째 할아버지는 일흔여섯.

"글쎄 그 나이가 되도록 어째서 저렇게 혼자 떠도는 신세가 됐대요?"

조금도 새삼스러울 게 없는 그런 문제를 또다시 끄집어내어 구시렁거리는 아내다. 그 자식들이라도 있으면 실컷 화풀이라도 해대고 싶은 심정에서일 것이다.

"자업자득이지 뭐."

자업자득, 집안 어른들이 둘째 할아버지 얘기를 할 때 늘 쓰던 말이다.

"그래두 한때는 가정 같은 것두 있었을 거 아녜요?"

가정 같은 것, 이를테면 먼 여행에 지친 몸을 끌고 돌아와 때전 속옷을 벗어 던지면 새 내복을 이불 속에 묻어준 다음 부엌에서 신바람을 피우며 찌개를 끓이고 있는 아내와 밖에서 하나 둘씩 돌아와 아버지의 귀가를 반기는 그런 자식들이 있는 집. 그 노인에게도 한때나마 그런 것이 있었을 것인가? 당신이 아니면 못살겠다고 앙탈하는 여자와 그런 사이에서 축복받고 태어난 아이들— 왜 그런 것이 그에게는 없다는 말인가.

둘째 할아버지는 그 누구에서도 사랑을 받지 못한 외로운 늑대의 길을 걸어왔다는 생각이다. 사람들이 그 만남을 겁내 높이 친 울타리를 뚫고 들어가 단숨에 적의 멱통 물기, 둘째 할아버지의 삶이 그랬다.

—그 양반이 얼마나 못됐나 하면……

집안 어른들 입을 통해 전해지는 둘째 할아버지의 어릴 적 비행은 서당에서 책 훔쳐내 엿 사먹기, 쌀 싣고 가는 마차 뒤에 숨어들어 쌀가마니에 구멍을 뚫기 등 하는 짓거리 모두가 예사롭지 않았다.

—전생에 무슨 살이 끼지 않고서야……

한 어머니 몸에서 태어났지만 그와는 너무나 다른 성품을 타고나 줄곧 그 동생에게 당하기만 한 둘째 할아버지의 형, 곧 우리 할아버지가 남들 앞에서 늘 하는 푸념이 그랬다.

둘째 할아버지의 우리 할아버지는 이승에서 결코 만나서는 안 될 악연의 사슬에 묶인 사람들이었다.

기미년 3·1만세 때, 경성에서 삼백여 리 떨어진 시골 마을에도 만세 운동이 벌어졌다. 경성보다 두어 달 후이긴 해도 그 거사의 규모는 사뭇 대단했다. 인근 이십여 마을이 의기투합하여 한꺼번에 일어서기로 한 것이다 워낙 읍내가 멀었던 곳이라 그것이 제대로만 됐어도 한 사람의 희생자도 없이 그 열기를 천지에 떨칠 수 있었을 것이다, 그러나 만세 부르기, 그 거사 전날에 일본 순사들이 들이닥쳤다.

—최근배 그놈 짓이다!

최정배 아우인 스무 살짜리 망나니가 자기 형과의 불화로 일을 지지른 것이다. 그 거사를 주도한 그 망나니의 형을 비롯한 마을 사람들 여럿이 일경에 잡혀가 큰 곤욕을 치러야 했다.

"그렇게 해서 그 할아버지가 만주로 가신 거네요?"

아내가 넘겨짚었다.

"아니지. 둘째 할아버지가 만주로 간 건 그보다 이십여 년 뒤라니까."

"그런 죄를 짓고도 마을에 그냥 살았단 말예요?"

"차라리 그냥 얌전히 살았으면 얼마나 좋았겠어."

"또 무슨 일?"

"칼 들이대고 형수를 범했다니까."

형이 만세 건으로 옥살이할 때 패가망신, 그 천륜을 저버린 사건은 최씨 집성촌 그 마을의 수치 중의 수치였다. 그 형이 옥살이 끝나고 집에 왔을 때는 시동생한테 당한 마나님이 야수대 용담에 몸을 던진 뒤였다.

둘째 할아버지 이야기를 할 때마다 내가 얼굴도 못 본 그 큰

할머니 생각이 났다. 옥에서 풀려난 우리 할아버지가 아무렇지 않게 억하심정으로 맞아들인 그 마나님이 바로 내 할머니이기 때문일 것이다.

이날 밤 따라 사고무친한 노인네의 기침 소리가 사뭇 안쓰럽다. 패륜의 망나니 그 인생이 저처럼 병들고 지친 몸으로 의기소침 큰 체구를 볼품없이 오그려 누워 있다는 것이 정말 안돼 보였다. 살아 있다는 것은 그에게 어떤 의미가 있는 것일는지. 아내도 나와 비슷한 감상에 잠긴 양 내 곁에서 떨어져 돌아누우며 가벼운 한숨 소리를 흘리고 있었다. 달갑지 않은 사람, 도대체가 동정해야 할 아무런 가치도 줄 수 없는 그런 늙은이를 한집안에 두고 이처럼 감상의 늪에 떨어져 내려 심약해지는 우리 부부는 이미 둘째 할아버지와의 싸움에서 손을 든 것일 수도 있었다.

둘째 할아버지가 며칠만 더 이제까지와 같은 그런 처연한 몰골만 보였더라도 그 상황은 사뭇 달라졌을 것이 분명했다. 아무리 달갑지 않은 늙은이라고 해도 이 추운 겨울에 어느 누가 야박하게 밖으로 내몰 수 있겠는가 말이다. 정말 며칠만 더, 비록 아이들 방일망정 그 속에 처박힌 채 밤이면 이불을 뒤집어써 자신의 기침 소리를 죽이며 풀 죽은 얼굴이어야 했다. 그리고 집안 식구들의 눈치를 피해가며 조심조심 화장실을 드나들고 무섭게 추운 골목 담벼락에 붙어 서서 몸을 움츠린 채 그 독한 담배를 피우다가 귀갓길의 내 눈에 띄어야 했다. 혹은 때가 끼어 반들반들한 내복을 벗어 아이들 책상 서랍 속에 처넣다가 손주며느리가 외출한 시간을 틈타 그것을 주물러 빠는 일이 아이들 눈에 띄어야 했다. 그리고 막소주를 물컵 가득하게 부어 벌컥벌컥 들이켠 다음 눈곱 낀 눈을 질금거리며, 어디 술이 좋아서 먹나, 이놈에 걸 안 먹으면 도통 잠을 잘 수가 없어야, 그랬어야 했다.

그러나 문제가 컸다. 그것은 전연 둘째 할아버지 스스로가 자초한 일이었다. 우선 그는 우리 식구들에게 겁을 먹이기 시작했다. 어쩌면 그것은 이제까지 감추고 산 자신의 본래 모습을 서서히 드러내기 시작한 것이었는지도 모른다. 어느 날 문득 둘째 할아버지가 우리 집 한가운데 큰 기둥처럼 버티고 서 있었다.

"엄마, 증조할아버지 키가 팔 척이래. 팔 척이 몇 센티야?"

왜 새삼스레 둘째 할아버지는 자신의 키를 아이들 앞에 자랑하고 나선 것일까. 그것은 이상한 조짐이었다. 사실 둘째 할아버지의 키는 보통을 넘었다.

"엄마, 할아버지가 그러는데 키가 큰 사람은 많이 먹어야 한대."

"왜, 할아버지가 밥이 적다구 하시디?"

아내가 짚이는 게 있는지 놀란 눈을 했다. 우리 집은 언제나 공깃밥이었지만 그 할아버지만은 주발에다 담아 뚜껑까지 덮어 상에 놓았던 것이다. 아마 그 양을 적게 했던 모양이다.

"저 할아버지가 그랬어. 느덜은 하루 종일 군것질을 해서 밥을 조금 먹어두 괜찮지만 난 그 알량한 밥 반 그릇 먹구는 감질이 나서 못 살겠다구."

둘째도 껴들었다.

"그러면서 우리처럼 밥그릇이 작으면 복이 왔다가두 도망을 친다던데."

급기야 그 불만은 아이들 입이 아닌 둘째 할아버지 당신의 입을 통해 터져 나왔다.

"이거 방바닥이 죽은 놈 입김만도 못하구나. 방바닥이 찰 땐 전기루 된 장판이 있다구 하던구먼서두. 내 느덜 집에 와서 병만 더 얻겠다. 늙은이라구 그렇게 괄시하는 벱이 아녀."

매사 이랬다. 단순히 노인네가 이따금 버릇처럼 구시렁거리는 그런 투정이 아니었다. 드디어 둘째 할아버지가 우리 집 식구들 위에 군림하기 시작했다. 응접실 소파에 거오스럽게 기대앉아 담뱃재를 아무 데나 털었다. 안방에도 기척 없이 문을 열고 들어와 우리 내외를 기겁하게 했다. 텔레비전 채널은 아예 당신의 취향에 맞게 돌려지고 있었다. 그는 항상 우리 식구의 말은 귀가 어두워 못 알아듣는 양 시치밀 뗀 다음 일방적으로 자기 의견만 내세웠다. 때에 따라서는 언성까지 한껏 높였다.

그 증조할아버지를 얻어먹으러 다니는 거렁뱅이 늙은이쯤으로 생각했던 아이들이 질겁해 혀를 내둘렀다.

"정말 큰일 났네요."

아내가 얼굴에 징징 그늘을 깔았다. 밥그릇에 밥을 하나 가득 담는 것은 물론 그 할아버지 상에 놓는 반찬까지 신경을 쓰는가 하면 그예 아이들 방에 전기장판을 사다가 깐 것도 아내였다. 집안 어른들을 한집에 모셔보지 못한 가정주부로서 그 할아버지의 그러한 당당함에 대번 겁을 집어먹은 것이다. 귀찮고 성가신 것은 나중 문제고 우선 노인네의 비위부터 맞추려 했다. 그러나 아내가 큰일 났다고 하는 것은 또 다른 문제였다.

"기어코 애들이 천자문을 사 왔다지 뭐에요."

천자문 책은 물론 당신이 손주 애들을 데리고 나가 붓까지 여러 자루 사다가 놓고 하루 한 시간씩 가르치기 시작했다. 이렇게 되면 적어도 그 천자문 가르치는 걸 빙자해서 우리 집에 그냥 눌러 있겠다는 속셈이 분명했다.

하늘 천 따 지 검을 현 누루 황…… 아이들 방에서 낭랑하게 들려오기 시작한 천자문 글 읽는 소리를 들으면서 우리 내외는 망연자실, 서로 얼굴만 쳐다보았다.

"도대체 왜 우리가 저 할아버질 맡아야 하는 거예요?"

아내의 반란, 둘째 할아버지에 대한 아내가 태도가 달라지기 시작했다. 억울하다는 것이다. 둘째 할아버지와 가깝다면 시골 집안 어른들이나 가까운 친척은 물론, 당장 이 서울에만 해도 영동 막냇삼촌이라든가 집안에서들 그 할아버지 앞으로 양자를 보낸다고 했던 홍수까지 살고 있는 판에 왜 우리만 이처럼 당해야 하느냐는 항변이었다.

"저 할아버지와 한집에서 숨 쉬고 있다는 생각만 해도 미치겠어요."

하루 내내 한집에서 노인의 구시렁거리는 잔소리와 때로는 어쭙잖은 호령까지 들어가며 함께 지낸다는 게 그렇게 쉬운 일이 아닐 것이다. 아내는 응접실 카펫에 담뱃불이 떨어져 구멍이 난 곳을 내려다보며 얼굴이 파랗게 질리곤 했다. 그리고 처음 왔을 때와 달리 아이들이 쓰던 공책장에다 가래침을 카악 뱉어 집 안 아무 데나 집어 던졌다.

"망령이 나신 건가?"

망령이 아니고서야 사람의 언동거지가 어떻게 그처럼 판이하게 달라질 수가 없지 않는가 하는.

"망령이 아네요. 일부러 작심하고 글방 훈장 행세를 하는 거라니까요. 저 할아버지 눈에 그게 나타난다구요. 아주 야비한……"

야비. 그래 아내나 내가 맞닥뜨리고 있는 막강한 적 둘째 할아버지의 그 야비함에 대적할 동지, 그 우방이 필요했다. 둘째 할아버지가 우리 집에 오는 날부터 그 생각을 했을 것이다. 둘째 할아버지 스스로 그 일에 불을 당겼다.

"완배 그놈, 아직 소식이 없었냐?"

둘째 할아버지가 궁금해하는 막냇삼촌이 두어 번 이쪽 상황을 염탐하는 전화를 걸어왔었다.

"고런 나쁜 놈이 또 있나. 고놈이 즈 예편넬 시켜서 날 도둑으로 몰더니 이젠 아예 얼굴도 안 내밀다니, 괘씸한 연놈들 같으니라구!"

정말 화가 난 듯 내젓는 손까지 부들부들 떨고 있었다.

"홍수, 갠 아직 일본서 안 왔대냐?"

"글쎄요, 요즘 연락이 없어 잘 모르겠군요."

실은 홍수는 며칠 전 일본에서 돌아왔지만 둘째 할아버지가 우리 집에 와 있다는 말을 듣고는 기겁을 해 쉬쉬하면서 전화를 끊었다.

"홍수 처 갠도 그렇지. 지 남편이 아직 안 돌아왔으면 저라도 한번 다녀갈 일이지. 괘씸한 것들 같으니라구!"

그렇게 시작해놓고는 며칠 혼자 뭔가 구시렁거리는가 싶더니 드디어 전화기를 들었다.

"전화 거시는 목소리가 그렇게 능청스럽게 다를 수가 없더라니까요. 그 바람에 삼촌이 넘어간 거지요 뭐."

둘째 할아버지가 전화를 거는 동안 그 곁에서 지켜본 아내가 혀를 내둘렀다. 전연 다른 목소리로 '최완배 씨'를 찾아, 그 전화에 삼촌이 나오자마자 둘째 할아버지가 버럭 고함을 내지르더란 것이다. 그 엄포가 어찌나 그렇게 지당하고 조리가 서 있는지 곁에서 듣기만 해도 막냇삼촌이 대역죄를 진 나쁜 사람처럼 생각되더란 것이다.

"역촌동 인재 아빠도 그런 속임수에 넘어간 거예요."

내 육촌 아우 홍수를 두고 하는 얘기다. 홍수도 꼼짝없이 덜미를 잡힌 모양이었다.

"그래, 막냇삼촌한테 가신다고 하던가?"

나는 다소 희망을 가지면서 그렇게 물었던 것이다.

"가시긴요! 영동 삼촌과 인재 아빠한테 뭐라는 줄이나 아세요? 참말 기가 막혀서……"

저쪽 사람들을 한바탕 몰아친 뒤에 우리 내외가 당신한테 어찌어찌 잘해주고 있다는 얘길 줄줄이 엮어내더란 것이다. 곁에서 듣고 있기에 얼굴이 화끈거렸다 했다. 그렇게 우리 집에서 극진한 대접을 받고는 있지만 한 군데 오래 박혀 있으려니 갑갑해 견딜 수가 없다고 하면서,

"여기 애들이 천자문을 이제 막 시작했느니라. 내 애들한테 명심보감까진 떼주고 가야 핼애비 된 도리가 아니겠느냐. 그래 아무래도 명년 봄까진 예서 그렁저렁 지내구 나서 느덜 집으로 갈 것이니께 그동안 자주 연락들이나 허구 살자는 게야."

정말 엿장수 마음대로였다. 아내가 곁에서 듣고 있으니까 이런저런 계산을 하고 한 소리일 것이 분명하다. 선전포고나 다름

없는 일이었다. 음흉하고 간교한 늙은이의 속셈이 확연된 것이다. 애초 적을 얕본 것이 결정적인 실수였다.

문제는 동지, 그 우방의 규합이었다. 아니나 다를까 그다음날 막냇삼촌과 홍수한테서 내가 나가는 직장으로 득달같이 전화가 걸려왔던 것이다.

"인세 엄마가 고생 많겠네."

새삼 아이들 엄마 고생하는 얘기까지 꺼내 저자세를 보이는 막냇삼촌에 홍수도 옛날 자기 아버지가 당한 일이 새삼 떠오르는 양 둘째 할아버지의 후안무치함을 한껏 성토하다가 결국은 애원하는 조로,

"형님, 제발 우리 집만은……"

곧바로 막냇삼촌이 다시 전화를 걸어왔다.

"여하튼 우리 셋이 한번 만나세."

막냇삼촌의 제안대로 우리 아재비 조카 세 사람은 퇴근길에 종각 근처 다방에서 머리를 맞댔다.

"아, 아까 막 약속을 해놓고 나니까 일이 하나 터졌잖아. 오늘 저녁 그치들 만나 쥐약을 멕여야 하는 건데……"

땅 장사꾼 막냇삼촌의 능갈에 질세라 홍수도 연해 시계를 들여다보며,

"말두 마십시오. 전 지금 일본에서 막 건너온 바이어 하나를 호텔에 묶어두고 왔는데, 이거 똥줄이 타는군요."

나는 속으로 부아가 치밀었다. 그들이 내 앞에서 이처럼 수선을 피우며 허세를 부릴 처지가 아니었다. 막냇삼촌이 처음 땅 장사에 손을 댈 때 내가 나가는 부처를 하루에도 수십 번씩 드

나들며 조카인 나한테 손까지 비벼대지 않았는가 말이다. 홍수도 내가 대준 그 방면의 실무자와 손을 잡고 오늘 그만큼이라도 자리를 잡게 되지 않았던가. 하긴 제대로 따지고 보면 내가 그만한 대접도 못 받은 것도 아닌 셈이, 영동에 삼촌 이름으로 사 놓은 얼마간의 땅이 바로 그것이고 홍수가 외국을 드나들 때마다 그만한 인사는 늘 차려온 편이니, 그렇게 생각하고 보면 나도 할 말은 없다. 어떤 의미에서 우리 셋은 공존 공생하는 그런 우방이 분명했다.

"저두 오늘 공무가 좀 많아 두 분 못 만날 줄 알았습니다."

나도 질세라 한마디. 모두 바쁜 몸, 이렇게 퇴근 시간에 모여 앉아 사고무친한 늙은이 하나 때문에 전전긍긍하며 이마를 맞댈 그런 소인배들이 아님을 우리는 자신에게 서로 다짐을 두는 셈이었다. 어쩌면 그것은 집안 어른 하나를 물리치기 위한 전략 찾기라는 도의적 찔림의 한 증세일 수도 있었다. 그래서일까, 다방을 나와 술집에 옮겨와 앉기까지 둘째 할아버지 문제에 대해서 누구도 먼저 입을 열지 않았다. 그러나 술 몇 잔을 마시면서부터 얘기는 달라졌다.

"작은아버지, 이제 고만 돌아가실 나이두 됐구먼서두."

"그러게 말이야요. 더 사셔야 낙두 없는 인생을……"

돌아가시기는커녕 그 시간쯤 우리 집에서 아이들한테 천자문을 읽히거나 족보 베끼기에 여념이 없을 노인을 두고 삼촌과 홍수가 열을 올리기 시작했다.

"그 할아버지가 그렇게 남한테 피해를 주는 일에 재미를 붙인 데는 집안에서들 길을 잘못 들인 죄도 크다구요. 공연히 겁을 집어먹고 오냐오냐 비위를 맞춰준 게 문제라구요. 우리 아버지두 결국은 그렇게 해서 돌아가신 거 아닙니까."

"맞네, 자네 말이 맞아. 처음부터 이건 상종을 말아야 할 인간이다 생각을 했음 끝까지 냉정하게 받아들이지 않아야 했어. 내 경우도 그렇지. 그때 우리 집에 찾아온 걸 어른 대접을 한답시고 집에 며칠씩 머물게 한 게 불찰이었다 그거야. 또 그렇게 도둑을 맞았으면 그 즉시로 신고를 해 작은아버지구 뭐구 잡아다가 유치장에 넣어야 했던 거야."

마음들을 보통 다부지게 다지고 나온 게 아닌 성싶었다. 말 중에 말이라고 그들 말속에는 은연중 둘째 할아버지를 이십여 일씩 집에 모시고 있는 나를 겨냥한 말이기도 했다.

"그건 그렇고…… 이 문제를 어떻게 했음 좋겠나?"

문득 삼촌이 정색을 하며 내 얼굴을 쳐다봤다.

"이 문제라뇨?"

내가 시치미를 떼자, 막냇삼촌은 헤헤 실적은 웃음을 웃으며,

"그러지 말고 우리 이제 좀 힘을 합쳐 보자구. 선수를 치자 그 얘길세."

"맞아요. 요즘 홍태 형님이 혼자서 그 곤욕을 다 치르시는 생각을 하면 솔직히 미안해 못 견디겠더라구요."

그렇게 말해놓고 홍수는 술잔을 내 앞으로 내밀었다. 막냇삼촌도 술잔을 내밀며 말했다.

"내 어제 작은아버지한테 말두 안 되는 소릴 들은 뒤 오늘 이 시간까지 여러 가지로 곰곰이 생각해봤는데, 아무래도 정신들 바싹 차려야 하겠어. 그게 어디 보통 일인가. 그래서 하는 얘긴

데 우선 우리 셋이서 그 노인네 장래 문제를 함께 책임을 지기로 하자는 얘길세."

"장래 문젤 책임지다니요?"

"뭐 그렇게 심각하게 생각할 문젠 아닐세. 내 얘긴 그 노인 노이로제에서 어떻게 해방될 거냐 그 구멍을 찾자는 것뿐이니까."

그 말에 우리들은 모두 앞에 놓인 잔을 들어 입으로 홀딱 털어 넣은 뒤 고개들을 크게 주억거렸다. 그리고 이마를 맞댔다. 아재비 조카들이 어깨 맞대고 이차 술집까지 돌며 의기투합한 것이다.

"그러면 이제 얘기를 종합해보겠습니다. 우선 그 할아버지가 어떤 목적으로 서울에 나타났느냐, 그리고 앞으로의 방향은 어떻게 될 것인가 하는 것부터 타진해볼 필요가 있다 그겁니다. 즉 그 할아버지의 의중을 헤아려본 다음에 우리들이 대처할 계획을 세우자는 것이 아닙니까."

"맞네, 바로 그 얘길세."

홍수의 말에 막냇삼촌이 맞장구를 쳤다. 그리고 우리는 우리들의 건강을 위해 다시 한번 건배를 했다. 요새, 독감이 대단한가 봐요. 자, 감기 조심!

"할아버지, 우리 집에 오시기 전엔 어디 계시다가 오셨어요?"

밤새껏 울어주다가 새벽녘에 누가 죽었느냐고 묻는다는 식으로 나는 새삼스럽게 둘째 할아버지의 전 거주지를 물었던 것이다. 그렇게 해서라도 얘기를 풀어가야 할 것만 같아서다. 둘째 할아버지가 내 질문의 저의를 캐듯 내 얼굴을 한참 바라보더니,

“경기도 연천군 연곡면에 좀 있었지.”

“연곡이라면 휴전선 근처 아닙니까. 일반인들이 못 들어가는 데 말입니다.”

“그래두 게서 농사들두 짓구 잘들 살더구먼.”

“거기 누구 친척이라도 계시던가요?”

“친척은 뭔 친척, 그저 무턱대고 찾아 들어간 거지.”

“그래도 거기까지 간 이유가 있으실 것 아닙니까?”

“있지. 이유가 있구말구!”

“그게 뭔데요?”

“재들이 사는 저쪽 땅을 좀 보고 싶어서였다.”

고향을 휴전선 이쪽에 둔 이가 생뚱같이 북쪽 땅이 보고 싶어 비무장지대 근처로 일부러 찾아갔다는 얘기였다.

“할아버지, 북쪽에 누구 아는 분이라도 살고 계시나요?”

“아는 사람이 있어야 그쪽 땅이 보고 싶다더냐?”

“그럼 뭡니까?”

“그놈에 땅을 언제 밟아볼까 해서다.”

“할아버지도 빨리 통일이 됐으면 하고 바라고 계시는군요?”

그러나 내 우문에 둘째 할아버지가 엉뚱한 걸 물었다.

“그래, 니 생각엔 통일이 언제쯤 될 것 같으냐?”

“그건 저도 모릅니다. 언젠가 되긴 하겠지만요.”

“내 죽기 전에 되긴 되겠쟈?”

둘째 할아버지의 얼굴에 조금 쑥스러워하는 기색이 보였다.

“할아버지, 북쪽에 금덩이라도 묻어놓고 오셨어요?”

“금덩어리보다 더한 거지.”

"그게 뭔데요?"

"내 땅이 거기 있다."

"아니, 할아버지 땅이 거기 있단 말예요? 그럼 6·25전쟁이 나기 전에 할아버지가 저쪽에 사셨단 말인가요?"

"누가 게 살았다더냐?"

"그럼 어떻게 그쪽에 할아버지 땅이 있다는 겁니까?"

"그거야…… 아무튼 거기 내 땅이 수만 평 있는 건 틀림없다."

그러면서 둘째 할아버지는 슬쩍 내 눈치를 살폈다. 차라리 마주치지 않았음 더 좋았을 그런 달갑지 않은 눈빛이었다. 그러나 당신의 땅 수만 평이 북쪽에 있다는 그 문제에 대해선 더 이상 입을 열지 않았다.

"또 거기로 가실 건가요? 연곡 말입니다."

그러자 둘째 할아버지는 우리 집에서 언제 나갈 거냔 물음이라도 받은 듯 내 얼굴을 빤히 쳐다봤다.

"시골 느 아범이 나 느 집에 와 있는 걸 가지고 뭐라고 하데?"

기가 푹 죽은 둘째 할아버지 목소리에 힘을 얻은 내가 대답을 미적거리는 시간이 좀 길었던 모양이다. 그러자 갑자기 둘째 할아버지가 어흠 어흠 별나게 야단스러운 헛기침을 했다.

"이런 고얀! 니 애비가 나 여기 와 있다고 너한테 뭔 소릴 했는지 모르겠지만, 나 니 애비 하나도 무섭지 않다. 즈놈들이 별소리 다 해가며 내 험담을 해쌓는가 보다만 나는 아직 안 죽었어. 이놈에 자식들 내가 다시 한번 맘 이렇다 하게 먹으면 즈덜 얼굴 들구 다닐 것 같다더냐?"

담배를 비벼 끄는 둘째 할아버지의 손이 부들부들 떨리고 있었다.

"이놈아, 느덜두 그렇지. 느 집안에 하나뿐인 이 할애빌 눈엣가시루 취급할 거여? 배운 놈일수록 으른 대접할 줄 알아야 하는 벱이여. 그래두 느덜 내왼 나한테 허느라구 하는 것 같아서 내 잠자코 있어왔지만, 거시기 영동 사는 그놈 하며 홍순가 하는 그놈들 버르장머릴 가르쳐주고 말 게니 두고 봐라. 그놈들한테 전해라. 내 아직 옛날 그 승질 하나두 안 죽었다구!"

목소리가 점점 높아졌다.

"사램의 도리란 게 그런 게 아니여. 무자식 혼자 떠돌아다니는 늙은이라구 해서 그렇게 괄시하는 벱이 아니라 그거여. 너, 이놈, 홍태야, 느 자식새끼들두 그렇게 키울 거냐?"

나는 얼떨결에 몸자세를 바로 하고 있었다. 아내가 방 안의 동정이 심상치 않았던지 겁먹은 얼굴을 디밀었다.

"할아버지, 왜 그러세요? 아범이 뭘 잘못한 게 있어요?"

"아, 아니다. 내 지금 아범하고 내 장래 문제를 의논하고 있는 중이야."

어쩌면 그렇게 천연덕스러울 수가 있단 말인가. 그 목소리마저 조곤조곤, 축 처진 어깨.

"할아버지 장래 문제요?"

아내가 뻣뻣하게 굳은 나와 눈을 맞추며 방으로 들어섰다.

"내 벌써부터 느덜하구 의논을 하고 싶었었다만……"

"여보, 저녁상 올리기 전에 술상부터 차려요."

내가 재빨리 나섰다. 거북하고 부담스럽긴 하지만 그런대로 대화가 트일 가능성이 있다고 생각한 것이다. 아내가 일어서

자 둘째 할아버지가 손을 내저었지만 아내는 술상을 보러 밖으로 나갔다. 밥상에 함께 곁들이던 술잔을 따로 봐오기란 이것이 처음이었다.

"너, 네 처 잘 얻었다. 내 요즘 두고 본다만 사람 본새가 됐어."

둘째 할아버지는 간사스러울 정도의 나긋한 목소리로 내 귀를 겨냥한 아부의 말을 했다. 좀 전까지의 추상같은 그 노기는 어느 구석에도 남아 있지 않았다. 새삼스레 내 앞으로 당겨 앉으며 둘째 할아버지가 속삭이듯 말했다.

"내 느 집에 한 예니레만 더 있을란다."

"어디로 가실 건데요?"

기회가 그리 쉽지 않다는 생각에 겁 없이 다그쳤다.

"내가 아까 말하지 않았느냐. 영동 갸들 버릇을 고쳐줘야 한다고."

"그러고 나서는요?"

그러나 둘째 할아버지는 그렇게 쉽사리 걸려들지 않았다. 그가 뜸을 들이는 사이 아내가 술상을 봐왔다. 나는 커다란 물컵에 소주를 가득 부었다. 술상 위의 찌개 냄비 뚜껑도 내가 열었다. 그는 물컵에 따라진 소주를 단숨에 반쯤 비운 다음 젓가락을 가눠 쥐며,

"내 손주메누리 듣는 데서 이런 말 하기 참 안됐다만은……"

그는 손주며느리가 옆에 나부죽 앉기까지 찌개 냄비에서 두부를 두어 번 집어 먹는 여유를 보인 다음 정말 하기 힘든 얘기인 듯 입을 열었다.

"느덜은 잘 모르겠지만서두 내 앞으로 자식이 대여섯은 된다."

"네?"

우리 내외는 거의 동시에 놀란 소리를 내질렀다.

"있잖구. 경기도 양평에 둘, 충청도 보은에 하나, 강원도 횡성에 둘……"

우리 내외는 어리둥절한 얼굴로 마주 바라보았다.

"허나 다 소용없는 것들이여. 말만 자식이지 어디 그놈들이 자식 노릇을 하려고 들어야 말이지."

족보에만 올려주면 자식 노릇 톡톡히 하겠다고 애원을 해 가승을 하나씩 베껴다 준 그 보답이 영 마뜩치 않은 데 대한 울분이었다.

"그래서 내 오래전부터 곰곰이 생각을 해본 거다만서두……"

둘째 할아버지는 나이답지 않게 열적은 얼굴로 말을 더듬었다.

"다, 다른 얘기가 아니고…… 느덜한테 어떻게 들릴는지 모르는 애기다만…… 내 진짜 아들 자식을 하나 둬볼까 해서 하는 애기다."

아내가 내 눈을 맞춰 고개를 내저었다.

"아드님을 보시려면 마나님이 계셔야 할 것 아닙니까?"

"그려. 바로 그 얘길 의논하구 싶다 그거구먼."

"어디, 마땅한 마나님이라도 봐놓으셨어요?"

그러나 둘째 할아버지는 내 다그침에 쉽게 말려들지 않았다.

"계집이야 쌔고 쌘 거. 자식 낳아줄 계집이 문제가 아니라 그 계집을 들어앉힐 약이 문제라 그거여."

"약이라뇨?"

"딴 거 있다던? 바로 그놈에 돈이 있어야 계집을 하나 들어앉힐 수 있다 그 말이구먼."

둘째 할아버지는 손을 쳐들어 손가락을 동그랗게 해 보이며 히죽이 웃었다.

"할아버지, 정말 지금도 마나님만 계시면 아드님을 두실 수 있다 그겁니까?"

"아암, 있구말구."

아내와 나는 마주 보며 웃었다. 칠십이 넘은 늙은이의 어리광을 본 것이다.

그러나 아내와 나는 서둘러 웃음을 거뒀다. 문제는 돈, 둘째 할아버지가 던진 그물에 걸린 것이다.

"어서 저녁상 올려야지 뭐 하고 있는 거요."

나는 이 난감하고도 어처구니없는 상황으로부터 빠져나갈 구멍을 찾고 있었다. 그러나 둘째 할아버지가 몸을 일으키는 아내를 향해 손을 내저었다.

"아니다. 나 지금 저녁 생각은 없구나. 이따가 술이나 한 병 더 들여보내려므나. 내 오늘 아범하고 술이나 들면서 얘기 좀 나누고 싶어서 그러는 게야."

그렇게 해서 나이 사십 중 손자를 향한 칠십대 둘째 할아버지의 이야기가 펼쳐진다. 이것저것 뒤죽박죽이던 이야기가 요즘 세상 돌아가는 꼬락서니 성토에서는 자못 우국지사의 그 결기였다. 나라 백성 생각하는 정치가는 눈 씻고 봐야 없고 당리당략에 눈 시뻘건 정치꾼들만 득실거리는 게 지금 나라꼴이란 거였다.

술기운이 돌면서부터 나는 불현듯 둘째 할아버지의 인생 그 역정을 들여다보고 싶은 충동에 빠졌다.

"할아버지 만주 사시던 그때 얘기 좀 해주세요."

둘째 할아버지의 얼굴에 취기가 벌겋게 오르고 있었다. 그러나 둘째 할아버지는 내 물음에 뭔가 잠깐 생각하는 눈치더니 금세 고개를 설레설레 내저었다.

"그깟눔의 얘기……"

"어떻게 해서 만주엘 가시게 된 겁니까?"

아내가 4홉들이 소주 한 병을 더 들여왔다.

"성님 때문에 갔지."

"성님이라뇨?"

"느 할아버이 말이여."

"우리 할아버진 만주에 안 가셨잖아요?"

"느 할아버이가 왜 그놈에 델 가겠냐?"

"그때 만주 간 사람들은 우리나라에선 먹고살 수가 없어 그랬다면서요?"

"대부분 그랬지. 그때 내가 갈 때만 해두 시동서 여덟 집이 갔으니까. 그게 다 똥구멍 째지게 못사는 사람들이었지."

"그때 둘째 할아버지두 시동에 사셨던가요?"

문득 둘째 할아버지가 우리 할아버지의 그 첫째 마님을 범했다는 그 과거사에 대한 궁금증이었다.

"나 그때 보은서 잘 살고 있데 느 할아버이가 사방팔방 사람을 풀어 그여코 날 찾아냈던 거다. 일본놈 순사까지 함께 왔더라니까. 그 순사놈 말이 만주 이민 신청을 해놓고 안 가면 징역을 산다면서 으름장을 놓더라. 꼼짝없이 속아 그 당장 이불 보따리를 싸 짊어지고 떠났던 거다."

이쯤에서 우리 할아버지의 동생에 대한 혈육지정이 얘기되지 않을까 싶어 둘째 할아버지와 눈을 맞췄지만 대답은 그게 아니었다.

"성님은 내가 조선 땅에 사는 게 그렇게 싫었던 게야."

"그럼 그때 우리 할아버지 심정을 이해하셨겠군요?"

그러나 둘째 할아버지의 얼굴은 험악하게 일그러지고 있었다.

"뭔 놈의 이해! 세상에 지 낯짝만 낯짝이고 멀쩡하게 사는 사람 그리 개고생을 시켜도 좋다는 게야?"

소화 13년, 해방되기 칠 년 전 만주로 가 고생하던 인생 2막이 펼쳐지고 있었다. 하나같이 송곳 모로 꽂을 땅뙈기 한 자락 없는 사람들이었다. 그러나 기차가 북쪽으로 옮겨 가는 그 며칠간의 여정에서 사람들은 차창 밖 고향 산천 풍경에 넋을 놓은 채 눈물을 쏟았다. 차창 밖으로 누렇게 물든 들판이 물결쳤다. 그러나 북쪽으로 올라갈수록 날씨가 차가워졌다. 만주 벌판은 유달리 추웠다. 동만주 간동성 안도현 대사하 조양둔. 거기에 짐을 풀었다. 허허벌판 한가운데 취락이 하나 있었다. 가는 그날부터 취락에서 공동으로 하는 작업에 동원돼 나갔다. 진흙 벽돌을 찍어 토담을 쌓는 일이었다. 그 토담은 바로 취락을 보호하기 위한 성곽이었다. 토담 밖으로는 깊이 호를 파 침입해오는 적이 성곽에 기어오르지 못하게 했다. 그해 여름 마적 떼들이 서너 차례 마을을 휩쓸고 갔기 때문이다. 어떤 사람은 그것이 마적이 아니라 조선 독립군이라고도 했다. 그런 건 아무래도 좋았다. 그들은 다만 깔고 앉은 그 질펀한 땅에서 마음 편안히 살고 싶은 생각뿐이었다. 그 성곽 공사는 초가을에 시작됐지만 그해 겨울이 지나도록 끝이 나지 않았다. 그동안에 또 한 차례의 마적들 습격을 받았다. 곡식이 있는 사람들은 그것을 몽땅 내놓아야 했다. 부녀자가 여럿 죽었다. 끌려가다가 옷이 발가벗겨진 채 들판에 버려져 있었다.

"할아버지두 거기서 농살 지으셨겠군요?"

"웬걸. 내가 언제 땅을 파봤어야 말이지."

"그럼 거기서 뭘 하셨습니까?"

"처음엔 조선서 가지고 들어간 돈으로 그럭저럭 살다가 나중엔 신선댄가 뭔가 하는 데 들어갔지."

"그게 뭐 하는 덴데요?"

"거기 일본놈들이 만든 자치대였다. 마적들을 막기도 하고……"

"주로 조선 독립군을 토벌하던 그런 거 말이군요?"

"아마 그랬을 거다. 하지만 그놈들이 마적인지 독립군인지 마을에 나타나기만 하면 불을 지르구……"

"할아버지두 직접 독립군하고 싸우셨겠군요?"

"싸우다 말다. 내 몸이 크다구 처음엔 갸들이 타는 말 마부로 쓰더니 나중에 내가 공을 좀 세워줬더니 총댈 쥐게 하더구나."

"무슨 공을 세우셨는데요?"

"내가 살던 조양둔 마을 사람 몇이 마적인지 독립군인지 그놈들과 내통을 하는 기색이길래 내가 찔러 넣었지. 일본놈이 족쳐두 끝내 안 부는 걸 내가 직접 나서서 쇠젓가락으로 몇 번 지져댔더니 확 불어버리는 거야. 그때부터 일본놈들은 독립군만 잡았다 하면 나한테 넘기는 거야. 제엔장 제깟놈들이 나한테 걸렸다 하면 술술 안 불구 견딜 재간이 있다던……"

나는 숨을 훅 들이쉬었다.

"우리나라로 돌아오신 건 언제신가요?"

"해방되기 두 해 전이었다."

"왜 나오셨어요?"

"그 짓 해먹고 사는 게 지겨웠던 게야. 또 가만히 맥을 보아하니 일본놈들이 오래 못 갈 것 같더구나. 그래, 거기 그냥 붙어 있다가는 내 명에 죽긴 틀린 것 같기에 고향 찾아온 거지 뭐겠냐."

낄낄 자조의 웃음.

"고향에 오셨다면…… 그럼 시동으로 오셨던가요?"

"그랬지, 어델 가겠냐."

그러고 보니 문득 잡히는 생각이 있었다. 그가 만주에서 고향 마을에 돌아와 가장 먼저 해낸 일은 우리 할아버지한테 행패를 부린 것이다. 당신의 형 얼굴에 주먹질을 해 생이빨을 두 대씩이나 부러뜨렸다. 그것도 신통찮아 행랑채에다 불까지 놓고 도망을 쳤다.

"제가 듣기엔 시동에 오래 계시진 않았다고 하시던데 왜 그러셨어요?"

"그깐 놈의 데, 사람 같지두 않은 것들하고 상종도 하기 싫었다."

"할아버지가 시동에 돌아오신 걸 반가워하지 않았던 모양이죠?"

그 물음에 그는 대꾸하지 않았다. 두번째 소주병이 바닥이 나고 있었다. 그는 다시 눈을 감은 채 좌우로 몸을 흔들거리기 시작했다.

"그렇게 시동을 떠나시곤 주로 어디 가서 사셨어요?"

"빈손 빈 몸인데 어디 정해놓고 살 필요가 있다더냐. 그저 여기저기 떠돌며 살았다."

"결혼두 하셨을 거 아네요?"

그는 몸 흔들기를 잠시 멈췄다.

"쌔고 쌘 게 계집인데 뭔 놈의 결혼이여. 아무거나 데리고 살다가 내빼리구 도망을 쳤다."

"아니, 왜 도망을 치셨어요?"

그러나 그는 내 물음에 좀체 입을 열 것 같지가 않았다. 잠시 멈추었던 몸을 다시 아까보다 좀 더 폭 있게 흔들었을 뿐이다.

"그렇게 마나님을 여기저기서 거느리고 사셨으면 자손두 여럿 두셨을 거 아닙니까?"

"자식새끼 낳을 때까지 데리구 살질 않았다. 쌀 한 가마 먹을 때까지만 살자구 아예 언약을 했다. 쌀 한 가마면 댓 달은 살았어야."

둘째 할아버지가 취기의 노랫가락으로 흥얼거렸다.

"할아버지, 6·25 땐 어디서 무얼 하셨어요?"

문득 그 난세를 어떻게 살았을까 하는 궁금증이었다.

그 순간 둘째 할아버지의 거동이 심상찮았다. 술에 취해 흐트러진 몸가짐이 아닌, 자못 정색을 한 얼굴로 몸을 바로 세워 앉더니 당신이 가지고 온 검은 비닐 가방에서 무엇인가를 뒤져 냈다.

"이것이 아까 내가 얘기한 내 땅문서다. 연천 연곡면 지장리

135번지 일대가 전부 내 땅인 게야."

"거긴 지금 비무장지대가 아닙니까?"

"그렇지. 내 땅이 있는 그 지장리 한가운데 철조망이 쳐져 있더라. 그 한 옆으로 개울 흐르는 걸 보니 웬만한 가뭄, 물 걱정은 안 해두 되겠더구나."

"아니, 할아버진 어떻게 그곳에 땅을 다 사놓으셨어요? 난리 전에 사셨을 텐데요?"

퇴색한 한지 그 땅문서를 어떻게 믿으란 것인가?

"그래, 난리 전에 샀다. 이 속에 그때 써뒀던 계약서두 다 있어. 그러지 않고서야 이담에 땅문서만 보고 어떤 놈이 그걸 믿어주겠느냐 말이다. 사실 이게 돈을 주고 산 게 아니니까 더더구나 그런 문서가 필요한 게야."

"돈을 주고 사지 않으셨다구요?"

"그래, 돈 주고 산 게 아니었다. 이놈에 것이 내 손에 굴러들어오게 된 데는 다 그만한 내력이 있는 게야."

경기도 땅 송정에 살 때였다. 난리가 나기 한 해 전, 산길에서 보따리 하나를 인 새파랗게 젊은 여자 하나를 만났다. 연천에 사는 여잔데 송정리 친정으로 다니러 오는 여자라 했다. 산길에서 보따리를 들어주고 개울을 건널 때는 여자에게 버선을 신긴 채 등에 업어 건넜다. 계집이 그 쪼니 개울을 다 건너 찔레덩굴 속에 자빠뜨려놓고 치마를 벗겨 내려도 마다하질 않았다. "야 그게 나 땜에 죽은 형술 꼭 빼닮았지 뭐냐." 그길로 둘이 줄행랑을 놔 역시 경기도 인천 부평에 자릴 잡았다. 이번 경우만은 쌀 한 가마 다 떨어지기까지만 살자는 말이 차마 안 나왔다. 남편 있는 계집이어서 그런지도 몰랐다. 서너 달을 살았는데도 싫증은커녕 새록새록 새 맛이 나는 계집이었다. 그런데 자꾸 그 계집의 서방이 마음에 걸려 견딜 수가 없었다. 계집이 가끔 집에 두고 온 서방 생각을 하곤 눈물을 질금거릴 때마다 눈에 불이 일었다. 그런 계집의 입에서 그 서방이 이상한 사상을 가지고 가끔 낯모르는 사람들을 불러들여 뭔가 쑥덕거리고 있다는 말을 들었다. 빨갱이가 분명했다. 그길로 연천에 대번 관가에 찔러 넣을까 하다가 욕심이 생기는 바람에 궐자부터 먼저 만났다. 만나서 협박을 했던 것이다. 궐자가 유독 겁이 많았다. 땅문서를 몽땅 내놓으면서 살려만 달라고 했다. 그래 그 동네 사람을 보증까지 세운 자리에서 매매 계약까지 맺은 다음 돈 한 푼 안 주고 땅문서를 얻게 됐던 것이다. 그리고 그길로 즉시 관에다가 투서를 해버렸다.

"그럼 그 여자분하고 난리 때 같이 사셨겠군요?"

"요놈에 예펀네가 변심을 했지 않겠냐. 글쎄 즈 서방이 감옥소엘 들어간 걸 어떻게 알아가지고 내 눈을 속여가며 면회를 가는 게야."

"그래서 헤어지셨군요?"

"그것들 땜에 고생깨나 했지 뭐냐."

난리가 터져 세상이 바뀌자 옥살이를 하던 놈이 물을 만난 고기였다. 머리를 홀딱 깎아 내쫓은 그 여편네까지 자기 서방과 이쪽 행방을 알려 눈이 뒤집혔다는 것이다. 그때부터 그 땅문서 하나를 들고 이리저리 숨어 사는 신세가 되다 보니 그 고생이 말이 아니었다는 것이다.

"아무래도 갸들 세상엔 갸들 패가 돼야 목숨을 붙여낼 것 같더구나. 그래 내 빨갱이가 됐던 게다. 빨갱이라구 해야 별거 있다더냐. 내가 소싯적 여기저기 떠돌며 살던 동네에 들러서 갸들이 반동이라고 생각하는 놈들을 만나는 족족 갸들한테 신골 했던 거다. 숨어 다니다가 보면 자연 나처럼 숨어 사는 작자들을 쉽게 만나게 되더구나. 그렇게 여럿을 옭아 넣다 보니 갸들이 나한테 무슨 쯩 같은 걸 해주더구나."

"그게 뭐였나요?"

"여기저기 마음대로 돌아다닐 수 있는 증명서 같은 거였다. 그것 있으니까 세상 무서운 게 없었어야."

중공군을 만났을 때가 가장 좋았다고 했다.

"젤 좋았던 때가 뙤놈들 내려왔던 그 겨울이었지. 내가 뙤놈 말을 꽤 하다 보니 고놈들이 날 이용했던 거라. 물론 갸들이 데리고 다니는 조선놈 통역두 있었지만 나만은 영 못했지. 내가 고놈들 가려운 델 잘 긁어줬지. 쌀이 필요해 마을을 뒤질 땐 부엌 바닥을 파고 감춰놓은 곡식을 찾아내주면 고놈들 쏴쏴거리며 그렇게 좋아할 수가 없었다. 내 한번은 높은 놈한테 마을 계집 하날 업어다 줬더니 그놈 되게 겁먹고 고갤 홰홰 내젓는 게야. 뙤놈들 그거 하난 철저했어야."

아내가 방에 들어서면서 둘째 할아버지의 낄낄 웃음이 멈췄다.

"세상이 금방 또 바뀌었잖습니까? 그때 할아버진 왜 북쪽으로 안 올라가신 겁니까?"

세상 무서울 것 없던 사람이 바뀐 세상에 어떻게 살아남았느냔 내 물음에 둘 때 할아버지의 목소리가 높아졌다.

“병법에 패군지장을 따르는 무리는 필사라 했다. 싸움에 져 쫓겨 가는 놈들을 따라가서 어떡하라는 게냐. 갸들 나와서 하는 짓이 오래 못 갈 거란 생각이 벌써부터 들었다. 그래서 내 갸들한테 협졸 하면서두 한편으론 다 빠져나갈 구멍은 만들어놓구 있었던 게다.”

다시 취기의 그 낄낄 웃음.

“하루아침에 바뀐 세상, 내가 젤 먼저 찾아간 데가 송정이었다. 나 땅문서 넘겨준 그놈이 즈 처갓집 근처 마을 인민위원장 감투를 쓰구 있단 애길 들었던 거다. 다행히 그놈이 그때까지두 도망을 안 치구 있길래 동네 사람들하구 그 저녁으루 해치웠지. 어디 그뿐이더냐. 여기저기 돌아다니며 빨갱이 짓하던 놈들을 죄 찾아내 작살을 냈지. 내 비록 나라에서 주는 상은 못 받았다만은 나야말로 요새 뻥뻥거리는 그 어떤 놈들보다 나라에 공을 세운 사람이다 그 얘기여. 아, 내가 이 나이 되도록 도민증 같은 거 한 장 없이두 방방곡곡 다 돌아다닐 수 있는 것이 다 그런 때문이여.”

그날 밤 둘째 할아버지는 가래 끓는 기침 소리도 한 번도 내지 잘 자더라고, 우거지상을 한 아내의 보고였다.

“둘째 할아버지 새장가를 들고 싶으신 거 같던데요.”

우방 셋이 모인 자리에서 내가 꺼낸 말이다. 영동 삼촌이나 홍수의 관심을 한군데로 묶어놓을 수 있는 문제이기도 했던 것이다.

"아니 새장가라니? 그 양반 나이가 지금 몇인데?"

"자식을 두고 싶으신 거죠. 진짜 아들 말입니다."

"진짜 아들은 또 뭐야?"

나는 둘째 할아버지의 입을 통해서 나왔던 얘기들을 내 나름대로 윤색해서 간단히 보고했다. 물론 그것은 내 우방의 전의를 북돋을 수 있는 것들만 요령 있게 엮은 것이었다. 계대를 해준답시고 숱한 사람들에게 돈을 뜯어먹고 살다가 이제는 그것이 늘그막에 아무런 효력이 없음에 대해 불안을 느껴 자식을 남기고 싶다는 허황된 꿈을 키우고 있다는 것부터 시작해서 이제까지 그가 저질러온 비정한 짓거리와 오히려 그것을 달콤하게 추억하고 있는 선천적으로 마비된 그 양심에 대해서 말했다. 그리고 그런 야비하고 교활한 사람에게 잠재해 있는 미지수의 그 파괴력에 대해서도 조금은 과장해서 말했다. 싸움에서는 오직 살아남은 자만이 승리자라는 둘째 할아버지의 지론도 전해줌으로써 우리가 살아남기 위해서 치러야 할 얼마간의 모럴의 파기도 불가피하다는 것도 시사했다.

우리는 진지한 표정으로 머리를 맞대고 둘째 할아비의 문제에 대해 숙의했다. 이것이 결코 예사로운 문제가 아니라는 점을 서로서로 일깨워주기도 잊지 않았다.

"문제는 그 노인이 우리들 곁에 다시는 얼씬도 못하게 하자는 거야."

옛날 같으면 그 늙은이 고려장 감이야란 우스갯소리 끝에 나온 영동 삼촌의 의견이었다.

막냇삼촌은 잃어버린 금붙이에 대한 애착이 강한 만큼 그 문제에 대해서도 사뭇 비장했다. 삼촌댁이 상당한 바람을 넣어 내보냈음이 분명했다. 홍수도 역시 자기 아버지가 당했던 그 옛일을 열심히 되살리며 앞으로 닥쳐올 위해에 대해 정도 이상의 두려움을 나타냈다. 이 정도면 우방의 결속은 거의 완벽하다고 보아야 했다.

"양로원에나 들어가시면 정말 좋겠는데."

이제 그만큼 사셨으니 돌아가셔두…… 라는 말 끝에 나온 양로원이었다.

"그게 좋긴 한데 그 양반 거기 고분고분 들어가겠어? 들어간다 해두 들어간 바로 그날로 일 벌릴 건데 그 뒷감당이 쉽지 않을걸."

본인이 마음만 먹으면 깊은 산속 사찰 같은 데 들어가 노경을 보내는 것도 좋지 않겠느냔 얘기도 나왔지만 오래전 당신이 절에 불공 드리러 온 아녀자를 범해 그 일로 우리 아버지가 곤욕을 치렀던 얘기까지 나와 모두 고개들만 홰홰 내저었다.

"문제는 돈이야."

막냇삼촌이 내린 결론이었다.

"그 양반이 장가를 들겠다고 하는 건 아까 자네 말대로 지금 그 나이에 자식을 보겠다는 그런 뜻이 아니고 우리한테 앞으로 먹고살 돈을 내놓으란 그런 걸 거야."

삼촌 말에 홍수와 내가 고개를 크게 끄떡였다.

"우리 셋이 얼마씩 갹출을 하는 거야. 그 방법밖엔 없다니까."

그때부터 우방 셋은 둘째 할아버지를 떼칠 만큼의 갹출금 액수 산정 문제로 오랜 시간 머리를 맞댔다. 자칫 살쾡이한테 피 냄새만 풍겼다가 돌아올 위해를 생각하지 않을 수 없었던 것이다.

"그러니까 돈을 내놓으면서 조건을 제시하는 거야. 장가드실 돈입니다, 하고. 각서라도 받아야 한다니까."

"아니 그러다가 정말 장갈 드시면 어쩌려구요? 그거 더 문제 아닌가요?"

"그 양반이 지금 어디서 어떻게 장가를 가겠어? 낼모레면 팔십이여 팔십! 그런 늙은이한테 어느 할망구가 붙을 것 같애?"

"할망구가 아니라 자식 볼 색시를 얻는다는 거예요."

"글쎄, 그렇게 가당찮은 소릴 하니까 그럴수록 우리가 선수를 쳐 덜미 잡자는 거야. 장갈 들되 애기를 낳을 수 있는 젊은 여자한테 들어야 한다구 말이야. 그쯤 해두면 그 양반 눈치 하난 빠른 양반이니까 우리 뜻을 훤히 알 거구먼."

우리들은 드디어 의기투합했다. 문제는 돈의 갹출이었는데 삼촌 입장에서 보면 집 한 채 소개비 정도였고 홍수는 일본 바이어 하나 요정 대신 맥줏집 데리고 가면 그만 돈은 떨어질 액수였다. 내 경우에는 한 달 치 봉급에 웃도는 액수였다. 하긴 가끔 부담 없이 받아 써도 좋을 그런 사람이 놓고 가는 봉투의 액수보다는 적을 수도 있었다.

"할아버지, 제 잔두 받으셔야죠."

"작은아버님, 오늘만은 마음 푹 놓고 맘껏 잡수세요."

삼 대 일의 비율로 술잔을 받아야 하는 입장의 둘째 할아버지였다. 모처럼 세 집의 안식구들도 함께 모였기 때문에 우리 집은 그야말로 잔칫집같이 법석거렸다. 아이들은 아이들대로 방을 들랑거리며 거인처럼 우람하게 버티고 앉아 자기들 아버지의 술잔을 받고 있는 노인을 동물원 코끼리 구경하듯 했다. 안식구들은 주방에서 무언가 숙덕이다가 한바탕 웃음보를 터뜨리는가 하면 연해 우리들 술좌석으로 끼어들어 제 남편의 허벅지를 꼬집어 뜯음으로써 술기운이 돌 때마다 헤퍼지는 말 간섭하기에 바빴다.

사실은 그날의 주인공인 둘째 할아버지가 그런 분위기를 연출했다. 그날 저녁 술잔을 받아 드는 그의 손이 유달리 심한 수전증을 보였기 때문에 그것을 바라보는 우리들의 가슴이 몹시 아팠던 것이다. 둘째 할아버지의 그날따라 유난스레 풀 죽은 얼굴로 과묵했다.

"할아버지, 이건 저희들의 마음이에요."

다른 방으로 우루루 몰려나갔던 안식구들이 만 원짜리를 반으로 접은 돈뭉치를 그 노인 앞으로 밀어 넣고 있었다.

"십만 원이에요, 할아버지. 이건 가실 때 여비에나 보태세요."

이에 앞서 우리들은 술잔을 올리기 바로 직전에 둘째 할아버지 앞에 무릎을 꿇고 봉투 하나를 내놓았던 것이다. 그때 둘째 할아버지는 우리들이 내놓은 돈 봉투를 물끄러미 내려다보며 짐짓 무연한 표정으로 눈을 감았다. 내가 그 돈 봉투를 할아버지 가방 속에 넣을 때까지도 둘째 할아버지의 침묵은 끝나지 않았다. 그 긴 침묵으로 해서 반드시 자제분을 볼 젊은 색시를 얻어야 한다는, 우리들이 기세 등등 받아내기로 한 약조 건은 끝내 이뤄내지 못했다.

그러나 꽤 오랜 시간 눈을 감고 있던 둘째 할아버지가 눈을 떠

우리들을 둘러보았다. 결자해지, 우리는 황황히 할아버지의 그 눈길에서 도망쳐야 했다.

"느덜 이제 발 뻗구 자두 된다. 내 눈에 흙 들어가기 전엔 이제 다시 느덜 앞에 나타나지 않겠다 그 얘기여. 여편네 있고 자식 있는 놈이 뭣하러 남한테 폐 끼치고 산다더냐. 지금 하는 내 말 명심혀. 혹시 이 늙은것이 망령이라두 들어 느덜 찾아오는 일이 있거들랑 일언가파 모른다고 내쫓으라 그거여. 내 얘기 무슨 뜻인지 알겠냐?"

이쯤부터 둘째 할아버지가 달라지기 시작했다. 애들한테 천자문을 가르칠 때의 그 위엄이었다.

"야 에미야, 종잇장 몇 개 이리 가져오너라."

둘째 할아버지가 책상 밑에서 족보 계대 만들 때 쓰던 먹물 담긴 벼루와 붓을 꺼내며 한 말이다. 느닷없는 종잇장 대령 엄명에 아내가 황황히 아이들 방으로 나가 16절 백지 대여섯 장을 들고 왔다.

"그래, 이거면 됐다. 옛날부터 셈은 부모 자식 간에도 분명하랬다."

둘째 할아버지가 16절 백지 세 장에 일필휘지 한 것은 一金 貳百萬원整의 영수증이었다. 둘째 할아버지는 자신이 쓴 그 영수증 세 장을 각각 우리 세 집 안사람 앞으로 밀어놓았다.

"손이 떨려 글씨가 좀 그렇다만 이거 에미들이 잘 간수하거라."

영동 삼촌이 나섰다.

"아니, 이런 걸 왜 쓰시는 겁니까? 더구나 저희들 세 집에서 드린 돈이 전부 합쳐야 백만 원인데 여기 쓰신 건 이백만 원인데, 이거 잘못 쓰신 거지요?"

영동 삼촌 말에 둘째 할아버지가 쯧쯧 혀를 찼다.

"느덜이 지금 이 늙은이한테 내놓은 돈, 그게 어떤 거냐. 나한텐 그게 백만 원이 아니라 천만 원 그 이상이라 그 뜻이다."

흠, 흠— 헛기침으로 말 뜸을 들인 둘째 할아버지가 다시 백지 석 장을 우리들 앞에 내놓았다.

"예다가 각기 세 사람이 따루 이름을 쓰구 그 밑에다 인장을 찍어라. 도장이 읎음 지장을 찍어. 이 늙은이 돈 줬다는 그 징표로 내가 보관하고 싶어 그러는 게여."

돈 줬다는 영수증까지 받은 황망에다 그 치사로 인장 하나 찍는 것이 어쩌랴 싶어 세 사람 모두 백지 위에 인장을 누르느라 부산한 가운데 둘째 할아버지의 말이 이어졌다.

"내 생각에 통일이 멀지 않았다. 통일이 돼 내가 연천 그 땅을 찾았다는 기별이 오거들랑 이 영수증 들구 찾아오라 그 얘기여. 이 쪽지 세 장이면 이삼은 육, 육백만 원 아니냐."

우리는 약속이나 한 듯 앞에 놓인 술잔을 들어 단숨에 들이켰다. 둘째 할아버지가 그 낌새를 놓치지 않고 우리들 빈 잔에 술을 부었다. 영동 삼촌이 둘째 할아버지 잔에 술을 따르면서 말했다.

"작은아버님, 오래오래 사셔야 합니다."

"아암, 나 백 살까진 살 거다."

홍수가 술잔을 둘째 할아버지 앞에 내밀면서 말했다.

"할아버지, 아드님 낳아서 웬만큼 크거든 새 마님하고 함께 오세요. 저희들이 어린이대공원과 창경원도 구경시켜드리겠습니다."

홍수의 말을 내가 받았다.

"할아버지 저는 이 나라 공무원 아닙니까. 할아버지가 아드님 데리고 오시는 그 날을 우리나라 공휴일로 만들겠다 그겁니다. 효도의 날, 그래서……"

"오냐오냐…… 내 느덜 맘……"

드디어 마지막 만찬의 밤 주인공인 둘째 할아버지가 웃음인지 울음인지 모를 그런 소릴 터뜨렸다.

ㅎ, ㅎㅎㅎ, ㅎㅎ, ㅎ……

흐느낌이었다. 영동 삼촌이 맨 먼저 둘째 할아버지의 검버섯 핀 손을 마주 쥐고 꺽꺽, 어쩌랴, 우방으로 똘똘 굳게 뭉쳤던 우리 세 집 사람들 모두가 한데 엉겨 울음을 터뜨릴 수밖에.

그 마지막 만남으로부터 3년이 지난 오늘까지 우리는 둘째 할아버지의 행방 그 근황에 대해 아는 것이 없었다. 다만 고향 시동 마을 집안사람들이 서울 사는 우리들 세 집이 거금으로 그 노인네를 멀리 아주 멀리 따돌렸다는 그 치사의 말이 승전보처럼 오래 떠돌았을 뿐이다.

그날도 홍수 내외가 막내로 낳은 첫돌 아들을 데리고 우리 집에 와 있었다. 애가 드세다는 말만 들었지 그렇게 심한 건 또 처음이었다. 이제 겨우 발걸음마를 하는 주제에 온 집안을 벌컥 뒤집어놓고 있었다. 애기가 왔다고 좋아하던 우리 애들도 그만 질린 양 멀찍이서 바라보고만 있는 형편이었다.

그렇게 드세 빠진 애 하나를 놓고 두 집 식구가 한바탕 수선을 피우고 있는 중인데 그 전보가 날아든 것이다.

—연천군 ……면 ……리 ……에서 최근배 씨 사망 영배

둘째 할아버지의 죽음을 알리는 전보였다. 세상에, 세상에…… 모인 식구들 모두가 놀람의 소릴 내질렀다.

"아직 안 돌아가셨는지도 몰라요. 어디서 앓고 계시니까 동네 사람들이 이 전보부터 쳤는지도 모르잖아요?"

아내의 말에 그럴 수도 있다 싶어 전보용지를 유심히 살핀다. 빛이 희끄무레한데다 종이도 여러 사람의 손을 거친 양 많이 낡아 보였다. 아니나 다를까, 발신 날짜를 보니 이미 오 일이나 지난 것이다. 수신인 주소 번지도 326의 53이 아닌 35로 돼 있었다. 더구나 수신인이 내 아명인 최두껍으로 돼 있었던 것이다. 전보 배달이 늦어진 사유가 그런대로 드러난 셈이다.

"그런데 여기 영배란 건 누굴까?"

영배, 전보문을 보낸 사람의 이름이 분명한데 인배·준배·완배 나보다 한 항렬 위의 돌림자라 마음이 섬뜩했다.

"이 할아버지 정말 아들을 둔 거 아니야?"

홍수의 말에 누구도 웃지 않았다.

"형님, 그 할아버지가 계대를 해줬다는 그런 사람일 수도 있겠네요."

영배, 둘째 할아버지의 사망 소식을 알린 그 전보 발신인의 그 정체가 정말 궁금했다. 영동 막냇삼촌 등 우리 세 사람이 다시 의기투합 곧바로 연천으로 달려간 것도 그 때문이었다.

연천으로 가기 전 서울 변두리 화장터에 전화를 걸어 둘째 할아버지 죽음을 수습하기 위해서 읍면장이 발행하는 화장허가서와 함께 사망진단서가 필요하다는 것도 확인했다. 그리고 비무장지대 근처라 일반인 출입 관계도 관계 기관을 통해 알아두는 일도 잊지 않았다.

우리가 연천 가는 완행버스를 타고 그 현장에 도착해 가장 먼저 만난 사람이 그 마을 이장이었다.

"그 아주머일 만나보고 이렇게들 오신 거로구먼."

엄연히 유족으로 나타난 우리 세 사람을 맞는 이장의 얼굴 표정이 썩 안 좋았다.

"아주머이라니, 우린 아무도 못 만났는데요."

"그렇담 어떻게 최근배 이 노인네가 돌아가신 걸 알구들 오셨어?"

"전볼 받았습니다."

"전볼 받았다, 하, 이런 양반들 봤나. 아, 전볼 받았으면서 왜 인제야 나타나는 거요."

마을 이장의 입가 그 시쁘장한 웃음이 이해됐다. 우리가 장황하게 그 전보를 닷새 후에나 받게 된 경위를 이야기하자 그제야 마을 이장이 앞을 섰다.

"그 아주머이하고 길이 어긋났나 보네. 어제 늦게 서울로 떠났거든."

"그 아주머니라니, 그게 누굽니까?"

오십이 채 안 돼 보이는 왜소한 체구의 마을 이장이 힐끗 뒤를 돌아다보았다.

"여태 그것두 모르구들 계셨구먼, 쯧쯧. 하긴 그 양반 얼마나 지독한지 숨넘어가기 사흘 전까지만 해두 당신한테 이렇게 끌끌한 친척들 있단 얘길 일절 입 밖에 내질 않았다니까. 아, 글쎄 함께 산 그 젊은 아주머이조차 그걸 전연 몰랐다지 뭐야."

"할아버지가 혼자 사신 게 아니로군요?"

"혼자 살다니? 그 양반 애초 이 부락에 들어올 때 젊디젊은 여잘 데리고 들어왔어요. 마을 들어온 지 얼마 안 돼 아들두 낳고…… 예, 틀림없습니다요. 그 애가 최근배 씨 자식이란 걸 우리 부락 사람들이 다 압니다요. 그 아주머이가 그걸 증명해달라구 해서 엊그저께 도장까지 눌러줬다 그거요. 선생님들도 그것만은 절대루 의심해선 안 됩니다요."

마을 이장은 자기만이 뭔가 대단한 일을 알고 있다는 투로 기세 좋게 설쳤다.

"그 할아버지 얘긴즉 당신 아들이 열 살이 될 때까진 그 비밀을 절대루 안 밝히려구 했다지 뭡니까요. 요는 젊은 여자가 그때까지 맘 안 변하구 아들을 잘 키워준다면 그때 가서야 그걸 내놓으려고 했다지 뭡니까요."

"그게 뭔데요?"

이장이 다시 우리들 세 사람 얼굴 표정을 힐금힐금 살피고 나더니,

"그거야 내가 말씀드릴 필요가 어디 있습니까요. 선생님들이 더 잘 아실 거지만서두…… 여하튼 그 아주머일 만나시게 될 테니까 그때 가서 잘들 해결하셔야 합니다요."

마을 이장이 우리 세 사람을 가지고 노는 꼴이었다. 그때 가서 무엇을 잘 해결하라는 것인지 그것이 무엇인가를 캐물을 그

런 경황이 아닌 우리로서는 그저 기신기신 이장 뒤를 따라갈 수 밖에 없었다.

보득솔이 듬성듬성한 산등성이 좀 후미진 곳에 이르러 이장이 걸음을 멈췄다. 규모가 보잘것없는 무덤들이 사십여 구 밀집해 있는 곳이었다. 군부대 보호를 받고 있는 취락의 공동묘지라고 했다.

무덤이라고 할 수가 없는 그런 꼴이었다. 봉분은커녕 그냥 흙을 파냈다가 아무렇게나 다시 덮어놓은 가매장 상태였던 것이다.

"제대루 장살 치를 그런 여유가 없었다는 거요. 이렇게라두 모신 건 동네 사람들이 얼마씩 갹출을 했던 덕분이지요. 또, 아주머이가 이렇게 하자고도 했으니까요. 다음에 형편 달라지면 친척들하고 같이 와서 대처 좋은 데루 모시겠다고 하더군요. 아, 백번 그래야 옳지요. 이렇게 끌끌하신 선생님들이 계신 판국에 아, 그래, 이런 으스스한 골짜구니에 누워 계셔서야 되겠습니까요."

우리 세 사람은 그 보잘것없는 흙무덤 앞에 엎드려 절했다. 그렇게 두 번 무릎 꿇으면서 그 흙구덩이 속에 묻혀 있는 둘째 할아버지의 명복을 빌었다.

"저어기, 저쪽 저 꼭대기가 아군 관측소요. 저기 가서 보면 예서 보는 것보다 저쪽 애들 마을이 선명하게 보인다오. 허긴 여기서도 날씨만 좋으면 보일 건 다 보인다오."

마을 이장은 우리들이 올라와 있는 산등성이에서 그다지 멀지 않은 허허벌판 그 북쪽을 휘둘러 손가락으로 가리켜 보였다. 뿌옇게 핀 바람꽃 때문인가 시야는 그리 좋지 않았지만 그런대로 공동 취락인 이쪽 마을을 대각으로 한 벌판의 끝 간 데쯤 철조망 같은 게 보였다. 비무장지대 남방한계선이라 했다. 이장이 그 철조망 저쪽 온통 바람꽃에 묻혀버린 한곳을 눈여겨보라고 했다. 그러고 보니 멀리 희끔한 형체 같은 게 눈에 잡혔다.

"저게 저쪽 북한 사람들 사는 부락이라오. 조용한 날은 재들 학교서 종 치는 소리까지두 들릴 때가 있어요. 요즘은 그런 거 없어졌지만 얼마 전만 해두 밤이면 재들이 커단 스피커를 틀어놓는 바람에 잠두 제대로 못 잤으니까요. 그러고 보니 지금 거기 묻힌 양반두 가끔씩 여기 올라와선 저쪽을 하루 종일 내려다보구 앉았다가 내려오군 하데유. 고향이 저쪽두 아닌 모양이더구만서두."

둘째 할아버지가 묻혀 있는 산 그 아래 공동 취락이 봄볕 속에 자우룩 가라앉아 죽음처럼 적요했다. 허망했다. 살아생전 둘째 할아버지가 이곳에 서서 건너다보았을 북쪽 땅은 더더욱 짙은 바람꽃으로 시야가 흐렸다.

현관을 들어서면서 아주 암팡지게 울어대는 어린애의 울음소리를 들었다. 아니나 다를까, 응접실 스팀 위에 못 보던 어린애의 옷가지와 기저귀가 너절하게 걸려 있었다. 어린애의 울음소리와 그 기저귀 따위를 어리둥절한 상태로 받아들이는 순간 나는 역하게 코를 찌르는 댓진 냄새를 맡았다. 둘째 할아버지의 또 다른 귀환이었다.

"남들이 다 그러던데요. 애가 즈 아버일 아주 쏙 빼닮았다구."

이제 두 돌잡이 그 아이의 엄마는 삼십대 중반쯤, 눈이 작고 얼굴 또한 오종종했다.

"애 아버이가 돌아가시기 전에 그러데유. 다른 사람은 몰라두 큰집 장조카손주만은 당신이 죽었다면 제일 먼저 달려올 거라구유. 그래 전볼 친 거야유."

하는 양이 예사가 아니었다. 그네는 처음 일주일 동안은 자신이 우리 집에 찾아온 목적을 전연 입 밖에 비치지도 않은 채 그냥 수더분하게 최씨 가문 사람으로서의 입지를 굳혀갔다.

처자권속도 없이 혈혈단신 외롭게 떠돌며 사는 노인네의 처지가 일찍이 조실부모하여 이집 저집 떠돌며 밥 빌어먹던 자기 신세와 비슷해 주저 없이 같이 살게 됐다고 했다.

"처음엔 애 아버이가 아들을 하나 낳자구 해 이 영감이 노망이 들었구나 싶었는데 글쎄 그게 아니더라니까유."

열여덟에 사내를 알게 돼 이날 입때까지 다섯 남자를 거치는 동안 애를 한 번도 낳아보지 못하다가 둘째 할아버지를 만나 그 씨를 받게 됐다는 얘기였다.

삼 년 전 둘째 할아버지가 우리 집 식구로서 자리를 굳히고 들어앉았듯 삼십대 그 여인과 어린애 역시 스스럼없이 우리 집 식구가 됐다.

그네는 우리 집의 모든 것을 신기한 눈으로 바라보며 거침없이 탄성을 질러댐으로 해서 그 모든 것을 소유하고 있는 아내의 허영을 어느 정도 만족시켜주는 것 같았다. 실상 아내는 그네의 기구한 운명에 안쓰럽다는 듯 혀를 찼고 고희가 넘은 노인네와의 사이에서 얻어낸 아이를 마치 희귀한 동물을 보듯 신기해했다. 더구나 그 여인이 아내의 집안일을 붙임성 있게 거들어줌으로 해서 아내는 가정부 하나를 둔 셈이라도 치는 듯싶었다. 그렇다고 아내가 마음을 풀어놓고 있는 것은 아니었다.

"어디 좀 나갔다 오고 싶어도 아직은 좀……"

집을 비운 사이 뭔가 크게 당할 것만 같은 의구심일까, 둘째 할아버지가 우리 집에 있을 때보다 더 매사를 조심하는 것 같았다. 어쩌다 그 여자와 부딪치는 내 눈길에 대한 썩 좋지 않은 표정도 그랬다. 알고 보니 아내와 그 여인은 동갑이었다. 그러나 그 여자는 애낳이를 많이 하지 않아서 그런지 아내보다는 한결 젊어 보였다. 가끔 아내가 입던 옷을 걸치고 있는 그네를 볼 때마다 나는 깜짝 놀랐다. 그뿐인가, 나는 이따금 그네의 내복만 입은 멀끔한 목덜미라든가 양말 벗은 발뒤꿈치의 그 앙증스러움을 몰래 훔쳐보았다.

문제는 아내와 내가 우리 집에 쳐들어와 살고 있는 그 여자의 애, 둘째 할아버지의 씨에 대한 거부감이 쉽게 좁혀지지 않는다는 것이다. 처음 며칠 동안은 집 안에 없던 어린애에 대한 호기심을 보이던 아이들까지 별로 달갑지 않은 얼굴들을 했다.

전적으로 둘째 할아버지를 빼닮은 어린애의 자깝스런 발버둥과 그 밉상 얼굴 때문일 것이다, 어쩌면 그것은 그 어린애의 얼굴을 통해 불현듯 보이는 둘째 할아버지의 그 능청 낄낄 웃음 때문일 수도 있었다,

미운 벌레 모로 긴다고 아이의 하는 짓이 보통 극성스러운 것이 아니었다. 그렇게 드셌다. 뒤뚱뒤뚱 발걸음을 겨우 하는 주제에 손에 닿는 것은 모조리 박살을 냈다. 우리 집 아이들 학용품이 집 안 이곳저곳에 나뒹굴었다. 제 키가 닿지 않는 우리

집 화장대 위의 화장품은 먼지떨이로 끌어내려 방바닥에 박살을 내기가 예사였다. 거기다가 똥오줌을 아직 가리지 못했다. 응접실 소파에 앉아 오줌을 싸는가 하면 똥을 싸서 손으로 주물러대다간 바람벽에 문질러댔다. 그야말로 천방지축 미운 짓만 골라 했다.

더 견디기 어려운 것은 그 드센 아이에 대한 그 여자의 반응이었다. 고슴도치도 제 새끼 털은 고와 보인다는 말처럼 여자는 아이가 벌이는 그 막무가내 짓을 못마땅해 하는 우리 집 아이들을 오히려 크게 나무랐다.

“애가 느덜 할아버지여. 할아버지한테 그러는 건 순 쌍것들이나 하는 짓이라 그거여.”

아내가 내 눈에 맞춰 머리를 쾌쾌 내저었다. 그 아이가 우리 집에 몇 점 있는 도자기 중에서 가장 값나가는 걸 깨뜨렸을 때 아내의 감정 폭발은 결국 그 여자와의 말다툼으로까지 번졌다.

“조카메누님, 우리가 이렇게 의지할 데 없이 떠돈다고 너무 업신여기면 죄 받어유.”

그런 식으로 말싸움을 압도해 나가던 그네가 마지막 카드를 내민 것도 바로 그 싸움 직후였다.

“증말 애 아버이 말이 하나두 틀리지 않네유. 당신이 죽어두 서울 사는 두 조카손주나 영동인가 일동인가 산다는 그 조카님은 얼씬두 안 할 거라던 그 말 말이에유. 그래두 설마 해서 전보를 쳐놓고 기다린 이년이 못난 년이지.”

자학조의 코웃음을 치던 그네가 마루를 우탕탕 기어가는 어린애를 덥석 집어다가 엉덩짝을 후려쳤다. 그리고 눈에 번쩍 눈물을 훔치면서 코까지 행 풀었다.

"난 그래두 입때까지 그쪽에서들 먼저 그 얘길 꺼내길 기다리구 있었지 뭐예유. 설마 이 불쌍한 어린것을 봐서라두 그 돈을 떼먹으랴 싶어서였지우."

그네는 그 말을 해놓고 사뭇 비장한 얼굴로 뿌르르 일어섰다. 그리고 우리 집에 올 때 가져온 옷가방을 뒤져 그 속에서 신문지에 둘둘 만 종이 뭉치를 꺼내 펼쳤다.

"나두 밸 가지구 사는 년이니까 이젠 더 참을 수 없네유. 죽은 애 아버이가 무슨 일이 있어두 애가 열 살이 되기 전에는 나한테 안 넘겨주려구 했대서 나두 죽은 양반 뜻대로 그때까지 덮어두고 어떡허든 내 힘으로 그냥 키워볼랴구 했지만서두…… 이렇게 괄시받고 사는 게 원통해서두 이젠 더 못 참겠네유."

그네가 우리 앞에 펼쳐놓은 것은 세 장의 현금보관증서였다.

현금보관증. 금 이백만 원정. 상기 금액을 최근배로부터 기탁받아 보관함을 정히 영수함. 1974년 정월 열나흘 최홍태.

그리고 내 이름 밑에 인감으로 쓰는 도장이 찍혀 있었다. 내 필적이 분명했다. 다른 두 장의 현금보관증은 각각 막냇삼촌과 사촌 아우 홍수의 것이었다. 두 사람은 도장 대신 그들 지문이 넓적하게 눌러져 있었다. 그러고 보니 그 필적들도 그대로 삼촌 것과 홍수 것이 분명했다.

"그건 찢어버려두 상관없에유. 복사를 한 것이니께유. 다 알 만한 사람들이 그렇게 해가지구 가라구 일러주데유. 그 진짜는 딴 데다가 안전하게 맽겨놨지유. 죽은 양반두 이걸 내놓으면서 그런 비슷한 얘길 했었지우. 사람 맴이란 돈 앞에선 다 무서운 게라고, 세 양반이 다 그런 걸 써준 일이 없다고 펄펄 뛸 거라고도 하데유. 그러니 정신 바싹 차리고 받아내야 한다고 말이지우. 까딱하단 되레 배운 사람들한테 당하기 십상이라구. 그래서 내 여기 오기 전에 배운 사람들한테 알 만한 거 다 알아 왔구먼유. 먼저 살던 데서 얘가 그 죽은 양반 자식이 틀림이 없다는 보증두 받구…… 어떤 이는 조카 손주들이 잡아떼거들랑 그 당장 자기한테 쫓아오래유. 신문에다 우리 딱한 사정을 내준다구 하면서 말이에유."

나는 내 필적이 틀림없는 그 복사된 현금보관증을 다시 내려다보았다. 삼 년 전 그 노인을 떠나보내던 마지막 저녁의 술자리를 생각한 것이다. 16절지를 우리들 앞에 내놓으며 우리들한테 그만한 돈을 고맙게 받았다는 정표로 간직해뒀다가 이담에 자식한테 그 은혜라도 잊지 말게 하겠다고 다른 것 다 그만두고 돈 줬다는 징표로 도장 하나 눌러달라던, 그 백지 세 장. 능히 있을 수 있는 일이었다. 둘째 할아버지가 족보 계대 등 남의 글씨를 모사해내는 데 남다른 재주를 가지고 있지 않았던가.

"죽은 애 아버이가 그러데유. 세 집한테 돈을 맡긴 건 잘한 일이지만 세 사람을 한군데 불러 앉혀놓고 돈을 넘겨준 게 아무래두 맘에 걸린다고, 세 양반이 입을 맞춰 이 현금보관증이 가짜라면서 돈 안 내놓겠다고 버티면 그땐 이런 증설 가지구두 애먹을 거라고 하던데유."

그네는 젖을 문 채 잠이 든 어린애의 머리를 쓰다듬으며 더욱 차분한 소리로 말을 이었다. 그 작은 눈을 치뜰 때마다 눈에 물기가 번뜩였다.

“얘 아버이 얘긴 그렇게 큰돈을 일가친척들한테 맡겼다가 떼인 일이 한두 번이 아니라구 하데유. 만주에 들어가기 전에두 있는 재산 다 팔아 큰집에 주구 갔는데 나중에 무슨 소리냐고 됩데 호통을 치더래유. 또 만주에서 목침 덩이만 한 아편을 가지고 나와 사춘인가 하는 이한테 팔아달랬더니 일본 순사한테 뺏겼다고 하면서 빈손만 내보이더래지 뭐예유. 그때부터 친척이라면 이를 갈구 살았다구 하데유. 저번 삼 년 전 여기 세 집한테 맡긴 돈을 벌던 얘길 들으면 더 기가 멕힐 거구먼유.”

그네가 그 기가 막힐 이야기를 풀어낼 기세라 나는 서둘러 몸을 일으켰다. 영동 막냇삼촌 등 우방들 앞에 내보일 현금보관증을 챙기는 것 또한 잊지 않았다.

“어디 가는 거 같아 내 긴 얘긴 안 할래유. 그 두 사람한테두 연락 좀 해주세유. 내가 곧 찾아가겠다구유. 남편이 맽긴 돈을 그 마누라가 받겠다는데 누가 뭐라진 않겠지유. 특히 영동엔가 일동엔가 산다는 그 조카분은 그 육백만 원을 다 자기한테 맡겨놓으면 땅을 사놨다가 늘궈준다구 했다면서유? 그러나 난 이자 같은 건 받을 생각이 없어유. 얘 아버이두 죽기 전에 그러데유. 그 돈이 그동안 새끼를 친 것만 해두 엄청나겠지만 그 사람들 이웃에서 의지하구 살려면 그런 걸 받아내선 안 된다구유.”

내 전화를 받은 영동삼촌이나 홍수 내외의 그 흥분한 목소리를 들으면서 나는 적이 안심을 했다. 일주일 전 그네가 우리 집에 나타났다는 소식을 보냈을 때 그네들은 전날의 그 철통같은 결속과 기세등등하던 전의를 깨끗이 잊은 채 시큰둥한 반응으로 그 위해가 자신들에게 당장 끼쳐올 것만이 두려워 전전긍긍함으로써 우리들 내외의 기분을 상하게 하지 않았던가. 그러나 지금은 그 사정이 사뭇 달랐다.

맨 먼저 달려온 것은 영동 막냇삼촌 내외였다. 그때 그 여자는 아이에게 젖을 물린 채 응접실 소파에 도도한 자세로 앉아 있었다. 우리 내외는 일부러 영동 삼촌 내외에게 그 여자를 인사시키지 않았다.

우리들 또 하나의 우방이 노기충천 기세 있게 들이닥친 건 조금 뒤였다. 홍수 내외와 그 집 아이들이었다. 그 홍수네 아이들 중에는 지난번처럼 갓 돌을 지낸 아이가 제 아버지 품에 안겨 들어섰던 것이다. 우리 집 아이들도 그 첫돌박이한테만은 완전히 손을 들지 않았던가. 그놈이 드세다는 건 이미 널리 알려진 사실이었다. 우루루 들어서는 홍수네 식구들을 응접실 의자에 앉은 채 적의 깊게 바라보는 그 여자를 곁눈질한 순간 나는 또 한 번 그 역한 댓진 냄새를 맡았다. 우리들의 삼촌뻘이 되는 그 어린애도 많은 사람이 들어서자 슬그머니 마룻바닥으로 내려앉았다.

세 집의 여자들이 둘째 할아버지를 빼닮은 그 여자와 이야기를 나누는 사이 영동 삼촌 등 우리 세 사람은 안방으로 들어가 머리를 맞댔다.

"물에 빠진 놈 건져놓으니까 보따리 내놓으라는 거구먼."

"지금 들어오다 보니까 그 애 꼭 그 할아버질 닮았데요."

"닮긴 뭐가 닮아. 그렇게 생각하고 보니까 그런 거지. 그게 어떤 놈의 씬지 알 게 뭐야."

"하긴 그래요. 그 할아버지가 그 나이에 뭔 애길 낳겠어요."

밖에서 아이들이 왁자지껄 집안이 온통 들썩거렸다.

"참, 홍수, 자네 막내하고 그 애하고 드세기 내길 하면 아마 어지간할 걸세."

내가 새삼 그 사실을 일깨워주었다.

"아마 우리 인식인 못 당할걸요."

홍수도 자기 아이가 드세다는 것을 인정하고 들었다. 그러고 보니 요즘 우리가 겪어내고 있는 그 아이의 드세 빠진 것은 홍수네 아이에 비하면 한결 덜했을 것 같은 생각이 들었다.

우리들은 밖의 아이들 소란을 잊은 채 머리를 맞댔다. 아무리 저쪽에서 완벽하고 악랄하게 들어붙는다 해도 이쪽이 방심만 하지 않고 일사불란하게 맞서기만 하면 생각보다 쉽게 나가떨어질 적일는지도 모른다는 생각이었다.

우리들이 기세등등 응접실로 나왔을 때 세 집 여자들도 그 여자를 피해 아이들 방에서 머리를 맞대고 있는 참이었다. 아이들만이 둘째 할아버지의 그 아이를 둘러싸고 난장판을 벌이고 있었다. 식탁보가 바닥에 떨어져 내린 것은 물론 싱크대 문이 전부 열리고 그 속의 냄비 등속이 모두 밖에 널려 있었던 것이다.

"인식이 이놈 네 놈 짓이구나!"

홍수가 자기 막내를 찾고 있었다. 그러나 홍수네 막내를 안고 저만큼 비켜 서 있던 우리 집 큰애가 말했다.

"아닌데요. 인식인 아주 말두 못하게 얌전해요. 이보세요."

그러고 보니 우리 집 큰애 품에 안겨 있는 홍수네 막내는 다소곳한 얼굴로 아이들 모두가 바라보는 그곳에 눈을 주고 있었다.

둘째 할아버지의 그 아이가 주방의 싱크대 속에 들어앉아 수

챗구멍의 호스를 잡아 빼려 기를 쓰고 있었다.

나는 그때 둘째 할아버지의 그 아이를 바라보고 있는 그 여자에게서 역한 담배 냄새를 맡았다. 나쁜 냄새는 좋은 냄새를 선별하는 기준이 될 터이다.

싱크대 속에 들어앉았던 아이가 그 속의 그릇을 모조리 밖으로 집어 던져 그야말로 난장판인 주방 바닥으로 벌벌 기어 나오고 있었다. 나는 얼결에 그 아이를 덜렁 안아 올렸다. 거뿐했다. 며칠 동안 한집 안에 살면서도 처음으로 안아보는 그 어린애의 몸무게가 생각보다 가볍다는 그 느낌이 쉬 가시지 않을 것 같았다.

◌1981년 『문학사상』 5월호

# 관심

지난밤 뉴스 끝의 '내일의 날씨'는 물론이고 아침 신문에도 비 같은 것은 전혀 예고된 바 없었다. 그러나 밖에는 비. 아침 아홉 시쯤 시작된 비는 바람까지 부는 그런 기세로 계속 흩뿌리고 있었다. 학교를 쉰 몇 년 동안 꼭 그래야만 할 어떤 이유도 없이 '내일의 날씨'를 확인하지 않고는 잠을 이루지 못했다. 김 교수의 이러한 과민성은 으레 그 일기예보가 다음 날의 기상 현황과 크게 어긋나기를 기대하는 쪽으로 번져가곤 했다. 오늘의 비, 이러한 기상이변이야말로 그가 바란 바였다. 그는 예고가 빗나가는 그 의외성에 부딪칠 때마다 어금니로 야금야금 괴어오르는 희열을 맛보았다. 그것은 감히 살맛이라고 이름 붙일 수 있는 그런 것이었다. 어쨌든 밖에는 비, 그것이 현실이었다.

비가 쉬 그칠 것 같지 않네. 일요일이지만 체력장 연습을 위해 학교에 가야만 한다던 둘째가 소파에 그냥 멍청히 앉아 있었고, 그 둘째를 향해 그의 아내가 구시렁거렸다. 비가 잘 오는 거예요. 그까짓 거 연습해봤자라구요. 얼마 남지 않은 대입 체력검사에 대해 둘째는 늘 그렇게 시큰둥했다. 오전 종목에서 점수를 웬만큼 따내면 점심 후의 오래달리기는 아예 기권하겠다는 얘기였다. 너, 엄마 겁주는 거냐? 첫째가 안겨준 실망으로 하여 큰 마음병을 앓고 있는 그네에게는 매사 모질고 악착스럽지 못한 둘째가 그렇게 서운할 수가 없었다. 그네는 자정이 가까워 귀가하는 둘째를 기다리면서 늘 한숨을 몰아쉬었다. 김 교수는 그네의 그 한숨이 둘째가 대학 입시에 실패했을 경우에 대비한 절망 예행연습만 같았다.

흩뿌리는 빗발은 현관문까지 뻗쳐들었다. 빗소리에 섞여 전화벨이 울렸다. 박이었다. 박은 김 교수가 다시 학교에 나가게 됐다는 소식을 듣고 가장 먼저 전화를 걸어왔던 고등학교 동창이다. 그래 학교는 잘 나가는가. 왜, 또 못 나갈 것 같아 그러나. 잘 아는군. 사아람, 도대체 용건이 뭔가. 지금 비가 오네. 거기두 오는가. 오네. 하지만 일기예보엔 비 얘긴 전혀 없었지. 그게 뭐가 이상한가. 이상할 거 없네 그게 바로 하늘의 조화란 걸세. 하늘은 항상 인간사 위에 있는 법이지. 자네가 지금 전화를 거는 건 인간사 위의 문젠가. 하하 아닐세. 부탁이 하나 있어 그러네. 먼 친척 되는 집 애 하나가 자네 나가는 학교 의과대학 본과 3학년이라네 졸업까진 불과 일 년밖에 안 남았잖은가. 그 일 년을 마치고 몇 년 뒤에 의학박사에다 전문의 자격까지 따내게 될 테고 그 다음이야말로 탄탄대로 아니겠는가. 제기랄 그런데 다 틀려버렸다는 거야. 다 틀리다니? 학교에서 쫓겨났다네. 쫓겨나? 하여튼 제가 싫어서 제 발로 걸어 나오지 않은 거만은 확실한 모양일세. 제적을 당했군그래. 그런 셈이지. 의대를 졸업한다는 게 그리 쉬운 일은 아닐 테지. 어중이떠중이 다 의사가 되어서는 곤란하잖은가. 그래서 의댄 시험지옥이라데. 그런데 그게…… 왜, 공불 못해서 쫓겨난 게 아니라던가? 자넨 그럼 실력이 없어서 학교를 떨려났었나? 물론이지. 난 이제나 그제나 무능력한 존재라는 걸 알고 있네. 물론 그 애도 성적이 모자라 쫓겨난 것만은 확실할 걸세. 그러나 그 애 부모는 그걸 믿으려 하지 않는단 말이야. 자기 애가 제적당한 데는 분명히 다른 이유가 있을 거란 얘기지. 그 애가 무슨 서클 총무부장이라나. 언젠가 그 서클에서 외부인사를 초청해서 강연을 가졌다더군. 그때 그 애가 그 일을 맡아서 했다네. 사회두 보구 켕기는 게 있다면 오직 그것뿐이라는 거야. 자네 지금 말두 안 되는 소릴 하구 있네. 켕기는 게 있다구 그것 때문에 제적을 당했을 거라, 이 사람아, 제발 그러지 말게. 자네들이 생각하는 것처럼 그렇게 대학이 엉망은 아닐세. 내 하늘에 맹세하지. 대학이 그따위 일루 애들을 잘라내진 않네. 않는 게 아니라 못하네. 애들 눈은 무섭네. 그 일은 더 무섭지. 자네 그 애를 직접 만나본 적 있나? 못 만났네. 그 애 부모가 며칠 전부터 뻔질나게 전화만 걸어오네. 글쎄 내가 뭘 안다구 나보고 그 애 문제를 어떡했으면 좋겠느냐구 애걸복걸이지 뭔가. 내 여북하면 자네에게 이런 전활 다 걸었겠나. 자네 같으면 같은 학교구 하니까 뭘 좀 알까 싶어서 그런 건데 그렇게 공박을 해대긴가? 나한테 전활 걸 게 아니라 자넨 그 애를 만나봐야 옳았어. 나 그놈 만나보고 싶지 않네. 괘씸한 놈이지. 제 부모가 구멍가게를 해가며 그렇게 고생고생 학교에 보내는 걸 번연히 알면서도 그따위로 경거망동해가지고 신셀 망치다니 그게 어디 제 신세만 망치는 일인가. 그놈 부모들은 지금 하늘이 무너진 그 상황이네. 그러니까 더욱 그 애를 만나봤어야 했네. 만나고 싶지 않네. 그러고 보니 자네가 나한테 전화를 건 건 그 애 문제가 아니라 어떤 상황에 대한 관심이었을 뿐이군그래. 그놈이 만들어놓은 상황이지. 그러니까 그 상황에 앞서 그 당사자를 만나는 게 좋다는 게 아닌가. 자네 학교에 다시 나가더니 많이 달라졌군. 그전에야 자네가 날 이렇게 코너에 몰아넣고 두들겨 패진 않았지. 그러고 보니 자네야말로 이제 헝클어진 실 꾸러미를 감아올릴 실패를 찾아낸 모양이군. 축하하네. 어이쿠, 이번엔 내가 케이오 펀치를 먹었구먼그래. 사실은 말일세. 내 고백함세. 자네의 그 애 문제에 대한 부탁을 내가 들어줄 수 없기 때문인 거야. 애들과 나 사이에 도저히 접맥될 수 없는 어떤 거리를 느끼기 시작한 걸세. 어깨동무를 하고 부르는 그들의 노래를 들을 때 또한 그들이 뭉친 힘으로 내 곁을 지나쳐 갈 때 나는 다리가 후들거려 한참 동안이나 그 자리에 멈춰 서 있어야 하네. 다리가 떨린다는 건 내 몸과 마음에 중심이 서지 않기 때문이지. 어쩌면 나는 그런 순간에 형용하기 어려운 어떤 적의를 느끼고 있었는지도 모르네. 그들의 노랫소리가 멀어져 가면서 나는 가슴에서 목구멍으로 콧등으로 치밀어 오르는 울음을 삼켜야 하네. 문제는 이 울음일세. 그전엔 그 울음이 애들의 정열과 아직은 꺼지지 않은 내 열정이 서로 부딪치는 순간에 생기는 액화현상 같은 거라고 생각했었지. 그러나 나는 요즘 내 울음의 의미를 달리 생각하기 시작했네. 그것은 노폐해가는 내 몸속에서 풍겨 나오는 악취에 불과하다고 말이네. 한마디로 그것은 센티멘털리즘이었다구. 오직 일어나고 있는 상황에만 관심을 쏟고 있다가 나도 모르는 사이에 그 애들을 우상화하게 됨으로써 이제 그 애들을 사랑할 수 없을뿐더러 그 애들의 실체를 놓쳐버리고 만 것을 생각하면 분통이 터지네. 잠깐, 내 저 창문 좀 닫고 옴세 빗발이 서쪽에서 들이치더니만 이젠 동쪽으로 바뀌었네. 아니 우리 이제 그만 전화 끊세. 아무래두 혹 떼려다 더 큰 혹 붙이게 될까 두렵구먼그래. 게다가 공연히 자네의 아문 상처 덧들여놓은 거 같아 미안두 하구. 좌우지간 아까 그 애 얘긴 없던 것으로 하세. 그래, 자네 말마따나 그 앨 만나보지도 않고 별것 아닌 소릴 지껄여댄 내 자신이 부끄럽네그려.

그쯤에서 전화를 끊긴 했지만 빗발이 들이치는 쪽 창문을 닫으면서 김 교수는 박이 말하던 그 애 이름이라도 물어둘 걸 그랬구나 하는 아쉬움 같은 게 여운처럼 남았다.

나무가 보였다. 빗발 들이치는 창을 통해 내다보이는 네댓 평 좁은 마당에 서 있는 가지 앙상한 나무 한 그루. 그것은 담이 붙은 이웃집 울안의 잎 무성한 후박나무처럼 비바람에 휘둘려지지도 못한 채 멋대가리 없이 서 있었을 뿐이다. 재작년 가을 시장 근처의 화원에서 사다 심은 것인데 그때만 해도 잎이 무성하던 그 감나무는 두 돌이 가까워오는 이제까지 단 한 개의 싹도 틔우지 못한 채 죽어버렸다. 이식에 성공 못한 그 감나무는 이미 감나무도, 그냥 나무도 아니었다. 그것은 살아 있는 나무가 아니라, 너무 이질적인 것으로 변모되었다. 그 죽은 나무를 보면서 김 교수는 시장성을 잃은 사물들의 열패감을 자기 것으로 체험하고 있었다. 그 허망, 그 삭막함, 그것은 죽음에 대한 인식이었다. 죽음은 관념이 아니라 가장 확실한 실존이었다. 앙상히 죽어 메마른 가지로 빗속에 내던져진 그 감나무에서 시선을 거두긴 했어도 박이 말한 그 애에 대한 생각을 쉽게 떨쳐버리기 어려웠다.

민 선생은 3교시 수업을 끝내고 교무실로 돌아오다 상담실 앞에서 최 선생과 마주쳤다. 최 선생이 우정 거기서 기다리고 있었던 것 같았다.

"어이, 민 선생, 당신 수재 기억하지? 윤수재 말이야. 당신두 몇 학년 땐가 걔 담임을 했잖아. 내가 3학년 때 담임이구…… X대 의대에 간 애 말이야."

"수재, 그래 생각이 나는군."

민 선생은 윤수재라면 곧장 떠오르는 기억 하나가 있었다. 그 애를 2학년 때 담임했다. 공부도 썩 잘하는데다 평소 과묵하고 성실한 편이어서 선생들한테 호감을 사는 아이였다. 그러나 민 선생은 수재를 달리 파악하고 있었다. 그해 교지 편집을 맡게 돼 1, 2학년을 중심으로 편집위원들을 선정했는데 그중에 수재도 끼어 있었다. 담임반 아이라 일을 시켜도 좋을 것 같아 수재를 편집장으로 뽑았는데 본인도 그 일을 쾌히 맡고 나섰다. 문제는 그해 교지의 특집을 무엇으로 할 것인가를 결정하는 편집회의에서 생겼다. 아이들의 의견을 존중하는 뜻에서 우선 편집회의 안건 처리를 그들에게 완전히 맡긴 뒤 거기서 결정된 사항에 대해서만 그들과 다시 상의해 수정을 가하는 방법을 택한 것인데, 그것은 그들의 참여의식을 높임으로써 일하기가 한결

쉬울뿐더러 학생들이 읽는 교지를 만들어보자는 취지에서 시작한 일이었다. 민 선생이 받아 든 편집회의 내용 중 특집 제목은 '두 세계의 만남'이었다. 가르치는 입장의 학교와 교사들, 그리고 가르침을 받는 학생들을 각각 두 개의 세계로 설정한 뒤, 그 두 세계의 거리를 없이 한 올바른 만남만이 참된 교육을 낳을 수 있다는 명제 아래 기획된 내용이었다. 교사와 학생들의 의견을 한자리에 내놓음으로써 두 세계의 거리를 좁히자는 취지는 그런대로 좋았다. 그러나 학생들의 주장 중 '이런 선생님은 싫다'와 '선생님들의 별명을 심층 취재한다'를 놓고 민 선생은 그것이 너무 직선적인데다 자칫하면 선생님들의 프라이버시를 침해할 우려가 크니 좀 다른 면으로 생각해보자는 의견을 내놓았던 것이다. 지도교사로서 그것은 당연한 권리였고 예년의 예로 보면 그 정도의 수정은 지극히 당연히 받아들여질 수 있는 성질의 것이었다. 그러나 민 선생은 편집장인 수재의 뜻하지 않은 강변에 놀라지 않을 수 없었다.

누구를 위한 교지냐, 수재는 평소에 볼 수 없던 방자함으로 맞섰다. 자신들의 안을 일보도 양보할 수 없다는 것이다. 그 안을 수정하려는 민 선생의 생각이야말로 두 세계를 가로막는 불신의 벽이요, 마음의 강이라 했다. 기성세대들은 모두 자신들의 자로 어떤 기준을 잡아놓고 모든 것을 그 기준에 맞춰보려는 데서 세대 차이가 생긴다고도 했다. 자신들이 가지고 있는 자를 학생들의 기준에 맞추어보지 않는 한 두 세계는 결코 화해할 수 없다는 항변이었다. 물론 그 고정관념을 깨뜨린 다음 학생들을 보게 되면 '이런 선생님은 싫다'에 부딪쳤을 때 몹시 기분 나쁘겠지만 바로 그 기분 나쁨의 단계를 거쳐 그것을 초월했을 때라야 학생들을 이해할 수 있다는 것이었다. 분명 청소년 문제에 대한 어떤 글을 읽은 생각인 듯싶었는데 그것이 조금도 어설프지 않고 논리가 정연했다. 그러나 그들을 가르치는 선생 입장에서 볼 때 수재의 그 태도는 받아들이기 쉽지 않았다. 설사 그들의 의견을 그대로 받아들인다 해도 그 편집 내용이 결재 과정에서 통과될 리도 없을 터이므로 공연한 문제를 일으키고 싶지 않았던 것이다. 선생님, 저 편집위원 그만두겠습니다. 자기 의견이 받아들여지지 않자 수재는 그런 식으로 나왔다. 그 당장 뺨이라도 올려붙이며 야단을 쳐야 할 계제였다. 그러나 민 선생은 자신의 감정을 겉으로 노출하지 않았다. 자신이 그 누구보다 아이들 세계에 한 걸음 다가가 있다는 평소의 자부를 포기하고 싶지 않은 자존심 같은 것이었다. 특히 수재가 자신의 반 아이라는 것을 생각할 때 조금이라도 이상한 눈치를 보임으로써 불편한 관계를 만들고 싶지 않았기 때문이다. 그러나 수재가 괘씸한 놈이란 생각은 결코 지워지지 않았다. 민 선생은 자신이 수재를 미워하고 있다는 것을 깨닫기 시작했다. 선생으로서 그 아이를 조금이라도 사랑하는 마음이 있었다면 그 당장에 야단을 침으로써 자신의 감정이라도 풀었어야 옳았다. 그런 생각이 들수록 수재에게 친절하게 대하려고 노력했다. 그러나 수재는 영리한 아이였다. 담임이 자신을 미워하고 있다는 것을 알지 못하는 것처럼 시치밀 뗐다. 민 선생은 수재의 그러한 능청스러움이 더욱 마음에 걸렸다. 수업 시간에도 종례 시간에도 자신의 말을 수재 녀석이 어떻게 받아들이고 있을까 그런 데 신경이 쓰일 정도였다. 수재가 3학년이 되어 그 얼굴을 자주 보지 않게 되었는데도 수재를 향한 그 감정은 쉽게 지워지지 않았다.

"수재가 본과 3학년에서 제적을 당했다는 거야."

최 선생이 상담실 앞에서 민 선생한테 알린 소식이 바로 그것이었다. 수재가 졸업하던 그해 예비고사 성적이 나빠 한 해 재수를 한다는 얘길 굳이 들려준 것도 최 선생이었다. 민 선생은 최 선생이 무슨 일인지는 알 수 없어도 담임하던 처음부터 수재에 대한 감정이 안 좋다는 것을 알 수 있었다. 민 선생 당신이 아끼는 수제자 그 새끼 말이야— 하고 최 선생은 아주 내놓고 수재를 미워했다. 어쩌면 그것은 자신과는 달리 항상 학생들 곁에 다가가 그들과 호흡을 같이하는 것처럼 처신하는 민 선생에 대한 노골적인 적대 감정이랄 수 있는 것이었다. 민 선생, 당신이 그따위로 기를 키워놨으니까 애새끼가 인간성이 그 모양이라구. 학생들은 엄격하고 철저하게 다스려야 자기 자제력과 윗사람에 대한 공경심이 길러진다고 주장하는 최 선생의 권위주의는 실상 상당한 호응과 그것에 답하는 성과를 거두는 편이었다. 그러나 그것이 수재의 경우에는 사뭇 그렇지가 못했던 것이다. 수재가 재수를 한 그 첫해에도 그 둘째 해에도 대학 입시에 실패할 때마다 그 소식을 자신에게 가장 먼저 전해왔다는 사실을 통해 민 선생은 수재로 인해 최 선생이 입은 자존심의 상처 깊이를 헤아릴 수 있었다. 그럴 때마다 민 선생은 수재에 대한 감정이 최 선생과 크게 다르지 않으면서도 그것을 단 한 번도 밖으로 내비치지 못한 자신의 엉큼스러움에 대해 부끄러움을 느꼈다. 강한 사람은 그만큼 단순했다. 그처럼 수재를 미워하던 최 선생은 수재가 삼수 끝에 결국 제가 원하는 학교의 의과대학에 입학했다는 소식을 전하면서 경탄해 마지않았던 것이다. 수재의 영광을 거침없이 자신에게 얹어주는 최 선생을 보면서 민 선생은 정말 부끄러웠다.

"최 선생이 수재를 직접 만나본 거야?"

"아니, 못 만났어. 망할 자식 담임두 안 만나보구 가다니. 하긴 그 경황에 누굴 만나 무슨 얘길 하겠어? 몰래 체력장 원서만 접수시키구 가려다 걸린 거지 뭐. 교무과 지 선생이 그 애를 알아봤다더군. 다른 선생들은 모두 학부형이 대신 원서를 내러 온 줄 알았다는 거야. 그럴 수밖에. 내가 그 애를 78년에 졸업시켰으니까 지금 도대체 몇 살이냐 그거야. 그런 나이에 이제 와서…… 대학을 다시 가겠다구…… 이게 어디 보통 얘긴가."

"최 선생, 도대체 어떻게 된 얘기야?"

"지 선생이 수재를 붙들고 이게 어떻게 된 거냐구 물어봤지만 막무가내루 입을 다물고 달아나버리더래. 지 선생 얘길 듣구 보니까 옛날 담임으로서 어디 그냥 있을 수 있어야지. 팔 년 전 교무수첩을 뒤졌지. 민 선생두 기억나겠지만 어디 그때 수재네가 전화 놓고 살 형편이었나 말이야. 창신동 언덕배기 판잣집이었지. 리어카로 과일 행상을 하며 근근 살아가는 형편에두 학교에 대한 성의는 대단했잖은가 말이야. 아마 민 선생두 수재 아버지가 실어다 준 사과 몇 짝은 먹었을 걸. 어디 그뿐인가, 졸업한 지 삼 년이 지났는데두 아들이 대학에 들어갔다구 그 기념으로 학교에 괘종시계를 사 왔을 정도라면 보통 정성은 넘는 거지.

하여튼 백방으로 수소문 끝에 수재네가 하고 있다는 구멍가게로 전화를 걸었지. 수재 아버지가 내가 누구란 걸 확인하곤 전화통에 대고 킁킁 울더군. 면목이 없다면서 자꾸 울기만 하는데 뭘 물어보겠나, 그냥 어물어물 전화를 끊고 말았지 뭔가. 내 그놈의 자식 만나면……"

"그래 최 선생은 수재를 만나면 무슨 얘길 해주겠어?"

"그놈의 자식한테 해주고 싶은 말이 꼭 하나 있지. 쓰레기는 쓰레기 치우는 사람이 줍는 거라고. 길에 쓰레기가 버려져 있다고 해서 그걸 모든 사람이 다 주워야 한다는 생각은 옳지 않다는 거지. 물론 그놈은, 그 쓰레기 치우는 사람이 제 할 일에 태만할 땐 어쩌느냐구 반발을 하고 나설 테지. 그땐 내가 역습을 할 거네. 이놈아, 우선 학력고사 잘 볼 생각이나 해라. 민 선생, 어때, 내 말?"

최 선생은 낄낄 웃으며 민 선생의 눈치를 살폈다.

앓느니 죽지. 문득 혼잣소리가 튀어나왔다. 퇴근 무렵 전해들은 수재 생각을 한 것이다. 병신 같은 새끼. 수재 생각을 지우기라도 하듯 주대는 조금 전 술집을 나와 헤어진 과장 생각을 했다. 과장은 주대의 앞날이 자신의 손에 달려 있음을 암시하기 위한 너스레를 떨었다. 그는 제품을 납품하는 업체에서 보내온 봉투를 주대가 보는 앞에서 찢어 그 내용물을 둘로 똑같이 나눴다. 웃기지 마. 주대는 과장 주머니의 또 다른 봉투를 알고 있었다. 자신에게도 그런 봉투가 전해졌던 것이다. 세상은 다 이런 거야. 살 만했다. 대학을 나오면서 곧바로 취직이 됐다. 남들이

삼 년씩 때우는 병역도 직장에 이름을 둔 채 방위병으로 그럭저럭 때웠다. 방위가 끝나면서 곧바로 결혼했다. 아내는 이 년쯤 후에나 애기를 만들자고 했다. 애기가 생겨도 진통 없이 배를 가르고 꺼낸다나. 아내 배를 째고 나올 애 생각에 겹쳐 사시 패스했다는 고등학교 동창 신준호 얼굴이 떠올랐다. 1차 두 번 낙방 후 네번째 도전에서 2차까지 합격했다고. 고3 때 친했던 몇몇이 축하 모임을 갖는다고 했다. 그런 데 빠질 수야 없지. 잠깐이라구, 그놈 덕 볼 날 말이지. 장기적 안목에서 살자 그거야. 신준호 사시 먹은 소식의 부록이 수재 얘기였다. 가난한 애들은 아무래도 어딘가 티가 났다. 그런대로 수재는 아이들과 비교적 잘 어울렸다. 그러나 아이들은 수재와의 거리를 지키려 했다. 두려움 같은 것이었다. 그는 항상 크고 옳은 것만을 생각하고 있는 것처럼 보였다. 그의 입꼬리에 매달리는 비웃음을 볼 때 아이들은 기분이 나빴다. 그는 항상 사물의 진가를 선명히 가른 다음, 선생님 저희들은 말이죠, 하고 담임에게 도전적인 자세를 보였다. 저 혼자의 생각인데도 불구하고 저희들이란 복수 대명사를 씀으로써 그것은 어느새 아이들 모두의 문제로 비화되곤 했다. 인마, 어금니 꽉 물어! 고3 때 담임 최 선생은 수재의 기세를 꺾기 위해 폭력까지 쓰기 일쑤였다. 그러나 수재는 담임의 폭력 앞에 결코 불손한 태도로 맞서지 않았다. 담임은 언제나 제풀에 지쳐 물러섰다.

어금니 있잖아. 고3 때 담임 말이야. 어금니가 전활 했지 뭐냐. 수재가 제적을 당했다는 거야. 도대체 어떻게 된 거냐구 나한테 묻잖아. 내가 알 게 뭐야. 그 자식이 어디 졸업하구 반창회 같은 데 얼굴 한번 내보였어야 말이지. 이상한 일이었다. 필구는 종수한테 수재의 제적 소식을 듣는 순간 어린 시절 고향 마을 장터 한가운데 있던 공동우물에 빠져 죽은 사람의 얼굴이 머리에 떠올랐다. 일제 때 면장까지 지냈다는 집안의 아들이었는데 서울에 산다던 그가 어느 날 느닷없이 고향에 내려와 남산 중턱쯤에 올라가 낮잠이나 자면서 지냈다. 그는 마을 사람과 말을 나누는 걸 싫어한다고 했다. 그럴수록 마을은 그에 대한 소문으로 술렁거렸다. 무슨 공직에서 쫓겨났다느니 사업 실패로 빚을 산더미처럼 져 숨어 산다느니 여자관계가 어떻다느니 그에 대한 소문은 말하는 사람과 그 시간과 장소에 따라 많이 달랐다. 그러던 어느 날 그 사십대 남자가 공동우물에 빠져 죽었던 것이다. 우물 옆에 가지런히 벗어놓은 구두 속에 간밤에 내린 빗물이 가득 고여 있었다. 그런 우라질. 얼마 뒤 공동우물을 메우면서 마을 어른들은 하필 우물에 빠져 죽을 게 뭐냐며 투덜거렸다. 그때 필구는 마을 사람들에게 막연한 적의를 품고 있었다. 그 남자가 죽은 것은 자살이 아니고 마을 사람들이 어떻게 하지 않았을까 하는 생각 때문이었다. 너 꼭 나와야 한다. 종수는 필구가 신춘호의 사시 합격 소식보다 수재의 일에 부쩍 관심을 보이는 게 못마땅한 눈치였다. 그는 신춘호 축하 모임에 적어도 이십 명 이상은 나와야 반창회 체면이 설 것이 아니냐며 일방적으로 전화를 끊었다. 수화기를 놓으며 필구는 피익 웃었다. 자신이 어느 문학지의 신인문학상에 소설이 당선됐을 때도 종수는 축하 전화를 걸어왔다. 너 소설쟁이 됐다며? 자기 아버지가 하던 인쇄소와 거기에 곁들인 조그마한 출판사를 맡아 운영하게 된, 명색이 사장인 종수는 소설쟁이 세계는 자기가 훤하다는 식으로 얕잡아 보는 투였다. 물론 축하 모임 같은 것도 없었다. 필구는 우울했다. 쓰고 싶다는 욕구였다. 아무것도 읽고 싶지 않았다. 쓰여 있는 모든 것, 그것을 쓴 작가들에 대한 일종의 적개심이었다. 생각하고 싶지 않았다. 뭐가 뭔지 알 수가 없었다. 일어나고 있는 모든 것에 대한 어제의 생각이 오늘에 와서 그 반대로 바뀌고 있었다. 중심을 잡을 수 없었다. 누구의 말도 다 옳았다. 그러나 어느 순간에 그 모두의 말이 모두 거짓이었다. 모든 것이 허상이었다. 무너지고 있었다. 자신이 신봉하는 문학마저 개떡 같았다. 무엇을 쓸 것인가. 썼다고 하자. 그래서 이게 뭡니까, 어떻다는 겁니까. 저 도도한 흐름을 왜 외면합니까 선배님. 고등학교 이 년 후배는 문학을 버리고 탈춤에 미쳐 있었다. 탈을 쓰고 있으면 내 양심을 관중들 앞에 내보이는 것처럼 마음이 가볍다구요. 나는 모든 사람의 양심을 대신해서 그처럼 열심히 뜁니다. 선배님, 양심을 글로 쓰십시오. 민중의 손바닥과 그 마음을 그리십시오. 민중의 밥을, 민중의 피에 대해 쓰십시오. 중요한 것은 쓰는 즐거움이 아니라 그 즐거움을 좇는 그 중독 증세에서 깨어나야 합니다. 보는 일 쓰는 일 그것이 오직 고통이어야 합니다. 필구는 고개를 저었다. 그러나 항변 같은 것은 하고 싶지 않았다. 탈 그 안쪽에서 번뜩이는 후배의 그 눈이 싫었다. 쓰고 싶었다. 쓰고 싶은 그 고통을 누구에게 어떻게 설명할 수 있겠는가. 필구는 어느새 자신의 가슴속에 음울한 모습으로 들어앉은 수재를 발견하곤 몸서리쳤다. 가슴이 답답했다. 쓰고 싶은 욕구 그 안쪽에서 서서히 피어오르기 시작한 안개가 가슴을 메워들고 있었다. 적신호였다. 수재를 가슴에서 몰아내지 못하는 한 영원히 글을 쓰지 못할 것 같았다.

종수가 발의한 신준호 축하 모임은 대성공이었다. 스물네 명이 참가했다. 자가용을 몰고 온 사람이 다섯이고 이제 막 군복을 벗은 친구도 서넛 되었다. 그때 우리 반 애들 가정 형편이 제일 나은 편이었지. 어금니두 그건 인정했을 정도니까 말이야. 누군가 자위 섞인 그런 목소리로 말했다. 주빈인 신준호가 생각보다 수줍어했으므로 축하객들은 기분이 좋았다. 처음 화제는 돈 버는 즐거움이었다. 아흔아홉 가진 사람이 하나를 채워 백을 만들기 위해 하나 가진 사람을 잡아먹던 그런 시대가 아니라, 그 아흔아홉이 스스로 자력을 띠면서 한순간에 천 배, 만 배로 불어나는 마법의 신비에 대해 이야기했다. 돈 버는 즐거움 못지않은 돈 뿌리는 즐거움에 대해서, 급기야는 유신의 과거지사가 슬그머니 도마 위에 오르면서 와장창 칼질이 시작되었다. 수백 번 씹어 씹어 단물 다 빠진 고기를 뱉어놓고 튀김질을 했다. 요즘 애들은 말이야, 하고 누군가 요즘 애들 이야기를 물어 올렸다. 느덜이 아다시피 왕년엔 말이야, 말씀이야, 말씀이야, 말씀이야, 하지만 말씀이야, 요즘 애들처럼 그렇게 싸가지없구 그렇게 섬뜩하진 않았다 이 말씀이야.

야, 그런데 수재 걔 도대체 어떻게 된 거냐?

참, 수재 그 새끼……

술잔이 바삐 돌기 시작했다. 젓가락질이 바빠지고 훌쩍 잔을 비우고, 자, 너 인마 오래간만이다. 어이, 여기, 술 더 가져와. 수재 그 새끼 말이다…… 느닷없이 수재를 안주로 씹기 시작했다. 수재는 ET였다. 무시무시한 괴력을 지닌 괴물이었다가 우상이었다가 한 마리 벌레였다. 그거 정말 문젠데. 우정, 그 연민의 홍수. 암담한 거지 뭐. 내 동생두 작년에 실패했잖니. 일 년 재수하는 중인데 말 마라, 그놈이나 식구들이 모두 다 죽을 지경이다. 아니 그런데 의대 나오기가 그렇게 어려운 거냐? 흐흠, 아무나 의사가 되는 게 아니다. 지난해에 인턴을 마친 병주가 잔을 쭉 비우며 어깨를 으쓱 추스렸다. 한마디루 시험 지옥이지. 누군 뭐 놀 줄 몰라 안 논 줄 아냐. 수재 같은 경우가 한둘이 아니라구. 수재처럼 본과에서 제적당한 애가 하나 있었는데 아직 두 개 신경정신과 신셀 지구 있다. 인생 끝이지 뭐.

수재, 개두 요새 어떻게 된 거 아냐?

한동안 침묵이 흘렀다. 모두 술잔을 쭉쭉 비운 다음 꽤 먼 데 있는 사람한테까지 잔을 돌렸다.

다른 학교에 편입 같은 것두 안 될까?

의대에서 편입생 뽑는 거 봤냐?

그저 길만 있다면 이럴 땐 외국으루 훌쩍 날아가버리는 게……

가능성이 없는 걸 환상이라고 하는 거야.

걔, 군대두 아직 안 갔다 왔잖아.

연기할 이유가 안 생기면 금방 영장이 나오겠지.

바루 그거다. 입대해 한 삼 년간 푹 썩는 거야.

그 삼 년 뒤엔?

누군가 새 담배를 하나 뜯었다. 그것이 신호이기라도 한 듯 여기저기서 담배를 피워 물기 시작했다.

문제는 수재가 대입 체력장을 치르려구 원서를 냈다는 거다.

정말 대학에 다시 들어가려는 걸까?

방법이 없잖아.

그게 최선일까?

막다른 골목이지 뭐.

아니, 예비고사…… 아니지, 지금은 학력고사라구 하던가, 도대체 지금 그걸 봐서 점수가 얼마나 나올 거 같아?

걔 요즘 학관에 다니구 있다던데. 채력장 원서두 냈다는 거야.

맙소사.

몇몇이 담배를 짓눌러 끄고 있었다.

내 생각엔 말이야, 수재가 체력장 원서를 낸 건 꼭 대학에 가려구 그러는 게 아닐 거란 거다. 걔 지금 제정신이 아닐 거라구.

넌 그러면 수재가 체력검사두 안 받을 거란 말이냐?

물론이지, 내길 해두 좋다. 걔 성질에 다시 대학에 들어간다는 건 말두 안 되는 소리다.

그게 어디 성질 가지고 될 문젠가.

어떻든 수재는 시험을 쳐선 안 돼. 생각해보라구. 학력고사 점수가 나쁠 게 뻔한 이상 그걸 가지고 이제 새삼스레 어디다가 원서를 내냐? 일류 대학교 의과대학 본과 학생이었던 수재가 말이야. 이제 수재, 갸가 갈 길은 하나……

내 생각은 다르다. 누가 뭐래도 수재는 체력검사를 받을 거다. 대학에 다시 들어갈 거라구.

어, 소설쟁이, 그건 작가로서의 예언이냐?

믿음이지. 그것만이 수재의 길이다.

그건 환상이다.

이상이야.

이상 좋아하네.

모임의 주빈인 신준호에겐 이미 축하받는 자리의 그 수줍음 같은 건 없었다. 그는 힘주어 말했다.

수재는 우리의 현실이다. 지금 수재에겐 우리의 지혜, 우리의 힘이 필요한 거야.

힘이 돼야 한다고? 무엇을 어떻게 하자는 거냐?

방관하지 말자는 그런 얘기다,

우리가 지금 수재 문제를 방관하고 있다는 거냐?

분명한 것은 지금 우리 모두가 수재를 안주로 해서 술판을 즐기고 있다는 거다.

개새끼!

그래, 우리 모두 개새끼다, 짖어대는 개들, 무엇을 위해 왜 짖는지도 모르면서 그냥 짖어대는 개새끼들. 개새끼들은 때로 자신의 개소리에 놀라 기겁하게 짖어댄다, 나 그거 안 볼란다 멍멍, 비겁하다 멍멍, 무섭다 멍멍.

개새끼들!

술잔이 날아가고 낙지볶음 접시가 뒤집어졌다. 아저씨들 왜들 이러는 거예요? 다 큰 어른들이 이게 뭐예요?

야, 느덜, 수재가 느 할애비라두 되냐? 왜들 이렇게 기를 복복 쓰고 이러는 거야?

그날 반창회의 리더인 종수가 일어섰다.

야야, 그만 일어들 나라구! 한잔 더 빨구 싶은 놈들은 날 따라오라 이거야. 단, 더 짖구 싶은 놈들은 한강 다리 위에서 사절 오절 육절 할 테니까 알아서 하라 이 말씀이야.

"만점이래요."

김 교수는 집에 들어서면서 곧장 둘째의 오늘 있었던 체력검사 결과를 아내로부터 듣는다. 아직도 그네의 얼굴은 상기돼 있었다. 아내의 자식을 향한 그 관심은 어쩌면 한때 일본을 휩쓸던 교육마마 현상이나 우리나라의 그 치맛바람처럼 자기 과시 혹은 자기만족에 가까운 것은 아닐까 하는 생각을 해본다. 그러나 그런 생각을 하고 있는 자신이야말로 근래 몇 년 동안 자신의 문제로 하여 가장 가까이 있는 자식에게까지 무관심했지 않았느냐 자각이 왔다.

"만점이란 특급이란 건가?"

"그래요. 언제 그걸 다 아셨어요?"

"오후 오래달리기도 포기하겠다던 녀석이 어떻게 특급이야?"

"오전에 실기한 다섯 종목에서 이미 96점 이상을 따 특급이 결정됐었대요. 그러니까 오래달리기는 할 필요가 없었던 거지요, 뭐."

"그 녀석이 그걸 계산하구 그런 소릴 했었군그래."

"그렇지만 오후 오래달리기두 뛰었대요."

"건 또 왜?"

"오늘 체력검사장에서 재미난 일이 있었다나 봐요."

"재미난 일이라니?"

"직접 물어보시구랴."
둘째가 제 방에서 나오고 있었다.
"아버지, 제가 왜 오래달리기를 뛰었는지 모르시죠?"
"뛰고 싶어 뛴 거겠지."
"맞았어요. 뛰고 싶어 뛴 거예요. 우리 학교 애들뿐이 아니고 검사받는 애들이 거의 다 함께 뛰었어요. 이미 먼저 뛴 애들도 함께 뛰었지요. 뛰지 않은 애들은 엇샤 엇샤 응원을 했다구요. 누구 응원을 한 줄 아세요?"
"글쎄다."
"어떤 한 사람 때문에 우리가 모두 그렇게 뛰었던 거예요. 재수생 선밴데 졸업한 지가 너무 오래돼놔서 검사장에 나온 우리 학교 체육 선생님도 누군지 모르데요. 군대에서 제대를 했는지 좌우지간 팍삭 늙은 선배였어요. 그런데 오전 백 미터 달리기에서 넘어졌어요. 팔꿈치가 깨지고 얼굴이 벗겨지고 정말 못 봐주겠데요. 그런데도 그렇게 열심히 할 수가 없어요. 아주 결사적이더라구요. 그렇지만 다섯 종목 점수가 고작 78점이었다구요. 특급이 되려면 천 미터 오래달리기에서 18점 이상을 맞아야 했거든요. 18점 이상을 따려면 3분 58초 이내에 달려야 하는데 그건 우리 재학생들도 힘든 거라구요. 그런데 그 늙은 선배가 그 기록에 도전을 한 거지요. 팔꿈치와 얼굴에 머큐롬을 바른 그 흉한 꼴을 해가지고 트랙을 달리는 걸 한번 생각해보시라구요."
둘째네 학교에서 나온 체육교사도 그 나이 많은 재수생한테 특급이 안 돼도 대학입시에 별 영향이 없다며 무리를 하지 말라고 말렸던 모양이다. 그러나 그는 끝내 그 흉한 꼴로 넘버가 붙은 노란 재킷을 걸친 채 트랙을 돌기 시작했던 것이다. 주위에서 지켜보던 아이들이 하나둘 그 뒤를 따라 뛰기 시작했다. 삽시간에 수백 명의 아이들이 그 늙은 재수생을 옹위한 채 한 덩어리가 되어 하나둘, 하나둘, 구령 맞춰 뛰고 있었다. 트랙을 함께 뛰지 않는 아이들은 트랙 안쪽에서 엇샤 엇샤 응원을 보냈다. 체력검사를 진행하는 감독 선생들도 그 일사불란한 흐름을 그냥 망연자실 지켜볼 수밖에. 마지막 반 바퀴를 남긴 지점부터 그 늙은 재수생은 체력이 급격히 달리는 듯 몹시 허덕거렸다. 그러나 그 재수생 조의 열두 명 중에서 아무도 그를 앞질러 뛰는 사람이 없었다. 하나 둘 하나 둘, 엇샤 엇샤— 모든 아이들의 옹위 속에 그는 단연 일등으로 골인했다.

"그래, 3분 58초 안에 들어왔다는 거냐?"

"아이들이 모두 자신들의 시계를 봤어요. 4분 12초, 아마 그쯤 되었을 거예요."

"그렇다면 그 사람은 특급은 못 맞았겠구나. 너희들 성원두 보람 없이 말이다."

"보람이 있었다구요!"

"어떻게?"

"특급이 됐으니까요."

"아니, 3분 58초 안에 들어와야 18점이 나와 특급 점수인 96점이 된다면서?"

"글쎄, 그 점수를 따냈다니까요."

"무슨 얘기냐, 4분 12초 정도에 골인했다면서?"

"그건 우리들이 가진 시계가 모두 틀렸던 거예요. 오래달리기

계측을 맡았던 선생님이 스톱워치를 번쩍 쳐들면서 분명히, 3분 58초 플랫! 하고 소리쳤단 말이에요!"

그처럼 의기양양해하는 둘째의 이야기를 들으면서 김 교수는 얼마 전 고등학교 동창 박이 전화로 말한 적이 있는 '그 애'의 정황을 머릿속에 잠깐 떠올려보면서 전화기 쪽으로 눈길을 돌렸다. 그러나 어둑한 마당 한가운데 앙상히 서 있는 죽은 감나무가 눈에 후딱 비쳐든 순간 그는 내일은 어떤 일이 있어도 저것을 뽑아치워야 하겠다는 쪽으로 생각을 옮겨가고 있었다.

◌ 1984년 『한국문학』 12월호

# 잃어버린 잠

"부탁이네, 내 잠 좀 찾아줘."

현은 많이 망설인 끝에 개인병원의 내과 과장으로 있는 최를 찾아왔다. 최와는 고등학교 동기동창으로 평소 친분이 그리 도타운 사이는 아니었지만 전혀 낯선 신경정신과 전문의를 찾아 그 의뭉한 눈길과 마주하기보다는 낫지 않겠느냔 생각이었다.

"잠을 찾아달라니, 여기가 무슨 분실물 신고센턴 줄 아는가?"

"잠을 빼앗겼어."

"잠을 빼앗겨? 그게 도대체 어떤 여잔가?"

불면증을 하소연하러 온 사람치곤 얼굴빛도 괜찮고 특히 그 눈빛이 맑아 최는 별 부담 없이 농으로 가볍게 받았다. 그러나 현의 목소리는 매우 절박한 애원조였다.

"잠을 못 잔다는 게 그렇게 고통스러운 줄 정말 몰랐어. 차라리 죽어버리는 게 낫겠다는 생각까지 여러 번 했다구."

"불면이 겁나 죽으려 했다?"

"사실이야. 먹으면 죽을 정도의 수면제도 준비해뒀어."

"수면젠 먹고 죽으라고 만든 약이 아니네. 그러고 보니 자네 수면제며 신경안정제며 그런 약 과용한 모양이구먼."

"물론이지. 하지만 이젠 그런 거 안 쓰기로 했어. 약으루 좀 자봤자 전혀 잤다는 느낌이 없을뿐더러 그런 약 먹기만 하면 머리가 빠개질 것 같아. 약사 얘긴 내가 특수체질이라더군. 게다가 위도 원래 안 좋구……"

"위장에 해를 주지 않는 게 있긴 하지만…… 암튼 약을 안 쓰구 불면증을 고치겠다는 자네 결심은 대단한 거야. 현 교수, 올해 몇이지?"

"마흔셋."

"잔나비띤가? 그렇담 내가 45년생이니까 나보다 한 살 위구먼그래. 암튼 우리 나이쯤 되면 잠이나 실컷 자구 싶다는 생각이 들 때두 됐지. 수면 결핍 세대가 바로 우리라구. 태어나면서 곧바루 해방이라 그 들뜬 판국에 잠이나 제대루 재웠겠나. 게다가 코 질질 흘릴 때 6·25 겪었으니 무섭구 배고파 잠 제대루 잤을 리 없지. 그뿐인가, 4·19에다 5·16이요, 군대 밥 삼 년 그 지랄 같은 내무반 잠은 또 어떻구. 더구나 이놈의 세상이 발 뻗구 맘 편히 자빠져 자게 내버려뒀느냐 그거야. 하룻밤 사이에 세상이 바뀐 게 어디 한두 번이어야지. 요즘 세상 돼가는 꼬락서닌 또 어떻구…… 그러구 보니 현 교수, 자네 요즘 학생 애들 시위 때문에 신경 쓰느라구 잠 못 자는 거 아니야? 듣자니, 요즘 대학 교수들 처지가 말씀 아니라며? 연구해 논문 쓸 일루 가슴 무겁지, 탤런트처럼 인기 끌며 잘 가르치는 유명 교수 되고 싶지, 때가 때이니만큼 실천하는 양심 아주 외면키두 뭣하구, 똑똑한 운동권 애들 비위 맞춰야지, 자칫하다간 진보 전위 젊은 교수들한테 얕잡아 보일까 전전긍긍…… 괜히 어벌쩡하다간 기회주의자니 무능 어용교수니 낙인찍히는 날엔 그놈의 박사학위 설사똥 될 판국이니 왜 안 그러겠어. 젠장 이런 시댄 신경정신과 전문의가 돼야 돈을 버는 건데……"

그러나 최의 말에 현은 웃지 않았다.

"자네 입 걸다는 건 알고 있었지만 환자 상담까지 이런 식으루 하긴가?"

"현 교수, 나는 지금 의사로서 자넬 만나고 있는 게 아니니 목에 긴장 풀고 얘기해보라구."

현은 혀로 입술을 여러 번 축인 뒤 다시 입을 열었다.

"정말 이상해. 누군가 내 몸속에서 잠 뿌리를 몽땅 뽑아간 느낌이야. 믿어지지 않겠지만 난 하루 종일 단 한 시간두 자지 못한다구."

"이백육십 시간 이상 계속 잠을 못 자두 정신에 이상이 없다는 임상결과두 있다고 하데. 어쩌면 자넨 잠을 자고도 전혀 잔 것 같지 않은 그런 증상이 아닐까 싶기도 하네."

"그럴지두 모르지. 아무튼 나는 잃어버린 잠을 찾고 싶어."

곁에서 누가 거세게 흔들어 깨워도 아랑곳없이 코를 골며 자는 그런 단잠을 단 한 번만이라도 자고 싶다는 것이 간절한 바람이라고 했다. 그 다디단 잠이 그대로 영원한 잠으로 이어져도 좋다는 것이 현의 생각이었다. 사실 그런 단잠을 혼곤히 즐길 수 있는 날들을 갖기 위해 이제까지 그 많은 시간을 아득바득 안간힘 하며 참고 아껴온 잠이라고 했다.

이부자리를 아예 방바닥에 펴놓지도 않은 채 밤을 지새울 수 있었던 것은 등 비빌 언덕이 없는 자신의 신세를 일찌감치 체득한 때문이었다. 신문팔이며 구두닦이며 가정교사며 그 나이에 할 수 있는 밑바닥 고생 다 겪어가면서도 남에게 뒤지지 않기 위해서 눈 제대로 붙일 겨를이 없었다. 오기 하나로 시작한 대학원 과정에 분수도 잊고 대학교수가 되겠다는 꿈으로 시작한 조교 생활의 그 긴 설움 속에서 그는 아예 잠을 반납해버렸던 것이다. 잠을 못 자기는 십 년 전 천신만고 끝에 대학의 전임 자리를 얻어낸 뒤에도 매한가지였다. 워낙 바탕 없이 뛰어든 그 사회에 적응해나간다는 것이 생각보다 쉽지 않았다. 서른일곱 늦은 나이에 결혼해 가정을 꾸민 지 얼마 뒤 그의 아내가 남편의 예사롭지 않은 버릇 몇 가지를 흉봤다. 그는 잠자리에 들기 전 반드시 머리맡에 자명종 시계를 맞춰놓는데, 신기한 것은 그 시계가 맞춰놓은 시간에 울기 삼십 분 전 어김없이 잠을 깼던 것이다. 그처럼 아껴온 잠을 도둑맞았다고 생각하기 시작한 것이 바로 그 무렵부터였을 것이다. 어쩌면 그보다 훨씬 전부터 자고 싶은 잠을 자지 않고 버틴 그 참담한 시간 속에서 평생의 잠을 야금야금 도둑맞았는지도 모른다는 생각이었다.

"듣고 보니 자넨 잠을 도둑맞게 생겼구먼. 잠을 너무 푸대접했단 그 말일세. 그건 자네가 눈뜨고 있을 때의 여러 현상들에 대해 지나치게 연연한 탓이지. 그것들이 자넬 버리고 도망갈 것 같아 불안했던 거야. 자넨 잠이 들면 여러 상황에 대한 반응이 둔하게 된다는, 즉 외계 사실에 대한 비판적인 반응의 소실이 크다는 생각만 했지, 그 의식의 부분적 소실이야말로 더 많이 담기 위한 에너지 축적이라는 대뇌 휴식을 중요하게 생각하지 못했던 거네."

현은 최의 말이 옳다고 생각했다. 정신의 휴식이나 육체적 휴식을 강조하는 사람들을 볼 때 그는 막연한 저항을 느꼈다. 그가 이제까지 술을 멀리해온 것도 술 먹으며 노닥거리는 그 시간이 아까웠기 때문이다. 몸을 편히 뉘어 긴장을 풀고 잔다는 일이 죄악만 같았다. 그의 어머니는 밤새워 삯바느질을 했다. 그의 손위 누이가 늦잠을 자다 머리채를 끌려 봉당에 내동댕이쳐지던 그 비참한 꼬락서닐 잊을 수가 없었다. 뒈지면 세 빼물고 실컷 잘 잠, 뒈지면 썩어 문드러질 손모가질…… 그 작은 몸을 재게 놀려 하루 종일 삯팔이에 매달리는 어머니에게 잠은 그 어떤 것보다 큰 죄악이었던 것이다.

자고 싶은 잠을 참고 안 잔다는 것도 견디기 어려운 노릇이지만 아무리 잠을 청해도 잠잘 수 없다는 것은 그보다 몇 배 더 큰 고통이었다. 그가 잠잘 수 없는 것은 잠자리가 불편해서도 소음공해 등 주거환경이 나빠서도 아니었다. 그렇다고 어린 시절 덮개가 모자라 발이 시리고 배가 고파 잠 이루지 못했던 그런 외적 자극에 의한 장애도 또한 아니었다. 더구나 신체에 어떤 질병이 있어 그것이 불면의 원인이 되는 것은 더욱 아니었다. 신체성 잠에 대해서는 할 말이 없었다. 신기하게도 그가 잠 못 이뤄 괴로워하는 그 시간에 그의 몸은 언제나 혼곤한 잠에 취해 있었던 것이다. 그는 자신의 대뇌가 항상 긴장된 상태로 깨어 있는 것과는 달리 몸세포들은 한껏 이완된 상태로 늘어지게 자고 있다는 것을 알고 있었다. 그는 가끔 죽은 짐승의 그것처럼 잠

들어 있는 자신의 몸뚱이를 말똥한 의식으로 내려다보며 진저리 치곤 했다. 정신적인 자기와 순전히 육질인 또 하나의 자기가 확연히 구별되어 별개의 것으로 의식된다는 사실은 결코 유쾌한 체험이 아니었다. 자신의 대뇌성 잠과 신체성 잠이 조화를 이루지 못하고 있다는 것부터가 어떤 독특한 정신병의 징후라는 걸 그는 두렵게 받아들이고 있었던 것이다.

"자넨 요즘 자신의 불면증에 대한 공포로 해서 더 많은 잠을 잃어버리고 있는 거야. 아마 이런 얘길 하고 싶겠지. 내가 잠을 못 자는 건 내 안에 숨 쉬고 있는 불안신경증이랄까 강박신경증이랄까 그런 것에 대한 심인성 정신장애 때문이라고…… 안 그런가?"

"맞아. 난 요즘 신경이 무척 날카로워져 있는 게 사실이야. 무언가 두렵구……"

"어쩌면 자네의 불면증은 불안신경증 그 이상일는지도 모르겠네. 불안신경증이란 해결을 보지 못한 어떤 갈등이 지나치게 많다 보니 거기서 파생되는 불안이 과민하게 작용하는 현상인데, 그런 경우는 그 갈등이 언제고 해결되는 날엔 잠도 정상적으로 돌아오는 법이거든. 한데 자네의 경우는 미해결의 그런 갈등이 없잖은가 말이야. 어때, 자네한테 잠잘 수 없을 만큼 마음에 걸리는 그런 갈등이 있다는 겐가?"

현은 지금 최가 철저한 직업의식으로 이쪽의 마음을 떠보고 있다고 생각했다. 그렇다고 그 능청스러움을 못마땅하게 여길 계제도 아니었다. 되도록 솔직해지자고 다짐했다.

"마음에 걸리는 게 없다니. 요즘 내 속은 뒤엉킨 실꾸리처럼 복잡다단하다구."

"이 사람아, 그렇담 불면증을 하소연할 게 아니라 자네의 그 속부터 열어 보일 일이지. 뭔가, 자네 마음에 걸리는 일들이란? 현 교수, 아니 현 박사는 뭐든 자네 뜻대루 다 이뤘잖은가 말이야. 말 그대로 개천에 용 났지 뭐. 자수성가, 그야말로 입지전적 인물 아닌가. 험난 기구한 그 긴 터널, 다 제 손으로 뚫구 나와 이젠 어엿이 괜찮은 대학 부교수에다 사회과학 계통에선 꽤 알아주는 박사학위두 따구, 그동안 쏠쏠한 논문두 몇 편 발표해 학계에서두 주목받는 소장 학자에다 비록 늦은 결혼이지만 삼삼하게 품에 드는 젊고 예쁜 마누라에다 잔나비 같은 자식두 있겠다, 게다가 밖에 나가면 여자들한테 인기 있는 미남이고…… 들으니까 자네 재산 증식에도 수완이 보통이 아니라면서?"

"뭘 잘 모르는군. 내 갈등이란 지금 자네가 말한 그런 것들에서 비롯되는 거라구. 학계를 뒤흔들어놓을 그런 대단한 논문을 쓰구 싶구, 또 강단에서 누구보다 잘 가르치는 선생이란 소릴 듣구 싶구, 좋은 세상 오면 괜찮은 보직 자리 맡아 능력을 발휘해보고 싶기두 하구, 돈두 적당히 벌어 남 보기 추하지 않은 여생도 보내야 하겠구…… 여하튼 늘 맘이 편치 못하다구. 나보다 잘난 사람, 잘 풀리는 사람을 보면 속이 뒤틀리구 배가 살살 아파오구……"

"그런 욕망, 그런 감정이 자네에게서 없어지는 날 세상 사람들은 자넬 성인으로 모시겠지. 이제 보니 자넨 모든 걸 초탈한 성인이 되려구 그렇게 괴로워하고 있구먼. 환골우화(換骨羽化)랄까, 마치 수도승이 마음의 열락을 위해 고행하듯이 불면을 택한 거구먼. 하지만 자네가 말한 그런 욕망의 번거로움 때문이라면 이 세상사람 모두가 잠을 못 자 다 죽었을 걸세. 내가 보기엔 자넨 뭔가 마음에 걸리는 걸 따로 숨기고 있어. 잘 생각해보게. 좀 더 구체적이고 가시적인 그런 게 있을 거니까."

최는 자신이 기억하고 있는 어느 불면증 환자의 임상 예를 들었다. 사회적 지위도 괜찮고 재산도 있고 성품도 좋아 대인관계도 원만한 50세의 그 남자 환자는 서른 안쪽에 한번 불면증으로 고생한 적이 있었다. 그 환자는 26세에 결혼했는데 부부관계를 할 때 항상 조루증이 있어 술을 먹고 관계해야만 조금 덜한 편이었다. 그렇게 술을 먹고 관계하는 게 상습이 되다 보니 나중에는 술기운이 없으면 성적 욕구도 전혀 못 느낄뿐더러 잠까지 자지 못했다. 그는 부인과의 정상적인 성생활은 물론이고 잠을 제대로 자기 위해서도 매일매일 술을 마셔야 했는데 그러는 사이 불면증도 모르게 사라져버렸다. 그런데 약 일 년 전부터 술을 마셔도 아주 취할 정도가 아니면 잠이 오지 않는 병이 재발했다. 그래서 또다시 술을 상습적으로 마시게 됐고 그러자니 다음 날은 숙취 때문에 하루 종일 머리가 아팠다. 그렇다고 술을 안 먹으면 잠을 통 못 자 더 피로하고…… 그러는 사이 점차 양기도 부족해져 좋다는 갖가지 보약이며 호르몬제도 많이 맞았지만 그때뿐 양기 부족이나 불면증은 점점 심해갔다. 결국 그 환자는 젊어서의 신경증적이었던 그 병리 현상의 재발에다 50세를 전후해 경험하게 되는 갱년기장애로서의 육체적인 조락과 함께 인생의 허망감을 불안으로 느끼게 되는 데서 그 불면증이 더 심해졌다고 생각할 수 있었다. 이때 불안의 궁극적인 근원으로서는 성장한 자녀들로부터의 고립감에다 자기 혼자만 늙어간다는 절망과 소외감 그리고 사회적인 능력의 한계 인식 등이 복합적으로 작용했을 것이다. 특히 신체적 무력감이 양기 부족으로 현저하게 나타남으로써 초조감을 갖게 되는 데도 그 이유가 있었을 것이다. 더 구체적인 원인으로서는 폐경기를 전후해서 병적일 정도로 왕성해지는 부인의 성적 욕구를 충족시켜주지 못하는 데서 오는 열등감이 그의 불면 증세를 더욱 악화시켰을 거라는 얘기였다.

"미안하지만 난 아직 양기 부족도 조루증도 아니야. 아까 얘기한 것처럼 내 몸뚱이는 잠 못 자는 이 정신과는 달리 뻔뻔스럽게도 건강하다니까."

"자넨 자꾸 자신을 몸과 마음으루 쪼개 보려는 이원론적 저의를 드러내는데, 그건 자네의 불면증은 선의지와 악이 대립 충돌하는 데서 비롯되는 것으로 이해될 수도 있겠군그래."

"맞아. 나는 가장 속물스러운 꼬라지로 자빠져 자려는 내 몸뚱이를 증오하고 있어."

사실 현은 요즘 의도적으로 부인과의 성행위를 더 자주 그리고 격렬하게 갖곤 했다. 그것은 이처럼 건강하게 정신적으로 아무런 위축감도 느끼지 않고 있다는 자기암시를 주기 위함이었으며, 어쩌면 몸뚱이를 지치게 하여 대뇌까지 잠들게 하려는 본능적 계산이었는지도 모른다. 비록 무의식적인 것이긴 해도 그것이 계산속이라고 할 수 있는 것이 그는 성행위를 하는 동안 처음부터 끝까지 눈을 뜨고 있었다는 사실이다. 또한 부인의 몸에서 떨어져 누운 뒤에도 그의 의식은 더욱 말짱하게 맑아져 곯

아떨어진 사지를 내려다보며 킬킬거리곤 했다.

그는 생각했다. 수면을 방해하는 조건 중 가장 큰 문제가 스트레스라는데 도대체 자신은 처음 무슨 긴장으로 그렇게 온전히 잠을 빼앗기기 시작했단 말인가. 그러나 아무리 솔직하게 털어놓으려 해도 바로 이거다 하고 구체적으로 끄집어내 말하기가 어려웠다. 이를테면 어느 날 밤 느닷없이 지식인과 지성인의 차이를 말해달라던 당돌한 학생의 눈빛이 떠오른다든가, 연구실에서 늦게 나오다 마주친 추레한 수위의 거수경례가 생각날 때, 또는 대여섯이 떼를 지어 술집을 찾아가는 동료 교수들의 뒷모습을 바라보고 온 그런 밤에도 그는 마음 한구석이 결연하게 비어들면서 졸음기가 몸으로부터 싸악 가시는 걸 느끼곤 했던 것이다. 또 어떤 때는 몇 년 전 여럿이 있는 자리에서 별 뜻 없이 내뱉은 말 하나가 생생하게 떠올라 마치 대체 역사를 만들어보듯 그때 했던 말을 이렇게 저렇게 바꿔보는 일로 밤을 새우기도 했다. 어느 밤은 국민학교 시절 옆집에 살던 여자애 얼굴이 떠오르면서 이제 다시는 그 얼굴을 볼 수 없을 것이란 막막한 심정으로 새벽까지 불을 켜놓고 뒤척인 적도 있었다.

"현 교수는 그런 것들이 불면증의 원인이라고 생각하는 모양인데, 물론 그렇게 사소한 일이 근본적 유인이 되는 수도 있긴 하겠지만, 내 생각엔 그런 건 자네가 불면증으로 시달리는 중에 문득 떠올라 옳다구나 싶어 잡고 늘어졌던 것에 불과하다는 걸세."

"그거 듣고 보니 말 되는군."

잠을 잘 수 없어 뒤척이는 그 긴 시간에 무슨 생각인들 안 짚여들 것인가. 그러나 아무리 무심히 떠오른 생각이라 해도 자신은 그 사소한 일에 대한 생각으로 해서 몇 시간이고 괴로워했던 일만은 부인할 수 없는 사실이었다. 언젠가는 박사학위 논문 원고 뭉치를 싸들고 지도교수를 찾아가 그때까지 안 하던 큰절을 넙죽이 했던 일이 떠올라 그 생각 하나로 며칠 밤을 괴로워했던 적도 있었다.

"현 교수, 꿈도 수면 방해 조건의 몇 퍼센트는 차지한다던데, 혹시 악몽으로 고생하는 건 아닌가?"

"꿈꾸는 시간이라도 있었음 좋겠어. 적어도 그 시간은 수면 상태일 거니까 말일세. 난 그전에도 꿈 같은 건 별로 꾸지 않던 체질이야."

"꿈을 꾸지 않는다면 혹시 자네 환각과 망상으로 시달리는 건 아닐까. 환각과 망상은 오히려 눈뜬 상태에서 더욱 잘 나타나는 법이거든. 좀 뭣한 말이네만 정신분열증의 증세라는 게 대개 무서운 환각 현상이 따르게 마련이거든. 누군가 자기를 미워한다, 누군가 따지러 왔다, 지금 어디선가 자신을 해코지하기 위한 음모가 진행 중이다…… 이런 망상에 잠기기도 하지. 실제로 자기를 욕하는 목소리까지 듣는 환청 현상도 있고……"

"자넬 찾아올 땐 내가 정신분열증 환자라는 생각까진 미처 못했어."

말은 그렇게 하면서도 현은 최의 눈을 맞바로 쳐다보지 못했다. 평소 데면데면한 사이라 별로 기대하지 않은 방문이었지만, 얘기를 나누다 보니 최가 이쪽 상태에 대해 생각했던 것과는 달리 꽤 깊이 알고 있다는 당혹감 때문이었다.

"자넨 의사야. 이제 이쯤에서 내 불면증의 원인을 심증 가는 대로 솔직히 말해보게."

현은 단도직입적으로 다가들었다. 찾아온 이상 뭔가 얻어가겠다는 욕심이었다. 그러나 최는 이쪽에서 다가드는 만큼 뒤로 슬며시 물러서는 여유를 보였다.

"물론 불면증의 일반적인 원인이야 수면에 대한 여러 학설만 가지고도 쉽사리 집어낼 수 있겠지. 허지만 막상 나타나는 증세엔 그것이 아주 복합적으로 얽혀 있어 한마디로 단언하기란 정말 어려운 거지. 어떤 병이든 그 병을 조금만 깊이 들여다보게 되면 증세로 나타난 그 병보다 더 질 나쁜 병이 다른 데 도사리고 있는 걸 발견하는 예가 흔하네. 불면증 환자의 경우 그 불면증 자체보다는 심인성 원인으로 올 수 있는 우울증 같은 게 사실은 더 문제라는 거지. 수면 결핍에서 유발되는 정신병적 증세에도 잠 부족보다 더 문제가 되는 건 그 잠을 방해하는 스트레스라는 것쯤은 자네도 알고 있잖은가. 또한 자네의 경우, 전문의 입장이 아니긴 하지만 내가 볼 때 불면증의 원인보다 자네의 그 잠에 대한 공포가 정신적 불안 요인으로 작용하고 있지 않나 싶네. 수면 공포란 따지고 보면 결국 억압되어 있는 반사회적인 충동에 대한 공포에서 출발하게 됨을 알 수 있는데, 흔히 악몽에서 놀라 깨어난 경험을 계기로 해서 발생하는 경우도 흔하다는 거야. 그런 때는 꿈에 대한 공포, 즉 억압의 실패에 대한 공포로부터 불면증이 시작된다고 보는 게 좋겠지."

어떤 악몽에서 놀라 깨어나는 순간 가슴이 뛰고 온몸에 땀이 흐르던 그런 경험이 아주 없는 것은 아니었다. 그 악몽이 구체적으로 어떤 것이었는지 잠을 깬 그 순간에도 기억되지 않았지만, 한 가지 분명한 것은 한 남자의 얼굴이 떠오르는 것과 온몸으로 무섬증이 끼치는 것이 거의 동시적이란 사실이었다. 자신이 세 살 때 죽었다는 아버지 얼굴을 기억하고 있을 리가 없었다. 아버지의 사진은커녕 집에서 누구도 죽은 아버지 얘기를 꺼내는 법이 없었다. 어머니는 더 말할 나위도 없고 그보다 두 살 위인 누이도 아버지에 대해선 감감이었다. 시골의 몇 안 되는 일가붙이들도 아예 그 문제 근처에는 얼씬거리지 않았다. 그렇게 철저하게 부재하는 아버지의 얼굴을 그는 악몽에서 깨어나는 순간 확인하곤 했다. 그렇다고 그것이 부성에 대한 본능적 그리움의 현현된 모습이라고 할 수 없는 것이 그 얼굴은 언제나 공포를 더불고 왔기 때문이다.

"아버지에 대해서 정말 아무것도 모른다는 얘긴 믿어지지 않는군."

"그건 사실이야. 물론 짚이는 게 아주 없지는 않지. 분명한 것은 그분의 완전 부재가 살아 있는 사람들에겐 절대적으로 필요했던 게 아닌가 하는 거야. 생존의 문제라고나 할까, 아무튼 알아서 병 될 거라면 굳이 알 필요가 없잖은가 그 말이야. 내가 스무 살쯤 돼서 어머니가 돌아가셨대두 사정은 달라졌겠지."

"현 교수는 자신의 불면증 원인을 아버지에게서 찾을 수도 있다는 생각을 많이 해봤겠군."

"그랬지. 그러나 악몽 속에 그 얼굴이 몇 번 나타났다고 해서 실제로 내가 피해망상에 빠진 적은 결코 없었다고 단언해두네. 이 땅에서 내 아버지의 부재는 완전한 알리바이가 성립되기 때문이지. 난 법적으로 아버지 없이 태어난 사생알세."

"자네 아버지의 그 알리바이 자체가 조울병을 유발할 수도 있네."

"다행히도 난 아버지 콤플렉스에서 해방된 게 이십 년도 넘어. 그 악몽 속 남자 얼굴 얘긴 내 이십대 사건이거든. 실제로 불면 때 아버지 얼굴 같은 걸 떠올려 깊이 생각해본 적은 거의 없으니까."

"현 교수, 혹시 어릴 때 잠자리에서 오줌 싼 버릇이 있나?"

"아니, 난 오줌싸개는 아니었어."

"정신분석학에서는 수면 상태란 항상 어떤 유혹을 내포하고 있다고 하더군. 즉 잠은 신체의 의식적인 운동 조절이 되지 않기 때문에 본능적 충동의 행동화를 유치할 염려가 있다는 거지. 그러니까 잠자다 오줌 싸는 버릇이 있는 사람은 잠자리에서 오줌 쌀 기회를 갖지 않기 위해 잠자는 것을 두려워한다는 거야. 평소 하고 싶은 말이 많으면서도 못하는 사람이 혹시 잠꼬대로 그 말이 나올까 두려워하는 것도 같은 이치겠지. 사춘기의 잦은 몽정도 그럴 거고, 어릴 때 어른들의 성행위를 본 그런 밤의 충격과 불안이 밤과 연관지어져 불면으로 나타날 수도 있겠지. 이처럼 한 개인의 과거 또는 어떤 경험의 특수성 등이 밤 혹은 잠과 연관성 있는 불안으로 연결될 때 불면증이 생길 수도 있는 게 아니겠어."

현은 밤마다 어머니의 뒤척이는 소리에 소스라쳐 잠을 깨곤 했다. 잠든 사이에 어머니가 도망갈는지 모른다고 옷고름에 노끈을 동여 자신의 손목에 감고 자는 손위 누이 때문이었는지도 모른다. 그는 어둠 속 어머니의 뒤척이는 기척과 깊은 신음 소리를 들을 때마다 형언하기 어려운 절망감에 휩싸이곤 했다. 그런 밤 울타리 섶을 우수수 훑으며 지나가는 바람 소리가 가슴팍 깊은 데를 저며 가는 듯한 기억도 있었다.

"또 정신분석학 얘기네만, 어떤 경우는 수면 상태 자체가 하나의 벌이나 거세의 의미로 생각되는 수도 있다는 거야. 그럴 때는 잠든 상태로는 행동을 의식적으로 조절하지 못하므로, 따라서 어떤 커다란 위험이나 벌로부터 도피할 수 있는 기회를 잃을지도 모른다는 우려 때문에 잠들기를 두려워하게 되고, 그 무의식적인 생각이 결국 불면증으로 발전된다는 얘기지. 더 확대해석하자면 죽음과 잠을 동일시하는 무의식적인 공포가 결국 죽음에 대해 갖는 공포나 마찬가지로 잠도 두려워한다는 거지."

죽음에 대한 공포도 일종의 피해의식에서 온다고 했을 때 그는 자신이 항상 가해자의 입장이기 때문에 그런 공포와는 무관하다고 말하고 싶었다. 실상 그는 누구에 의해서 죽게 된다는 불안감보다는 자기가 누군가를 죽일는지 모른다는 그 살의를 자신의 몸속에서 확인하고 그것을 두려워하는 경우가 더 많았다. 아주 별것 아닌 일에도 그는 손으로 뻗치는 살기를 느꼈다. 그 살기가 실제의 행동으로 나타난 경우도 있었다. 그의 부인이 그 살기를 확인한 바 있었다. 어느 땐가 그는 집에서 저녁 신문을 읽고 있었고, 부인이 저녁상을 차려놓고 그를 부르러 방에 들어갔을 때였다. 신문을 보는 그의 무릎에는 집에서 기르는 고양이가 올라앉아 있었다. 신문에서 눈을 떼지 않고 있는 그의 눈꺼풀이 가볍게 떨고 있었다. 그는 부인의 저녁 독촉에 무릎 위의 고양이를 무심히 밀쳐냈을 뿐이다. 고양이는 또다시 그의 무릎으로 기어 올라갔고 부인이 다시 한번 저녁 독촉을 했다. 바로 그 순간이었다. 그의 손이 신문을 팽개치더니 고양이의 목을 무서운 형세로 그러쥐었다. 놀란 부인이 달라붙어도 막무가내였다. 그는 그날 저녁 고양이의 목을 조르던 그 일을 몹시 괴로워했다. 그러나 그때 신문의 무슨 기사를 읽고 있었는지는 결코 밝히지 않았다. 그는 자신과 가장 가까이 지냈던 세 살 위의 매형이 골수암으로 죽어가는 마지막 며칠을 곁에서 지켜보며 손으로 뻗치는 살의를 느꼈다. 구청 말단 직원이었던 그 매형은 평소 깔끔하던 모습과는 너무 동떨어지게 추한 꼴로 비참하게 죽어갔다. 그 주검이 땅에 묻히기까지 그는 단 한 번도 죽은 사람에 대해 한 가닥 연민도 느끼지 못했다. 더 충격적인 죽음은 열일곱 중학교 3학년 과정을 겨우 끝내가는 겨울에 본, 새벽 길바닥 위에 빈 부대처럼 헐렁하게 널브러진 어머니의 것이었다. 피에 흠뻑 젖어 시커먼 아스팔트 바닥에 뒤엉킨 어머니의 그 머리카락을 본 순간, 그는 그야말로 걷잡을 수 없는 살기로 몸을 떨었다. 결국 그는 그 새벽 사글세 사는 주인집의 아귀 잘 안 맞아 일그럭거리는 분합문 네 개를 몽땅 때려 부수는 걸로 그 살기를 죽였다.

"죽음에 대한 공포는 대개 자신이 어느 큰 세력에게 힘을 빼앗기고 있다는 무력감 혹은 고독에 대한 두려움과 맞먹는 것이지. 또 어떤 대상에 대한 심한 증오심, 이를테면 자네가 느낀다는 그 살기나 가해의식 또는 상대가 죽어주기를 바라는 적대감이 언젠가 보복을 당할 것 같은 불안감이 죽음에 대한 공포로 나타나는 수도 있겠지. 세상에 적을 많이 가진 사람이 그만큼 죽음에 대한 공포가 클 것은 당연한 거 아니겠나."

최는 잠시 말을 끊고 뜸을 들이다가 현을 맞바로 쳐다보며 다시 입을 열었다.

"알고 보면 세상 사람 누구나 다 비슷비슷하겠지만 듣고 보니까 현 교수의 정신적 외상도 그리 가벼운 건 아니구먼. 그러나 외상이 그렇게 깊다고 해서 자네 불면증 원인이 바로 그거구나 짚어내는 건 아주 무모한 일이지. 현 교수 스스로 실토한 그런 일이란 이미 본인 스스로가 다 극복한 갈등이고 아픔이기 때문에 오히려 별 의미를 못 갖게 되는 게 보통이니까 말일세. 한가지 다행인 것은 단편적이나마 자네가 지금 그렇게 밖으로 내불었다는 것 자체가 어떤 무형의 굴레에서 벗어나게 해줄 수도 있다는 기대일세."

그날 두 사람은 병원을 벗어난 자리에서 술잔을 주고받으며 좀 더 허심탄회한 심정으로 마주 앉았다. 최가 두 잔 마실 때 한 잔 꼴로 하겠다던 현이 어느 정도 술기운이 돌자 자기 앞에 따라진 술잔을 더 급하게 비워댔다. 최가 말했다.

"어이 현, 우리 아까 병원에서 하던 그런 귀신 씨나락 까먹는 소리 집어치우고 좀 더 현장감 있는 얘길 하자구. 무슨 얘긴고 하면 자네 불면증 원인을 좀 더 가까운 데서 찾아보자 그거야. 현실적인 것 중에서 아무거나 하나 골라잡아 그걸 범인으로 때려잡자는 얘기지. 진리는 뜻밖에두 가까운 데 있는 법이라구. 언젠가 몰골이 형편없는 환자가 찾아왔더라구. 환자 입으루 위장두 다 망가지구 신장도 술술 새는데다 심장까지 고물이라는 거야. 마누라가 도망간 뒤부터 그렇게 됐다더군. 진찰을 했더니 환자 말이 좀 과장되긴 했어두 병증이 여럿으루 나타난 건 사실이야. 종합검진도 받을 겸 입원 치료를 하라구 했지. 사실 입원할 정도루 많이 나쁜 상태더라구. 그런데 입원한 그다음 날 도망갔다던 그 마누라가 소식을 듣구 찾아왔더라구. 그 환자 그날루 퇴원을 하더라구. 나중에 들으니 약 한 봉지 안 쓰구두 멀쩡하게 다 나았다나. 믿거나 말거나, 이건 실화일세."

"내 마누란 집에 있는 걸. 사실은 마누라가 도망갈까 봐 내가 이런 상태라는 걸 숨기고 있다구, 히히."

"마누라가 도망 안 갔다면 그럼 더 현실적이고 구체적인 데서 범인을 찾는 거야. 좀 더 리얼하게 현장감 있는 걸루 말이지."

"야, 의사야, 리얼이구 나발이구 내 잠벌레나 찾아내라 그거야."

"자, 어떤 걸루 골라잡을 것이냐. 그렇지, 내 지금부터 물어보겠다."

"아프지 않게 물어."

"많이 아플 게다."

"그러구 보니 이 술이 마취제였냐?"

"현, 자네 얼마 전 신문에 보니까 서명 교수 명단에 들어 있더군."

"고작 때려잡은 범인이란 게 그거였어? 했다, 왜 뜻밖이었나?"

"뜻밖이었지. 물론 자네 전공이 사회과학 쪽이긴 해두 그 분야가 정치 · 사회 문제완 영 다른 거잖아. 난 말이야, 자네가 정치 따위엔 관심이 전혀 없는 줄 알았지."

"정치 따위라구? 이봐, 내가 거기 서명한 걸 그렇게 얕잡아

매도할 건가?"

"아하, 민주화에 대한 소신, 그건 한낱 정치의식의 차원이 아니라 이 시대 양심의 드러냄이며 정의 실현의 문제라 그런 얘긴가?"

"그 이상이지."

"이 민족 이 나라 생존권의 문제라 그거군. 암튼 어려운 일을 꼭 필요한 때에 한 그 용기가 좋았네."

"그래, 용기의 문제지."

"언젠가 자넨 동창회 모임 때 이 시대 참다운 양심은 침묵하는 다수 속에 있다는 그런 뜻의 말을 했지. 그때 자네 발언의 의도는 진보적 정치인이나 개혁적 혁명 의지를 보이는 세력들에 대한 비판적 견해가 아니었나 싶네만……"

"기억에 없지만 그런 말을 할 수도 있었겠지. 난 이쪽두 저쪽두 아닌 가치중립적인 태도엔 변함이 없으니까. 문제는 어떤 일에 대한 양심의 표현을 이상한 눈으로 보는 그 사시적 사고방식에 있네. 환부만 볼 줄 알지 인간을 못 보는 자네 눈 얘기야."

"내 얘긴 자네가 별 소신두 없으면서 어쩌다 흐름에 편승해 본질을 흐려놓는다든가 가치 호도를 하고 있는 건 아닌가 하는 걸세."

"말 같잖은 소리. 이 시대가 어떤 시댄데 자신의 모든 걸 잃을 위험 부담까지 안고 그런 일을 함부로 할 것 같아?"

"그 일에 뛰어드는 게 자신에게 이롭다구 판단했을 땐 웬만한 건 잃을 각오두 했을 거 아닌가. 서명을 해두 그렇구 안 해두 곤란한 그런 판국이라면 눈 딱 감고 명분 있는 쪽을 택하는 게 갈등 해소에 묘약 아니겠나. 바로 엊그제 의사들 몇이 한 시국선언을 보면서 내가 받은 충동이고 갈등이었다는 걸 고백하고 싶다."

"그런 자조적인 말루 또는 과장된 농담으루 문제의 핵심에서 도망치는 게 현대 지식인의 한 속성이라구 볼 수도 있지."

"사실은 자네의 상황을 통해 이 시대 지식인의 허실을 밝히고 싶었을 뿐이야."

"미안하군. 내 불면증은 훨씬 전부터였으니까 말이야."

"하지만 그전엔 나를 찾아와 빼앗긴 잠을 찾아달라구 하소연하진 않았지."

최가 그렇게 빈정거렸지만 현은 입가에 야릇한 웃음을 내문 채 한동안 침묵했다. 술잔도 받으려 하지 않았다.

그가 나가는 대학의 일부 교수들은 두 번의 시국선언에 동참했다. 그는 1986년 3월 고려대 교수 시국선언문 발표 이후 곧이어 발표된 자기네 대학의 시국선언에 자신이 끼지 못한 것을 몹시 부끄럽게 생각했다. 역사에 뭔가 큰 죄인이 된 것 같은 가책으로 꽤 여러 날 마음이 편치 못했다. 그 학교 교수의 십분의 일에도 못 미치는 그 소수 쪽에 서지 못한 소외감이 그처럼 클 줄은 정말 몰랐던 것이다. 그는 자신을 소외시킨 그 소수 쪽 사람들을 몹시 뒤틀린 마음으로 바라보았다. 그렇게 부정적인 눈으로 그네들을 마구잡이로 매도하고 나니 마음이 한결 편했다. 이런 시대일수록 중심을 잡고 매사에 초연해야 한다고 다짐 두었다. 그 어느 때보다 늦은 시간까지 연구실에 처박혀 책을 읽었다. 시간이 지나자 마음이 가라앉았다. 그 마음의 평정은 지난번 시국선언에 자신이 끼이지 않길 백번 잘했다는 안도감 같은 것이었다. 어쩌면 그것은 묵묵히 바라보는 일로 대세를 이루는 다수 쪽 그 중심에 뿌리를 박고 있다는 자위였는지도 모른다. 사람 사는 세상 일이란…… 그는 자신이 속물 세계를 한눈에 꿰뚫어보는 달인대관의 경지에 이르렀다고 생각했다. 그 순간 그는 분명히 변화를 바라는 쪽이 아니었다.

그러나 87년 개헌 논의가 유보되는 이른바 4 · 13 조치가 나오면서부터 그는 또다시 속이 부글부글 끓기 시작했다. 부르쥔 주먹에 느닷없이 살의가 뻗쳐들었다. 사회 여러 계층의 민주세력들이 앞을 다투어 직선제 개헌을 부르짖는 민주화 시국선언을 하고 나섰다. 그의 대학에서도 또다시 서명 작업이 벌어지고 있다는 소문이 돌았다. 이번에 서명하는 교수에겐 상당한 불이익이 돌아갈 것이란 꽤 근거 있는 말이 줄기차게 따라붙었다. 실제로 지난번 서명했던 교수 중에는 정기 승진 심사 대상에서 빠진 사람도 있었고 모처럼 얻은 해외파견 연구 기회를 놓친 경우도 있었다. 이미 몇 사람이 이런저런 꼬리가 덫에 걸려 회유당하는 난처한 입장에 놓였다는 소문도 떠돌았다. 그러나 서명을 추진하는 이들은 아예 잠적한 상태에서 작업을 하고 있다는 얘기도 있었다. 어떻든 그는 이번에야말로 자신이 빠질 수는 없다고 하루에도 몇 번씩 다짐 두었다. 그러나 우정 수소문하고 나서지는 않았다. 이미 지난번 그 시국선언 뒤 자신의 의중을 여러 곳에 풍선으로 띄워놓았던 것이다. 그는 사람들이 자신을 소외시키지 않으리란 확신이 있었다. 그의 생각은 옳았다. 대학 후배인 김 교수가 연구실로 찾아왔던 것이다.

"그게 이 시대 회색분자, 아니지, 기회주의자의 양심적 고백입니까?"

"아무렇게 생각해도 좋아. 난 다만 그때 그 일이 내 생명현상이나 다름없이 절실했다는 것만 말하고 싶네."

절실했다. 현실 문제에 대한 그러한 관심의 표명은 그가 자기 인식에 이르는 필연적 의지라고 할 수 있었다. 1986년 가을이었다. 그는 평소 잘 열지 않는 연구실 커튼을 젖히고 교정을 내다봤다. 따사로운 가을 햇볕이 내려앉은 교정의 정경은 더없이 평화롭게 보였다. 참 좋은 날씨구나. 그는 마음에 진정한 평화를 느끼면서 연구실을 나와 별관 삼층에 있는 강의실로 들어섰다. 그런데 이상한 일이었다. 연구실에서 내다본 가을볕 속의 정경과는 너무 이질적인 썰렁함이 끼쳐왔다. 책걸상이 어지럽게 널려 있을 뿐 교실은 텅 비어 있었던 것이다. 그는 혹시 시간을 잘못 알고 들어왔나 싶어 수첩의 시간표와 시간을 확인해봤지만 시간이나 강의실이 다 맞았다. 자신이 지난 시간 휴강을 얘기한 적도, 그렇다고 휴강 제의를 받은 일도 없었다. 문득 쳐다본 흑판에 '군부독재 타도' '미제 축출' 등의 구호가 조악한 필체로 적혀 있었다. 붉은 글씨로 교정 곳곳의 흰 벽에 갈겨쓴 그런 구호를 지겹도록 많이 보아온 그였지만 빈 강의실 흑판에 적힌 그 구호는 새삼스런 충격으로 왔다. 과사무실로 달려갔다. 조교 대신 4학년 남학생 하나가 사무실을 지키고 있었다.

어제부터 시작한 수업 거부데 교수님은 정말 모르셨어요?

왜, 무엇 때문에?

그는 자신의 목소리가 필요 이상 크고 빽빽하다는 걸 알았지만 이미 어쩔 수 없는 일이었다. 자신이 결정적인 실수를 했다는 것을 안 것도 그 4학년 학생의 묘하게 일그러지는 얼굴 표정과 눈빛에 의해서였다. 물론 그는 왜, 무엇 때문에 수업 거부가 있었는가 하는 데 대해서 설명을 듣지 못했다. 그날 그가 더욱 단절감을 갖게 된 것은 같은 과 교수 연구실을 방문했을 때다. 그 교수는 이쪽에서 커피를 다 마실 때까지 새로 산 외제 테니스 라켓에 관한 이야기만 했다. 그때 다른 교수가 하나 찾아왔다. 나중 들어온 그 교수는 어제 교수 몇 명이 5차까지 벌인 술자리에서의 갖가지 해프닝을 입심 좋게 풀어놓기 시작했다. 어느 교수는 너무 취한 나머지 술집 장롱 문을 열고 거기다 실례까지 했다는 얘기였다. 그들은 그 얘기 하나로 무려 오 분 이상 웃었다. 그런데 그는 웃음이 나오지 않았다. 견디다 못해 그는 그 교수들이 늘 열올려 하는 시국 얘기를 화제로 삼았다. 아침 신문에서 읽은 얘기를 조금 뻥튀기한 것인데 이상하게도 그들의 반응은 시큰둥했다. 그날뿐이 아니었다. 그는 늘 사람들과의 만남에서 이질감을 느꼈다. 그네들의 관심사, 그네들의 주장, 그네들의 유머에 흥건하게 스며들지 못한다는 이질감이었다. 그네들의 화제가 너무 낮은 차원이라서 그렇다고 자위도 해보았다. 어떤 때는 그네들이 의도적으로 자신을 소외시키고 있다는 생각도 했다. 그는 그들 속에 끼이기 위해 그들처럼 텔레비전도 보고 조간, 석간에다 스포츠신문까지 샅샅이 읽었으며 폭로하는 기사로 넘쳐나는 월간지도 매달 읽었다. 사실 그는 그런 면에서 남들만큼 많이 알았다. 그러나 사람들은 그가 많이 아는 사실에 대해 별로 관심이 없는 것 같았다. 그가 얘기를 길게 끌면 아주 내놓고 자르려 들거나 아예 자리를 뜨는 사람도 있다는 걸 알게 됐다. 물론 그것이 타고난 화술의 문제라는 것도 알았다. 그러나 그 끊임없는 단절감 속에서 그가 터득한 것은 세상일에 대해 무엇을 얼마나 많이 알고 있느냐가 중요한 것이 아니라 그 아는 일에 대해 어떤 인식, 어떤 신념을 보이느냐 하는 그 의식의 문제라는 사실이었다. 단순히 무엇에 대해 많이 안다는 그 이상의 아무런 의식도 보여지지 않을 때 그것은 공허한 울림이 되어 되돌아올 뿐이었다. 자신이 하는 말을 자신의 귀로 또렷이 되돌려 듣는다는 것은 고통스러운 일이었다. 어떤 일에 대해 어떤 인식을 하느냐 하는 일은 정말 어려웠다. 특히 모든 것이 불투명하여 앞날에 대해 예견하는 것이 힘들 때 더욱 그랬다. 학위논문을 쓸 때 선행연구 등 과다한 자료 더미에 묻혀 자기 자신의 목소리를 깡그리 잃어버렸던 그 공허한 울림이 이 시대를 바라보는 그의 가슴에 다시 울려왔다. 그는 초조해졌다. 우리의 역사, 우리의 과거를 거꾸로 뒤집어보는 일부터 했다. 틀렸다고 전제된 것은 몇 번씩 거듭 바로 세워보기 위해 부단히 노력했다. 그는 급진적 사상을 가진 학생들과도 많이 만났고, 그들이 벌이는 시위의 뒷전에 숨어서 열심히 들었으며, 이 난국을 푸는 열쇠를 가졌다는 유명인들의 시국강연도 빠지지 않고 들었다. 그는 무슨 책이든 많이 읽어댔다. 이른바 지하 대학에서 나오는 각종 인쇄물과 학교 곳곳에 뿌려지는 여러 유인물도 모두 읽었다. 그러한 급진 사상에 대처하는 정부기관이나 단체들에서 내는 많은 책자도 빼놓지 않고 읽었다. 차라리 이 기회에 어느 쪽에 팍 기울어 뿌리를 박고 싶은 심정이기도 했다. 그러나 그렇게 치열하게 찾아 뛰는 시간 속에서 그는 자신의 존재가 점차 왜소하게 바뀌어가고 있다는 걸 알게 됐다. 그 왜소감은 모든 일에 대한 회의에서 비롯되었다. 그건 이렇다, 그래 그렇구나, 그런데 그게 어쨌다는 거냐, 그래서? 이런 회의가 그를 괴롭혔다. 그것은 일종의 무력감이었다. 그 무력감은 반드시 저녁 산그늘 같은 두려움에 뒤덮여 찾아왔다.

"현실 인식이 그렇게 어렵다는 걸 실토하는 거구먼. 확신이 없는 현실 인식이란 그만큼 불안하다는 거겠지."

"더 견디기 어려운 건 외로움이지. 두번째 서명을 하고 나서 말일세."

"외로워?"

"갑자기 내가 이웃들한테서 내동댕이쳐진 느낌이었어. 여럿 속에 있을 땐 한 번도 느껴보지 못한 그런 소외감이었지. 그때까지 별것 아니게 지나친 일들이 갑자기 대단한 의미를 띠고 다가서더라구. 이를테면 내 집 식구들이 불쌍해 보이는 등 이상하게 비정해지더라니까. 솔직히 말해 내가 어쩌다 저쪽 맘 편한 델 버리구 이 지경이 됐는가 후회막급이었지. 떳떳해지기는커녕 저쪽 사람들이 의연해 보이면서 자꾸 쑥스럽기만 하더라구. 자네 웃을 얘기 하나 하지. 그날 밤인데 문득 내 체력이 남들보다 허약하다는 생각이 들면서 가슴이 쾅쾅 뛰는 거야. 내가 밤새두룩 고통스럽게 상상했던 게 뭔지 알 거야. 이건 더 창피한 얘긴데, 글쎄 이런 생각까지 날 괴롭히더라구. 난 아침마다 안전면도기로 수염을 깎은 다음 스킨을 흠뻑 발라야 하는데 만약 그걸 못하게 되는 상황이 되면 어쩌나 하는 걱정까지 들더란 거지."

"그럴 땐 그 반대루 자신이 한 일로 해서 보상받게 되는 신나는 일만 생각할 수도 있는데……"

"물론 그런 생각두 했지. 하지만 그렇게 괜찮은 생각 뒤엔 반드시 내가 위선자라는 자괴지심으루 더 괴롭더라구. 차라리 첨부터 최악의 나쁜 상황으루 떨어져 내리는 게 맘 편했지."

그가 가장 견디기 어려웠던 것은 주위 사람들의 무관심이었다. 사람들이 애써 이쪽에 관심을 두려 하지 않는다는 생각이 들었다. 네깟놈이 그럴 자격이 있느냐고 누군가 불쑥 내질러 오는 게 한결 나을 것 같았다. 그런 힐책이 쏟아져 오면 아예 입 다물고 숨어버리거나 정 뭣하면 칼을 세워 녹슬고 무뎌터진 그네들의 양식을 난도질할 참이었다. 굳이 남을 욕할 필요도 없었다. 자신의 침묵, 자신의 비겁, 현상 유지를 갈망한 자신의 안일주의가 이 시대 역사 퇴행의 원흉이었다는 걸 밝히기만 하면 되었다. 그러나 사람들은 현명했다. 아무도 그의 번뜩이는 눈과 마주치려 하지 않았다. 그럴수록 그는 뜻을 같이한 사람들을 찾아 결속된 의지를 확인하고 싶어 안달하는 자신을 발견하곤 열없게 웃었다.

"그 과정에서 내가 체득한 사실은 오랜 세월 동안 우리의 의식과 모든 가치관이 얼마나 철저하게 의식화되었는가 하는 거였지. 굳건하게 높이 쌓인 성곽, 기득된 안락…… 나는 결코 들판에서 야생할 수 없다는……"

"그런 갈등과 회의야말로 자네가 이 시대 눈감지 않고 깨어 있는 양심이란 증거지."

"분명한 건 내가 눈감고 있는 사람들보다 교활하다는 거야."

"맞는 얘기다. 자넨 교활해. 비열한 거지. 이 중차대한 시기에 불면으로 모든 걸 때우려 하다니!"

"그래, 내 불면증은 잠재된 내 의식이 만들어낸 거니까 나 혼자서 그걸 해결하라 그거군."

"영리한 편이군."

"그래두 간단한 처방 정도야 자네가……"

"간단하네. 이왕에 신들린 몸, 다 버리구 냅다 뛰쳐나가 작두 위에서 겅둥겅둥 뛰다가 큰 것을 위해 짧구 굵게 죽는 거야."

"제발 다른 방법을 일러주게."

"열사 체질이 못 되거든 아예 몸과 타협을 해서 잠을 모셔오는 거야. 잠 모시는 비결이 있지. 주로 여자 생각을 하게. 과거 자네의 품속에 들었던 여자들, 앞으로 모든 거 다 내던지구 열불나게 사랑할 그런 여자를 찾아보는 거야. 공상이 아니라 그것을 정말 확실하게 성사시킬 그런 구체적 방법이나 계획을 치밀하게 세우는 거야. 그 한 가지 일에만 매달리는 데두 인생은 짧아. 자네 차를 아직 못 가지고 있는가 본데, 어떤 차형을 사는 게 좋을 것인가를 두고 여기저기 알아보는 일루 시간을 죽이는 것두 괜찮지. 그리고 건강미 있는 예쁜 캐디를 거느리고 필드를 걷고 있는 자네의 골프채 든 모습을 현현시킬 수 있는 방안에 열중하는 일도 좋을 거야. 틈틈이 자네 아이들 도움을 받아 프로야구의 각 선수 타율 등 갖가지 기록들을 체크해두는 일도 필요하지. 잠을 꼬실 수 있는 가장 칠칠한 미끼는 정치 쪽이지. 가장 괜찮은 게 국회의원이지. 국회의원은 정치가지 결코 열사가 아니니까 얼마나 매력 있는 건가. 자네 정도면 정치가가 되는 일이 그렇게 어려운 일이 아니지. 그래, 국회의원이 되는 거야. 우선 출마구에서 압도적으로 당선돼야 할 게고, 당선된 다음에는……"

"그건 내 일이니까 내가 말하지. 그야말로 멋진 정치인이 되는 거야. 민중이 우매하다고 생각될 땐 카리스마적 권위로 군림할 것이고 필요할 땐 적당히 마음을 비울 줄도 알고…… 이 시대 기층민의 진정한 대변자가 되어 남들이 풀기를 저어해 금기로 삼는 문제를 도맡아 해결하는 능력을 보일 것이야. 급기야는 이 민족, 이 나라 모든 문제의 구심점이요 그 해결의 장인 분단 문제에 신명을 걸리라. 그리하여 국토통일 · 민족통일 · 사상통일의 새 역사 창조의 위업을 이루는 주역이 될 것이며……"

"어쩜 자넨 타락한 이 인간 세상을 원상 복귀시키는 구원 섭리를 터득해 이 땅에 재림하는 예수가 될 수도 있을 걸세. 오, 위대한 현세병 재림의 거룩한 진통, 그대의 불면을 위해, 자, 한 잔!"

1987년 초여름 저녁 술집의 벽에 걸린 텔레비전 화면에는 민정당 전당대회 개최와 차기 대통령 후보로 지명된 노태우 대표위원의 얼굴이 흘러가고 있었다. 그 뉴스에 이어 민주헌법쟁취국민운동본부가 강행한 국민대회가 경찰의 봉쇄, 진압 작전으로 무산됐으나, 전국 18개 도시에서 산발적인 가두시위가 있었다는 소식이 짤막하게 전해지고 있었다.

그보다 하루 전인 6월 9일 학내 시위 도중 경찰의 최루탄에 맞아 중태에 빠진 연대생 이한열 군 얼굴도 스쳐 갔다. 텔레비전 화면은 다시 화염병과 돌을 입체감 있게 술집 한가운데로 쏟아내는 장면도 보였다.

두 사람은 서로 경쟁이라도 하듯 잔을 비웠다. 평소 술을 가까이하지 않던 현이 비교적 오래 버텨주었다. 그러나 또 한 차례 술자리를 바꿔 앉자는 최의 제의를 그는 거절했다. 그는 이미 흐물흐물 무너져내리고 있는 참이었다. 최가 술값 계산을 위해 지갑을 꺼냈다. 그러나 현은 막무가내로 고집을 부려 자신이 그 술값을 치렀다.

내과 전문의 최를 만나 자신의 불면증 얘기를 비교적 허심탄회하게 나눈 일과는 아랑곳없이 현의 잠은 돌아와주지 않았다. 그는 그 초여름 이 나라 곳곳에 넘쳐나는 몹시 수상한 열기가 자기 집 구석구석까지 배어들어 자신의 잠이 돌아오는 걸 방해하고 있다고 믿었다. 전국의 대도시에서 격렬한 시위가 벌어지고 있었다. 대학생들은 도심 곳곳에서 게릴라 전법으로 뛰쳐나왔다. 지랄탄이 날고 최루가스가 연막처럼 뿜어져 시야를 가렸다. 보도블록이 깨어져 우박 쏟아지듯 길거리에 흩어져 화염병 불길 속에 섞였다. 가로수 잎에 묻었던 최루가스가 바람을 타고 풀풀 날았다. 그 초여름 이 땅의 열기는 경망스런 재채기와 콧물, 눈물을 쏟는 증세로 나타났다. 그의 집은 대학 정문에서 오백여 미터 떨어진 곳에 있었다. 그가 잠잘 수 없는 것처럼 그의 집 방문은 아무리 더운 날씨에도 열 수가 없었다. 그는 밤새도록 눈을 뜨고 있었다. 잠이 올 리도 없지만 눈을 감으면 길바닥에 널브러져 죽은 어머니의 피에 질펀하게 젖은 머리칼이 보였다. 아버지라고 믿어지는 그 남자 얼굴이 그의 주먹에 살의를 뻗치게 했다. 석유 냄새 나는 석간신문 속 사진들이 실물로 기어나와 방 안의 어둠 속을 서성거렸다. 그는 박종철 군의 목을 욕조 속에 쑤셔 넣는 자신의 모습을 보았다. 마음만 먹으면 그는 자신이 신문이나 텔레비전, 혹은 입으로만 전해지는 모든 사건의 현장 그 순간을 생생히 재구성해낼 수가 있었다. 궁정동의 마지막 밤, 그 술자리의 누구 술잔이 얼마만큼 채워져 있었다는 것도 생생히 떠올릴 수 있었다.

그가 재생해내는 그 현장에는 항상 죽었거나 죽어가는 사람이 있었다. 그 가해자는 언제나 현 자신이었다. 실제로 그는 발가락을 잔뜩 움츠린 채 두 주먹을 부르쥐고 어떤 살기로 부들부들 떨고 있는 자신을 발견하곤 진저리쳤다. 눈을 뜨고 있어도 그는 어둠 속에서 불쑥불쑥 뻗어 나오는 여러 가지 손을 볼 수 있었다. 기도하는 모습의 어린 손이 있는가 하면 절규하듯 흔들어대는 손에다 구호에 맞춰 일제히 오르내리는 주먹들도 보였다. 그가 견디지 못하고 불을 켜는 것은 아내나 아이들의 목을 짓눌러 조르고 있는 자신의 손을 보았을 때다.

그는 아무리 애써도 여자와 열애에 빠지는 상상을 해낼 수 없었다. 르망과 스텔라와 콩코드가 각각 어느 회사 자동차인지 구별조차 하기 어려웠다. 자가용이 아니고는 골프장에 들어갈 수 없다는 얘기를 들었기 때문에 필드를 멋지게 걷는 일은 처음부터 단념했다. 그가 단념한 것 중에는 국회의원도 끼어 있었다. 그는 정치가를 경멸했다. 더 나아가 그가 혐오하는 것은 이 땅의 정치꾼들이었다.

다행인 것은 그처럼 심한 수면 결핍에도 불구하고 정신착란 현상이나 허망 상태가 나타나지 않았다는 사실이다. 그가 자신의 불면증을 발설하지 않는 한 누구도 잠 못 자는 그의 고통을 알지 못하고 말았을 것이다. 아닌 게 아니라 주변에서 그의 심한 불면증과 그 고통을 알고 있는 사람은 그의 부인과 내과 전문의 최가 고작이었다. 더구나 같은 집에서 십 년 가까이 몸 섞어 산 그의 부인마저도 남편이 불면증으로 어느 정도 시달리고 있다는 것만 알았지 그 고통의 깊이까지는 전혀 접근하지 못하고 있었다. 학교의 동료 교수들이 그의 불면증에 대해 전혀 감감인 것은 더 말할 나위도 없었다.

현은 6월 18일 학교 연구실에서 나오기 전 최에게 전화를 걸었다. 그날은 최루탄 추방대회가 열려 전국의 대도시에서 또 한 번 격렬한 시위가 일어난 날이기도 했다. 최는 자기네 병원까지 최루가스가 날아와 미치겠다고 전화 속에서 역정을 내고 있었다.

"지난번 고마웠네. 덕택에 잠을 찾았어."

"잠을 찾았다구, 그거 정말인가?"

"요샌 잠이 너무 와 탈이야. 사실은 지난번 내가 한 얘기들, 과장이 좀 심했지. 술 생각이 났던 모양이야."

"잠을 찾았다니 암튼 축하하네. 내가 술 한잔 사지."

"술은 내가 사야지. 며칠 뒤 내 연락할게."

잠을 찾았다는 그런 거짓말을 최에게 한 일을 시작으로 해서 그는 그날부터 자신의 모든 것을 정리해나갔다.

그는 대학의 동료 교수들과 두어 차례의 술자리를 함께했다. 그 자리에서 그는 평소보다 밝은 얼굴로 크게 웃었다. 주로 남의 얘기에 귀를 기울이는 편이었다. 뒤숭숭한 시국 얘기에는 더욱 입을 다물었다. 그날 그가 화제에 끼어든 유일한 일은 민물 빙어 튀김 요리 얘기 때였다. 그는 반농담으로 빙어가 그 배 속이 환하게 다 들여다보이는 것은 입에서 항문까지 곧은창자 하나로 돼 있어 뭐든 먹자마자 곧장 빠져나가 몸속에 더러운 게 남아 있지 않기 때문이라고 했다. 그 얘기에 웃은 사람은 얘기를 꺼낸 그 자신뿐이었다.

6월 19일 금요일 밤, 그는 부인과 잠자리를 같이했다. 자리에 눕기 전 그는 부인에게 물었다.

"당신, 날 어떻게 생각해?"

"어떻게 생각하다니, 뭘요?"

"내가 어떤 사람 같아?"

"어떤 사람이긴…… 우리 집 가장이고 내 남편이고 두 애들 아빠고, 밖에 나가선……"

"당신이 본 내 결점은 뭐야? 약점 같은 거 말이야."

"새삼스레 그런 건…… 있어요. 자다가 일어나 손톱이나 깎고, 다른 집 아빠들처럼 자상하지도 않고…… 뭐 그런 거 있잖아요?"

"우리 애들이 날 어떻게 생각하나?"

"도대체 듣고 싶은 게 뭐에요?"

"애들이 날 존경할까?"

"좋아하잖아요. 존경하는 건 이순신 장군이나 세종대왕 같은 분 아녜요?"

6월 20일 토요일, 그는 아이들이 학교에서 돌아오기를 기다려 식구 모두가 외식을 했다. 그가 가족들 손을 잡고 백화점 진열대 사이를 누비고 다닌 것은 결혼한 이래 처음 있는 일이었다. 줄을 서서 택시를 기다리는 동안 그는 부인에게 몇 년 뒤 조용한 전원도시로 이사를 가자고 속삭이듯 말했다. 필요하면 그때 승용차도 사자고 했다.

6월 21일 일요일, 현은 다른 날처럼 가방을 들고 일찍 학교에 나가며 아직 학기말고사 출제를 안 했다는 말을 변명처럼 남겼다. 그는 교수회관 수위가 자리를 비운 틈을 타 연구실로 올라갔다. 연구실에서 그가 맨 먼저 한 일은 집에서 가지고 온 가방 속에 든 것을 학생들이 제출하는 과제물을 쌓아두던 커다란 플라스틱 바구니에 던져 넣는 것이었다. 백여 개가 넘는 명함과 두 권의 외국 포르노 잡지, 춘화 다섯 장, 그리고 전화번호가 적힌 수첩도 바구니 속에 던져 넣었다. 그 외에도 그의 가방에서는 그가 평생 단 한 번 썼던 1985년도 일기장도 나왔고 여자들과 함께 찍은 사진 여러 장도 있었다. 가방 맨 밑에서 나온 것은 수십 알의 수면제와 여러 종류의 신경안정제 그리고 두통약과 소화제 등이었다. 그는 가방에서 나온 것들을 찢을 것은 모두 발기발기 찢어 바구니 속에 던졌다. 수면제 같은 약은 아주 심하게 으깨어버렸다. 현은 그다음으로 연구실의 캐비넷이며 책상 서랍 등을 샅샅이 뒤져 정리했다. 근래 몇 년 동안 빼놓지 않고 모아뒀던 이른바 불온 유인물이며 갖가지 집회 등을 알리는 전

단과 안내장이 바구니 속에 버려졌다. 그는 책장을 다시 샅샅이 훑기 시작했다. 두 달 전 마음에 걸리는 책은 모조리 뽑아 없애 버리긴 했으나 아직도 남아 있는 게 있나 해서였다. 마르쿠제의 해방론, 다니엘 케팅의 아나키즘, 제3세계 교육론, 중국혁명의 해부 등 이른바 금서로 묶인 책들이 그의 손에 의해 뽑혀 나왔다. 그런 책들 외에도 정부기관이나 비슷한 성격의 기관에서 발행한 몇 권의 마음에 걸리는 책도 뽑혀 나와 이리저리 찢긴 다음 바구니에 던져졌다.

휴지 소각장은 교수회관 뒷문을 통해 나간 산 밑에 사방이 벽돌로 높이 쌓여져 밖에서 그 안을 들여다볼 수 없게 돼 있었다. 그는 그 속에서 바구니 속에 담아가지고 온 것들을 거의 한 시간에 걸쳐 완전히 태워버렸다.

6월 22일 월요일, 현은 여느 때와 다름없는 얼굴로 학교에 나갔다. 그러나 그는 그날 오후 테니스장에 나가 동료들의 테니스 게임을 구경한 뒤 자신도 이제부터 테니스를 배우겠다고 선언했다. 동료 하나가 그 당장에 자신이 쓰던 테니스 라켓을 그에게 선물했다. 그 답례로 그는 맥주 열 병을 냈다.

6월 23일 화요일, 그는 고등학교 동창들이 많이 모인다는 돈암동의 어느 설계사무소를 수소문해 찾아가 마침 모여 있는 동창들과 밤 열두시까지 고스톱판을 벌였다. 그는 동창들에게서 명함을 받으면서 이제 좀 자주 만나며 살자는 말을 반성 비슷이 했다.

6월 24일, 그는 중학교 때의 친구 부친상에 문상을 가 삼십 년 가까이 못 본 친구들과도 만났다. 그날 저녁 그는 남양주군에서 구멍가게를 한다는 친구 육손이와 함께 꽤 늦은 시간까지 술을 마셨다.

현은 그렇게 며칠 동안 여기저기 바쁘게 뛰어다니며 자신의 실재증명을 한 뒤 돌연히 자취를 감추었다. 그가 자신이 이 세상에 건재하다는 마지막 실재증명을 한 것은 나중에 6 · 26 평화대행진이라고 이름 붙여진, 전국 37개 도시에서 심야까지 대규모 시위가 격렬하게 벌어진 바로 그날이었다. 어쩌면 그것은 완벽한 부재증명이었는지도 모른다.

어떻든 그가 자신의 목소리를 마지막으로 남긴 것은 그날 저녁 다섯시쯤 병원의 최한테 건 전화를 통해서였다. 현은 며칠 전 술자리를 같이하기로 한 그 약속을 지키기 위해 여섯시까지 갈 것이니 기다리란, 거의 일방적인 말을 끝으로 전화를 끊었다. 길거리 공중전화인 양 소음이 대단했지만 최는 그때 그가 마지막 들은 송수화기 놓이는 소리만은 지금까지 귀에 쟁쟁 기억하고 있었다.

그 시간 이후 칠 개월이 지난 1988년 2월 26일 이 시간까지 누구도 그의 모습을 봤다는 사람이 없었다. 그가 행방불명된 사실에 대해서 사람들이 갖는 견해는 대체로 두 가지로 나누어졌다.

현세병 교수가 '실종됐다'고 하는 표현을 쓰는 쪽은 현이 없어진 일을 그날의 격렬했던 야간시위 등 당시의 뒤숭숭한 시국과 직접 관련지으려는 의도가 분명했다. 그것은 현의 시신이 발견되지 않았을 뿐 그는 이미 이 세상 사람이 아니기 때문에 영원히 돌아올 수 없다는 비관적 판단이 전제된 말이었다.

그러나 다른 쪽, 이를테면 현의 불면증과 그 고통에 대해 어느 정도 알고 있는 최의 생각은 사뭇 달랐다. 최는 '실종됐다'는 말 대신 '잠적했다' 혹은 '행방을 감추고 있다'는 표현을 고집했다.

그것은 현이 그 스스로 뭔가를 '해냈다' 또는 '해내고 있다'는 걸 강조하기 위한 말처럼 들렸다. 또 어떻게 들으면 현이 아직도 잠을 찾아 헤매고 있거나 아니면 지금쯤 어딘가 처박혀 잠을 자고 있을 것이라는, 다분히 그가 언제고 반드시 돌아올 것이며 그의 달라져 돌아오는 모습에 기대를 가져도 좋다는 뜻이 내포된 말 같기도 했다.

사실 최는 현의 생사에 대해 좀 더 분명한 의견을 말해달라는 물음에 대해 이렇게 단언했다.

"죽지 않으려구 그렇게 잠적한 친구가 죽긴 왜 죽어. 비록 그 잠이 생각보다 길진 몰라두 그 친구 절대 죽진 않았다구."

◌ 1988년 『현대문학』 3월호

해설

# 전쟁의 상처를 바라보는 전상국의 소설적 방법론

김경수(문학평론가 · 서강대 교수)

전상국의 중 · 단편소설들을 모은 이 책에는 표제작이기도 한 작품 「지빠귀 둥지 속의 뻐꾸기」를 포함한 네 편의 중편과 「관심」을 포함한 두 편의 단편소설이 수록되어 있다. 작품 발표 시점을 보면, 「외딴길」(1981)과 「관심」(1984)을 뺀 대부분의 작품들은 1987년~1988년 사이에 발표된 것들이다. 그가 1968년 등단 이후 잠시 공백을 두었다가 1974년부터 본격적인 작품 활동을 재개했다는 전기적 사실에 더하여 한국전쟁의 상흔을 그린, 명실공히 그의 대표작이랄 수 있는 중편 「아베의 가족」이 발표된 때가 1979년이고 악의 탐구를 통한 알레고리적인 현실 비판의 작품인 「우상의 눈물」이 1980년 작임을 고려하면, 이 작품집에 수록된 작품들은 시기적으로 작가의 중기 소설들로 볼 수가 있겠다. 비록 2000년대 들어서도 작품 활동을 하지 않은 것은 아니지만, 대체로 2000년 무렵부터는 김유정문학촌이라든가 황순원기념사업회 그리고 김유정기념사업회와 같은 단체의 일을 맡아 하는 데 더 전력했다는 전기적 사실을 고려하여 1990년대 이후의 소설을 후기로 분류할 수 있다면 말이다.

작품집 해설 글의 첫 단락에서 이 책에 수록되지도 않은 전상국의 중편 「아베의 가족」을 언급한 것은, 이 책에 수록된 작품들이 그 내용 면에서 볼 때 「아베의 가족」의 연장선에 놓여 있기 때문이며, 또 그런 시각에서 이해해야만 작가의 문학적 탐구의 참모습을 분명히 확인할 수가 있다고 생각하기 때문이다. 특정적으로는 「지빠귀 둥지 속의 뻐꾸기」가 그러한데, 시각을 조금 더 넓히면 이 작품 외의 다른 중편소설들 또한 「아베의 가족」의 자장에 놓여 있다고 볼 수 있다(이 점에 대해서는 이 글의 후반부에서 언급할 것이다). 주지하는 것처럼 「아베의 가족」은 한국전쟁이 남긴 상흔을 어디서부터 치유할 것인가 하는 무겁고도 어려운 주제를 담고 있다. 대갓집 며느리로 들어와 대를 이을 아이까지 임신했으나 뒤이어 터진 한국전쟁으로 인해 인민군들에게 시아버지와 남편을 빼앗기고 미군 병사들에게 윤간까지 당한 여인, 그리고 그런 폭력의 결과 '배냇병신'으로 태어난 아베의 이야기는, 전쟁으로 인해 한국인들이 겪어야 했던 비인간적인 폭력의 강도와 실상을 여실히 보여준다.

전쟁으로 인해 아베의 어머니가 외국 병사들에게 당했던 이런 상처는 물론 허구의 이야기이기는 하지만 그 개연성마저 부정하긴 어렵다. 전쟁이 나면 여성들과 아이들이 가장 먼저 희생양이 되었던 일반적 사실을 거론하지 않더라도, 휴전 후 우리 땅에 주둔한 미군들에 의해 자행되었던 여러 범죄만 떠올려봐도 아베 어머니의 이야기는 결코 허구의 그것으로만 볼 수는 없기 때문이다. 또 그 과정에서 아베의 어미와 같이 외국 병정들에게 유린당한 여인들이 민족적 순결성과 자존심을 훼손한 책임을 뒤집어써야 했던 것도 부정할 수 없는 사실이다. 「아베의 가족」에서 주인공 진호를 비롯한 자녀들이 성장 과정 내내 아비가 다른 자신들의 형인 아베를 짐승이나 벌레 보듯 하는 것도 사실은 이런 심리의 투영이었을 것이다. 하지만 역사적 상처는 외면한다고 해서 잊힐 수 있는 것이 아니다. 미국으로 이민 가기 직전 가족들 모르게 아베를 빼돌려 조국에 떨구어놓았던 아베 어머니가 미국에서의 적응에 실패할 수밖에 없는 것이 이를 증명한다. 아베의 동생이자 이 작품의 서술자 진호는 어머니의 그런 수수께끼 같은 부적응의 비밀이 의붓형인 아베에게 있으며, 아베가 한국전쟁 중 어머니가 외국 병사들에게 당한 성폭행의 피해자라는 뜻밖의 사실을 알게 되고, 급기야는 미군에 자원 입대하여 지아이 신분으로 고국으로 돌아온다. 그리하여 어머니가 살았던 샘골을 찾아 마을 노파로부터 어머니와 아베가 시모의 무덤을 찾았었다는 사실과 더불어 아베의 집안 내력을 듣고는, 아베를 찾는 일은 며느리의 장래를 위해 며느리를 내쫓은 아베 할머니의 무덤에서부터 시작해야 한다고 다짐을 하는 것이다.

미국으로 이민 간 뒤 삶의 의의를 상실한 어머니를 이해하고 치료하는 길이 어머니가 조국에 버리고 온 아들, 곧 전쟁의 폭력에 희생되어 낳은 의붓형 아베를 찾는 일이라고 하는 진호의 생각은, 어머니가 전쟁의 기억에 갇혀 있는 한 그 삶은 결코 온전하지 못하리라는 것, 그리고 그와 더불어 자신들의 삶마저도 그런 위험에서 안전할 수 없다는 것을 그가 인식했다는 것을 보여준다. 다시 말하면 그것은 전쟁으로 인한 정신적 상처를 치유하는 근본적인 방법은 전쟁의 상처를 외면하거나 묻어두는 것이 아니라, 아무리 그 상처를 마주 대하는 일이 고통스럽고 수치스럽더라도 그것을 찾아 자신의 삶의 조건이자 정체성의 일부로 받아들여야 한다는 담담하면서도 당당한 자기 진단이라 할 수 있다. 전쟁이 중단된 뒤 고작 사반세기가 지났지만 여전히 전쟁의 상흔이 완전히 가시지 않았던 1980년대의 현실에서, 진호의 위와 같은 인식은 사실상 당대 작가들이 분단 극복을 위해 힘들게 모색해서 도달했던 문학적 전망들의 한 정점을 대표한다. 윤흥길의 「장마」도 그중 한 전망인 것은 물론이다. 한국전쟁을 탐구한 1980년대 문학의 이런 성과에 대해 한 평자는 그 해답의 낭만성과 샤머니즘에 대한 소박한 의존성을 비판한 적이 있었으나 그것은 논점을 잘못 짚은 것이다. 현실 문제에 해결책을 제시하는 것은 정부나 국가의 책임이지 문학의 몫은 아니다. 전쟁과 같은 역사적 상처는 어떤 식으로든 치유해야 한다는 당위를 일깨우고 그 첫걸음이 어디서부터 시작되어야 하는지를 궁구하고 그것을 공론장에 제시하는 것만으로도 문학은 제 소임을 다한 것이기 때문이다.

그런데 이런 「아베의 가족」이 발표된 지 십여 년도 지나지 않은 시점에서 작가는 이 이야기를 다시 풀어낸다. 「지빠귀 둥지 속의 뻐꾸기」가 바로 그것이다. 38선 접경 지역의 마을로 이제는 수몰지구가 되어버린 춘천 부근의 배경과 외국인과의 사이에서 아비가 누구인지 모를 혼혈아를 가진 수지의 엄마,

그리고 결국은 아비가 있는 미국으로 입양된 혼혈아 수지 등, 이 소설은 여러 면에서 「아베의 가족」과 닮아 있다. 그러나 이 작품은 전작 「아베의 가족」의 단순한 재편이나 연속이 아니라 차라리 그것의 역전 내지는 전도라고 하는 편이 타당할 것이다. 거두절미하고 핵심 이야기만 요약하자면, 이 작품은 열여섯 살 때 알고 지내던 김 중사란 악당에게 성폭행을 당한 수지의 어머니가, 이후 간호장교로 꿈을 펼치고자 했으나 미군 흑인 병사 세 명에게 윤간을 당한 후 흑인 혼혈아인 수지를 낳아 기르다가 끝내는 혼혈아협회를 통해 수지를 미국으로 입양 보낸 전말과, 이후 수지를 그리워하며 사는 수지 어머니의 현재적 삶을 그리고 있다. 어린 시절 자신을 겁탈했던 김 중사가 이후에도 끊임없이 그녀를 괴롭히는 삽화라든가 현지 토박이로 호시탐탐 그녀의 땅을 노리는 권 사장이란 인물의 삽화는 그것대로 전후 우리 사회의 개인적이거나 제도적인 폭력과 비이성을 보여주는 것이지만, 이 작품에서 보다 근본적인 문제 상황은 역시 흑인 병사들의 성폭행과 그 불행의 산물인 혼혈아 수지의 존재이며, 바로 이 점에서 이 작품은 「아베의 가족」과 강한 친연성을 보이고 있다.

그런데 전작 「아베의 가족」에서 아베를 배냇병신으로 설정해 아예 발언권을 주지 않았던 작가는, 이 작품에서는 아베의 후신인 혼혈아 수지에게 발언권을 주어 그녀의 시각에서 동포들로부터 민족의 순혈을 더럽힌 죄악의 씨앗으로 손가락질 받았던 어머니와 자신의 삶에 대해 당당한 입장을 피력하도록 하고 있다. 딸을 미국으로 보낸 뒤 수지의 어머니는 딸에 대한 자신의 그리움을 담은 육성 녹음테이프를 수시로 수지에게 보내는데, 오히려 수지는 그 테이프를 들으면서 자신과 어미와의 관계를 새로운 관점에서 이해하게 되는 것이다. 수지는 자신의 어미가 보내왔던 테이프를 자신의 초등학교 때 교사였던 주인공에게 다시 되돌려주는데, 그에게 동봉한 편지에서 그녀는 혼혈인 자신을 낳은 굴레 속에 갇혀 있는 어미와 자신은 엄연한 다른 개체이며 다른 삶의 주체라고 하는 점을 당당히 말하고 있는 것이다. 그녀가 편지 속에서 전하는 전언은 다음과 같다.

> 이 테이프 속엔 한국 엄마의 피를 어둡게 만드는 그늘이 담겨 있었지요. 한국의 엄마는 불행한 여자입니다. 그것은 단일민족으로서의 코리언 우먼의 핏속에 섞여 흘러 내려온 운명적인 그늘 때문이었지요. 문제는 한국 민족 스스로가 만든 그 그늘을 죄악시하여 멀리하거나 금기로 삼기 때문에 그 그늘에는 볕이 들지 않은 채 더욱 깊은 한의 골이 패여 그 자식에게로 이어져 내려간다고 생각합니다. 그리하여 그 응달 속에서 자란 자식들 또한 한의 그늘을 보호막으로 하여 달팽이처럼 숨어 살다가 음침한 시간이면 발작을 시작하는 거예요. 내림굿을 하듯 말이지요.(129쪽)

작품에도 서술되어 있듯이, 미국에 입양된 이후 수지는 자기 어미가 자기에게 보여주는 종족 보존 본능이 오히려 자신에게 그늘을 덮어씌우고 있었다는 사실을 알게 되었다고 말한다. 그리하여 수지는 자신의 어미를 사로잡고 있는 단일민족이라는 환상이 초래한 운명을 생각하고, 바로 그것이 자식마저도 그런 그늘로 끌어들이려는 일종의 광기로 발현되는 것이라고 생각한다. 그래서 수지는 지빠귀 둥지에 자신의 알을 낳아 다른 새로 하여금 자신의 새끼를 기르게 하는 뻐꾸기의 생리에 비유하여 자신은 "나는 뻐꾸기 새끼예요. 비록 흰배지빠귀 둥지에서 부화돼 길러졌다 해도 그 흰배지빠귀를 어미로 착각하는 일로 또다시 그 여자처럼 자학의 응달 속에서 살고 싶진 않아요."(133쪽)라고 냉정하게 자신의 입장을 정리하고 어미와의 관계에 종지부를 찍는다. 성폭행으로 태어난, 그리고 성장 과정 내내 순혈주의의 신화 속에서 혼혈을 타자화하는 한국의 풍토에서 자라난 수지와 같은 인물이 혈연은 우연적일 결과일 뿐이라며 자신의 정체성을 독립적으로 인식하고, 나아가 자신의 어미도 그런 혈연의 굴레에 사로잡혀 살아야 할 필요가 없다고 주장하는 것은 당돌할 만큼 당당한 자기 인식이라고 할 수 있다. 그리고 이런 수지의 인식은 자신이 외국 병사들에 의한 성폭행으로 인해 태어났다는 사실을 알고 난 이후의 일이라는 점에서 그 의외성이 더하다.

이야기의 맥락상 이런 인식은 아마도 수지가 미국으로 입양되어 그곳의 문화 속에서 생활하는 인물로 설정된 것과도 무관하지 않을 것이다. 외견상 수지의 이런 인식을 담고 있는 「지빠귀 둥지 속의 뻐꾸기」의 세계는 전작 「아베의 가족」과 그만큼의 거리가 있는 것처럼 보인다. 하지만 아베나 수지는 물론 그들의 어머니들도 전쟁의 우연한 희생자일 뿐 결코 민족의 순혈을 훼손한 인물로 치부되거나 혐오되어서는 안 된다는 공동의 메시지를 담고 있다는 점에서 이 두 작품은 그리 먼 거리에 놓여 있지 않다. 그럼에도 불구하고 「아베의 가족」만큼이나 큰 울림을 지닌 「지빠귀 둥지 속의 뻐꾸기」는 발표 당시 큰 관심을 못 받고 당대 비평계에서 쟁점이 되지 못한 감이 있는데, 이는 아마도 단일민족이라는 허구의 신화가 여전히 위세를 떨쳐 전쟁과 그 산물인 혼혈아들의 존재와 같은 문제를 객관적으로 바라볼 수 있는 시야를 확보할 수 없었던 독자층의 시대적 한계 탓이었을 것이다. 지금의 독자들에게 이 점이 어떻게 이해될지는 알 수 없다. 그러나 위에서 살펴본 것처럼, 「지빠귀 둥지 속의 뻐꾸기」는 「아베의 가족」의 연장이면서 동시에 한 역전이며, 두 작품 모두 한국전쟁과 그 상처를 시각을 달리해 탐구함으로써 분단의 상처를 어디서부터 치유해나갈 것인가 하는 작가의 문제의식의 절박성과 심각성을 보여주는 흔치 않은 성과라는 점을 부정할 독자는 많지 않을 것이다.

이 글의 모두에서 예고했듯이 이제는 이 책에 수록된 전상국의 나머지 중편소설들 또한 「아베의 가족」과 「지빠귀 둥지 속의 뻐꾸기」의 연장선에 놓여 있다는 점을 살펴볼 차례다. 「투석」과 「썩지 아니할 씨」, 그리고 「외딴길」과 같은 세 편의 중편소설에서 작가는 「아베의 가족」이나 「지빠귀 둥지 속의 뻐꾸기」에 나오는 비운의 여성들과는 대척적인 자리에 놓이는 일군의 가해자들에 초점을 맞춰 그들의 삶을 추적해 들어간다. 그들은 전쟁 시절 빨갱이들을 여럿 죽인 기억을 가지고 있는 노인(「투석」)이라든가 전쟁통에 미친 척 연기를 해 살아남은 뒤 온 집안을 망가뜨린 망나니와 같은 인물(「썩지 아니할 씨」), 그리고 일제 때부터 줄곧 악의 화신처럼 행동하고 급기야는 죽으면서까지 혈족들에게 경제적인 피해를 떠안기는 만주 할아버지(「외딴길」)와 같은 인물들인데, 인물 설정 면에서 보자면 외견상 이런 인물들의 이야기는 아베나 수지의 이야기와 무관한 것으로 보일지 모르나 실상은 그렇지 않다. 그 하나의 단서를 우리는 「지빠귀 둥지 속의 뻐꾸기」에 나오는 수지 어머니의 생각 속에서 확인할 수 있다. 그녀는 수지에게 전하는 녹음테이프에서 어릴 적 자신을 겁탈한 것도 모자라 자신의 아이를 잉태시키고, 이후 그녀가 수지와 함께 고향으로 내려온 뒤에도 잊을 만하면 나타나 평생 자신을 괴롭혔던 김 중사를 "하느님이 엄마를 시험하기 위해 내려보낸 악마"(34쪽)라고 표현하는데, 사실상 지금 거론한 세 편의 중편소설에 등장하는 악인들은 모두 김 중사란 인물의 변형이거나 더 극단적인 예로 그려진 인물들이라고 할 수 있기 때문이다. 게다가 비록 주변적인 설정일망정 이들 또한 38선 접경 마을에서 성장하거나 한국전쟁의 광풍 속에서 자신들의 생존을 위해 스스럼없이 타인들을 괴롭히고, 죽어가면서까지 혈족들에게 피해를 끼친 인물들이라는 점을 고려하면, 전쟁이 초래한 성적 폭력과 상처를 고스란히 자신의 몸으로 안고 살아가야 했던 희생양인 여인들을 통해 분단의 현실과 그 기원 내지 분단 극복의 가능성을 집요하게 탐구했던 작가가 이들과는 정반대의 위치에 놓인 악한 인물들에게 눈을 돌린 것도 「아베의 가족」에서 시도된 희생양으로서의 여성 인물의 탐구와 마치 동전의 앞뒷면과 같은 상관관계를 맺고 있는 것으로 보고 있는 것 같다. 전쟁이 여성들에게 가할 수 있는 최고의 비인간적인 악행이 성폭행이라고 본다면,

전쟁과 무관하게 살아가던 남성 인물들을 생존에 급급한 나머지 그 어떤 그악스러운 짓이라도 해서 살아남도록 다그쳤던 그 광기를 그들에게 가해진 전쟁의 폭력으로 볼 여지는 충분하기 때문이다.

또한 위에서 살펴본 세 편의 중편소설에서 다양하게 변주되는 문제적 인물들의 사악한 행위는 1980년대 전상국 소설의 또 하나의 성취였던 「우상의 눈물」과도 연결되는 것으로 보인다. 가난과 아이다운 권력욕만으로는 다 설명할 수 없는 기표라는 인물의 악마성에 더해 그보다 한층 위의 통치욕에 내재된 악, 그리고 그것들을 포괄하는 사회적인 악의 존재를 동시에 문제 삼고 있는 「우상의 눈물」이 선과 악이라는 인간 삶에 대한 보편적 탐구의 일환임은 분명하지만, 그런 상황 또한 전쟁이란 부조리한 상황의 연장으로 볼 수 있을 공산 또한 부정할 수는 없을 것이기 때문이다. 나아가 이 점에서 전상국이 그려낸 그런 비인간적 조건하에서의 인간의 일탈이며 광기가 전쟁 이후를 살아가는 사람들에게 어떤 윤리적이고 도덕적인 반면교사가 될 수 있지 않을까 하는 작가적 관심의 표현일 가능성도 배제할 수는 없을 것 같다. 지면 관계로 이 글에서 다루지 못하지만, 이 작품집에 실린 작품들에서 빈번하게 발견되는 교사와 악마적 인물의 짝이라는 이야기 전개의 기본적인 설정 또한 이 문제와 무관해 보이지 않기 때문이다. 학생이나 주변인들에게 일종의 윤리적인 지남(指南)이 되었어야 할 이들 교사-인물들이 비상식적인 위선적 악이나 위악적 선과 마주하여 내보이는 심리적이면서도 도덕적인 갈등은, 어떤 의미에서는 자신의 소설이 우리 시대의 윤리적 모형 문제가 되기를 바라는 작의를 형상화하는 과정에서 발견한 그만의 이야기 문법처럼도 보이기 때문이다. 전상국이 탐구해 들어간 전쟁 이야기의 효용이며 그가 줄곧 천착해간 소설의 자리는 바로 이런 것이라고 생각된다. 그리고 이런 면모야말로 분단의 현실을 살도록 운명 지어진 이 땅의 작가들이 회피할 수 없는 소설의 한 특징일 것도 같다. 전상국의 이야기 문법의 이런 특징이 이 책에 수록된 작품들 외의 다른 작품들과 맺는 상관성 속에서 상세히 해명된다면 우리는 그의 소설의 성취가 갖는 의미를 보다 풍부하게 이해하게 될 것이다.

## 작가의 말

1985년 서울 탈출, 신들린 듯 고향 산천 구석구석을 섭렵하는 과정에 만난, 이 시대를 천형으로 사는 사람들 이야기를 나름의 순도 높은 디테일로 형상화한 중편 넷, 단편 둘 등 여섯 편의 작품을 모았다. 귀향, 그때의 그 넘치는 마음으로 '중단편소설 전집 7'을 묶는다.

오래전 발표한 작품을 다시 읽으며 두어 군데서 울컥했을 정도의 엷은 감성 톤으로 빚은 중편 「지빠귀 둥지 속의 뻐꾸기」는 실제 인물을 모델로 한 소설 쓰기가 작가의 상상력을 얼마나 기죽이는가 하는 걸 절감한 작품이다. 그 골짝, 그네의 무덤 앞에서 발상한 작품이라 감회가 각별하다.

중편 「투석」은 양구 선사유적지에서 우연히 손에 쥔 돌멩이(찍개) 하나를 오래 바라보는 중에 구상한 작품으로 독자의 몫 남기기, 곧 이야기 추리의 긴장을 글쓰기의 즐거움으로 삼았던 기억이 새롭다. 중편 「썩지 아니할 씨」와 「외딴길」 등 두 편의 중편 역시 대책이 없는, 그래서 별나게 살 수밖에 없는, 그러한 극한 혐오 캐릭터 탐구로 글쓰기의 신명을 찾았던 작품들이다.
「관심」, 「잃어버린 잠」 등 두 편의 단편은 그 시대 지식인의 자기성찰 모드로, 소설은 돌아봄, 곧 반성으로서의 언어 예술이란 생각 쪽에 힘을 모았던 작품들이다.

때로 소설은 칼이다. 흉하고 불편한 껍질을 벗겨내 그 환부를 파헤쳐 도려내는 그런 것. 그러나 작가는 그 칼을 쓰는 사람이 아니라 독자의 취향에 맞는 그런 것을 만들기 위해 기찬 창의의 신바람으로 풀무질을 하는 도공일 뿐이다.

글쓰기, 내가 선택한 인생 최선의 오솔길. 그리하여 소설 쓰기, 그 길 걷기 육십여 년은 우리말 우리글을 한껏 멋 부려 양질의 이야기를 빚는다는 자긍 그 신명의 그런 굿판이었다. 소설 쓰기의 즐거움으로 열등 체질의 그 어두운 늪에서 나를 건져 올린 것이다.

그동안 쓴 작품들을 새로이 살피고 보듬어 묶는 중단편소설 전집의 의미가 더욱 새로울 수밖에. 오래전 만든 그 칼을 구석구석 면면히 살펴 그것이 더 오래도록 쓰일 칼집까지 만드는 장인의 회심 그 열성이 아직 살아 있음의 확인이다.

2024년 2월 금병산 자락 문학의 뜰에서
전상국

## 작가 연보

1940년 3월 12일(음) 강원도 홍천군 내촌면 물걸리 1102번지에서 부 전석주, 모 박춘봉의 장남으로 출생(정선전씨 석릉군파 47세손).

1946년 홍천읍으로 이사.

1950~1953년 홍천국민학교 4학년 때 6·25 전쟁이 일어나 고향 마을 동창국민학교 졸업(10회).

1954년 홍천중학교 입학. 읍내에서 처음으로 서점 발견, 생애 최초로 교과서가 아닌, 탐정소설 따위의 책을 서점에서 읽기 시작.

1957년 홍천중학교 졸업(6회). 춘천고등학교 입학. 1학년 때 담임이 시인 이희철 선생으로 2학년 때 문예반에 들어간 결정적 계기.

1958년 춘천 지역 문예반 학생 중심의 '예맥문학회'를 만들어 문학적 방종에 탐닉.

1959년 최초로 쓴 소설 「산에 오른 아이」가 제6회 학원문학상에 3위 입상. 「황혼기」가 강원일보 신춘학생문예에 당선 없는 가작 1석 입상, 작품이 신문에 연재됨.

1960년 경희대학교 문리과대학 국어국문학과에 문예장학생으로 입학. 처음 사 신은 구두를 신고 4·19 시위에 참가, 발뒤축에 상처를 입다.

1962년 경희대학교 제6회 문화상 수상, 장학 혜택.

1963년 조선일보 신춘문예에 단편소설 「동행(同行)」 당선. 12월 31일자 대학 졸업. 경희대학교 제7회 문화상 수상.

1964년 원주 육민관고등학교 국어교사로 부임. 단편 「광망」(『현대문학』 2월호) 발표.

1966년 춘천중학교 국어교사로 부임. 단편 「해바라기 시계」(『문학춘추』 1월호) 발표.

1967년 10월 9일. 김옥자와 결혼.

1968년 10월 24일. 큰딸 소영 출생.

1970년 7월 22일. 아들 경구 출생.

1972년 3월. 은사 조병화 선생의 부름으로 서울 경희고등학교 국어교사로 부임.

1973년 3월 1일. 작은딸 소옥 출생.

1974년 서울 상봉동 105-37 자택에서 작가 조선작을 만나 새로이 글쓰기를 시도, 그 첫 작품 「전야」를 『창작과비평』 가을호에 발표하면서 재등단.

춘천의 소설 동인 모임 '예맥동인'에 참가. 작가 유재용과 면목동 그의 문방구에서 처음 만남.

1975년 단편 「할아버지 묻힌 날」(『현대문학』 2월호), 「소인의 나들이」(『세대』 2월호), 「돼지새끼들의 울음」(『현대문학』 9월호), 「육아일기」(『예맥문학』 1집) 발표.

1976년 단편 「악동시절」(『현대문학』 3월호), 「껍데기 벗기」(『월간문학』 9월호), 「사형」(『현대문학』 12월호) 발표.

1977년 단편 「맥」(『현대문학』 3월호), 「바람난 마을」(『뿌리깊은 나무』 3월호), 「바다 재우기」(『월간문학』 7월호), 「여름 손님」(『현대문학』 10월호) 발표.
단편 「사형」과 「껍데기 벗기」로 제22회 현대문학상 수상.
첫 작품집 『바람난 마을』(창작문화사) 출간.

1978년 단편 「침묵의 눈」(『한국문학』 2월호), 「산울림」(『뿌리깊은나무』 5월호), 「고려장」(『현대문학』 6월호), 「안개의 눈」(『문예중앙』 여름호), 「망각의 집」(『주간조선』 7월 10일), 중편 「물걸리 패사」(『소설문예』 2월호), 「하늘 아래 그 자리」(『문학과지성』 겨울호) 발표.
'작단' 동인 활동을 시작함.

1979년 단편 「초혼」(『월간문학』 1월호), 「수렁 속의 꽃불」(『한국문학』 3월호), 「잊고 사는 세월」(『현대문학』 4월호), 「그 먼길 어디쯤」(『작단』 1집), 「우리들의 날개」(『작단』 2집), 「진화설」(『문학사상』 6월호), 「암코양이의 식성」(『월간중앙』 4월호), 「겨울의 출구」(『창작과비평』 가을호), 「실반지」(『현대문학』 12월호), 중편 「아베의 가족」(『한국문학』 10월호), 「외등」(『문예중앙』 겨울호), 「공터 사람들」(『신동아』 9월호) 등 한 해에 단편 9편과 중편 3편 발표.

「아베의 가족」으로 제6회 한국문학작가상 수상.
작품집 『하늘 아래 그 자리』(문학과지성사) 출간.

1980년 단편 「우상의 눈물」(『세계의문학』 봄호), 「이것은 기분 문제가 아니다」(『작단』 3집), 「어떤 이별」(『소설문학』 8월호), 「달평씨의 두번째 죽음」(『한국문학』 9월호), 중편 「여름의 껍질」(『문예중앙』 여름호), 「추억의 눈」(『문학사상』 12월호) 발표.
「아베의 가족」으로 대한민국문학상 자유문학부문 수상, 「우리들의 날개」로 제14회 동인문학상 수상.
작품집 『아베의 가족』(은애), 『우상의 눈물』(민음사 오늘의작가총서) 출간.

1981년 중편 「외딴길」(『문학사상』 5월호) 발표.
콩트집 『식인의 나라』(소설문학사), 작품집 『우리들의 날개』(동서문화사) 출간.

1982년 장편 『길』의 연작 중편 「출향」(『문예중앙』 봄호), 단편 「술래 눈뜨다」(『현대문학』 3월호), 「이산」(『세계의문학』 봄호), 「좁은 길」(『문학사상』 9월호) 발표. 장편소설 『불타는 산』 연재(『경향신문』 1982. 3. 15~1983. 3. 30).
경희대학교 대학원 국어국문학과에 입학.

1983년 단편 「이류 속에서」(『한국문학』 8월호) 발표.
장편소설 『불타는 산』(고려원) 출간.
전업작가를 꿈꾸면서 중화동 28-11에서 중화동 286-7로 집을 옮김.

1984년 중편 「허허벌판」(『문학사상』 3월호), 「산 넘어 강」(『현대문학』 9월호), 단편 「관심」(『한국문학』 12월호) 발표.
경희호텔경영전문대학에 출강.

1985년 단편 「악의 사슬」(『말과 삶과 자유』, 문학과지성사), 「그늘무늬」(『문학사상』 9월호), 「왜」(『현대문학』 10월호), 「술법의 손」(『동서문학』 11월호) 발표.
장편소설 『길』(정음사) 출간.
국립 강원대학교 인문대학 국문학과 교수로 발령이 나면서 서울 탈출.

1986년 중편 「음지의 눈」(『소설문학』 4월호), 「형벌의 집」(『문학정신』 10월호), 단편 「먹이그늘」(『현대문학』 8월호), 「송충이의 칩거」(『강대신문』 3월 14일) 발표.

1987년 중편 「썩지 아니할 씨」(『문학사상』 2월호), 「지빠귀 둥지 속의 뻐꾸기」(『문학사상』 12월호), 단편 「퇴장」(『한국문학』 4월호), 「밀정」(『문예중앙』 봄호) 발표.
작품집 『형벌의 집』(한겨레) 출간.

1988년 단편 「잃어버린 잠」(『현대문학』 3월호), 중편 「투석」(『현대문학』 11월호) 발표.
「투석」으로 제4회 윤동주문학상 수상.

1989년 중편 「사이코 시대」(『동서문학』 11월호) 발표.
작품집 『지빠귀 둥지 속의 뻐꾸기』(세계사) 출간.

1990년 중편 「시인의 겨울」을 연재.
「사이코 시대」로 제1회 김유정문학상 수상. 강원도 문화상 수상.

1991년 『문학사상』(1989년 10월호~1991년 4월호)에 연재한 소설

창작교실 『당신도 소설을 쓸 수 있다』(문학사상사) 출간.

1992년 중편 「거울의 알리바이」(『문학사상』 9월호) 발표.

콩트집 『장난 전화 거는 남자를 골려준 남자』(판) 출간.

1993년 장편소설 『裕貞의 사랑』(고려원) 출간.

1994년 콩트집 『우리 시대의 온달』(작가정신), 작가연구 『김유정』(단국대출판부) 출간.

1995년 한국대표작가선집 『투석』(신원문화사) 출간.

1996년 중편 「개미거미들의 화음」(『문예중앙』 봄호), 중편 「시인의 겨울」(『작가세계』 봄호) 발표.

작품집 『사이코』(세계사), 테마소설집 『애비』(열림원) 출간.

『사이코』로 제33회 한국문학상 수상.

1997년 중편 「너브내 아라리」(『21세기문학』 가을호) 발표.

1999년 중편 「실종」(『문학과의식』 봄호) 발표.

2000년 「실종」으로 제8회 후광문학상 수상.

첫 수필집 『우리가 보는 마지막 풍경』(북스힐), 회갑기념문집 『세미나와 재미나』(북스힐) 출간.

2001년 중편 「한주당, 유권자성향분석사례」(『문예중앙』 봄호), 단편 「이미지로 간다」(웹진 『인스워즈』 5월호) 발표.

『아베의 가족』 스페인어로 번역, 페루 리마 PUCP 출판사에서 출간.

2002년 단편 「플라나리아」(『동서문학』 봄호), 「온 생애의 한순간」(『현대시』 6월호) 발표.

김유정문학촌 개관과 함께 초대 촌장을 맡음.

2003년 단편 「소양강 처녀」(『문학수첩』 여름호) 발표.
「플라나리아」로 제27회 이상문학상 특별상 수상.

2004년 단편 「물매화 사랑」(『문학사상』 10월호) 발표.
「플라나리아」로 제8회 현대불교문학상 수상.
'아베의 가족'이란 이름의 개인 서재를 춘천 석사동에 마련.
경희문인회 회장.

2005년 강원대학교 정년 퇴임. 황조근정훈장 수훈. 남북작가대회 참가(평양).
작품집 『온 생애의 한순간』(문학과지성사), 문학 이야기 『물은 스스로 길을 낸다』(이룸), 산문집 『길 위에서 만난 사람들』(이치) 출간.

2006년 단편 「꾀꼬리 편지」(『세계의문학』 겨울호) 발표.
강원대학교 명예교수.

2007년 김유정탄생100주년기념사업회 추진위원장.

2008년 중편 「지뢰밭」(『창작과비평』 봄호) 발표.
『아베의 가족』 독일어로 번역, 독일 페퍼코른 출판사에서 출간.
경희대학교 객원교수.

2009년 중편 「남이섬」(『문학과사회』 봄호) 발표.
단편 「춘심이 발동하야」(『계간문예』 겨울호) 발표.
황순원기념사업회 초대 회장. 김유정기념사업회 이사장.

2010년 단편 「드라마게임」 (『세계의 문학』 여름호) 발표.

2011년 작품집 『남이섬』(민음사) 출간.

2013년 춘천시 신동면 풍류1길 84-7(증리 562-6) 문학의 집 '동행'에 입주.

2014년 제8회 동곡문화상 수상. 제27회 경희문학상 수상.
바이링궐 에디션 『Ahbe's Family』(아시아), 『전상국의 춘천 산 이야기』(조선뉴스프레스) 출간.

2015년 단편 「집을 떠나 집에 가다」(『문예중앙』 여름호), 「가을하다」(『대산문화』 여름호) 발표.
이병주국제문학상 수상.

2016년 단편 「어디에도 없고 어딘가에 있는」(『현대문학』 1월호) 발표.
단편 「봄봄하다」(『대산문화』 봄호) 발표.

2017년 단편 「오래된 나무는 나무가 아니다」(『월간태백』 3월호), 「춘천아리랑」(김유정학술발표지 2017) 발표.
산문집 『춘천 사는 이야기』(연인M&B) 출간.

2018년 중편 「굿」(『문학의오늘』 여름호) 발표.
대한민국예술원 회원. 보관문화훈장 수훈.

2019년 전상국 중단편소설 전집 1 『동행』(강) 출간.

2020년 에세이 『작가의 뜰』(샘터) 출간.
전상국 중단편소설 전집 2 『하늘 아래 그 자리』(강) 출간.

2021년 단편 「저녁노을」(『문학사상』 6월호) 발표.
춘천 신동면 금병산예술촌에 '전상국 문학의 뜰' 개관.
전상국 중단편소설 전집 3 『아베의 가족』(강) 출간.

2022년 전상국 중단편소설 전집 4 『우상의 눈물』(강) 출간.
단편 「조롱골 우리집 여인들」(『한국소설』 9월호) 발표.

전상국 중단편소설 전집 5 『우리들의 날개』(강) 출간.

2023년 작품집 『굿』(문학과지성사) 출간.

전상국 중단편소설 전집 6 『길 · 외등』(강) 출간.

2024년 서울문화투데이 문화대상 대상 수상.

전상국 중단편소설 전집 7 『지빠귀 둥지 속의 뻐꾸기』(강) 출간.

전상국 중단편소설 전집 7

지빠귀 둥지 속의 뻐꾸기



1판 1쇄 발행 | 2024년 3월 13일

지은이 | 전상국
펴낸이 | 정홍수
편집 | 김현숙 이명주
펴낸곳 | (주)도서출판 강
출판등록 | 2000년 8월 9일(제2000-185호)

주소 | 서울시 마포구 동교로17안길 21(우 04002)
전화 | 02-325-9566
팩시밀리 | 02-325-8486
전자우편 | gangpub@hanmail.net

값 22,000원
ISBN 978-89-8218-336-2 04810
978-89-8218-245-7(세트)